BRUNO HEINI

Auf die Knie!

BLUTKUNST Ein Schrei hallt durch den Saal. Erbarmungslos reißen zwei Männer ein millionenteures Gemälde von der Wand des Kunstmuseums Luzern. Als ihre Flucht zu scheitern droht, nehmen sie eine junge Frau als Geisel. In diesem Moment macht Chris Palmer einen entscheidenden Fehler. Ohne zu zögern, eilt sie der Frau zu Hilfe und kämpft sie frei. Doch dann fällt ein Schuss. Palmer geht in Deckung, aber die Geisel sinkt getroffen zu Boden. Voller Schuldgefühle hetzt Palmer den Kunstdieben nach. Dabei wird sie Augenzeugin eines grauenvollen Mordes. Der Killer entdeckt sie und schwört, sie zu jagen. Hilfesuchend meldet Palmer ihre Beobachtungen der Polizei, erhält jedoch keinen Schutz. Da sie nicht in ständiger Angst leben will, ermittelt Palmer auf eigene Faust. Noch ahnt sie nicht, wie groß die Gefahr wirklich ist. Doch schon bald gerät sie in die Fänge skrupelloser Männer, denen ein Menschenleben nichts mehr bedeutet.

Bruno Heini lebt mit seiner Frau Judith und den beiden Katern Jimmy und James über den Dächern von Luzern, wo er dereinst auch sterben wird. Er arbeitete erfolgreich als Unternehmer, bevor er sich auf das Schreiben von Thrillern verlegte. Auf seinen Luzern-Thriller »Teufelssaat« folgten »Engelsknochen«, »Höllenwut« und»Deine Zeit läuft ab«. Nun legt er nach mit »Auf die Knie!«. Heinis Bücher erreichen regelmäßig Spitzenplätze in der Schweizer Taschenbuch-Hitparade.

Bisherige Veröffentlichungen im Gmeiner-Verlag:
Auf die Knie! (2022)
Deine Zeit läuft ab (2021)
Höllenwut (2020)
Engelsknochen (2018)
Teufelssaat (2016)

BRUNO HEINI

Auf die Knie!

THRILLER

GMEINER

Immer informiert

NEWSLETTER

Spannung pur – mit unserem Newsletter informieren wir Sie regelmäßig über Wissenswertes aus unserer Bücherwelt.

Gefällt mir!

Facebook: @Gmeiner.Verlag
Instagram: @gmeinerverlag
Twitter: @GmeinerVerlag

MIX
Papier | Fördert gute Waldnutzung
FSC® C083411
FSC www.fsc.org

Besuchen Sie uns im Internet:
www.gmeiner-verlag.de

Im Ehnried 5, 88605 Meßkirch
Telefon 07575/2095-0
info@gmeiner-verlag.de

1. Auflage 2022

Lektorat: Claudia Senghaas, Kirchardt
Herstellung: Mirjam Hecht
Umschlaggestaltung: U.O.R.G. Lutz Eberle, Stuttgart
unter Verwendung eines Fotos von: © gnoparus / shutterstock
Druck: CPI books GmbH, Leck
Printed in Germany
ISBN 978-3-8392-0230-2

1

Nie hätte sie sich in dieses Gespräch verwickeln lassen dürfen. Mit ihrem Gitarrenkoffer hatte Palmer das Konzerthaus betreten und verwundert den Saal gähnend leer vorgefunden. Auch waren auf der Bühne keine Vorbereitungen im Gange für das abendliche Konzert. Der Techniker, den sie endlich hinter der Bühne aufstöberte, erklärte ihr, sie habe sich um einige Tage im Datum geirrt. Die Gitarre könne sie leider nicht hier für später einlagern, sie solle sie doch bitte am Konzerttag wieder herbringen. Klar hatte sie sich geschmeichelt gefühlt, als er sie als ehemals erfolgreiche Musikerin erkannte. Als er darauf bestand zu erfahren, weshalb sie sich vor Jahren aus der Szene zurückgezogen hatte, ließ sie sich dazu hinreißen, ihm die Gründe lang und breit zu erklären. Jetzt bekam sie die Quittung.

Sie war zu spät.

Palmer hetzte von der Bühne des Konzertsaals durch den endlos langen Gang nach hinten Richtung Eingangshalle des *Kultur- und Kongresszentrums Luzern*, kurz *KKL*, wo sie mit Julia schon vor Minuten verabredet gewesen war. Leider konnte sie sich jetzt kein weiteres Gespräch mit ihrer Freundin mehr leisten, da Alex sie ebenfalls erwartete. Ihre Hand umklammerte den Griff des Gitarrenkoffers, als Palmer hinauseilte, während die Umhängetasche im Takt an ihre Seite klatschte. Die Gummisohlen ihrer abgewetzten *Converse* quietschten auf dem polierten Parkett, als sie noch schneller voranpreschte. Nicht nur wegen Julia, die sich von Palmer bloß ein Ladegerät für ihr altes *iPad* borgen wollte. Nein, wegen Alex, dem sie hoch und heilig versprochen hatte, sich nicht zu verspäten und rechtzeitig bereitzustehen, um ihn zur Beerdigung seines Jugendfreunds zu begleiten, der nach einer langen Zeit des Bangens und Hoffens den Kampf gegen den Krebs verloren hatte. Sie hatten sich an der Zentralstraße verabredet, wo Alex seit bereits sieben Minuten in seinem Wagen auf sie wartete. Umziehen wollte sich Palmer während der Fahrt, der Trauerfeier angemessene Kleider hatte sie in der Tasche mitgebracht.

Mit dem Handrücken wischte sie sich den Schweiß von der Oberlippe.

Alex war ihre Unpünktlichkeit zuwider. Dass sie ihn jetzt enttäuschte, hatte er nicht verdient, er, der so viel Gutes für sie getan hatte.

Als wäre das noch nicht genug, ärgerte sich Palmer über sich selbst und ihre Nachlässigkeit, denn der ganze Stress war vom ersten Moment an völlig unnötig gewesen. Sie hatte nicht richtig hingehört, als der Dirigent des *21st Century Orchestra* telefonisch nach einer ganz bestimmten Gitarre gefragt hatte, von der er wusste, dass Palmer ein Exemplar wie ihren Augapfel hütete. In einigen Tagen dirigiere er sein Symphonieorchester live zu Carlos Santana, hatte er ihr erklärt. Ganz aus dem Häuschen, weil Santana den Wunsch geäußert hatte, höchstpersönlich seine Finger über deren Saiten tanzen zu lassen, wollte sie heute ihr Prachtstück ins *KKL* liefern, ohne zu wissen, dass das Konzert erst in einigen Tagen über die Bühne gehen würde. Wohl oder übel hatte sie ihre Gitarre wieder unter den Arm geklemmt, um sie in einigen Tagen wieder herzubringen. Noch immer fühlte sich Palmer geschmeichelt, dass Santana sie nicht vergessen hatte, war es doch schon mehrere Jahre her, dass sie ihn anlässlich einer Tournee in Los Angeles getroffen hatte. Mit ihrer eigenen Band hatte sie am gleichen Tag auf derselben Festivalbühne gespielt wie er und anschließend mit ihm in der Musikerbar hinter der Bühne abgehängt und gejammt.

Mit der Schulter stieß Palmer die Tür auf, flitzte in den Vorraum hinaus und genoss die klimatisierte Luft, die ihre Haut kühlte, während ihre Augen die Eingangshalle absuchten. Einzig entfernte Männerstimmen drangen an Palmers Ohren. Aber sie entdeckte keinen Menschen im Foyer, das trotz Beleuchtung mit seinen dunklen Böden und Decken düster blieb. Allerdings brach durch die riesige Glasfront gleißend helles Licht in die Halle, sodass Palmer die Augen zusammenkniff, als sie den Platz vor dem See und der Skyline von Luzern nach ihrer Freundin absuchte, sie aber nirgendwo entdeckte. Das freischwebende Dach überdeckte die grandiose Aussicht wie eine schützende Hand, so groß, dass ein ganzes Fußballfeld darunter Platz gefunden hätte. Es reichte hinaus bis über den See, der mit Wasserkanälen scheinbar ins Gebäude hineingriff.

Shit. Ich bin eh schon spät dran. Und jetzt soll ich Julia auch noch mein Ladekabel übergeben. Sie müsste längst hier sein. Immerhin hat sie selber vorgeschlagen herzukommen. Wenn sie nicht sofort auftaucht, lass ich die Übergabe platzen.

Palmer hätte sich ohrfeigen können. Das Bild von Alex, der im Auto saß und genervt auf die Uhr schaute, kam in ihr hoch. Frustriert ließ sie den Atem entweichen.

Ich werde Julia eine Nachricht senden. Dann wird das eben nichts mit dem Ladekabel heute.

Sie nagte an der Unterlippe, während sie mit einer Hand in ihrer Umhängetasche nach dem Handy wühlte. An dem grünen Chatsymbol leuchtete eine rote »1«. Palmer öffnete den Chat.

Ich warte beim Seitenausgang zum Bahnhof.

Na toll. Nichts wie los jetzt.

Sie machte auf dem Absatz kehrt und jagte Richtung Seitentür, als hinter ihr eine kräftige Stimme erschallte:

»Na, das ist aber eine Überraschung, Frau Palmer. Dass ich Sie hier antreffe.«

Wie erstarrt blieb sie stehen. Diese Stimme war unverwechselbar. Langsam wandte sie sich zu ihm, während er mit fragend hochgezogenen Brauen und einem Begleiter auf sie zukam. Ein Berg von einem Mann in dunklem Maßanzug, gestärktem weißem Hemd und weinroter Seidenkrawatte. Trotz seines Lächelns ließ sein dunkler, durchdringender Blick keine Spur von Humor erkennen. Breitbeinig baute er sich vor ihr auf, und Palmer hatte direkt das Gefühl, einige Zentimeter zu schrumpfen.

»Peter, darf ich vorstellen: Frau Palmer. Sie hat vorgestern ihr Sicherheitskonzept vorgestellt. Du warst ja nicht dabei, aber Frau Palmer war sehr überzeugend. Mit ihren Maßnahmen verspricht sie uns bis zu 60 Prozent geringere Diebstahlquoten in den Bereichen unserer Kunden, Lieferanten und Mitarbeiter.« Dann drehte er sich zu Palmer. »Und dies ist Herr Weber, Mitglied unseres Verwaltungsrats.«

Weber, spindeldürr und mit akkuratem Bürstenschnitt, nickte Palmer zu, um dann ihr T-Shirt und die verwaschenen Jeans zu scannen, bis sein Blick auffallend lange an ihren abgelatschten Sportschuhen hängen blieb.

Palmer bemühte sich um ein Lächeln und gab sich locker, auch wenn sie eine Ader an ihrer Schläfe pulsieren fühlte. Sie musste das hier abkürzen und zwar sofort.

»Herr Oberholzer, hat mich gefr…«

»Wie praktisch. Könnten Sie nicht kurz Ihre Ideen für Herrn Weber zusammenfassen?«, fragte der Firmeninhaber mit einem fordernden Lächeln. »Herr Weber wird letztlich mitentscheiden, ob wir uns für die Zusammenarbeit mit Ihnen entschließen oder einen Ihrer Mitbewerber zum Zuge kommen lassen.«

Palmer lächelte gequält.

»Grundsätzlich würde ich das gern, Herr …«

»Gut, gut. Natürlich gibt es da noch das eine oder andere Detail zu besprechen.« Er verschränkte die Arme vor der Brust und gab damit zu erkennen, dass er sich auf ein längeres Gespräch einstellte.

Palmer richtete sich gerade auf und schielte diskret auf die Uhr des Handy-Displays. Ihr Lächeln verschwand.

»Ich würde mich gerne länger mit Ihnen unterhalten, Herr Oberholzer. Aber leider muss ich dringend zu einer Beerdigung«, sagte sie. »Bitte entschuldigen Sie mich.« Sie nickte, hob ihren Gitarrenkoffer vor ihre Brust, umschlang ihn mit beiden Armen und wandte sich dem Ausgang zu. Sie reagierte nicht, als die tiefe Stimme in ihrem Rücken noch mal ihren Namen rief.

2

Der Schrei drang durch die Räume des Kunstmuseums Luzern und scheuchte die Besucher auf. Einige sahen sich hektisch um, andere zogen ihre Kinder an sich.

»Jemand muss Hilfe holen! Warum hilft denn niemand?«, rief eine gut 40-Jährige und presste sich die Hand auf den Mund. Dann zeigte ihr ausgestreckter Arm auf das eben angekaufte Gemälde des weltbekannten englischen Kunstmalers William Turner, an welchem sich zwei Männer zu schaffen machten, die beide einen weißen bis zu den Knien reichenden Malerkittel trugen. Über den Kopf hatten sie sich eine Sturmhaube aus neonblauem Stoff gestreift und über die Pranken Handschuhe in derselben knalligen Farbe. Der eine der beiden, ein leicht untersetzter Mann, nicht dick, aber keineswegs schlank, hantierte mit einem speziellen Schlüssel in der Spalte hinter dem Bilderrahmen und hob nach einigen Versuchen das millionenteure Bild von der Wand. Seelenruhig stopfte er dieses in die mitgebrachte XL-Tasche, während sein Kumpel, ein Zweimeterhüne mit breiter Brust und beeindruckenden Muskelpaketen an den Oberarmen, stoisch davor stand und die flache Hand in Richtung der Besucher streckte. Damit machte er klar, niemand solle sich nähern oder sonst wie in diese Aktion einmischen.

Die erste Verunsicherung bei den Besuchern war inzwischen der Erkenntnis gewichen, dass sie einer Kunstperformance beiwohnten. Offensichtlich hatten die Schauspieler ihnen die Rolle der Beobachter eines Kunstraubs zugedacht. Belustigt genossen sie nun diese gelungene Überraschung, welche offenbar noch nicht zu Ende war. Denn aus der angrenzenden Halle eilte ein Mann mittleren Alters heran, gekleidet im einheitlichen Stil der Kunstmuseumsmitarbeiter.

»Was tun Sie da?«, schrie er, stellte sich vor die beiden hin, breitete die Arme aus und schüttelte ungläubig den Kopf.

Jetzt wurde auch der letzte Besucher auf die Szene aufmerksam und beobachtete gespannt das Schauspiel.

»Das Bild von Turner geht zurück in die Restauration«, sagte der Kleinere und setzte sich in Bewegung.

»Davon weiß ich nichts«, entgegnete der Museumswärter.

»Dann passen Sie mal besser auf, wenn Sie das nächste Mal Instruktionen erhalten.« Gefolgt vom Hünen machte er sich auf, den Saal zu verlassen.

»Nein. Halt. Bleiben Sie hier. So geht das nicht. Ich muss das erst überprüfen.« Der Aufpasser klaubte ein kleines Gerät aus seiner Hosentasche, das ein Funkgerät hätte sein können.

Aber schon war der Hüne zu ihm hin marschiert und verpasste ihm mit der flachen Hand eine Ohrfeige, sodass das Gerät einige Meter weit über den Boden hüpfte und der Wärter zu Boden kippte. Sogleich versuchte er, sich aufzurichten, schaffte es jedoch nur bis auf die Knie, also verharrte er benommen auf allen vieren.

»Voll krass«, entfuhr es einem jugendlichen Besucher im Museumsflüsterton, der mit breitem Lächeln die Kunstperformance verfolgte.

»Quatsch, das ist echt«, entgegnete sein Kollege, der mit leicht abgewandtem Kopf das Schauspiel beobachtete. »Meinst du nicht?«

»Nee, wir sind doch hier im Kunstmuseum. Reines Theater. Schau dir die Verkleidung an. Solche Malerkittel tragen zwar Restauratoren von Bildern. Aber dazu diese grelle

Maskerade. Nee, nee, diese Show ziehen die extra für uns ab.« Er klatschte in die Hände. »Was für ein Spektakel.«

Eiligen Schrittes hatten die zwei Vermummten in der Zwischenzeit auf ihrem Weg aus der Halle einige Meter zurückgelegt.

Der Wärter drückte sich in den Stand hoch, schüttelte die Benommenheit aus seinem Kopf und jagte den beiden nach. Auf einen Kampf mit den Räubern wollte er sich nicht einlassen. Also griff er lediglich beherzt nach dem Schulterband der Tasche, in welchem der Kleinere das Gemälde mit sich trug.

»Der Turner bleibt hier.« Der Wärter riss die Tasche an sich, drehte sich weg, bog den Oberkörper vornüber und legte seine Arme schützend um das Kunstwerk.

Die mächtige Faust des Hünen holte aus und flog in einer blitzschnellen Geraden an den Nasenansatz des Wärters. Nicht nur sein Kopf, sondern sein ganzer Körper zuckte nach hinten, als wäre er eine Marionette und der Puppenspieler hätte geniest. Das Gesicht des Wärters klatschte auf dem Boden auf. Reglos blieb er liegen, während sich allmählich die Lichter der Saaldecke in der Blutlache spiegelten, die sich von seiner Nase her unter seinem Kopf auszubreiten begann.

Jetzt starrten alle Besucher schockiert auf den bewusstlosen Wärter, dann den beiden fliehenden Räubern hinterher. Mit markerschütternder Stimme schrie sich eine Besucherin die Seele aus dem Leib. Einer der Jugendlichen hielt seine Kehle umklammert und rang mit einem pfeifenden Geräusch nach Atem. Andere schlugen die Hände vors Gesicht und weinten, während die Räuber das Museum durch dieselbe Seitentür verließen, durch die sie sich Zutritt zur Ausstellungshalle verschafft hatten.

3

Die Räuber eilten zu ihrem Fluchtwagen einige Meter neben dem Haupteingang, da entfuhr der Kehle des Großen ein Stöhnen. Als Auswärtiger hatte er nicht mitbekommen, dass auf der Seeseite des *KKL* Fußballanhänger auf der Großleinwand die Spiele der Europameisterschaft verfolgten. Allerdings hätten sie auch dann nicht damit rechnen müssen, dass die Schweizer im Startspiel die Deutschen besiegten. Als sie das *KKL* betreten hatten, war das Spiel noch in vollem Gange gewesen, jetzt aber wuselte hier eine riesige Menschenmenge durcheinander. Hunderte feiernder Fußballfans hatten die ganze Straße zwischen *KKL* und Bahnhof eingenommen.

Als die Räuber zu ihrem halb auf dem Gehsteig abgestellten Fluchtfahrzeug hetzten, stellten sie erschreckt fest, dass wild Feiernde mit nacktem Oberkörper es nicht nur umzingelt hatten, sondern dass einige auf dessen Kühlerhaube und Dach gestiegen waren und dort laut johlend ihre Fahnen schwenkten. Unbeirrt bahnten sich die Räuber einen Weg durch die Feiernden zu ihrem Wagen. Zwei gezielte Schwinger genügten dem Großen, um die Kühlerhaube freizukriegen. Aber die fünf Mutigen auf dem Dach wussten sich mit Fußtritten gegen die Hiebe von unten zu wehren. Als schließlich der Große einen der Fans am Hosenbein zu fassen kriegte, zerrte er ihn mit einem gewaltigen Ruck auf den harten Boden, drosch ihm seine Hammerfaust ins Gesicht und schlug ihm zwei Zähne aus. Sogleich begannen drei seiner Kollegen, ihn zu umzingeln.

Der Schock durchfuhr den Kleinen wie eine Messerklinge, weil er sich fragte, ob ihnen die Flucht gelingen würde, denn aus den Augen der Schlachtenbummler war jegliche Freude über den fußballerischen Sieg gewichen. Sie waren bereit zum Kampf. Als ihm die aussichtslose Lage bewusst wurde, schrie der Kleinere: »Wir fliehen zu Fuß. Los!« Mit ausgestrecktem Arm gab er dem Großen die Richtung vor. Die Räuber arbeiteten sich, Boxhiebe nach allen Seiten austeilend, vom Fahrzeug weg, um das Weite zu suchen.

Allerdings hatten sie mit ihrem streitlustigen Auftritt den Jagdtrieb eines guten Dutzends Schlachtenbummler geweckt, die sich jetzt freudig bereit zeigten, den Gegnern die Fresse zu polieren.

Noch während beide die Feiernden links und rechts zur Seite rempelten, um sich einen Fluchtweg zu bahnen, schloss sich der Kreis um sie. Der Große spürte, wie ihm jemand von hinten die Hand auf den Kopf legte. Aber bevor er mit seiner enormen Reichweite den Arm nach hinten schwingen konnte, hatte ihm bereits jemand die Maske vom Kopf gerissen und seine kurz geschorenen blonden Haare, seine schiefe Boxernase und das Tattoo am Hals freigelegt. Seine ausweglose Situation wurde ihm schlagartig bewusst. Breitbeinig, mit leicht gewinkelten Knien und vor dem Kinn platzierten Fäusten brachte er sich dennoch in Stellung. Kampfentschlossen verfluchte er in einem gepfefferten Wortschwall jeden in seinem Blickfeld und die ganze Welt.

Ruckartig schoss sein Kopf hoch, als es ohrenbetäubend knallte.

Schlagartig verstummte das Gegröle.

Blut pochte ihm ohrenbetäubend auf das Trommelfell. Der Geruch nach Schießpulver brannte in der Nase. Schockiert starrte er zu seinem Kumpel.

Kerzengerade reckte dieser noch den Arm zum Himmel, während in seiner Hand eine Pistole qualmte.

»Platz da!«, röhrte der Kleinere. Rücksichtslos schmetterte er die freie Hand seitwärts, um sich Luft zu verschaffen.

Die Leute schienen zu Stein erstarrt, ließen sich jedoch nicht ohne Weiteres wegschubsen. Also krallte sich der Kleine aus der Masse eine barfüßige 20-Jährige mit gepiercter Nase und riss sie zu sich her. Als sie herumwirbelte, schlang er seinen Arm von hinten um deren Hals. Sogleich drückte er den heißen Lauf seiner Pistole an ihre Schläfe. Die junge Frau schnappte nach Luft. Eine Bierflasche zersplitterte klirrend, als sie ihr aus der Hand rutschte und auf dem Asphalt zerbarst. Mit ihren schwarz lackierten Fingernägeln versuchte sie erfolglos, die Umklammerung von ihrem Hals zu lösen. Als dies nicht gelang, stand sie bewegungslos, aber verkrampft da.

Augenblicklich war der Spaß aus allen Partygesichtern verflogen.

»So, und jetzt alle fünf Schritte zurück«, presste der Kleine zwischen den Zähnen hindurch. Um seiner Forderung Nachdruck zu verleihen, trat er dem Erstbesten mit seinem Stiefel ans Knie. »Zurück mit allen! Na, wird's bald? Oder wollt ihr, dass die Kleine stirbt?«

4

Palmer blinzelte, als sie aus dem dunklen *KKL* ins gleißende Sonnenlicht trat und die flirrende Sommerhitze ihre gekühlte Haut angenehm wärmte. Neben dem gewohnten moosigen Geruch des Sees drängte ihr augenblicklich der Duft nach gebratenen Würsten in die Nase. Sie wunderte sich kurz über die riesige Menschenmenge und die ausgelassene Stimmung auf der Straße, als sie sich einen Weg vorwärts bahnte, aber sofort schwante ihr der Zusammenhang mit der Fußball-Europameisterschaft.

Ein gut Zweijähriger in kurzen Hosen, buntem Shirt und Sandalen stellte sich Palmer stelzfüßig in den Weg, zog Grimassen und versteckte beide Hände hinter dem Rücken.

»Na, Kleiner, was führst du im Schilde?«, fragte Palmer und zwinkerte mit einem Auge. Da riss der Knirps seine Hände hervor und zielte mit seiner Wasserpistole mitten auf Palmers Gesicht. »Untersteh' dich«, rief Palmer und drohte mit dem Zeigefinger. Der Kleine quiekte vor Freude und suchte zwischen den Beinen der Feiernden Deckung. Palmer zwängte sich vorwärts, aber da legte bereits ein halb nackter Mann in Feierlaune seinen Arm mit einem Becher Bier in der Hand kumpelhaft über ihre Schultern und drückte sie eng an sich. Palmer wand sich so heftig aus der Umklammerung, dass das Getränk auf ihr enges Shirt schwappte. Gegen Party hatte sie nichts einzuwenden, aber sie ekelte sich vor grölenden Männern, die stanken wie die Pest und sie ungefragt an ihren schweißgebadeten Körper drückten. Und Bier mochte sie nicht über ihr Shirt geschüttet. Zum Glück war die nasse und deshalb durchsichtige Stelle nur am Rücken.

Ihr war nicht nach Feiern zumute. Alex wartete, und zur Beerdigung seines Jugendfreunds durfte sie nicht zu spät eintrudeln.

Palmer zuckte zurück. Nässe auf ihrem Gesicht? Und jetzt an ihrem Hals. Sie blickte sich um und fand den Kleinen, der ihr freudestrahlend aus sicherer Deckung das Shirt pitschnass spritzte. Und zwar vorne. Männer, die ihre roten Baseball-Caps verkehrt herum aufhatten, lachten dreckig. Einer frage:

»He, Kleiner, kann man dich mieten?«

Was soll's, dachte Palmer, ich ziehe mich eh um. Sie musste weiter. Um den kleinen Scheißer zu entwaffnen, fehlte ihr die Zeit.

Obwohl Leute von allen Seiten schoben und drückten, spürte sie ihr Handy vibrieren und zog es mühsam aus der Hosentasche. Alex. Sie hielt das Ding ans Ohr, verstand jedoch kein Wort, viel zu laut grölte die Meute.

»Ich bin in einer Minute bei dir«, schrie Palmer ins Gerät, verstaute das Ding, umklammerte ihren Gitarrenkoffer und bahnte sich mit kräftigen Bewegungen einen Weg durch die Menge.

Auf einen Schlag wurde es hektisch.

Leute flohen ihr entgegen, Panik strahlte aus deren Augen.

Andere standen erstarrt und wie Puppen herum, als Palmer sich zwischen ihnen hindurchdrängte. Ihre Augen folgten der Blickrichtung der verdatterten Leute und entdeckten einen riesenhaften Kraftprotz, der scheinbar wahllos um sich schlug. Als er sich umblickte, stach Palmer dessen Boxernase sofort ins Auge, welche die Geschichte eines früheren Bruchs des Nasenbeins erzählte. Ein kleinerer Mann, wie der andere ebenfalls in weißem Malerkittel, aber mit neoblauer Maske, folgte dem Riesen und presste seine Pistole an die Schläfe einer jungen Frau. Seine freie Pranke umkrallte deren Genick, drückte den Kopf nieder und stieß sie grob vor sich her.

Mit einem Blick erfasste Palmer die Situation. Die Menschen wichen zurück, einige waren in Panik geraten und stolperten in der dichten Menge übereinander. Einzelne Angstschreie erklangen, und die Unentschlossenheit starrte ihr aus den Augen der Umstehenden entgegen. Manche schienen auch nur zu gaffen, einige hatten ihre Smartphones gezückt und filmten die Szene. Das konnte – das durfte nicht wahr sein! Alex! Er wartete, und sie hatte ihm und wer weiß wie vielen anderen Leuten geschworen, dass sie sich aus solchen Dingen heraushalten würde. Der Bullige bewegte sich weiter durch die Menge, und Palmers Hand tastete wie von selbst nach ihrem Telefon. Die Polizei rufen, warum tat das niemand? Dort hinten standen Leute, die sich auch ihr Handy ans Ohr drückten, vielleicht aus genau diesem Grund. Es war auch verdammt unwahrscheinlich, dass sich hier nicht einer rührte, während am helllichten Tag eine Frau entführt wurde.

Ja, es war unvernünftig, wahnsinnig und gegen die Absprache, wenn sie jetzt …

Palmer bewegte sich wie von selbst in die Richtung, in welche die Entführer sich vorwärtsschoben.

Die Polizei kommt sicher gleich. Halt dich um Himmels willen raus!

Warum konnte sie das nicht? Warum schaffte sie es nicht ein gottverdammtes Mal, den Dingen ihren Lauf zu lassen? Ihre Füße bewegten sich weiter, als gehörten sie nicht zu ihr.

Wenn die Polizei zu lange brauchte, musste sie doch wenigstens herausfinden, wo die Kerle die Frau hinbrachten. Anschließend würde sie aus sicherer Distanz die Polizei informieren. Das konnte sie tun, es war kein Risiko. Es war ihre Pflicht. Dafür musste sogar Alex Verständnis haben. Sie konnte eine zweite Beerdigung verhindern, wenn sie …

Palmer setzte ihren Gitarrenkoffer auf der Straße ab, fasste den Jugendlichen zu ihrer Linken am Arm. »Pass auf diesen Koffer auf, verstanden? Ich bin gleich zurück.«

»Okay.« Es kam zögerlich, aber Palmer konnte nicht länger warten oder mit dem Jungen diskutieren.

Leichtfüßig und schnell setzte sie den Kerlen nach.

Die Kidnapper hatten ihre Geisel bereits bis zur Rampe des Universitäts-Parkhauses geschafft. Obwohl diese nur 50 Meter entfernt lag, präsentierte sie sich menschenleer.

Palmer holte auf, und das Beste war, dass die Kerle sie bisher nicht bemerkt hatten.

Der kräftige Große war einige Meter vorausgeeilt, der Kleinere blieb ihm mit der Geisel im Schlepptau dicht auf den Fersen. Dann wandte der Große plötzlich den Kopf. Sein Blick blieb an Palmer hängen, und sie nutzte die Sekunde, die er brauchte, um seinen Kollegen zu warnen.

Palmer schoss nach vorne. Von hinten kickte sie ihre Fußspitze dem Kleinen in die Niere. Ein Schmerzensschrei signalisierte ihr, dass sie die richtige Stelle erwischt hatte. Sofort setzte sie noch einmal nach, aber der Mann hatte den Griff um den Hals der Frau schon gelockert.

Mit einem weiteren Tritt gegen das Knie brachte Palmer ihn zu Fall. Sie trat die Waffe aus seiner Hand, die einige Meter davonschlitterte. Zu weit für ihn, um schnell an sie heranzukommen.

Sie packte den Arm der Frau, die heftig atmete und schluchzte.

»Weg von hier. Schnell.«

Sie riss die Geisel mit sich, kam aber nicht weit, bis die Frau wieder aufschrie. Der Große hatte sie eingeholt und die Frau ebenfalls am Arm gepackt.

Sie hatte nur eine Chance, sie musste schneller sein. Sie griff ihn an, allerdings wich er ihrem Fußtritt aus.

Palmer bog sich im Schmerz vornüber, als er seine Faust mit voller Wucht schwang und ihre Rippen streifte.

Hastig bückte er sich, fasste zu und machte Anstalten, sich die Frau über seine Schulter werfen.

Kopf voran stürzte sich Palmer in seine Beine. Mit beiden Armen versuchte sie, diese zu umklammern. Das funktionierte zwar nicht wie geplant, aber immerhin konnte die Frau sich losreißen.

Im Augenwinkel sah Palmer, wie der Kleinere es bis zu seiner Pistole geschafft hatte, sie packte und zu ihr herumriss. Er drückte ab, aber sie hatte sich blitzartig weggedreht.

Ein Geräusch drang an Palmers Ohren, das sie keinesfalls hatte hören wollen. Ein erstickter Ton, den sie leider kannte. Sie wagte es kaum, den Blick auf die junge Frau zu richten, die jetzt lautlos in sich zusammensank. Auf ihrem weißen Shirt breitete sich ein Fleck aus in der Form einer blutroten Blüte.

5

Zusammengekrümmt lag die Frau auf der Fahrbahn. Palmer kniete sich neben sie und warf zugleich einen hektischen Blick zum Schützen und seinem Kumpel. Sie machte sich bereit, die Frau am Arm über den Boden in Deckung zu zerren. Aber sie hörte deutlich, wie der Große seinem Kumpel zuschrie:

»Weg hier! Ins Parkhaus.«

»Ist 'ne Sackgasse.«

»Nein, zu Fuß hinten raus. Oder ich schließe uns einen Wagen kurz.«

Palmer beobachtete, wie beide die Rampe hoch stürmten, an der geschlossenen Einfahrtsschranke vorbei spurteten und im kühlen Halbdunkel des Parkhauses verschwanden.

Während es noch immer in Palmers Ohren pfiff, kam es ihr vor, als zöge sich die ganze Welt zu einem winzigen Raum zusammen. Ein heftiges Schwindelgefühl erfasste sie, als ihr klar wurde, was sich eben ereignet hatte. Während sie ihre Hand auf die blutende Wunde der Frau presste, gab sie sich die ganze Schuld. Wieso hatte sie sich eingemischt? Vielleicht hätten die beiden Kidnapper die Frau einfach laufen lassen. Sie trug die Verantwortung.

»Ist sie tot?«, fragte ein Mädchen mit weinerlicher Stimme.

Palmer legte dem Opfer die Fingerspitzen an die Seite des Halses. Ein riesiger Stein fiel ihr vom Herzen, denn sie fühlte einen schwachen, aber regelmäßigen Puls. Bevor Palmer etwas sagen konnte, schluckte sie leer und suchte sich mit der Zunge Speichel zusammen, um ihren trockenen Mund zu befeuchten.

»Ruft den Notarzt«, schrie sie in die Menge, die sich immer enger um sie drängte. Auf Palmers Aufforderung zückten einige ihr Handy und wählten.

Eine leicht übergewichtige Frau in engem rotem Fan-Shirt ging neben Palmer in die Knie, drehte den Kopf des Mädchens zur Seite, legte ihn auf ihre abgelegte Umhängetasche und gab Palmer Bescheid: »Ich leiste Erste Hilfe. Bin vom Fach.«

In den Knien knackte es laut, als Palmer sich erhob und erst einmal tief durchatmete.

Sogleich aber spürte sie ein Kribbeln, das kräftiger wurde, bis es ganz von ihr Besitz ergriff. Palmers Jagdtrieb war geweckt.

Aber statt wie ein Wolf den Räubern hinterher zu hetzen, gelang es ihr diesmal, sich zu beherrschen. Wenigstens hatte sie ein bisschen aus ihrer Vergangenheit gelernt. Keinesfalls wollte sie die beiden im Alleingang zur Strecke bringen. Nein. Mit Abstand würde sie der Spur der Täter folgen, um dann aus sicherer Distanz der Polizei deren Aufenthaltsort zu melden. Anschließend würde sie sich vollständig zurückziehen. Gleichzeitig wollte sie achtgeben, möglicherweise entdeckte sie bei den Tätern Hinweise zur Identifikation, zusätzliche Merkmale zum Schlangen-Tattoo, zur narbigen Augenbraue und der schiefen Nase, hinter welcher Palmer einen ehemaligen Boxer vermutete, oder jemanden, der anderweitig viel Pech gehabt hatte.

Mit einem Blick vergewisserte sie sich, dass die Frau im roten Shirt sich jetzt um die Verwundete kümmerte, dann ließ sie los.

Mit wachen Sinnen und in geduckter Haltung schlich Palmer die Rampe hoch und drang über die Ausfahrtspur ins Parkhaus ein.

Bis auf den letzten Platz mit Fahrzeugen belegt. Aber menschenleer.

Entfernt drangen Schlachtengesänge von Fußballanhängern an ihre Ohren.

Im spärlichen Licht entdeckte sie weder die beiden Täter noch Autofahrer auf dem Weg zu ihren Wagen. Einzig Fahrzeuge, geparkt in Reih und Glied, soweit das Auge reichte.

Trotzdem kauerte sie sich gleich bei den Damenparkplätzen tief hinter den ersten Wagen, einen knallroten Ferrari, flach wie eine Flunder. Nur Palmers Augen lugten über die Kühlerhaube, während sie überlegte, wie weit sie vorrücken durfte.

Ihr Kopf schreckte mit gerümpfter Nase zurück. Gleichzeitig verspürte sie das Bedürfnis, sich zu übergeben, als dieser ekelerregende Geruch in ihre Nase stach. Dann erst entdeckte sie die Lache von Pisse, in der sie kauerte. Glücklicherweise waren in die Gummisohlen ihrer *Converse* noch keine Löcher gelatscht.

Was tat sie hier eigentlich? Sah es so aus, wenn man aus früheren Fehlern gelernt hatte? Sie hatte schon wieder rein instinktiv reagiert. Alex – sie wagte sich kaum vorzustellen, was er sagen würde. Sie musste umdrehen, das hier war Wahnsinn, sie hatte nur dieser Frau helfen wollen, alles andere war Sache der Polizei …

Doch jetzt drangen von weit her zwei unverständliche Stimmen an Palmers Ohren. Eindeutig fochten da Männer einen Streit aus.

Ein kaltes Kribbeln zog in ihren Nacken, als ihr bewusst wurde, wie leichtsinnig sie gehandelt hatte. Nicht einen einzigen Gedanken hatte sie daran verloren, ob irgendwelche Komplizen die beiden Täter unterstützten, sie womöglich von hinten anfielen? Ihr Kopf schnellte herum, dann auf die andere Seite. Endlich atmete sie hörbar aus. Ihr Jagdtrieb war ein einziges Ärgernis. Warum hatte sie sich nicht zusammenreißen können? Sie hatte wirklich das Talent, alles noch schlimmer zu machen. Ob sie die Zeit hatte, Alex wenigstens Bescheid zu geben? Nein, jetzt gerade nicht …

Auf Fußspitzen und im Schutz von Autos rückte Palmer langsam vor, denn zumindest wollte sie sichergehen, dass sich die Verbrecher tatsächlich im Parkhaus aufhielten.

Jetzt stritten sich die beiden Räuber kaum 15 Meter vor ihr lauthals. Palmer verharrte in ihrem Versteck und hoffte, diese ganze Katastrophe würde sich noch ein ganz kleines bisschen zum Guten wenden, indem sie erfuhr, wohin die beiden von hier verschwinden wollten. Die Neonröhre über ihr flackerte und surrte, während sie vorsichtig um die Ecke schaute. Ja, dort standen sie. Andere Leute waren nicht zu sehen.

»Wir müssen weg hier. Keine Diskussion«, sagte der Kleine und machte Anstalten, sich abzuwenden, aber der Große riss ihn an der Schulter zurück.

»Das war anders abgemacht. Mit Waffen und Mordversuch will ich nichts zu tun haben. Verdammt.«

»Ist das mein Problem, wenn du zu naiv bist? Wenn du zu blöd bist für so einen Job?«

Als der Große etwas einwenden wollte, brachte ihn der Kleine mit einer harschen Geste zum Schweigen. »Du lässt dir die Maske von Gesicht reißen. Dann verkrallt sich die Tusse in deiner Hose.« Nun baute er sich direkt vor seinem Kumpel auf. »Den Wagen da abzustellen, war eine Scheißidee. So viel Munition hätte ich gar nicht gehabt, um uns den Weg durch die Reihen der Fußballfans freizuschießen.« Er schüttelte den Kopf. »Deine Aufgabe war, mir die Leute vom Hals zu halten und den Wagen zu fahren. Beides hast du verkackt.« Jedes einzelne Wort knallte er ihm wie Explosionen an den Kopf. »Es gibt genau zwei Arten von Raub. Jenen, bei dem die Täter davonkommen, und jenen, wo sie Zeugen hinterlassen. Verstehst du? Du bist eine totale Niete. Unbrauchbar.« Blitzschnell fasste der Große an die Maske des Kleinen und zerrte sie vom Hals hoch. Aber der Kleine wand seinen Kopf nach hinten und riss sofort seine Maske wieder ganz nach unten. »Spinnst du?«

»Pass bloß auf, oder ich falte dich zusammen«, warnte der Große zwischen fest aufeinandergebissenen Zähnen hindurch.

Aber der Kleine verstummte nicht. »Jetzt weißt du auch, weshalb du weder meinen Namen noch meine Adresse oder Telefonnummer kennst. Du Superhirni. Damit von dir nicht die geringste Spur zu mir führt.«

Nun ging der Große ganz dicht an den Kleineren heran, neigte seinen Kopf zu ihm hinunter, sodass er mit seiner Nase seinem Kumpel so nah wie möglich kam.

»Stirbt das Mädchen, schmore ich für Jahrzehnte hinter Gittern bei meinen Vorstrafen. Nee, nicht mit mir. So war das nicht vereinbart. Du zahlst mich jetzt aus, auf der Stelle. Und ich verdufte.«

»Oder was?«

»Oder ich verpfeif' dich. Mit Mord hab' ich nichts am Hut.«

»Bist du irre? Wir haben soeben das Bild geraubt. Dazu nehme ich doch dein Geld nicht mit.« Der Kleinere bog den Arm in seinen Rücken. Aber statt den Geldbeutel hervorzuziehen, umklammerte seine Hand plötzlich ein grob gezacktes Jagdmesser. »Pistolen nützen auf Distanz, sind aber laut. Stehst du nahe beim Gegner und willst leise sein, dann tut's ein Messer viel besser.«

Verwirrt zog der Große die Augenbrauen zusammen, als er auf die gezackte Klinge blickte.

Mit wildem Schwung riss der Kleine das Messer hoch. Seitlich rammte er dieses seinem Kumpel hinter dem linken Auge in die Schläfe.

Palmer starrte wie gelähmt aus ihrem Versteck auf die Szene. Sie spürte, wie etwas ihre Eingeweide wie mit eisernem Griff zusammenquetschte. Da kurvte ein Wagen laut quietschend um die Ecke. Scheinwerfer kamen aus dem Dunkeln geschossen und tauchten sie in helles Licht.

Im selben Moment warf der Killer seinen Kopf herum. Er entdeckte Palmers angestrahlten Kopf.

Ihre Blicke trafen sich.

Der Mörder wusste, sie war die Zeugin. Er griff in seine Tasche und riss die Pistole hoch.

Palmer duckte sich.

Das Geschoss peitschte über ihren Kopf hinweg. Glas klirrte, als die Kugel mehrere Fahrzeugfenster durchbrach. Leise rieselte im fahlen Licht Putz zu Boden, nachdem sie in einer Wand eingeschlagen hatte.

Palmers Herz hämmerte wie wild.

Geduckt jagte sie zurück zur Einfahrt.

Nichts wie weg.

Der Mörder ihr dicht auf den Fersen.

Auf ihrer Flucht zwischen geparkten Wagen hindurch kickte sie einem Porsche gegen die Tür. Grell schrillte dessen Diebstahlsicherung.

Der einparkende Autofahrer entdeckte Palmers bewaffneten Verfolger. Als auch dieser auf ihn zu stürmte, öffnete er im richtigen Moment die Tür, sodass der Killer dagegen prallte.

Er taumelte.

Die Tasche mit dem geraubten Bild schlug ans Heck eines Wagens. Sogleich fand der Mörder sicheren Stand. Wutentbrannt, weil er die Zeugin entkommen sah, feuerte er auf den Fahrer. Zwei Kugeln bohrten sich in dessen Schulter und ließen ihn nach links kippen. Da die Tür offen stand, prallte sein Kopf beinah gegen den Boden. Sogleich versuchte der Kleine, den Fahrer aus dem Wagen zu zerren, aber dessen Beine hatten sich unter den Pedalen verkeilt.

Zu Fuß preschte er zur Ausfahrt.

Mit eingezogenem Kopf sprintete Palmer die Rampe hinunter. Unmittelbar, bevor sie im Riesenschwarm Fußballfans untertauchte und er sich in Gegenrichtung aus dem Staub machte, schrie der Mörder ihr nach:

»Dich werd' ich finden. Ich mach' dich kalt.«

6

Nichts wie weg von hier!

Palmer stieß und schob, als sie sich ihren Weg durch die Feiernden bahnte. Trotz sengender Sommerhitze breitete sich Gänsehaut über ihren Körper aus. Der Gedanke raste durch ihren Kopf, es wäre das Beste, sich mitten in der Masse auf den Boden zu hocken und zu hoffen, der Kerl fände sie nicht. Wobei er doch wohl nicht so blöd sein konnte, inmitten all dieser Menschen nach ihr zu suchen und sich der Gefahr auszusetzen, dass man ihn überwältigte.

Also entschied sie sich anders. Ohne sich umzusehen, kämpfte sie sich zum Seiteneingang des Bahnhofs vor, eilte Richtung gegenüberliegendem Ausgang, die vollverglaste rechte Seite entlang mit freiem Ausblick zu den Dampfschiffstegen. Es gab für Palmer nur einen Ort, an den sie jetzt dringend hinmusste. Zu Alex, der in seinem Wagen auf dem Reisebus-Anhaltplatz zwischen den Hotels *Waldstätterhof* und *Monopol* auf sie wartete.

Bei der Zentralstraße sprang Palmer, ohne zu stoppen, auf die Fahrbahn, wurde jedoch vom wütenden Hupen eines Lastwagenfahrers wieder auf den Gehsteig zurückgejagt. Sie warf dem Fahrer eine entschuldigende Geste zu, wartete einen Moment und versuchte es dann noch einmal. Diesmal bahnte sie sich den Weg etwas vorsichtiger zwischen den fahrenden Fahrzeugen hindurch.

Beim *McDonald's* bog sie um die Ecke in die Frankenstraße ein – und blieb abrupt stehen.

Ihr zog sich der Magen zusammen.

Alex war weg.

Hastig zog sie das Handy aus ihrer Tasche.

»Keine Ahnung, wo du wieder steckst«, las sie auf dem Display. »Ich warte noch zwei Minuten, dann muss ich fahren.«

Shit, das Vibrieren der eingehenden Nachricht hatte sie nicht gespürt. Sie biss sich auf die Unterlippe. Er musste es geahnt haben. Hoch und heilig hatte sie Alex versprochen, sich nicht zu verspäten.

Palmer wählte seine Nummer, aber sogleich sprang die Sprachbox an, und sie erkannte, er hatte das Gerät ausgeschaltet, damit niemand die Begräbnisfeierlichkeiten durch einen Anruf störte.

Palmer überlegte, mit welchen Worten sie sich bei ihm entschuldigen sollte. Dann aber glitten ihre Gedanken zurück zum Schuss auf sie, der stattdessen eine unbeteiligte junge Frau getroffen hatte. Dann lief wie ein Film vor ihren Augen der Messermord des einen Ganoven an seinem Komplizen ab. Nun war es ihre Pflicht, ihre Beobachtungen der Polizei zu melden. Aber der Gedanke, an den Ort des Geschehens zurückzukehren, nahm ihr die Luft zum Atmen. Der Verstand sagte ihr zwar, der Mörder wäre bereits über alle Berge, und es wäre deshalb sicher, zum Parkhaus zurückzugehen. Der Mörder würde doch wohl nicht mit dem Bild unter dem Arm in der Menschenmenge nach ihr suchen. Oder doch? Als der Große versucht hatte, ihm die Maske vom Gesicht zu reißen, war dennoch fast das ganze Gesicht verhüllt geblieben. Somit würde Palmer ihn nicht identifizieren können. Aber wusste dies der Mörder? In Wirklichkeit konnte Palmer einzig darüber Auskunft geben, dass er einen weißen Malerkittel und eine neonblaue Maske getragen hatte, von mittlerer Statur und kräftig gebaut war. Solche Beobachtungen brachten niemanden hinter Gitter. Trotzdem konnte Palmer nicht ausschließen, dass er auf sicher gehen und sie beseitigen wollte, denn schließlich war sie die einzige Augenzeugin seiner Tat im Parkhaus gewesen. Schließlich siegte ihr Gefühl, und sie würde nicht an den Schauplatz der Tat zurückkehren, sondern einen anderen Ort aufsuchen.

Von der Frankenstraße her bog sie in die Hirschmattstraße ein, wobei sie regelmäßig einen Blick über die Schulter warf. Dann marschierte sie links weiter bis über den Pilatusplatz hinaus, bevor sie rechts in die Zähringerstraße einbog, wo sie einem Rollstuhlfahrer begegnete, der soeben von einem Junkie angepumpt wurde. Nach Überqueren der Kasimir-Pfyffer-Straße nahm sie mehrere Stufen auf einmal zum Haupteingang der Luzerner Polizei, wo auch die Kripo ihren Sitz hatte.

Hinter einer Glasscheibe thronend, tat ein freundlicher Polizist seinen Dienst. Er war mittleren Alters und leicht übergewichtig. Aus seinem rundlichen Gesicht guckten Augen, die gerne lachten. Er strahlte jede Menge Ruhe aus, als er wortlos die Augenbrauen hochzog und Palmer klarmachte, sie genieße seine volle Aufmerksamkeit.

»Mein Name ist Palmer. Ich bin Zeugin eines Mordes geworden. Heute Nachmittag.«

Augenblicklich knipste er sein Lächeln aus. »Heute Nachmittag? Beim Parkhaus auf Seite der Uni?«, fragte er mit einer jener dröhnenden Stimmen, bei der man sein Handy automatisch ein Stück vom Ohr weghielt.

Palmer schürzte die Lippen und nickte.

Er griff zum Hörer und wählte zwei Nummern, dann wies er mit seiner Hand zur gegenüberliegenden Wand und bat Palmer, sich in den Wartebereich zu setzen, es werde jemand kommen und sie abholen. Während sie zu den Sesseln schlurfte, vernahm sie, wie er nochmals mit seinem Finger auf die Tasten hackte und dann zackige Worte sprach.

Als sie Alex noch einmal anrief und wieder der Beantworter ansprang, sprach sie drauf:

»Alex, entschuldige bitte, dass ich dich verpasst habe. Du kannst dir gar nicht vorstellen, was alles passiert ist. Ich bin jetzt bei der Luzerner Polizei. Ich melde mich wieder.«

Palmer wippte unruhig mit den Füßen. Sie hatte bereits 20 Minuten gewartet, als zwei Jugendliche durch die Tür zum Empfang traten, eine junge Frau im beigefarbene Faltenrock, der Junge in Bundfaltenhose und mit peniblem Scheitel. Obwohl die Frau näher beim Schalter stand, drängte er sich an ihr vorbei zur Glasscheibe und gab sich als der Anrufer zu erkennen, der den Raub des Bilds telefonisch gemeldet und die Polizei alarmiert habe. Noch während er sprach, tippte die Frau ihn mit dem Zeigefinger an den Arm und gab ihm Zeichen in Gebärdensprache.

»Danke, dass Sie vorbeigekommen sind«, sagte der Polizist. »Ich werde jemanden rufen, der Ihre Aussage aufnimmt. Nehmen Sie bitte dort drüben Platz.«

Der Junge blieb jedoch an Ort und Stelle, stemmte seine Hand in die Hosentasche, zog seine Bankkarte heraus und las dem Mann am Schalter die Kontonummer vor.

»Äh, was soll ich damit?«, fragte der Uniformierte.

»Sie zahlen doch sicher eine Prämie aus, weil ich den Raub auf Video aufgezeichnet habe.«

»Auf Ihrem Handy?« Mit dem Kinn nickte er in Richtung des Geräts, das der Junge in der Hand hielt. »Dann legen Sie das Gerät doch bitte hier in die Durchgabemulde.«

Der Junge tat, wie ihm geheißen. »Wie läuft das jetzt mit der Belohnung?«

Der Mann hinter dem Schalter nahm das Handy an sich, legte den Kopf schräg und bedachte den Jungen mit einem mitleidigen Blick. »Wie lautet der Code?«

»Moment.« Der Junge stieß ein kurzes höhnisches Schnauben aus. »Code gegen Belohnung. Ganz einfach.« Er hob seine Nase.

»Sicherheitshalber bleibt das Gerät hier«, antwortete der Mann hinter der Glasscheibe. »Wahrscheinlich hat die Überwachungsanlage den Raub lückenlos aufgezeichnet. Aber wir gehen da kein Risiko ein.«

»Freund und Helfer? So 'ne Scheiße. Die Medien hätten mir was bezahlt dafür. Was soll ich jetzt ohne Handy?«

»Bevor wir das Video der Tat nicht in unser System überspielt haben, erhalten Sie Ihr Gerät nicht zurück. Setzen Sie sich dort drüben hin. Es wird sich jemand um Sie kümmern. Den Code teilen Sie dann meinem Kollegen mit.«

Erst blieb der Junge wie angewurzelt stehen und blickte dem Polizisten ungläubig ins Gesicht. »Das kann doch nicht Ihr Ernst sein«, sagte er mit schriller Stimme. Noch während er sich abdrehte, kickte er in die Luft, stapfte in den Wartebereich und ließ sich geräuschvoll in einen Sessel fallen, sodass dessen Lehne hinten an die Wand schlug. Seine Freundin zog fragend die Augenbrauen hoch. Aber der Junge schaute nicht hin, sodass sie zum benachbarten Sessel schritt, sich artig hinsetzte und ihm beschwichtigend die Hand aufs Bein legte.

Palmer checkte ihr Handy. Keine Nachricht von Alex.

Nun wurde es Palmer zu bunt. Sie stemmte sich aus dem Sessel hoch und schritt hinaus auf den Vorplatz. Den Polizisten am Empfang, der sich empört erhob, beschwichtigte sie, indem sie stumm auf ihr Handy zeigte. Draußen blieb sie mit dem Rücken zum Gebäude stehen und wählte die Hauptnummer der Polizei. »Ich muss Stocker sprechen … Nein, nicht morgen. Jetzt … Ja, tun Sie das. Ich warte …« Sie steckte das Handy ein, legte den Kopf in den Nacken, schloss die Augen und atmete tief durch.

»Frau Palmer?«

Ihr Herz setzte einen Schlag aus. Sie warf ihren Kopf herum und blickte in ein Gesicht, das sie nicht kannte.

»Ich führe Sie zur Kripo.«

Der Mann trug keine Uniform, sondern Jeans und einen dünnen grünen Rollkragenpullover. Sein dunkles und auffallend dichtes Haar war grau meliert und so kurz geschnitten, dass es senkrecht abstand. Die Augen wurden von

Brauen überwölbt, die genauso pechschwarz waren wie der gepflegte Schnurrbart. Sein breites Kinn zeigte in der Mitte eine senkrechte Kerbe, bei der er vermutlich seine Probleme hatte, sie sauber zu rasieren. Als Palmer vor ihn hin trat, stellte sie fest, dass er sie um nicht mehr als einen halben Kopf überragte.

Palmer beeilte sich, auf der vierten Etage seinen raschen Schritten den langen Flur, der dezent nach Putzmittel roch, entlang zu folgen. Schließlich hielt er vor einer Tür, neben der sie auf dem Schild las, dass es sich um das Büro von Dweezil Niederberger handelte, das sie nun betraten. Allerdings erschien ihr der Mann nicht halb so exotisch wie sein Name. Dennoch entlockte er Palmer ein Schmunzeln, denn sie erinnerte sich an den amerikanischen Rock-Gitarristen und Komponisten Frank Zappa, der seinen Sohn auf diesen Namen getauft hatte.

»'tschuldigung, ich will mit Stocker sprechen, Ihrem Chef«, sagte Palmer.

»Die Anredeform lautet ›Herr Stocker‹.«

»Stocker kennt mich. Wir respektieren uns gegenseitig. Er weiß, dass er meinen Beobachtungen vertrauen kann.«

»Dies hier ist kein Wunschkonzert.« Weiter ging Niederberger nicht auf ihre Forderung ein. Hinter Palmer schloss der Beamte, der sie hergeführt hatte, die Tür, und als sie einfach stehen blieb, wies Niederberger unbeweglich solang mit der Hand auf den Stuhl, der am Schreibtisch direkt seinem eigenen gegenüberstand, bis sie sich hinsetzte.

An der Wand entdeckte sie eine Karte des Kantons Luzern, daneben unzählige Notizen, handschriftliche und gedruckte, alle auf der weißen Tafel befestigt mit gelben oder blauen Magneten. Dann fiel ihr der Becher mit den vielen Schreibutensilien auf, der nicht auf dem Pult stand, sondern so auf das Wandregal gestellt war, dass sich ein Besucher nicht einfach so daraus bedienen konnte, vielleicht, um es als Stichwerkzeug gegen den Mann einzusetzen.

Niederberger rückte die Tastatur vor sich zurecht und forderte Palmer auf zu erzählen, beginnend mit ihrem Namen, Wohnort et cetera. Sie tat wie gewünscht, und er blickte in ihr Gesicht, während er tippte. Sie beobachtete ihn genau und ertappte ihn kein einziges Mal, dass er auf dem Bildschirm seine Niederschrift kontrollierte.

Respekt, dachte Palmer.

Als sie zur eigentlichen Tat kam und in allen Details schilderte, wie sie die beiden Männer verfolgt und der eine dem anderen das Messer ins Hirn gerammt hatte, legte Niederberger die Fingerspitzen aneinander und sah sie an, wie sie das erst ein einziges Mal bei einem Geistlichen gesehen hatte. In seinen Augen las sie die unausgesprochene Aufforderung: »Reden Sie sich alles von der Seele. Ich höre Ihnen zu. Ich bin für Sie da und werde Ihnen helfen.« Dass er zuerst zuhörte und erst dann redete, war gemäß ihrer Erfahrung für einen Polizisten ungewöhnlich, wenn nicht für Männer überhaupt.

»Sie sagen also, der Maskierte hat Sie verfolgt und angekündigt, er werde Sie umbringen.«

»Genau. Und jetzt überlege ich, ob es besser ist, wenn ich mich für einige Tage aus der Öffentlichkeit zurückziehe. Und einen Moment lang habe ich mich gefragt, ob ich Sie um Personenschutz bitten soll.« Damit beendete Palmer ihre Ausführungen.

Er starrte sie einige weitere Sekunden unverwandt an, um dann eine Augenbraue zu heben.

»Der hat mein Gesicht eindeutig gesehen, voll beleuchtet durch Scheinwerferlicht. Und falls dieser Typ in letzter Zeit die Medien auch nur halbwegs verfolgt hat, dann könnte er mich erkannt haben. Die Zeitungen haben meine Erfolge gefeiert, als ich euch bereits mehr als einmal einen der echt schweren Jungs zur Verhaftung übergeben habe. Mit meinem Namen oder den Fotos meines Bootshauses, in dem ich wohne, wäre es ihm ein Leichtes, meine Adresse rauszukriegen.«

Er tat diese Forderung mit einer Handbewegung als Unsinn ab, ließ sich rückwärts in den Sessel fallen und verschränkte die Arme über der Brust.

»Personenschutz?« Er schüttelte den Kopf. »Der Kerl ist doch längst über alle Berge. Der riskiert nicht, dass wir hier noch über ihn stolpern. Der weiß, dass wir ihn im Visier haben. Nee, das ist ein Profi.« Er runzelte die Stirn. »Er wird Sie nicht jagen, erst recht nicht einen weiteren Mord begehen. Das würde die Suche nach ihm nur verstärken. Klar, er hat Sie gesehen. Aber was würde ihm dies helfen? Indem er Sie umbringt, vernichtet er kein Wissen, das wir nicht bereits haben.«

Sie öffnete den Mund, schloss ihn wieder, biss sich auf die Lippen und ließ sich ebenfalls mit verschränkten Armen gegen die Rückenlehne fallen.

»Nein«, fuhr er fort. »Indem er Sie umbringt, verschafft er sich keinen Vorteil. Hunderte Fußballfans haben die Räuber auch gesehen, erst recht die Besucher im Kunstmuseum. Wieso zusätzliche Schuld auf sich laden, indem er einen weiteren Mord begeht? Im Gegenteil, bleibt er in der Umgebung, bietet er uns dadurch die Chance, ihn einfacher zu fassen. Nein, dieser Kerl ist abgehauen. Unmittelbar vor unserem Gespräch habe ich mit dem Einsatzleiter vor Ort gesprochen. Die beiden Tatorte sind großräumig gesichert. Um die verletzte junge Frau und den angeschossenen Autofahrer kümmern sich die Ärzte, beide liegen im

Krankenhaus. Wir haben bereits Ermittlungen aufgenommen, um die Identität des getöteten Komplizen zu klären. Aber der Täter ist entkommen. Wie gesagt, für Sie besteht keine Gefahr. Einen Personenschutz benötigen Sie nicht. Abgesehen davon haben wir zurzeit alle Hände voll zu tun mit Ordnungsdienst. Haben Sie eine Ahnung, was da abgeht, wenn sich Massen von Leuten auf Großleinwand die EM anschauen?«

»Was kann ich dafür, dass Sie jetzt hier sitzen müssen, statt sich die Fußballspiele anzusehen?« Sie reckte ihr Kinn vor. »Ich bin die Einzige, die seine Mordtat beobachtet hat. Andere haben bloß seinen Raub im Kunstmuseum mitbekommen. Als sein Komplize ihm die Maske vom Kopf reißen wollte, ist ihm dies zwar nur bis zur Wange gelungen. Ich würde ihn nie wiedererkennen. Aber möglicherweise weiß dies der Mörder nicht.« Ruckartig setzte sie sich auf. »Verdammt. Weshalb hilft mir die Polizei nicht? Sehen Sie, genau deshalb habe ich nach Stocker verlangt. Der weiß, auf meinen Riecher kann er sich verlassen.«

»Stocker ist nun mal nicht hier. Sie müssen mit mir vorlieb nehmen, obwohl ich neu bin in dieser Abteilung.«

»Soll das heißen, die Polizei übergibt diesen Fall einem Anfänger?« Vor Wut ballte sie die Faust, konnte aber gerade noch an sich halten, vor sich auf das Pult zu hauen. Jedenfalls beugte sie sich vor und kam seinem Gesicht recht nahe.

»Moment. Rieche ich da Alkohol?«, fragte er.

»Klugscheißer«, antwortete Palmer und zog die Hand zurück. Als sie seinen stechenden Blick spürte und ihn erwiderte, bemerkte sie zum ersten Mal seine Augen. Die rechte Pupille war blau, die linke grün.

»Mir gefällt Ihr Ton überhaupt nicht«, sagte er.

»Dann sind wir ja quitt«, meinte Palmer.

7

Noch während Palmer mit einer gehörigen Portion Wut die Treppe hinunterstapfte, um die Hauptwache zu verlassen, zog sie wieder das Handy hervor. Alex hatte noch immer nicht reagiert.

Powerscheiße.

Alex ist echt sauer. Dazu hat er auch allen Grund. Er hat mich inständig gebeten, vor der Beerdigung nicht ins *KKL* zu gehen, weil er befürchtet hat, dass etwas dazwischenkommt und wir uns verspäten. Mehrmals habe ich beteuert, rechtzeitig bei ihm aufzutauchen. Dass er irgendwann nicht länger auf mich gewartet hat und losgefahren ist, nehme ich ihm nicht übel. Ich verstehe, dass er nicht zu spät kommen wollte. Zumal er die Aufgabe übernommen hat, an der Trauerfeier für die Anwesenden einen Blick zurückzuwerfen auf Thomas' Leben. Da hat er viel zu erzählen gehabt aus der gemeinsamen Jugendzeit.

Hoffentlich hat es Alex rechtzeitig geschafft.

Palmer biss auf ihrer Unterlippe herum.

Mitten auf der Stufe blieb sie stehen, tippte »Sorry« ein und wartete gespannt, ob Alex sogleich antworten würde. Aber da kam nichts.

Vor dem Gebäude setzte sie sich an den Rand der Treppe und überlegte, was als Nächstes zu tun sei. Zwar hockte sie hier wie ausgestellt, aber der Mörder würde ihr wohl kaum direkt bei der Polizei auflauern.

Da summte das Gerät und vibrierte in ihrer Hand.

»Dir ist wohl etwas unglaublich Wichtiges dazwischen gekommen …«

Palmer stieg Schamröte ins Gesicht.

Sie wusste nicht, mit welchen Worten sie sich diesmal dafür entschuldigen sollte, dass sie erneut einen Termin mit Alex verbockt hatte. Aber ihn um Verzeihung zu bitten, machte ihr Missgeschick nicht ungeschehen. Fieberhaft überlegte sie. Nach einer ganzen Weile atmete sie tief durch und wählte seine Nummer.

Seine Stimme klang traurig, und Palmer fragte sich, ob wegen des Todes seines Freunds oder weil sie ihn enttäuscht hatte. Aber er beschuldigte sie in keiner Weise. Er meinte einzig: »Jeder hält eben etwas anderes für wichtig.« Damit war das Thema für ihn abgehakt. Aber nicht für Palmer, die ihm nun ausführlich erklärte, wie die zwei Kerle die junge Frau entführt hatten, wie sie diese den Klauen des Muskelpakets entrissen hatte, und wie die Frau anschließend niedergeschossen wurde.

»Bist du verletzt?«, unterbrach Alex Palmer.

»Quatsch«, wiegelte Palmer ab und schilderte ihm, wie der eine Täter seinem Kumpel das Messer ins Hirn gestoßen hatte, ihre Flucht und schließlich ihr Gespräch mit der Kripo. Dies alles zog bei Alex ein ohrenbetäubendes Schweigen nach sich. Palmers Herz hämmerte.

»Du weißt, was ich davon halte, wenn du dich in Lebensgefahr begibst. Rein gar nichts.« Die Aufregung in seiner Stimme war unüberhörbar. »Ist ja, weiß Gott, nicht das erste Mal.«

Wieder entstand eine Pause, während der er leise die Luft einsog.

»Ich habe gedacht, wir hätten eine Abmachung.« Er räusperte sich. »Ich meine nicht die Beerdigung. Auch finde ich deine Mission ehrenwert, Frauen in Not zu helfen. Aber Täter zu überführen, ist nun mal Aufgabe der Polizei.«

»Ich weiß, ich habe etwas Schreckliches getan. Diesen Fehler werde ich mir nie verzeihen. Entschuldige.«

»Du forderst das Schicksal heraus. Irgendwann kommst du nicht bloß mit Schrammen davon, vielleicht irgendwann gar nicht mehr. Nach deinem letzten Abenteuer habe ich dich aufgefordert, du sollst dich raushalten, sobald es gefährlich wird. Und du hast es mir versprochen.«

»Ich wollte doch nur nachsehen, wohin diese Kerle fliehen, um meine Beobachtungen der Polizei zu melden, und fertig. Ich habe nicht ahnen können, dass der Mörder mir hinterher jagt.«

»Weil ich dich liebe, kann ich nicht mit dem Gedanken leben, dass mir eines Tages jemand die Nachricht deines Todes überbringt. Verstehst du? Ich halte das nicht länger aus.«

Als Palmer überlegte, ob Alex gerade ihre Beziehung beendet hatte, fuhr er fort. »Du willst ja wohl nicht alleine in deine Wohnung zurückkehren, oder? Du nimmst dich jetzt sofort aus der Schusslinie und ziehst für einige Tage zu mir.«

»Ich weiß nicht, ob ich dir versprechen kann, dass ich mich nie wieder einmische, wenn ich einer Frau in höchster Not begegne.« Sie schüttelte den Kopf.

»Dass du dich für Schwache einsetzt und für Gerechtigkeit kämpfst, finde ich toll. Wie viele Leute entwickeln heutzutage zeitlebens keine Leidenschaft, um ein gesetztes Ziel zu erreichen. Auch wenn ich dann und wann angeboten habe, du sollst deine Wohnung im Bootshaus aufgeben und bei mir einziehen, respektiere ich deine Eigenständigkeit. Jetzt aber sind die Umstände anders. Es gilt, dein Leben zu schützen.«

»Ich weiß, du meinst es gut. Ich nehme dir deinen neuerlichen Versuch nicht übel. Aber der Mörder ist doch jetzt über alle Berge. Auch die Kripo ist dieser Meinung.« Um zu beweisen, als wie harmlos sie die Situation beurteilte, und um ihn zu beruhigen, sagte sie: »Nein, ich geh' jetzt nach Hause und schiebe eine Pizza in den Ofen.«

»Aber wenigstens setzt du dich nicht vor dem Haus auf die Bank. Ja?«

»Okay, ich werde mit einem Bier auf dem Balkon abhängen. Da kommt keiner so schnell rauf. Aber danke, dass du dir Sorgen machst.«

»Nimmst du dir ein Taxi?« Alex' Frage war klar als Aufforderung gedacht. Als Palmer nicht sogleich bestätigte, ergänzte er: »Wenn du die Suche nach dem Täter auf eigene Faust fortsetzt, muss ich mir überlegen, ob es sinnvoll ist, unsere Beziehung weiterzuführen.«

Dieser Schlag saß, packte ihre Eingeweide mit eisernem Griff.

Möglicherweise war Alex selbst erstaunt über seine klare Ansage, denn sogleich wechselte er das Thema. »Hast du die Zusage bereits erhalten von Oberholzer?«

Palmer erklärte ihm, wie sie heute zufällig auf Oberholzer getroffen war. Aber sie verheimlichte, dass er und sein Begleiter ihren Aufzug skeptisch gemustert hatten und auch, dass sie sich etwas überhastet verabschiedet hatte.

»Verbock dir diesen Auftrag bei Oberholzer nicht.«

»Ich glaube, ich bin auf gutem Weg«, schwindelte Palmer. »Und danke nochmals, dass du mir diese Präsentation bei Niederberger ermöglicht hast.« Diesen Beratungsjob zu versemmeln wegen ihrer Jagd auf einen Mörder, wäre wirklich zu blöd gewesen. Abgesehen davon, dass sie diesen Auftrag dringend brauchte. Sie war blank. Und ohne Job würde sie ihre Wohnung im Bootshaus nicht mehr halten können.

»Ich ruf' dich morgen an«, sagte Palmer, und sie verabschiedeten sich. Sie war froh, als er erwähnte, es käme ihm ganz gelegen, den Abend alleine zu verbringen, damit er sich in Gedanken noch einmal würdig von seinem verstorbenen Freund verabschieden konnte. Dies sei in der Hektik des heutigen Nachmittags etwas untergegangen.

»Und ich halte mich raus aus der Suche nach dem Mörder«, sagte Palmer. »Ich versprech's dir.«

Als sie das Handy in die Tasche steckte, hatte sie sich bereits entschieden, den Weg zu Fuß zu gehen, um sich die Kosten für die Taxifahrt zu sparen. Mit einem Hinweis auf ihre finanzielle Notlage hätte sie ihm ein zusätzliches Argument geboten, weitere Kosten zu sparen, indem sie bei ihm einzog.

Auch wenn sie den Bus nähme, müsste sie trotzdem über die Hälfte der Strecke zu Fuß zurücklegen. Immerhin wollte sie die Hauptstraßen meiden und auf ihrem Weg bei der Moosstraße zur Habsburgerstraße hinüber wechseln. In dieser schwach befahrenen Einbahnstraße würden ihr die Autos immerhin von vorne entgegenkommen. Ein Sechsjähriger im knallroten Schweizer Fantrikot, das ihm bis über die Knie reichte, hüpfte an ihr vorbei und zeigte eine weiße Acht und den Namen Xhaka auf dem Rücken. Auf einem schmalen Balkon qualmte ein Grill, der unrasierte Mann im Feinripp-Unterleibchen, das sich über seiner Wampe spannte, stand daneben und kratzte sich am Bauch. Aus seiner offenstehenden Balkontür drang Fußballgegröle.

Alex' Drohung ging Palmer nicht aus dem Kopf. Während sie die Vonmattstraße hochschritt, erinnerte sie sich an das einzige Mal, als sie mit Alex per Bus vom Löwenplatz zu einem Konzert ins *KKL* gefahren war. An der Haltestelle Luzernerhof war eine alte Dame zugestiegen, und

Alex hatte sich prompt erhoben und ihr seinen Sitzplatz angeboten. Die alte Dame hatte gelächelt und sich bedankt, aber bevor sie sich hinsetzen konnte, ruckte der Bus, als er anfuhr, sodass die Dame für einen Moment aus dem Gleichgewicht geriet. Sie griff nach einer Stange, um sich festzuhalten, um nicht in den Gang zu segeln. Flugs machte ein Zwölfjähriger zwei Schritte und setzte sich auf den freien Sitz. Natürlich waren dessen Eltern Zeugen dieses Vorfalls geworden, zuckten aber einzig mit den Schultern, als Alex sie entsetzt anblickte.

»Schaffen Sie hier Ordnung oder muss ich Ihren Jungen in den Gang stellen?«, hatte er den Vater gefragt, wobei er seinen Oberkörper nach vorne geneigt und ihm tief in die Augen gestarrt hatte. Einige Sekunden lang hielt der Vater Alex' Blick stand, dann nickte er seinem Jungen zu, und die Sache bereinigte sich.

Palmer schmunzelte bei dieser Erinnerung. Alex war die Liebenswürdigkeit in Person. Aber er war klipp und klar der Meinung, man dürfe die Welt nicht kampflos den Unanständigen überlassen. Ganz so weit lagen also Palmer und Alex mit ihren Grundeinstellungen nicht auseinander.

Selbstverständlich schätzte sie an ihm den grundsätzlichen Respekt, den Alex jedem Menschen gegenüber zeigte. Noch nie hatte sie bei ihm erlebt, dass er in irgendeiner Form eine Frau gering geschätzt hätte. Außer vielleicht, wenn es um deren Gewicht oder Alter ging. Palmer amüsierte sich über ihre spaßige Erinnerung.

Mit Alex hatte sie auch gemeinsam, dass beide vor langer Zeit geliebte Menschen durch Krebs verloren hatten. Palmer ihre Mutter, Alex seine Ehefrau. Sie beide litten noch unter einer Narbe dieser Wunde, sodass von Anfang an klar war, dass man sich gegenseitig genügend Raum ließ, sobald der andere diesen benötigte. Dass sich beide in ihre eigenen Wohnungen zurückziehen konnten, half hierbei.

Alex verdiente sich sein Leben als selbstständiger Berater bei Markenpositionierung. Querbeet beriet er jene Firmen, die ihn sich leisten konnten. In seinem Maßanzug stand er in starkem Kontrast zu Palmer, die sich in Sneakers, Jeans und T-Shirt am wohlsten fühlte. Immerhin akzeptierte Alex Palmers Vorschlag, dass er wenigstens die Krawatte abnahm, wenn sie zum Essen ausgingen.

Palmers möglicher Auftrag bei Oberholzers Unternehmen ging letztlich auf die Vermittlung durch Alex zurück. Sie versprach sich viel davon. Immerhin würde dieser Auftrag auch ihre finanzielle Selbstständigkeit festigen. Umso mehr musste sie sich darauf konzentrieren, dieses Mandat an Land zu ziehen. Sie hätte also gar keine Zeit, sich um anderes zu kümmern, insbesondere nicht, einem Mörder nachzuhetzen. Auch wollte sie Alex nicht enttäuschen.

Ihre Gedanken glitten zurück zu dem Mörder.

Ich finde dich, ich knall dich ab, hat dieser Scheißkerl mir hintennach geschrien. Und die Polizei reißt sich kein Bein aus. Scheiße, der hat mein Gesicht gesehen. Muss ich mich jetzt verstecken? Aber zumindest zum Arbeiten muss ich doch raus. Und wie ernst hat Alex seine Drohung gemeint? Er will unsere Beziehung beenden, falls ich nach dem Mörder suche? Okay, er liebt mich und will mich nicht verlieren. Aber kann er mir übel nehmen, dass ich die Morddrohung persönlich nehme? Verdammt, da schwört einer, dass er mich umbringen wird. Shit, weshalb habe ich Alex bloß versprochen, mich aus allem rauszuhalten? Soll ich mich in der Wohnung verkrümeln und Däumchen drehen? Vielleicht Musik hören. Okay. Oder Gitarre spielen.

Die Gitarre!

Brust und Hals verengten sich, was ihr den Atem raubte.

Bereits setzt sie zum Spurt an, aber nicht nach Hause, sondern auf direktem Weg zum *KKL*. Sie hatte den Jungen neben sich gebeten, auf ihr seltenes Sammlerstück aufzupassen, als sie den beiden Tätern mit der Entführten nachgesetzt war.

Jetzt waren ihre Blutbahnen vollgepumpt mit Adrenalin. Würde sich der Mörder ihr jetzt in den Weg stellen, sie würde ihn glatt niedermähen. Um alles in der Welt wollte sie ihre Gitarre zurück. Nicht nur, weil sie diese in einigen Tagen im *KKL* abliefern wollte, damit Santana darauf spielen könnte, sondern auch, weil sie eine ihrer Lieblingsgitarren war, auf die sie nie im Leben verzichten wollte. Einen kurzen Moment überlegte sie, ob sie auch im *KKL* über ihren Verlust Bescheid geben musste. Aber Palmer rannte bereits quer in den Stadtpark und über die Wiese des Vögeligärtli. Sie kreuzte den Weg einer Gruppe 30-Jähriger, die in Schwimmreifen steckten mit Köpfen von Flamingos und Einhörnern, und umging geschmeidig deren Umarmungsversuche. Auf der Pilatusstraße donnerten in beiden Richtungen schwere Trucks vorüber, aber der Lärm drang nicht zu Palmer durch. Diese Straße war mit einem Mal der leiseste Ort in ganz Luzern. Sie hetzte zielgerichtet über den Bahnhofplatz zum *KKL*. Hier hatte sie die Gitarre abgestellt. Aber die Straße zwischen Bahnhof und *KKL*, die vorher noch von einer Menschenmasse überschwemmt gewesen war, zeigte sich jetzt fast menschenleer. Schon aus einiger Distanz verlangsamte sie ihren Lauf, und ihre Schultern sanken herab. Nirgendwo konnte sie den Koffer mit ihrer Gitarre entdecken. Einige schreckliche Augenblicke lang stand sie wie versteinert da.

Der Junge.

Nun suchten ihre Augen die Umgebung ab. Sie kniff die Lippen zusammen, als sie nirgendwo einen 20-Jährigen in dunkelblauem Shirt und mit kurzem Haar entdecken konnte.

Sie musste weg von der Straße, weg von diesem Ort, wo der Mörder sie bedroht hatte.

Aber aufgeben wollte sie nicht.

Als Erstes fragte sie in den Restaurants des *KKL* nach der Gitarre, dann in der Administration. Aber niemand konnte ihr weiterhelfen.

Als sie bei der Polizei anrief, klang ihre Stimme unnatürlich dünn. Palmer spürte, wie ihr Mund austrocknete, während sie der freundlichen Stimme gespannt zuhörte. Aber der Mann beschied ihr, man wisse nichts von einer Gitarre, sie solle sich doch ans Fundbüro wenden. Nachdem sie das Gespräch beendet hatte, stand sie noch eine Weile vollkommen regungslos da.

Endlich raffte sie sich auf und marschierte im Fußgängerbereich des Inseli zum Werftsteg. Über die Ufschötti schritt sie dem See entlang nach Hause zum Bootshaus des Ruderklubs, in welchem sie seit Jahren das Obergeschoss bewohnte.

Bei der Eingangstür schien ihr nichts verdächtig. Rasch trat sie ein, verriegelte die Tür doppelt und stampfte mit wütenden Schritten die Holztreppe hoch.

Sie hatte keinen Gedanken mehr an Pizza, denn inzwischen war jeglicher Appetit verflogen. Trotzdem ging sie in die Küche, aber einzig, um den einen Napf mit Trockenfutter, den anderen mit Wasser zu füllen. Allerdings war Sandman, ihr schwarzer Kater mit den ausgefransten Ohren, noch nicht von seinen Streifzügen über die Katzenleiter aufs Dach des angebauten Schuppens, dann durch das nur angelehnte Fenster in die Küche heimgekehrt. Andernfalls wäre er ihr bereits um die Beine gestrichen.

Palmer zog die Kühlschranktür auf und griff zur halb vollen Flasche *Johnny Walker*, gleich neben den Bierdosen. Bevor sie den Deckel wegschraubte, hielt sie sich die Flasche an die verschwitzte Stirn, dann hob sie das Ding so schwungvoll an die Lippen, dass Whisky über ihr Kinn lief. Der erste Schluck war für die Gitarre. Sie setzte ab und wischte sich mit dem Unterarm das Gesicht trocken. Den zweiten Schluck gönnte sie sich für den Schock, dass sie sich vor einem Mörder in Acht nehmen musste. Den dritten für Alex' Drohung, ihre Beziehung zu beenden, falls sie dem Mörder nachsetzte.

Ihre Gedanken wanderten zurück zu ihrer verstorbenen Mutter. Die Sehnsucht würgte sie in der Kehle. Oder war es der Whisky? Klar wusste sie, dass der Geist dieser Flasche sie nicht zu dem Mörder führen würde, es war mehr eine Selbstmedikation. Denn sobald der Alkohol zu wirken begann, kam ihr die ganze Situation etwas verträglicher vor.

Aber sogleich flammte das Bild des erschossenen Räubers auf und auch dessen starrer Blick direkt in ihre Augen. Konnte sie von Stund' an ihres Lebens nicht mehr sicher sein? Würde er sie abknallen? Musste sie ihm zuvorkommen?

Nein, nicht nur ich, sondern auch alle andern haben ihn einzig mit Maske gesehen. Und wieso sollte er mit der Suche nach mir das Risiko eingehen, dass man ihn schnappt?

Klar wusste Palmer, dass der Alkohol der Feind des Menschen war. Aber diesbezüglich liebte sie ihre Feinde. Er benebelte ihre Sinne nicht, sondern half ihr, auf einen Schlag den Durchblick zu finden. In Alex hatte sie einen Seelenverwandten gefunden. Ihn wollte sie auf keinen Fall verlieren.

Das erste Mal, dass sie Zuflucht in Hochprozentigem gesucht hatte, war nach dem Tod ihrer Mutter. Sie erinnerte sich genau: Ihre Kehle hatte sich angefühlt, als hätte sie eine

Fackel verschluckt. Aber genau das hatte sie gesucht. Es fühlte sich nämlich an, als ob es dem Alkohol gelänge, nicht nur ihre Nervenenden zu betäuben, sondern auch ihre trüben Gedanken wegzubrennen.

Alex wusste von ihren gelegentlichen Ausflüchten vor den Tatsachen. Ansonsten hatte sie ihr kleines Problem von allen geheim halten können, wenn auch der eine oder andere etwas ahnte. Die kühle Flasche Feuerwasser in ihrer Hand würde auch heute ihre Nerven beruhigen, damit sie irgendwann Schlaf fand. Noch einmal genoss sie die milde Kraft des Scotch, die ihren gnädigen Schleier über die Dinge ausbreitete.

8

Erst zuckte nur der kleine Finger. Eine Minute später zog Palmer ihre linke Hand über das Laken bis vors Gesicht, aber sie brachte die Lider nicht auf. Als sie mit aller Kraft ihre Augen aufzwang, vermochte sie nicht, den Nebel zu durchblicken.

Sie hob den Kopf um einige Zentimeter und suchte nach irgendetwas Flüssigem, um die Zunge zu lösen, denn diese klebte an ihrem Gaumen.

Erschöpft strampelte sie die zerwühlte Decke von den Beinen, drehte sich auf den Rücken und empfand den neuen Fleck als angenehm kühl. Schweißgebadet blinzelte sie ins Licht der Vormittagssonne, die durch die nur angewinkelten Jalousien hereindrang. Wie und wann sie vergangene Nacht ins Bett gefunden hatte, wusste Palmer nicht. Völlig niedergeschlagen war sie erwacht aus nicht enden wollenden Albträumen. Da war der Mörder, der mit einer riesigen Kanone auf sie zielte, um sie abzuschießen, egal hinter welche Deckung sie floh. Von weit her hatte sie den Schrei ihres tief eingegrabenen Instinkts vernommen, sie müsse alle fiesen Kerle dieser Welt ausschalten, damit sie keiner Frau Schaden zufügen konnten. Trotz aller Anstrengung war es ihr nicht gelungen, gegen den Mörder zu kämpfen, da Alex' starke Hand sie vom Mörder wegriss und nicht aufhörte zu drohen, er werde sie verlassen.

Nach einer weiteren Minute oder länger stöhnte das Bettgestell, als sie sich an den Rand der Matratze wälzte und erst jetzt mitbekam, dass sie sich in ihrer eigenen Wohnung befand und nicht bei Alex. Endlich stemmte sie sich hoch und schlich ins Bad, derweil ihr Kopf dröhnte wie eine geschlagene Kesselpauke. Reglos stand sie unter der warmen Dusche, während das Wasser in Rinnsalen über Kopf und Körper perlte und sie angestrengt versuchte, in die Welt zurückzufinden. Schließlich beschleunigte sie diesen Prozess, indem sie den Mischer auf eiskalt drehte und sich zwang, eine halbe Minute darunter auszuharren. Sie wollte einen freien Kopf kriegen.

Da sie vergessen hatte, sich ein Badetuch bereitzulegen, marschierte sie nackt und platschnass in die Küche, wobei sie bei jedem Schritt eine nasse Pfütze auf dem knarrenden Parkett hinterließ. Sie wusste aus Erfahrung: Ein Bier auf Whisky half gegen das Kopfweh nach *Johnny Walker*. Sie wollte sich beeilen, ehe er ihr ein Loch in den Schädel brannte. Sie zischte eine Dose auf und genehmigte sich einige Schlucke. Als sie der Maschine auf dem Tresen einen doppelten Espresso entlockte, flüsterte diese so leise, dass sich Palmer angestrengt versicherte, ob sie tatsächlich lief. Sie trug das Gebräu ohne Unterteller, aber mit zwei Aspirin auf den Balkon, wo sie den sanften Windhauch genoss, der über ihren entblößten Körper strich. Diese Freiheit erlaubte sie sich, da sie wusste, die Sträucher und Baumkuppeln waren dicht genug gewachsen, sodass weder von der nahen Ufschötti-Wiese noch vom Vorplatz des Bootshauses sie jemand entdeckte. Davon abgesehen kannte sie die Trainingszeiten der Ruderer, die allesamt Frühaufsteher waren und sich längst wieder von diesem Ort verabschiedet hatten. Während das Wasser gegen den Bootssteg vor dem Holzhaus gluckste, schnatterte eine Stockente, um dann aufgeregt mit auf der Wasseroberfläche aufschlagenden Flügeln davon zu flattern, während Palmer ihren starken Kaffee schlürfte.

»Palmer, ich wünsch' dir einen schönen Tag.«

Ihr Kopf schnellte nach rechts zur kleinen Wiese vor dem Steg, wo der vielversprechendste Ruderer der bevorstehenden Olympiade entspannt die Sonne genoss und ihr grinsend zuwinkte.

Palmer schreckte nicht zurück, wieso auch, Geheimnisse gab es vor ihm jetzt keine mehr zu verbergen. Zudem war dies zurzeit ihr geringstes Problem. Erneut kreisten ihre Gedanken um die Bilder, die sich tief eingegraben hatten in Palmers Gedächtnis: wie der Vermummte mit einem einzigen Hieb seines Jagdmessers seinen Kumpel exekutiert hatte.

Nach einer Weile marschierte sie ins Wohnzimmer, löste den Laptop vom Stromkabel, trat wieder hinaus auf den Balkon, hockte sich in die Hängematte und loggte sich bei der *Luzerner Zeitung* ein. Sie hoffte zu erfahren, was da genau passiert war, als die beiden Räuber die junge Frau als Geisel genommen hatten.

»Raub mit Geiselnahme und Mord« lautete die Headline. Zuerst überflog sie den Artikel, dann balancierte sie den Laptop auf dem Bauch, nachdem sie sich rückwärts ins Netz der Hängematte hatte fallen lassen und jetzt den Text über den Bilderraub las.

Vor knapp zwei Jahren hatte sie im *Kunstmuseum Luzern*, das sich über die gesamte vierte Etage des *KKL* ausdehnte, die Aufsehen erregende Ausstellung mit den Werken von William Turner besucht und war beeindruckt, wie dieser Maler in einigen Werken ihrer Meinung nach die Stilrichtung des Impressionismus um vielleicht 100 Jahre vorweggenommen hatte, obschon man Turner offiziell noch der Romantik-Epoche zuordnete. Und nun war das neu angekaufte Werk gestohlen worden. Die Zeitung interviewte den Stadtpräsidenten, der seinen Gefühlen Ausdruck verlieh und diesen Raub zutiefst bedauerte. Er hoffte, die Polizei fände nicht nur rasch die Täter, sondern auch das Gemälde, sodass man es unbeschadet der Sammlung wieder einverleiben könnte. Auch fragte er sich, wie ein solcher Raub überhaupt möglich war, und wünschte sich für die Zukunft eine bessere Bewachung der Kunstschätze.

Anschließend wechselte Palmer zum *Blick*, der, wie erwartet, ebenfalls über die gestrigen Taten berichtete. Wenn eine Boulevardzeitung normalerweise völlig unverdächtig war bezüglich Berichten über ein Museum, so hatte die Redaktion gestern wohl die Korken knallen lassen, denn in der heutigen Ausgabe konnten sie dramatisch über den Bilderraub, die Geiselnahme und den Mord berichten.

Palmer las Wort für Wort und war beruhigt, als sie erkannte, dass auch in dieser Zeitung ihr Name nicht erwähnt wurde.

Dann aber verengten sich ihre Augen zu Schlitzen, als sie sich an die Drohung des Mörders erinnerte. »Dich werd' ich finden. Ich mach' dich kalt.« Trotzig schob sie den Unterkiefer vor. Ich soll mich verkriechen vor dir? Da kennst du mich schlecht, du Scheißkerl, der auf Frauen schießt. Du hast bei mir die unsichtbare rote Linie überschritten. Nimm du dich in Acht. Ich werde dich aufspüren, bevor du mich findest.

Wenn ganz zu Beginn die Entführung der jungen Frau mit Palmer eigentlich nichts zu tun gehabt hatte, war sie mit dem gezielt auf sie abgefeuerten Schuss und dann erst recht mit der gegen sie ausgestoßenen Drohung schlagartig zu Palmers rein persönlicher Sache geworden.

Aber sogleich fühlte sie sich mies, denn ihr wurde bewusst, dass sie mit ihrem beherzten Eingreifen eigentlich nichts Gutes erreicht hatte, im Gegenteil. Die junge Frau, die sie ursprünglich hatte retten wollen, war angeschossen worden, weil Palmer sich eingemischt hatte. Aufgrund des schlechten Gewissens fühlte sich Palmer, als hätte ihr jemand in den Magen geschlagen. Sie hatte versagt. Zu schnell hatte sie gehandelt, zu unüberlegt und falsch. Jetzt lag die junge Frau im Krankenhaus.

Palmer schüttelte den Kopf.

Das musste sie geradebiegen. Sie schob entschlossen ihr Kinn vor.

Du sagst, du willst mich finden und mich kalt machen? Okay, dann wollen wir doch mal sehen.

Wegzulaufen war gegen ihre Natur. Da sie Alex' frühere Proteste noch in den Ohren hatte, hatte sie sich darum bemüht, die ganze Angelegenheit an die Polizei abzutreten. Aber einen persönlichen Schutz hatte diese ihr verwehrt. Und nun sollte sie sich raushalten?

Sagt das mal dem Mörder, verdammt.

Würde sie persönlich diesem nachspüren, vergrößerte sie dadurch zwar die Wahrscheinlichkeit, ihr eigenes Leben in Gefahr zu bringen. Andererseits konnte niemand ihr garantieren, dass der Mörder sie nicht jagen und abknallen würde. Sie war nicht gewillt, tatenlos auf den Mörder zu warten. Mit einem heftigen Kick in die Luft besiegelte sie ihre Absicht, ihn aufzuspüren und der Polizei zu übergeben.

Der soll sich vorsehen. Verdammter Schweinehund.

Palmer hatte eine Entscheidung getroffen und wusste, was sie zu tun hatte. Um die Espressotasse in der Küche abzuwaschen, marschierte sie entschiedenen Schrittes durch das Wohnzimmer. Unvermittelt versetzte es ihr einen Stich ins Herz, als ihr Blick die leere Stelle an der Wand mit all ihren geliebten Gitarren streifte. Unbeweglich stand sie da und fühlte, wie Tränen in ihr aufstiegen. Dann biss sie sich auf die Lippen, seufzte schwer, schritt ins Schlafzimmer zum Schrank und wäre beinah auf das Foto ihrer Mutter getreten. Der letzte Schluck gestern war wohl einer zu viel gewesen. Vage erinnerte sie sich, wie sie den Rahmen gestern Nacht aus der Kommode hervorgeholt hatte. Nun bückte sie sich umständlich, hob ihn hoch, wischte mit der Hand allfällig vorhandenen Staub weg und legte ihn sorgsam in die Schublade zurück.

Vor dem geöffneten Kleiderschrank stemmte sie ihre Fäuste in die Hüften und überlegte, welche Aufmachung für ihren Plan am hilfreichsten war. Keine abgewetzten Jeans heute, sondern Businesskleidung, obwohl ihr Job erst in einigen Tagen starten würde, falls sie ihn denn überhaupt zugesprochen erhielt.

Während sie die dunkelblaue Stoffhose in Siebenachtellänge hochzog, stachen ihr im Wandspiegel die rautenförmigen Abdrücke auf der Haut ins Auge, welche die Hängematte auf die Schenkel geprägt hatte. Zu dieser Hose entschied sie sich für die weiße taillierte Hemdbluse, den dunkelbraunen Ledergürtel und Pumps in gleicher Farbe. Den Blazer würde sie unter dem Arm tragen und erst anziehen, wenn sie ins klimatisierte Gebäude trat. Bevor sie von außen die Haustür verriegelte, hastete sie nochmals die Treppe hoch, suchte kurz in der Kommode und ergriff die ledergebundene Schreibmappe, um auch wirklich den gewünschten Eindruck zu erzeugen.

Nachdem sie im unterirdischen Parkhaus neben dem *KKL* geparkt hatte, quietschte es laut, als Palmer die Tür ihres Datsun Pick-ups öffnete, Baujahr 1973, dem man nicht nur von außen jedes einzelne Jahr ansah. Sie griff nach Blazer und Schreibmappe auf dem Beifahrersitz und stemmte sich aus dem Wagen hoch. Ohne den Wagen verriegelt zu haben, schritt sie zum Aufzug, denn er sah zu armselig aus, als dass jemand darin etwas Brauchbares vermutete.

Palmer hatte sich entschieden, den Mörder aufzuspüren.

Der naheliegende erste Schritt bestünde normalerweise darin, vom Opfer her rückwärts zu forschen, also vom erstochenen Kumpel aus: Mit wem hatte er zuletzt gesprochen, wen hatte er getroffen und wo hatte er sich herumgetrieben? Wohnung, Arbeitsplatz, Freizeit, Freunde, Feinde, Hobbys und und und. Über kurz oder lang würde sie dies zu einer verdächtigen Person führen. Allerdings war Palmer die Identität des erstochenen Räubers nicht bekannt, also musste sie anderswo starten. Nur wo? Sie dachte länger nach, gelangte aber auch nach mehreren Anläufen stets zum Ausgangspunkt, denn von der Polizei würde sie keine

Informationen erhalten. Also wollte sie es beim Kunstmuseum versuchen. Ihr Plan ging so: Sie würde sich ausgeben als Schadensexpertin der Kunstversicherung und hoffte, die Mitarbeiterinnen würden sich dieser gegenüber auskunftsfreudig zeigen. Aber wie sollte dies funktionieren? Falls diese die Boulevardmedien lasen, könnten sie Palmer wiedererkennen aus früheren Berichten, als sie bereits erfolgreich Frauen aus größter Not geholfen hatte. Also gab es nur eines: Sie musste sich an eine Mitarbeiterin halten, die genügend intellektuell aussah, um Boulevardmedien links liegen zu lassen. Und etwas älter sollte sie sein, damit sie Palmer nicht von früher als Musikerin kannte. Hierbei würde ihr der ungewohnte Business-Look helfen.

Während sie im rundum verglasten Aufzug zum vierten Obergeschoss des Kunstmuseums aufwärts fuhr, streifte sie sich den Blazer über und erinnerte sich, was sie beim Empfangsschalter der Hauptwache aufgeschnappt hatte. Offenbar war der erste Alarm bei der Polizei nicht vom automatisierten Sicherheitssystem des Museums eingegangen, sondern es hatte ein jugendlicher Besucher den Notruf gewählt. Palmer wunderte sich und machte sich Gedanken darüber, während sie an der jungen Mitarbeiterin hinter dem Kassentresen vorbeischritt und sich in der Nähe des Eingangs mit dem Handy beschäftigte, als würde sie eine Nachricht eintippen, denn die Dame, welche zurzeit die Eingangskontrolle vornahm, war noch jünger als jene an der Kasse. Nach einigen Minuten begann Palmer an ihrem Plan zu zweifeln. Aber gerade als sie unverrichteter Dinge die Vorhalle des Kunstmuseums verlassen wollte, kam ihr aus dem Museum eine ältere Mitarbeiterin entgegen, mit einem dicken Packen Kataloge in den Händen. Inständig hoffte Palmer, sie wisse nicht nur Bescheid, sondern würde ihr Wissen auch gerne teilen.

»Mein Name ist Palmer. Ich bin von der *Helvetia Kunstversicherung.*« Auch wenn sie sich gezwungen sah zu schummeln, wusste sie, ein selbstbewusster Auftritt könnte ihr Tür und Tor öffnen zu Informationen.

»Dann kommen Sie bitte mit«, forderte sie Palmer auf und schritt zum Ticketschalter, wo sie zum Telefon griff, zwei, drei Sätze sprach und sich wieder Palmer zuwandte.

»Der Direktor ist gerade besetzt. Aber es kommt gleich jemand. Sie können hier warten.«

Palmer räusperte sich.

Nur ruhig bleiben jetzt. Entspann dich. Versuche, so zu wirken wie die Schadensexpertin einer Kunstversicherung.

Palmer blickte sich um und staunte über die vielen Leute, die heute beim Museum eingelassen werden wollten, denn sie erinnerte sich nicht, jemals so viele Besucher hier angetroffen zu haben. Sie hatte sogar befürchtet, das Museum heute, einen Tag nach dem Überfall, geschlossen vorzufinden. Wahrscheinlich aber wirkte die Meldung des Raubs in den Medien wie ein großer Magnet. Der Direktor hatte wohl das riesige Potenzial der Schlachtenbummler erkannt, die sich mit eigenen Augen vergewissern wollten, dass das Bild fehlte. Möglicherweise hatten viele dies sogar zum Anlass genommen, das Museum zum allerersten Mal zu besuchen.

Nach dem Vorfall des gestrigen Tages hatten viele Leute hier im Museum das starke Bedürfnis, sich darüber auszutauschen. Tatsächlich erkannte Palmer einige Meter hinter dem Eingang auch eine Gruppe von drei Museumswärterinnen, die sich versammelt hatten, um die Geschehnisse wohl aus ihrer Sicht zu erklären und sich anschließend die Version der anderen anzuhören. Für die Beteiligten hatte dies einen therapeutischen Effekt. Sogar aus der Distanz vernahm Palmer, wie eine der Damen sich eine Hand aufs Brustbein legte und jedes Wort dramatisch hervorhob. »Oh … my … god! Und du bist sicher, dass das heute nicht noch einmal passiert?« Mit stechendem Blick atmete sie tief ein.

»Palmer!«, erschallte eine Stimme.

Vor Schreck wäre Palmer fast das Herz stehen geblieben, als jetzt von hinten laute Schritte auf sie zu stapften.

9

Palmer drehte den Kopf zum Eingang, aus dem eine gut 40-Jährige ihr entgegen schritt in grauer, uniformähnlicher Bekleidung und mit seitlich leicht ausgebreiteten Armen. Mit der fein geschnittenen Nase und den schmalen Lippen vermittelte sie sofort den Eindruck »zuständig zu sein«. Ihr Haar glich einem Vorhang aus schwarzer Seide, der bis fast zu den Schultern reichte und gut zu ihrem Teint passte, der die Hautfarben vieler verschiedener Ethnien zu einem Ton sanfter Bräune vermischte.

Palmer kannte diese Frau nicht und umklammerte ihre Schreibmappe fester, sodass ihre Hand augenblicklich einen verschwitzten Abdruck auf dem Leder hinterließ.

Glücklicherweise verzichtete die Dame auf eine Umarmung, sondern rieb sich die Hände und blickte sich suchend um, bis die Ticketverkäuferin mit dem Kinn auf Palmer wies.

»Du bei der Kunstversicherung?«

Noch während Palmer sich fragte, wer diese Dame war, die sie beim Namen genannt hatte, und welche Antwort sie ihr geben könnte, um sich glaubwürdig aus ihrem Bluff herauszureden, fuhr die Dame fort:

»Ich weiß nicht, ob du dich an mich erinnerst, so viele Fans wie du damals gehabt hast. Ich heiße Kalea.« Sie formte ihre Hand zur Faust, streckte sie Palmer zum Gruß hin, sodass Palmer ihre dagegen stieß. »Wir alle hatten uns gewundert, als bekannt geworden ist, du hättest dich aus der Musikszene zurückgezogen.« Für einen kurzen Moment schloss sie die Augen, bevor sie fortfuhr. »Du musst mir nichts erklären. Es gibt wohl keinen einfachen Job mehr heutzutage. Also, was habe ich heute Morgen zu erwähnen vergessen, als dein Kollege hier war?«

Palmer schluckte leer, fand die Fassung aber sofort.

»Die Polizei hat dich bereits einvernommen?«

Kalea nickte.

»Ich komme mir vor wie in einem schlechten Film. Ich hätte echt nicht gedacht, dass ich so etwas einmal erleben muss.«

Die paar wenigen Sekunden genügten Palmer, sich einen völlig anderen Einstieg als geplant ins Gespräch zurechtzulegen.

»Das gestohlene Meisterwerk ist das eine. Du musst wissen, ich habe auch ein rein persönliches Interesse, die Täterschaft aufzuspüren.« Sie umriss dieser offenbar alten Sympathisantin ihr gestriges Erlebnis in wenigen Worten, während der Mund von Kalea in ungläubigem Entsetzen offen stand.

»Und dir ist nichts weiter passiert?«

Palmer schüttelte den Kopf.

»Kommen wir gleich zur Sache. Nicht das Museum hat den Alarm bei der Polizei ausgelöst, sondern der Anruf eines Besuchers. Wie ist das möglich? Gibt es Probleme bei der Sicherheitsanlage? Habt ihr das Bild nicht mit Alarm gesichert?«

»Schon.« Sie wich Palmers Blick aus. »Ich sag' dir was. Aber das hast du nicht von mir.« Fragend blickte sie Palmer an.

»Ich weiß weder, wer du bist, noch wovon du sprichst.« Palmer zwinkerte.

»Genau weil wir wussten, dass die Anlage nicht mehr zuverlässig auslöst, haben wir den Lieferanten aufgefordert nachzubessern. Der hat das aber nicht hingekriegt. Okay, die Anlage ist bereits 20 Jahre alt. Und bis vor Kurzem hat sie tadellos gearbeitet. Als sich die Probleme als unlösbar abzeichneten, haben wir Offerten eingeholt für eine neue Technologie mit versteckt angebrachten Alarmknöpfen und so weiter. Dazu neue GPS-Ortungssender in den Bilderrahmen, so klein wie ein Nasenpopel, die sich aktivieren, sobald jemand das Bild von der Wand nimmt. Farb-, Rauch- oder Tränengaspatronen, die auf der Flucht explodieren, so wie man dies aus Banken kennt, sind leider nicht geeignet, da sie das geraubte Kunstwerk beschädigen könnten. Immerhin, nächste Woche wird eine komplett neue Anlage eingebaut. Von einer anderen Firma.«

»Ist dir bewusst, dass die Polizei die Museumsmitarbeiter als Erste ins Visier nehmen wird?«

»Ich kann mir nicht vorstellen, dass einer von uns ….« Kalea zwang sich zu einem gequälten Lachen und winkte mit einer schlaffen Hand ab.

»In diesem Fall ist der Kreis der Verdächtigen etwas größer, da nicht nur die Mitarbeiter des Museums von den Problemen mit der Alarmanlage gewusst haben, sondern auch die Angestellten der bisherigen und auch der neuen Sicherheitsfirma.«

»Plus die Vorstandsmitglieder der *Art Society*, des Trägervereins des Kunstmuseums. Und die zuständigen Politiker, denn die öffentliche Hand kommt für gewisse Kosten der Infrastruktur auf.« Kalea lächelte. »Wie halt so üblich, versucht jeder, die Kosten dem anderen aufs Auge zu drücken.«

»Wenn also jemand das Bild hätte rauben wollen, dann war jetzt der richtige Zeitpunkt, bevor die neuen Sicherheitsmaßnahmen greifen.«

Kalea dachte kurz nach und bestätigte, indem sie mit den Schultern zuckte.

»Bist du den Räubern begegnet?«, fragte Palmer.

»Nein, glücklicherweise nicht. Ich habe Schreibarbeiten erledigt, hinten in den Büroräumen.«

»Weißt du, was ich nicht verstehe? Wie sind diese zwei Kerle überhaupt reingekommen, ohne dass man jetzt deren Gesichter kennt von einer der unzähligen Überwachungskameras überall im Haus?«

»Zwar hat es nicht allerorts Kameras, auch nicht hinter den Kulissen. Trotzdem hat man den Ablauf rekonstruieren können. Die zwei Räuber haben Malerkittel übergezogen und sind zu Fuß mit tief ins Gesicht gezogenen Baseball-Caps über die Einfahrrampe in die Tiefgarage des *KKL* gelangt. Gleich beim Personaleingang des Kunstmuseums haben sie sich neben dem Ticketautomaten aufgebaut und sich zum Schein mit Werkzeug am Automaten zu schaffen gemacht, als ob sie daran eine Reparatur ausführten. Als irgendwann ein Museumsmitarbeiter herausgekommen und im Parkhaus verschwunden ist, hat der Hüne die Tür offen gehalten, und beide sind hineinschlüpft. Drin haben sie sich die neonblaue Maskierung über das Gesicht heruntergezogen, die sie bereits unter den Caps getragen haben. So, dass man auch jetzt ihre Gesichter auf den Aufnahmen nicht erkannt hat. Hinter den Kulissen sind sie bis zur Tür der Werkstatt gegangen. Hier haben sie angeklopft und gewartet, bis ihnen der Restaurator von innen geöffnet hat. Sofort hat ihn der Hüne niedergeschlagen und mit Klebeband gefesselt.« Kalea schlang schützend die Arme um den Körper. »Er hat ihm den Türbadge abgenommen und Schläge angedroht, falls er ihnen nicht verraten würde, wo er den Spezialschlüssel aufbewahrt, um das gesicherte Bild von der Wand zu lösen. Mit Schlüssel, Badge und Tasche sind die Räuber dann ins Museum marschiert und haben ihre Show abgezogen. Anschließend haben sie mit dem Badge die Tür zu den Hinterräumen wieder geöffnet und sind durch die Tiefgarage des *KKL* verschwunden, bevor der erste Alarm ausgelöst worden ist.«

»Denkst du, es ist möglich, dass ich mich mit einigen eurer Leute unterhalten kann, die den Raub ganz direkt miterlebt haben?« Palmer wollte zu Informationen aus erster Hand gelangen. Allerdings war sie bei Augenzeugen skeptisch, konnten diese doch schnell einmal mehr Ärger als Nutzen bringen. Viele irrten sich oder konnten sich nicht erinnern. Die einen absichtlich, die anderen nicht. Oder sie wollten sich nicht in etwas verwickeln lassen. Fotos oder Aufnahmen des Überwachungssystems waren weitaus vertrauenswürdiger.

»Was die Aufzeichnungen betrifft, muss ich dich leider enttäuschen. Zwar hat die Anlage gestochen scharfe Bilder aufgezeichnet. Aber die Polizei hat sie mitgenommen.« Sie zögerte, gab sich dann einen Ruck. »Sorry, auf die Idee, rechtzeitig eine Kopie davon zu ziehen, bin ich gar nicht gekommen. Schwamm darüber. Die Bilder hätten dir auch nicht weitergeholfen. Die beiden Täter waren maskiert. Nichts zu erkennen. Das war gestern um 17.24 Uhr. Etwas über eine Minute danach waren sie schon draußen, ohne irgendwie gehetzt zu wirken.«

»Profis«, sagte Palmer und blickte ihr in die Augen, damit sie weitersprach.

»Und nochmals eine Minute später war bereits die Polizei im Haus. Ganz schön schnell, die Männer.« Sie nickte anerkennend. »Haben sich ja bereits hinter dem Haus bei der Großleinwand aufgehalten.«

»Ist dir jemand aufgefallen vor dem Raub, gestern oder in den vergangenen Tagen?«

Kalea musterte Palmer mit erhobenen Augenbrauen.

»Jemand, der sich mehr für das Gebäude interessiert hat im Museum als für die Bilder«, fuhr Palmer fort. »Jemand, der die Türen gemustert hat oder der vielleicht versucht hat, hinter das Bild von Turner zu blicken, um die Art der Aufhängung zu erkennen?«

Kalea blies einzig angewidert den Atem aus. »Wer tut so was?«

»Gibt es jemanden, dem du den Raub zutraust? Irgendjemand, der aus der Reihe getanzt ist?«

Erneut zuckte Kalea mit den Schultern.

»Was ist mit dem da?« Palmer zeigte mit dem Kinn Richtung eines älteren Mannes, der soeben an ihnen vorbei marschiert war und Kalea mit einem stummen Kopfnicken begrüßt hatte. Palmer blickte dem Herrn im dunklen Maßanzug, Cowboystiefeln und altmodischer Föhnfrisur nach. »Muss der beim Eingang nicht sein Ticket vorweisen?«

»Ach, der doch nicht.« Kalea lächelte belustigt.

»Ein komischer Kauz«, bemerkte Palmer.

»Adrian Ammann, der Schwager des Direktors.«

Palmer kratzte sich am Hinterkopf und überlegte, wie sie sich Kalea als Informationsquelle erhalten konnte. »Lass uns mal auf ein Bier gehen. Gib' mir doch deine Telefonnummer.«

Kaleas strahlendes Lächeln erhellte den Raum, und die Anspannung um ihre Augen war mit einem Schlag weggewischt. Sie ging zur Rückseite des Ticketschalters, öffnete ein Türchen, zog etwas heraus, wandte sich Palmer zu und hielt ihr die Visitenkarte entgegen.

Palmer las Kalea Bauers Namen, ihre Anstellung als Direktionsassistentin, Adresse des Museums und verschiedene Telefonnummern, auch jene ihres privaten Handys.

»Halt da!«, donnerte eine tiefe Baritonstimme durch das Museum und ließ Palmer den Kopf zum Mann herumreißen, der von weit her Richtung Ausgang heranwehte und mit gestrecktem Arm auf sie zeigte.

»Ach, das ist nur Direktor Herzog«, meinte Kalea trocken. »Der bellt, aber beißt nicht. Aber lass' bloß keinen Krümel zu Boden fallen.«

»Kalea, was haben Sie soeben dieser Frau überreicht?«

»Frau Palmer ist hier wegen gestern.«

»Habe ich nicht klipp und klar gesagt, dass alles, was den Raub betrifft, ausschließlich über mich zu gehen hat?«

10

Kalea zog ihre Hand von Palmer zurück, dann schnellte ihr Blick zwischen Direktor Herzog und Palmer hin und her.

»Rein privat. Ich habe Frau Palmer bloß meine Visitenkarte überreicht. Wir beide kennen uns seit Jahren, haben uns aber aus den Augen verloren.« Und zu Palmer gerichtet: »Okay, dann um 18 Uhr heute Abend im *Luz*.«

Palmer nickte.

Argwöhnisch verengte Herzog die Augen zu Schlitzen.

»Ich werde nicht dulden, dass da irgendetwas hinter meinem Rücken läuft.«

Palmer beobachtete, wie Herzogs großer Adamsapfel tanzte, als er sprach. Sie kannte ihn vom Sehen als einen dünnen und drahtigen Mann, etwas größer als der Durchschnitt, mit knallblauen Augen, die aus einem etwas falkenartigen Gesicht hervor schauten, das nach etwas über 50 aussah. Sein gespitztes Mündchen ließ Palmer erahnen, dass sie hier einem wohl meist übellaunigen, sturen Menschen gegenüberstand.

»Und Sie behaupten, Sie sind von der Versicherung.« Herzog stieß ein kurzes Lachen aus. »Bei wem sind wir denn versichert?«

Palmer schwieg.

»Dies ist nicht im Geringsten Ihre Angelegenheit.«

»Ich mache es zu meiner Angelegenheit.«

»Dann kürze ich das mal ab hier. Mit dem Mann von der *AXA Art Versicherung* habe ich bereits heute früh gesprochen, als Sie sich noch in irgendeinem Bett ausgetobt haben.«

Palmers Gesicht verhärtete sich, und als sie antwortete, klang ihre Stimme entschlossen.

»Sie möchten nicht das Kunstwerk zurück? Sehen Sie, das unterscheidet uns beide. Sie wollen Geld von der Versicherung. Ich will wissen, wer das Bild geraubt hat.«

»Halt, natürlich muss dieses Bild zurück in unser Museum.« Er räusperte sich. »Uns allen hat man einen Teil des Herzens herausgerissen.«

»Gibt es Anzeichen für Artnapping? Ist bereits eine Lösegeldforderung eingegangen?«

»Nein, gibt es nicht, bei uns jedenfalls nicht. Leider. Vielleicht bei der Versicherung. Aber davon weiß ich nichts. Aber was geht Sie das an?«

»Leider?«, fragte Kalea, breitete die Hände aus und schüttelte den Kopf.

Palmer erklärte: »Würde das Museum oder die Versicherung erpresst, dann hieße das zumindest, dass das Gemälde noch existiert und nicht spurlos für alle Ewigkeit im Safe eines Sammlers verschwunden ist. Oder versunken im Zollfreilager des Genfer Flughafens – ein riesiges Versteck, wo kein Mensch es je finden wird und ein Kunstwerk heimlich den Besitzer wechseln kann, ohne dass dafür Zölle und Steuern entrichtet werden.«

Nun schaltete sich der Direktor ein.

»Einem anderen Museum würden die Räuber dieses Gemälde nicht anbieten, dafür ist es viel zu bekannt. Die würden eher das Bild vernichten, um keine weiteren Spuren zu hinterlassen.«

»Genau deshalb zahlen oft die Museen, aus denen ein Werk gestohlen wurde. Sie wollen nicht riskieren, dass es zerstört wird. Aber was ist mit dem *Art Loss Register*?«, fragte Palmer den Direktor.

»Klar, kommt alles noch. Doch dafür bleibt genügend Zeit.«

»Will mich jemand aufklären?«, fragte Kalea.

»Das *Art Loss Register* ist die größte Datenbank für gestohlene oder verlorene Kunstwerke weltweit«, erklärte Palmer. »Gibst du ein bestimmtes Werk dort ein, wird versucht, es aufzuspüren und wiederzubeschaffen. Wissen Erben mit einem gestohlenen Kunstwerk nichts anzufangen, werfen sie es womöglich auf den Markt, um es zu verkaufen. Dann taucht es in vielleicht 50 Jahren auf und kann an den eigentlichen Eigentümer zurückgegeben werden. Dem Museum oder der Versicherung. Je nachdem, ob sie bezahlt hat.«

»Also nicht nur Liebe zur Kunst, sondern auch Geldgier als Raubmotiv. Darauf wäre ich nie gekommen.« Kalea lächelte mit nur einer Seite des Munds. »Ich bin schockiert. Während in Spielfilmen das Rauben von Kunst äußerst kompliziert erscheint, ist dies in unserem Museum erschreckenderweise keine große Sache gewesen.« Der Direktor schaute zu Boden, als Palmer in seine Richtung blickte. »Die große Schwierigkeit folgt für die Räuber erst nach der Tat. Wie mache ich dieses Turner-Werk zu Bargeld? Verkaufen die Räuber auf dem Schwarzmarkt, an einen Händler oder erpressen sie das Museum, besteht jeweils die Gefahr, dass man sie fasst. Viel sicherer ist, man stiehlt ein Werk auf Bestellung. Da kennst du den Abnehmer im Voraus und auch die Höhe der Provision.«

Kaleas Mund stand offen, aber sie brachte nicht einen Ton heraus.

»Kunstdiebstahl hat sich enorm gehäuft in den letzten Jahren. Viele Werke sind schlecht gesichert. Kirchen und Museen wollen möglichst viele Leute anlocken. Auch private Kunstliebhaber investieren lieber in zusätzliche Kunstwerke als in Sicherheit. Diese wollen schließlich ihre Werke betrachten und nicht im Tresor verstecken. Überdies ist die Gefahr gering, gefasst zu werden. Die Aufklärungsquote von Kunstdelikten liegt bei lausigen 20 Prozent. Hebt ein Räuber Geld von einer Bank ab, dann fasst ihn die Polizei in über 80 Prozent der Fälle.«

»Kalea, Ihr Kragen.« Herzogs Zeigefinger zeichnete nervöse Kreise vor dem Kragen ihres Hemds. »Also bitte.« Die Aufregung in seiner Stimme war unüberhörbar.

Blitzartig fuhr Kalea mit beiden Händen den Hals entlang und richtete ihre Uniformjacke.

»Und jetzt zurück an die Arbeit.« Er sah Kalea eindringlich an, bis sie wortlos nickte, sich abwandte und im Museum verschwand.

»Eine Frage noch«, sagte Palmer, aber Herzog winkte entschieden ab, schüttelte den Kopf, presste die Lippen demonstrativ aufeinander und machte klar, sich nicht von der Stelle zu bewegen, bis Palmer sich verzogen hat.

Also machte Palmer kehrt und stieg im Treppenhaus eine Etage hinunter, um sich auf eine Stufe zu setzen. Hier wollte sie Herzog etwas Zeit lassen, um sich irgendwo im Museum in etwas anderes zu verbeißen, damit sie später Kalea weitere Infos entlocken konnte.

Sie kramte das Handy hervor und tippte eine Nummer ein. Sogleich aber sprang Alex' Sprachbox an, ohne dass Palmer etwas darauf sprach. Wie gerne hätte sie sich mit ihm unterhalten und sich ihm erklärt. Nun senkte sie den Kopf, bis ihre Stirn die Knie berührte. Für Palmer stellte dieses Kunstmuseum viel mehr dar als eine Sammlung von Artefakten. In erster Linie konnte sie hier in Hochkultur schwelgen, klar. Darüber hinaus war es für sie ein Rückzugsort, wo sie ungestört und über Stunden den eigenen Gedanken nachhängen konnte, insbesondere, wenn es draußen regnete. Die völlig andere Umgebung führte sie zu ganz anderen Geistesblitzen als jenen, die sie zu Hause fand.

Sie liebte nicht nur die wechselnden Ausstellungen zeitgenössischer Kunst, sondern auch die moderne Architektur des ganzen Gebäudes, wobei die zurückhaltende Formgebung des Museums die Individualität der Werke sehr gut zur Wirkung brachte.

Museumsbesuche machten sie glücklich. Sie konnte in Kunstwerke eintauchen, darin versinken und sich einem wahren Bilderrausch hingeben. Hier ließ sie sich inspirieren oder, falls ihr danach war, lernte sie etwas aus den Werken. Setzte sie sich genügend mit einem Werk auseinander, konnte dies zu einer tiefgründigen Information über ein Thema führen. Auch liebte Palmer die Freiheit zu entscheiden, ob sie sich überhaupt mit genau diesem Werk auseinandersetzte. Und auch wie lange. Denn das eine Werk ergriff bereits beim ersten Blick Besitz von ihr und inspirierte sie sofort. Zu einem anderen Werk fand sie vielleicht beim besten Willen keinen Zugang. Damit war Palmer nicht alleine, denn die einen Künstler gaben mehr darauf, dass die Betrachter sie verstanden, andere weniger. Insbesondere moderne Kunst hatte einen Abstraktionsgrad erreicht, welchen ein Großteil der Bevölkerung ohne Hilfe nicht auf Anhieb entschlüsselte. Standen sie zu oft ratlos vor einem rätselhaften Werk, klemmten sie ihr Interesse ab und besuchten Kunstausstellungen überhaupt nicht mehr. Viele Museen bemühten sich deshalb, den Besuchern einen Zugang zu ihren Werken zu vermitteln, indem sie Erklärungen abgaben. Diese Hilfeleistung war nicht ganz selbstlos, denn damit sicherten sie sich Steuergelder, indem sie einen Bildungsauftrag ausführten.

Und genau hier lag für Palmer der Hund begraben.

Noch immer überwältigt von der William Turner-Ausstellung hatte Palmer damals Kontakt gesucht mit dem Direktor, den sie nicht gekannt hatte. Sie hatte ihm empfohlen, auch bei zeitgenössischen Ausstellungen die bei Turner verwendeten Audioguides zum Einsatz zu bringen, um damit den Besuchern die Kunstwerke näherzubringen. Damit hatte sie seinen Nerv getroffen.

»Viel zu teuer«, hatte Herzog abgewinkt. »Denken Sie nur an all die von Kunsthistorikern erstellten Texte, die dann professionelle Schauspieler auf Band sprechen müssen. Das lässt unser Budget nicht zu.«

»Professionelle Sprecher sind überhaupt nicht teuer. Abgesehen davon, dass Sie die Audioguides für das Kunstmuseum ja bereits angeschafft haben. Weshalb lassen Sie nicht die Personen sprechen, die das Werk am besten kennen, die Künstler höchstpersönlich? Vielleicht unter Mithilfe des Museums, was den Text betrifft. Das wären günstige Infos aus allererster Hand.«

»Sie haben doch keine Ahnung«, war Herzogs Antwort, bevor er sich nach formloser Verabschiedung aus dem Staub machte. Palmer hatte ihren Hinweis gut gemeint, aber der Direktor hatte ihn in den falschen Hals gekriegt und als grundsätzliche Kritik an seiner gesamten Arbeit aufgefasst. Als Herzog heute vor Palmer getreten war, musste er sie sofort wiedererkannt haben, was für Palmer keinen guten Start verhieß.

Aber nachdem Palmer mit ihrer Pause auf der Treppenstufe Zuversicht getankt hatte, schritt sie zum Ticketschalter, wo sie sich am Ende der mickrigen Schlange von zwei Leuten anstellte und eine Minute später bereits das Museum betrat, wo sie hoffte, nochmals auf Kalea zu treffen für weitere Informationen. Mit großen Schritten streifte sie durch die Säle, hatte heute jedoch keine Augen für die zeitgenössischen Werke, sondern suchte erfolglos nach Kalea. Nebenbei stellte sie fest, dass auch heute den Besuchern nirgendwo, auch nicht beim Werk des abgesägten und schräg an die Wand gestellten Besenstiels, eine hörbare Hilfe zur Verfügung stand, um zu verstehen, was genau diesen Besenstiel zu einem Kunstwerk machte. So viel zum Bildungsauftrag oder Abbau von Schwellenangst, dachte Palmer.

Auch in der nächsten Halle traf sie auf keine Spur von Kalea, setzte sich aber sofort in Gang, als eine Mitarbeiterin ihren Badge hervorzog und auf eine Tür zuschritt. Die Frau war bereits hineingegangen, als Palmer ihren Schuh gerade noch rechtzeitig zwischen Tür und Rahmen setzte. Sie gab der Mitarbeiterin einige Sekunden Vorsprung, dann stieß Palmer die Tür auf und verschwand im schmalen Gang dahinter, von welchem sie nach einigen Metern zu offen stehenden Türen gelangte, die nach links und rechts einen freien Blick in Büroräume erlaubten.

»Ist Kalea hier?«, fragte Palmer. Aber die Mitarbeiterin am Laptop unterbrach nur kurz ihr Tippen, um mit den Schultern zu zucken und ihre Aufmerksamkeit sofort wieder ihrer Arbeit zu widmen.

Ohne den anderen Raum zu betreten, streckte Palmer den Kopf hinein und blickte sich wortlos um. Eine Frau stand vor einem Schreibtisch und sortierte Unterlagen, während ein junger Uniformierter von Hand etwas auf einem Blatt notierte. Seinem Schreibtisch gegenüber war eine ganze Wand mit Überwachungsmonitoren verbaut. Auf deren Bildschirmen wirkte es bloß so, als wären die Bilder eingefroren, weil sich kaum jemand bewegte vor den Kunstwerken. Der Uniformierte starrte Palmer an und ließ seinen Stift auf den Schreibtisch fallen.

»Hier hat niemand Zutritt. Wer sind Sie?«

»Ich suche Kalea.«

»Die ist nicht hier.« Er kam auf Palmer zu. »Ich zeige Ihnen den Weg.«

»Raus hier!«, schrie von hinten eine viel tiefere, kräftigere Stimme Palmer ins Ohr.

Reflexartig zog Palmer ihren Kopf ein und drehte sich um. »Fremde haben hier nichts verloren. Was bilden Sie sich ein?« Herzog wurde knallrot vor Wut. »Ich dulde Ihren Auftritt hier bei uns nicht.«

Da Palmer mit einer schlagfertigen Antwort die Situation wohl verschlimmert hätte, verzichtete sie darauf, aber Herzog fühlte sich genötigt weiterzusprechen.

»Erst mischen Sie sich in fremde Angelegenheiten ein, und jetzt erfrechen Sie sich sogar, verbotene Räume zu betreten.« Näher als normal trat er an sie heran und starrte ihr angriffslustig in die Augen.

»Herr Herzog, ich folge nur den Brotkrumen, egal wohin diese mich führen.«

»Für Sie *Direktor* Herzog.« Er blickte Palmer ins Gesicht, als ob er sie gleich zusammenfalten wollte. »Hier werden Sie das Turner-Werk bestimmt nicht finden.«

»Aber einen klitzekleinen Hinweis, der mich weiterbringt. Da bin ich mir sicher.«

»Hat Ihnen die Polizei überhaupt erlaubt, den Räubern nachzuspüren?«

»Offensichtlich bin ich hier die Einzige, die dazu genügend Eier hat.« Einen kurzen Moment lang hätte sie sich für diese Bemerkung ohrfeigen können, denn jetzt würde sie von ihm erst recht keine Informationen mehr erhalten. Allerdings war ihr dies auch bisher nicht gelungen.

»Meine Geduld mit Ihnen ist zu Ende. Raus jetzt.«

Für einige Sekunden verharrte Palmer, dann drehte sie sich unter den stummen Blicken der Anwesenden um und verließ die Büroetage, in ihrem Schlepptau den Direktor.

Im Gleichschritt marschierten sie hintereinander an der

Wand vorbei, auf welcher das Turner-Bild fehlte und an dessen Stelle der Direktor über der sichtbaren Aufhängung eine Tafel montiert hatte mit einer Entschuldigung und der Erklärung, weshalb das Gemälde nicht zu sehen war. Einige Besucher standen vor dieser weißen Wand und starrten ins Leere.

Im nächsten Saal neigte sich eine Besucherin in seltsamem Winkel neben eine moderne Installation und fotografierte die Tafel «fotografieren verboten», da sie wohl vermutete, diese wäre Teil des Kunstwerks.

Vorbei am Schwager des Direktors, der auf einer Bank saß und in Gedanken versunken die zeitgenössischen Fotos betrachtete, verschwand Palmer auf direktem Weg Richtung Ausgang, denn sie wusste, wo sie als Nächstes dringend hin wollte.

11

»Hier können Sie nicht rein«, sagte die hagere, groß gewachsene Krankenschwester mit den dunklen und zu einem strengen Knoten zurückgebundenen Haaren, als sie von ihrem Klemmbrett aufblickte und zur automatischen Tür eilte, um den Weg in die Intensivstation zu verstellen. »Oder sind Sie von der Familie?«

»Dieser Scheißkerl hat sie töten wollen«, sagte Palmer und zog tief Luft ein, die beißend antiseptisch roch. Am liebsten hätte sie gehört, die Patientin sei bereits nach Hause entlassen worden, alles halb so schlimm.

»Wir lassen nur Leute aus dem engsten Familienkreis rein. Es ist ein Wunder, dass sie noch lebt. Lungendurchschuss.«

»Wird sie's schaffen?« Palmer wusste um die Gefahr, dass die junge Frau mit dieser Verletzung am eigenen Blut zu ertrinken drohte.

Die Schwester zögerte, bevor sie antwortete. »Wir tun unser Bestes.«

»Darf sie sich hier in Sicherheit fühlen, wenn sie erwacht? Ein Kerl hat auf sie geschossen.«

Die Schwester nickte, allerdings auffallend langsam. »Wir schauen, dass niemand hier reingeht. Bis jetzt ist noch keiner gekommen. Sie sind die erste Fremde.«

»Was ist mit ihren Eltern, dem Freund, den Geschwistern?«

Die Schwester nickte stumm.

Palmer starrte durch das große Fenster in die blitzsaubere Intensivstation, wo in vier Betten, halb verdeckt durch weiße Vorhänge, bewegungslos Patienten in der Mitte der Matratze auf dem Rücken lagen. Das klinisch kühle Licht der Leuchtstoffröhren tauchte alle in einen bleichen graugrünen Schimmer und verlieh ihnen etwas Entrücktes. Beim Pflegepersonal herrschte ein ständiges Kommen und Gehen. Mit keimfreier Haube und Maske vor dem Gesicht wieselten sie durch den Raum und prüften hier eine Angabe, dort schlossen sie einen vollen Infusionsbeutel an und führten dessen Inhalt über einen durchsichtigen Schlauch zur Kanüle auf dem Handrücken. Als eine der Krankenschwestern den Raum verließ, nahm Palmer durch die kurz offenstehende Tür eine gespenstische Ruhe wahr. Diese wurde einzig unterbrochen durch das Piepen der Kontroll- und Beatmungsgeräte, während Messapparate farbige Kurven auf Computermonitore schrieben.

»Ich hoffe, sie kommt durch.« Palmer spürte, wie sich ihre Brust verkrampfte. Irgendwie fühlte sie sich mitverantwortlich für den Zustand dieser jungen Frau. Ihr Gefühl sagte ihr, sie habe den Killer dazu gebracht, auf sie zu schießen, dabei aber die Frau getroffen.

»Zu wem wollen Sie?« Die Schwester drehte sich von Palmer weg, trat einige Schritte nach vorne und stellte sich einem Herrn in den 60ern entschlossen in den Weg, der von den Aufzügen her die Intensivstation ansteuerte.

Ein hagerer alter Knabe mit ordentlich gescheiteltem und vielleicht etwas zu schwarz gefärbtem Haar. Seine Blicke irrten im Gang umher, als ob er möglichst viel von seiner Umgebung aufschnappen wollte, während eine Hand den Blumenstrauß mit angebundenem Gute-Besserung-Ballon fest umklammert hielt.

»Grüezi, äh, ich möchte Frau Lauper besuchen. In der Chirurgie.« Hinter ihm schlich ein Patient in weißem zerknittertem Krankenhausgewand wie ein verlorener Zombie quer über den Gang, seinen Tropf an einem fahrbaren Gestell vor sich her stoßend.

»Da sind Sie bei uns falsch«, klärte ihn die Schwester auf.

Fragend zog er sich eine Braue in die Stirn, während sie mit betont geschlossenem Mund den Kopf schräg legte, ihn sanft am Oberarm fasste und zurück zum Aufzug drehte. »Sie sind auf der Intensivstation gelandet.«

Zwar wusste Palmer, dass viele Zeugen den Schützen gesehen hatten. Weshalb sollte er also hier auftauchen und diese junge Frau für ewig zum Schweigen bringen? Trotzdem ließ Palmers ernsthafte Miene Zweifel erkennen, ob der Mann sich tatsächlich bloß aus Versehen hierher verirrt hatte. Aber offensichtlich wusste diese Schwester genau, wie sie ihre Schäfchen vor einem bösen Wolf beschützen musste.

12

Als Palmer endlich ihren Wagen auf einen Anhaltplatz für Reisebusse stellte, direkt vor dem Landesteg 1 der Dampfschiffe, hatte sie wie jeder andere Depp, der während des abendlichen Stoßverkehrs in die Innenstadt fuhr, eine halbe Stunde benötigt für die Strecke vom Kantonsspital zum Bahnhofplatz, die sie normalerweise in fünf Minuten schaffte. Dass sie hier nicht parken durfte, wusste sie, aber sie wollte ihren Termin nicht verpassen, wenngleich nicht mal feststand, ob ein solcher überhaupt vereinbart war. An der Ladefläche ihres Datsuns klappte sie das Heck herunter, sodass es aussah, als ob sie etwas transportierte und aus diesem Grund den Wagen hier kurz abgestellt hatte. Im Übrigen würde sie ihr Fahrzeug im Auge behalten und rechtzeitig hinauseilen, um eine Parkbuße zu umgehen, falls der Polizei der Wagen auffallen sollte.

Sie hastete ins *Restaurant Luz*, an der Betontheke vorbei, aber bereits nach wenigen Schritten ließ sie ihre Schultern hängen, denn sie traf in diesem unkomplizierten Seebistro nirgendwo auf Kalea, auch nicht draußen auf der Terrasse, die weit über das tiefblaue Wasser hinausragte.

Noch während Palmer überlegte, ob sie alleine ein Bier kippen sollte, wenn sie schon mal hier war, spürte sie sanfte Fingerspitzen, die über ihren Nacken strichen.

»Mein Tisch ist da drüben. War kurz auf der Toilette. Komm, setz dich.« Mit einer Hand am Rücken schob Kalea Palmer Richtung ihres Platzes. Noch bevor sich beide einander gegenüber auf die Festbänke schoben, hatte Kalea bereits bei der Bedienung ein zweites *Pils* bestellt. Zwar hätte Palmer lieber ein anderes Bier gewählt, da sie sich aber von Kalea noch einiges an Informationen erhoffte, willigte sie mit einem Kopfnicken ein.

»Ich habe gehofft, du kommst. Ich freue mich riesig, mit dir mal persönlich zu schwatzen. Hätte nie gedacht, dich mal ganz für mich alleine zu haben.«

Palmer zögerte und überlegte, wie Kalea diese Bemerkung gemeint haben könnte. Als aber die Bedienung ein bis an den Rand gefülltes Glas vor ihr auf den Tisch stellte, genehmigte sich Palmer sogleich einen Schluck, lehnte sich entspannt zurück, wischte sich mit dem Handrücken den Schaum von der Lippe und meinte:

»Spitze hier.« Sogleich schwenkte sie den Kopf zum Wasser, das in der Abendsonne glitzerte und auf dem einige vergnügte Leute paarweise heftig in die Pedale ihrer Tretboote stiegen. Sie genoss den sanften Wind, der erfrischend über ihre Haut strich. »Schade, dass sich jemand erst dieses Turner-Bild unter den Nagel reißen musste, bis wir jetzt endlich eins zusammen trinken«, sagte Palmer, um möglichst unauffällig das eigentliche Thema ihres Besuchs anzusprechen.

Kalea presste die Hand gegen die Brust.

»Und das arme Mädchen.« Sie schüttelte entsetzt den Kopf. »Wie geht es ihr?«

Palmer zuckte die Schultern.

»Ich wollte sie besuchen. Aber in die Intensivstation haben sie mich nicht reingelassen.« Palmer senkte den Blick zum Boden. »Ich kriege diese Szenen nicht mehr aus dem Kopf. Ich hab's gut gemeint und bin eingeschritten, als man sie als Geisel genommen hat. Hätte ich mich zurückgehalten, wäre die junge Frau vielleicht ohne die geringste Verletzung davongekommen. Das werde ich mir nie verzeihen. Einer der Gründe, dass ich den Mörder fassen will. Ein anderer ist, dass der Täter mir mit dem Tode gedroht hat. Aber ich lass' mich nicht einfach abstechen, sondern hänge mich in die Suche rein. Und mit etwas Glück kriegt das Museum das Bild zurück.«

Kalea atmete tief durch.

»Ich möchte mich beim neuen Lieferanten der Sicherheitstechnik umsehen. Verrätst du mir bitte den Namen der Firma, die den Auftrag erhalten hat?«

Kalea hatte soeben ihre Finger nach ihrem Glas ausgestreckt. Allerdings verharrten diese jetzt mitten in der Luft. »Du möchtest den Namen erfahren?« Langsam zog sie ihre Hand zurück und ließ sich mit dem Rücken an die Lehne fallen. »Ich weiß nicht. Gehe ich da nicht ein bisschen weit? Ich meine, ich will auf keinen Fall meinen Job verlieren.«

»Und ich will dieses Schwein fassen, das die Kleine abgeknallt und euer Bild geraubt hat.«

Kalea zog die offene Jacke vor der Brust zusammen und starrte mit leerem Blick übers Wasser.

»Komm schon. Wie heißt die Firma?«, redete Palmer ihr zu.

Kalea blickte zu Palmer.

»Aber den hast du nicht von mir. Ja?«

»Ich kenn' nicht mal deinen Namen, hab dich noch nie gesehen.«

»*Wolf: Sicherheit für Kunstwerke*. In Lenzburg.« Kalea sah Palmer nicht mehr an, sondern starrte zum Glas, in dem sie das Bier kreisen ließ.

»Danke«, antwortete Palmer. Das Logo des Lieferanten der bisherigen Alarmanlage, *Faber Security*, hatte sie auf Aufklebern der Monitore erkennen können, bevor man sie aus den Hinterräumen des Kunstmuseums verwiesen hatte.

»Ich hoffe, meinen Teil beizutragen, damit der Mörder keine Freude findet am Gemälde, das sicher bereits an seiner Wand im Wohnzimmer hängt.«

»Nein«, widersprach Palmer. »Räumen professionelle Diebe, und davon geht die Polizei bei diesem Raub aus, ein Kunstwerk ab, dann nicht für sich selber, sondern für einen Auftraggeber.«

Beide nickten und wussten, dass der Räuber das Werk nicht irgendwohin verkaufen konnte, sondern nur an einen privaten Sammler. Die ganze Kunstwelt würde von diesem Raub erfahren, sodass Museen die Finger davon lassen würden. Sie konnten ein geraubtes Bild nicht ausstellen, ohne dass jemand dessen Herkunft herausfinden würde.«

»Aber den Räuber kriegst du nie. Der erpresst damit so viel Geld wie möglich und taucht auf ewig ab«, wandte Kalea ein. »Du hast keine Chance.«

»Das sehe ich anders. Wäre es darum gegangen, irgendein Kunstwerk abzuhängen, um möglichst viel Geld zu erlösen, dann hätten die Räuber viel einfacheres Spiel gehabt in der *Rosengart-Sammlung* mit seinen weit über 100 Picassos, Chagalls und so weiter. Diese ganze Sammlung wäre viel einfacher zu rauben gewesen als der Turner, weil sie einzig geschützt ist durch die Haupteingangstür. Die Räuber müssten diese bloß blockieren, wenn sie offen steht. Dann schneiden sie einige große Picassos aus den Bilderrahmen und tragen damit Hunderte Millionen an Wert unter den Armen raus. Dazu noch ebenerdig, ohne dass die Täter erst vier Stockwerke hinunterhasten müssten wie beim Kunstmuseum.« Noch während Palmer ihre Überlegungen ausführte, sorgte sie sich und hoffte, die Sammlung dieser so sympathischen Angela Rosengart bliebe auf immer verschont von jeglichen Überfällen.

»Aber alle die Picassos wären dann ebenfalls nicht verkäuflich nach den zu erwartenden Medienberichten.«

»Eher ja. Aber selbst in der Unterwelt kursieren Picassos. Als Zahlungsmittel. Mit mehr als 500 Gemälden hält Picasso den Weltrekord, was die Anzahl gestohlener Werke betrifft.«

Wie auf Kommando drehten bei dieser Erwähnung zwei Gäste am Nebentisch ihre Köpfe zu den beiden. Aber Palmer hob einzig ihr leeres Glas Richtung der Bedienung, wackelte damit und hielt zwei Finger in die Höhe. Kurze Zeit danach saßen Kalea und Palmer vor vollen Biergläsern.

»Was ist eigentlich mit diesem Ammann, Herzogs Schwager?«

»Ein Dauergast, kommt fast jeden Tag ins Museum. Etwas kauzig, aber ein netter Kerl. Ein interessantes Paar übrigens. Ammann war mit Herzogs Schwester verheiratet. Deren Eltern hatten für sie einen Treuhandfond eingerichtet. Als sie beim Tsunami auf Thailand tödlich verunglückt ist, hat Ammann, der sie nicht begleitet hat, Zugriff erhalten auf diesen Fond. Es mangelt ihm an nichts.« Kalea lächelte. »Die Reichen sind eben anders«, sagte sie.

»Ja«, erwiderte Palmer. »Sie haben mehr Geld.«

»Jedenfalls ist Herzog nach dem Tod seiner Schwester bei Ammann eingezogen.«

»Die beiden leben zusammen?« Palmer blickte sie fragend an.

Kalea schüttelte den Kopf. »Nicht, was du denkst. Ammann hatte ganz einfach viel Platz in seiner alten Stadtvilla. Beide interessieren sich für Kunst, allerdings sind sie meist gegenteiliger Meinung, was schon mal zu amüsanten Richtungsstreits führt. Herzog hat sein Kunstgeschichtsstudium mit Doktortitel abgeschlossen, Ammann hingegen ist Autodidakt. Seine Extravaganz ist Herzog zwar etwas peinlich, aber man spürt, Herzog ist auch beeindruckt von Ammanns Talent als Kunsthändler, auch wenn er dies nie zugeben würde.«

Palmer schoss zu einer stocksteifen Geraden hoch auf ihrer Sitzbank.

»Kunsthandel?«

»Halb so wild, soviel ich weiß.« Kalea wischte Palmers Befürchtung wie eine lästige Fliege zur Seite, denn sie spürte Palmers Verdacht, Ammann könnte als Kunsthändler den Raub des Turner-Bilds in Auftrag gegeben haben. »Einmal habe ich in Herzogs Wohnung ein wichtiges Schriftstück abgeholt, als er einen freien Tag genommen hat. Auf die vielen Kunstwerke in seiner Wohnung angesprochen, hat er mir erklärt, Ammanns Kunstgeschäfte seien schon mal mühsam, wenn dessen Kunden zur Besichtigung die Wohnung aufsuchten. Andererseits würde dies zu einem steten Wechsel von guter Kunst führen, was er dann doch recht spannend fand.«

»Hat Herzog die Offerte für die neue Alarmanlage auch mal nach Hause mitgenommen?«

»Sicher doch. Herzog arbeitet ununterbrochen. Auch an freien Tagen.«

Palmer kommentierte Kaleas Worte nicht. Stattdessen drehte sie ihren Kopf und schaute hinaus auf den sanften Wellengang, um zu sehen, wie es um die Tretboote auf dem See bestellt war. In Wirklichkeit dachte sie über Ammann nach, der wohl voll informiert war über alle Sicherheitsbelange des Museums. Nach einigen Momenten nickte sie und drehte sich zurück zu Kalea.

»Hat es Auffälligkeiten gegeben bei den Mitarbeitern des Museums in letzter Zeit, einen Streit vielleicht? Oder einen Wechsel kürzlich?« Als Kalea auf diese Stichworte hin nicht einhakte, fuhr Palmer fort. »Hat jemand geschwänzt? Oder hat Herzog jemandem gekündigt?«

»Nein, niemandem«, antwortete Kalea, ergänzte jedoch: »Palmer, bitte, lassen wir dieses Thema. Erzähl doch, wie war das damals, als du mit deiner Band über Nacht diesen Welterfolg einfahren konntest?«

Palmer lächelte mitleidig.

»Um über Nacht Erfolg zu haben, musst du dafür wenigstens zehn Jahre lang hart arbeiten.« Dieses Thema war für sie abgehakt. »Was empfiehlst du mir, mit wem soll ich mich als Nächstes befassen?«, hakte Palmer nach.

Mit wegwerfender Bewegung schnitt Kalea Palmer das Wort ab, griff nach ihrem Bierglas und leerte es in tiefen Zügen.

»Jetzt hör aber auf. Denkst du tatsächlich, jemand aus dem Museumsteam hat den Tätern einen Insidertipp zugesteckt? Oder verdächtigst du mich?« Kalea schnaubte. »Und ich blöde Kuh habe gedacht, du willst mich treffen, um mit einem langjährigen Fan über deine gute alte Musikerzeit zu reden.« Enttäuscht schüttelte Kalea den Kopf mit einem traurigen Lächeln auf den Lippen, das sich nicht in den Augen widerspiegelte. »Ach, lass es bleiben, Palmer. Der Raub des Turnerbilds ist nicht deine Sache.«

»Ich habe ihn aber zu meiner Sache gemacht«, antwortete Palmer.

13

Palmer konnte es gar nicht erwarten, sich endlich aus ihren Businesskleidern zu schälen und in etwas Bequemeres zu schlüpfen. Der Trick mit dem Business-Look hatte nicht einmal hingehauen, sowohl Kalea als auch der Direktor hatten Palmer erkannt.

Das Gespräch mit Kalea hatte sich im weiteren Verlauf ganz angenehm entwickelt, als Palmer das Thema Museumsraub aufgegeben hatte und sich alle Mühe gab, über die gute alte Zeit zu sprechen, bis Kalea von selbst am Rande wieder darauf zurückkam. Abgesehen davon wollte Palmer es sich mit ihr nicht verscherzen, vielleicht konnte ihr Kalea doch noch mit der einen oder anderen Information weiterhelfen.

Als Palmer auf das wettergegerbte Holzgebäude zuschritt, in welchem sie direkt über dem Lager der gertenschlanken

Ruderrennboote wohnte, erkannte sie schon aus einiger Distanz, dass etwas nicht stimmte. Erst verlangsamte sie ihre Schritte, dann machte sie Halt, warf einen Blick über ihre Schultern und vergewisserte sich, dass niemand ihr folgte. Bewegungslos stand sie etwa 30 Meter von ihrem Zuhause entfernt und überlegte, ob sie es wagen sollte weiterzugehen. Ein kleiner Vogel begann sein Liedchen mit einer raschen Abfolge kurzer Töne, steigerte sich zu längeren Sequenzen und endete mit einem übermütigen Schnörkel. Palmer erkannte den Buchfink seit dem Tag, als Alex ihr den Merkspruch verraten hatte. Er klang irgendwie nach *»B-b-b-b-bring mir ein Glas mit Weizenbier«*!

Aber was sie jetzt in ihrem Garten entdeckte, schnürte ihr die Kehle zu.

Da war jemand.

Palmer hörte ihr Herz, wie es in ihrem Trommelfell pochte.

Bewegungslos spähte sie über die Sträucher.

Eine junge Frau.

Während Palmer weiter auf ihren fremden Gast starrte und überlegte, wer dies sein könnte, erkannte sie die Frau unvermittelt, obwohl Palmer sie schon einige Jahre nicht mehr gesehen hatte.

Helena.

Sie dachte darüber nach, was Helena wohl von ihr wollte, dass sie sich unangemeldet hineingesetzt hatte in ihren naturbelassenen Garten, eine beschönigende Umschreibung für die wild wuchernde Natur, die bereits damit begonnen hatte, das alte Holzgebäude zu umschlingen. Während sich Palmer möglichst geräuschlos dem Gartentürchen näherte, welcher das Grundstück umschloss, krächzten einige Krähen, als sie über das Haus hinwegflogen. Sie drückte sachte die Klinke, aber so vorsichtig sie das Türchen auch öffnete, quietschten die Angeln dennoch jämmerlich.

»Palmer!«, erschallte eine aufgeregte Frauenstimme vom Sitzplatz auf der Rückseite her. Keine Sekunde später eilte ihr Helena entgegen in verwaschenen Jeans und einem überlangen Hoodie, dessen Halsausschnitt an einer Seite tiefer hing, sodass ein Träger ihres BHs hervorguckte. Bei den herrschenden hochsommerlichen Temperaturen schien Palmer ein Kapuzenpullover nicht wirklich praktisch, auch wenn er von *Balenciaga* stammte. Aber es handelte sich halt um ein gerade angesagtes Label bei jenen, die Wert auf Statussymbole legten, und da war Sinnhaftigkeit zweitrangig. Ihre Haare trug Helena jetzt bedeutend länger als früher und hatte sie mit einem roten Band zu einem mittellangen Pferdeschwanz gebunden.

Zu Beginn hatte Palmer Helena einzig wahrgenommen als gedankenlosen Schnösel, der keine eigene Meinung hatte, diese aber trotzdem überall kundtat. Entsprechend unglücklich war Palmer, als die Leute immer wieder erwähnten, Helena könnte glatt als ihre kleine Schwester durchgehen. Was das Äußere betraf, bestand da tatsächlich eine Ähnlichkeit. Mit der Zeit hatte sich Palmer mit ihr halbwegs angefreundet.

Auf Helenas Handrücken erkannte Palmer jetzt ein halbwegs weggelasertes Tattoo in der verschwommenen Form eines Herzes mit unlesbarem Namen. Helena war damals die Freundin gewesen von Andreas, dem Schlagzeuger ihrer Band. Einer Band, wohlgemerkt, mit echten Musikern, die mit real existierenden Instrumenten live auf der Bühne gespielt hatte, statt dem Publikum bloß digital erzeugte Signale aus einem Computer um die Ohren zu schlagen.

Andreas Fürst hatte mit dem Bassisten Andreas Schwarz die Rhythmusgruppe der Band gebildet. Da beide den gleichen Vornamen hatten, beste Freunde waren, es sie nur im Doppelpack gab, beide eher am Gameboy herumdrückten, statt mit Frauen abzuhängen, und niemand sicher sagen konnte, welchen biologischen Neigungen sie tatsächlich nachhingen, kannten sie in der Szene alle als die »Andrew Sisters«. Als der Schlagzeuger eines Tages Helena als seine Freundin vorstellte, blickten die übrigen Bandmitglieder ziemlich verwirrt drein.

»Palmer, kann ich bitte für einige Tage bei dir unterkommen?«, fragte Helena.

»Hättest mich auch einfach anrufen können,« sagte Palmer, während sie den Briefkasten öffnete und die Post entnahm.

»Nö, hab' ich versucht, aber du hast mich ganz einfach rausgedrückt. Ich weiß doch, dass du kaum einen Anruf entgegennimmst. Erst recht, wenn du die Nummer nicht kennst. Und ich habe eine neue.«

»So leid es mir tut, du kannst nicht bei mir einziehen.«

»Nur für zwei, drei Nächte. Ich bin grade knapp bei Kasse. Du würdest mir einen riesigen Gefallen tun.« Helena legte den Kopf schräg und bettelte mit Hundeblick. »Ich bin nach Luzern gekommen, um mit Andreas zu reden. Ich möchte es mit ihm noch einmal versuchen. Ich weiß jetzt, er ist der Mann, der mich glücklich macht.«

»Im Hinterkopf habe ich, dass du damals wegen eines neuen Freundes nach Basel gezogen bist. Aus und vorbei?«

»Ach, das hat nicht lange gehalten.«

»Tut mir leid, das zu hören.«

»Nein, macht nichts, war eine Niete.«

»Es gibt so viele davon«, sagte Palmer, nur um etwas zu sagen.

»Wenigstens hat er mir kein Kind gemacht.«

Palmer nickte, als wäre sie auch froh darüber.

»Und jetzt willst du also zu Andreas zurück. Wohnt der überhaupt noch in Luzern?« Aber ohne eine Antwort abzuwarten, fuhr sie fort. »Weißt du, es passt gerade schlecht.«

Palmer erklärte ihr, wie sie Zeugin eines Mordes geworden war, dass der Mörder ihr gedroht hatte und dass es deshalb für Helena hier zu gefährlich war, falls der Täter irgendwie rauskriegte, wo Palmer wohnte. Es wäre sicherer für Helena an einem Ort weit weg von hier.

Helena lachte.

»Du denkst, ich mache mir deswegen in die Hose? Please. Ich als alte Horrorfilm-Expertin.« Sie bedachte Palmer mit einem langen Blick und sprach weiter, als Palmer nicht darauf einging.

»Wenn du in der Wohnung niemanden um dich haben willst, besuche ich halt eine Party«, sagte Helena. »Da bin ich sicher, so unter all den Leuten. Und im Morgengrauen, wenn du zur Arbeit gehst, husche ich bei dir rein.« Sie schlug die Augen nieder.

»Nicht?«

Palmer schüttelte den Kopf.

»Ach, komm, um der alten Freundschaft willen.«

Aber Palmer erkannte in Helenas Gesicht, dass sie augenblicklich ihren Fauxpas begriffen hatte. Denn ganz so freundschaftlich waren ihre Diskussionen gegen Ende nicht gewesen. Helena war mit der Zeit beinahe ein Teil der Band geworden und reiste überall hin mit. Als sie dann zu ihren Konzerten gefahren waren, hatte Andreas damit begonnen, in der Garderobe mit dickem Filzstift Riesenpenisse an die Wand zu schmieren, und Helena hatte diese ausgemalt. Palmer hatte sich darüber schmerzlich genervt gezeigt, insbesondere auch, weil die Renovierungskosten von der Band-Gage abgezogen wurden. Dies führte dazu, dass die Musiker gereizt reagierten, als Palmer ihnen entsprechend weniger Geld auszahlte, als eigentlich abgemacht.

Während Palmer als Chefin Songs und Texte schrieb, die Proben organisierte und sogar bei Bedarf dem Management aushalf, beschränkte sich die Arbeit der Musiker darauf, rechtzeitig zu erscheinen und einen guten Job abzuliefern. Irgendwann hatte Helena vor versammelter Band das Gefühl, sie müsste fordern, die Gage durch die Anzahl der fünf Bandmitglieder gleichmäßig zu teilen. Schlagartig war Ruhe eingetreten in der Garderobe.

»Pass auf, ich teil' dich gleich durch fünf«, war Palmers Antwort gewesen. Ab diesem Punkt war Stunk in der Band.

»Ach, komm, Palmer, spring über deinen Schatten und lass mich bei dir pennen. Bin grad knapp bei Kasse, sonst würde ich mir ein Zimmer im Hotel nehmen.« Helena lächelte freudlos und gestikulierte wild, was sie früher schon immer getan hatte, wenn sie ihren Worten Nachdruck verleihen wollte.

»Kein Geld? Willkommen im Klub.«

»Ich räum dir auch die ganze Bude auf. Und putze die Fenster.« Sie schnaubte wie ein Teeny. »Please.«

Ups. Bude aufräumen? Klang verlockend in Palmers Ohren. Dennoch. Sie kramte ihren Geldbeutel aus der Tasche.

»Zwar bin ich fast pleite. Aber ich borg' dir einen Fünfziger. Reicht für die Jugendherberge.« Bei diesen Worten blähten sich ihre Nasenflügel. Trotzdem wollte sie das Geld vorstrecken, da sie Helena nicht hier in ihrer Wohnung wissen und nicht nochmals eine Frau in Gefahr bringen wollte. »Aber diesen Fünfziger will ich zurück.«

»Was soll ich in der Jugendherberge? Du hast hier eine Terrasse mit Blick auf den See. Und all die vielen Langspielplatten mit echt klasse Musik.«

Palmer verschränkte die Arme vor der Brust.

»In der Herberge könntest du doch mal ein Buch aufschlagen. Es wird nicht zurückschlagen.«

Schnell riss Helena ihr den Fünfziger aus den Fingern, bevor sich Palmer ihr Angebot nochmals anders überlegen konnte.

»Als du noch keine Businesskleider getragen hast, warst du viel cooler.«

Nun wollte Palmer diese Tusse so schnell wie möglich loswerden.

»Du willst zurück zu Andreas, damit er dich glücklich macht? Falscher Ansatz«, sagte Palmer. »Glücklich musst du schon vor der Beziehung sein. Es wird ihm nicht gelingen, ein Fass ohne Boden zu füllen.«

Wortlos ließ Palmer Helena stehen, schloss die Tür auf, stapfte die Holztreppe hoch und ließ alle Postsendungen, außer dem Umschlag mit der Kreditkartenabrechnung, auf den Couchtisch fallen. Denn diese Rechnung wollte sie zuerst öffnen, dann kamen ihr alle anderen Forderungen gar nicht mehr so happig vor. Danach füllte sie den Napf ihres Katers mit Trockenfutter, bevor sie sich ein eiskaltes Bier aus dem Kühlschrank aufknipste.

Helena.

Palmer erinnerte sich gut an die Zeit, als Helena in die damalige Band-WG eingezogen war und ein ziemliches Theater veranstaltet hatte wegen vegetarischer Ernährung, auf welcher sie nicht nur zu Hause, sondern auch auf Tour mit der Band bestand. Aber als Helena mal die Band nicht begleitet hatte, war nach der Rückkehr auch Palmers Pizza mit Schinken aus dem Tiefkühler weggefuttert.

Als Palmer die Band auflöste, schwor sie sich, nie wieder in einer WG zu leben. Zu viel Zoff ums Putzen, zu viele Partys, wenn sie keine Lust darauf hatte, zu oft verschwanden ihre Joghurts aus dem Kühlschrank, zu mühsam das Eintreiben der Miete. All dies machten auch die tiefgründigen Diskussionen bis zum Morgengrauen am Küchentisch nicht wett oder die amüsanten Sprüche zur Aufheiterung, wenn jemand überall nur noch Schwarz sah.

Während Palmer Wasser für Spaghetti aufsetzte und ein Glas Tomatensoße in eine Pfanne kippte, erinnerte sie sich an ihren bloß wenige Stunden dauernden Ausflug in die Gefilde der Politik. Palmer war positiv überrascht gewesen, nachdem sie festgestellt hatte, dass Helena sich aktiv für die Sache der Frau einsetzte. Zwar äußerte Palmer einige Vorbehalte, als sie von Helena eingeladen wurde, sie zu begleiten, aber letztlich gelang es Helena, Palmer zu überreden, eine Parteiversammlung zu besuchen, bei welcher insbesondere die Gleichstellung und die Chancengleichheit von Frau und Mann diskutiert wurden. Palmer hatte sich vorgenommen, einfach mal zuzuhören und möglichst die positive Stimmung innerhalb der Gruppe Gleichgesinnter zu erspüren. Eine halbe Stunde lang war das gut gegangen. Als die Diskussion dann stärkere Integration von Minderheiten und Frauen forderte, rutschte Palmer offensichtlich so nervös auf dem Stuhl herum, dass Helena ihr beruhigend die Hand auf den Unterarm legte. Leicht gereizt flüsterte Palmer in Helenas Ohr:

»Minderheiten und Frauen, das passt nicht zusammen. Die Männer sind in der Minderheit, hier bei uns und weltweit. Würden wir Frauen zusammenstehen, könnten wir jedes Gesetz zugunsten von uns Frauen gestalten. Zumindest in der Schweiz.«

Als eine Referentin beim Thema Integrationsbemühungen forderte, fremde Kulturen in der Schweiz bedingungslos zu akzeptieren, zischte Palmer Helena an: »Muss ich mich tatsächlich als Rassistin fühlen, wenn ich einen anderen Stellenwert von Buben und Mädchen wie auch gewisse Gepflogenheiten aus weit entfernten Ländern hier in unserem Land nicht gutheiße? Gewalt gegen Frauen wird für mich nicht unter gewissen Umständen akzeptabel.« Angewidert blies sie den Atem aus. »Nie werde ich mich bereit erklären, gewalttätige Männer wüten zu lassen.« Palmer schoss so heftig aus ihrem Stuhl hoch, dass dieser hinten an die Wand knallte, als sie sich zum Gehen aufmachte. Aus falscher Rücksichtnahme wollte sie nicht unterscheiden zwischen schlechter und besserer Gewalt gegen Frauen.

»Egal, ob glatt rasierter Krawattenträger oder Mann mit wallendem Bart und Gewand: Schlägt einer seine Frau, hat er die Schuhspitze dorthin verdient, wo es richtig weh tut. Und ich denke dabei nicht ans Schienbein.«

14

Die gleißend helle Morgensonne hatte bisher weder Straßen noch Plätze so richtig aufgeheizt, jedoch strich ein warmer Lufthauch über die Stadt.

Palmer hatte ihren Wagen zwischen Globus und *Restaurant Bahnhöfli* in den Floraweg gelenkt und im Halteverbot abgestellt, denn sie wollte nur kurz bleiben. Eingetaucht ins Verkehrsrauschen blätterte sie bereits eine Minute danach am Bahnhofplatz in einer versteckten Ecke ihres Lieblingscafés die Morgenzeitungen durch, nuckelte an ihrem Espresso und schob sich den letzten Bissen ihrer Haselnussschnecke in den Mund, bevor sie die Glasur von den Fingerspitzen leckte. Diese kleine Freude gönnte sie sich trotz ihrer angespannten finanziellen Verhältnisse. Sich selber gegenüber rechtfertigte sie diese mit der Tatsache, dass sie zwar für Kaffee und Leckerei bezahlen musste, dafür einiges an Geld sparte, weil sie sich kostenlos durch alle Tageszeitungen lesen konnte, zu denen sie online keinen Zugang hatte.

Was den Bilderraub im Kunstmuseum betraf, erfuhr sie, das bereitgestellte Fluchtfahrzeug, das die Räuber vor dem *KKL* hatten stehen lassen, habe die Polizei rasch zum Besitzer geführt. Dieser aber habe vermeldet, ihm sei der Wagen vor dem Haus weggestohlen worden, und er habe dies zum Zeitpunkt des Raubs bereits der Polizei gemeldet gehabt.

Im Weiteren legte die Polizei dem Täter nahe, sich zu stellen. Auch betonte sie an die Adresse der Öffentlichkeit, der Täter sei bewaffnet und habe bewiesen, wie gefährlich er sei. Man solle umgehend die Polizei rufen, falls man ihm begegne, und sich ihm keinesfalls in den Weg stellen oder sich ihm nähern. Auch ersuchte die Polizei alle Zeugen des Raubs, der Geiselnahme und des Vorfalls im Parkhaus mit ihr in Kontakt zu treten.

Bereits am Folgetag des Vorfalls zeigten sich einige Leserbriefschreiber schockiert, dass so etwas überhaupt möglich sei in der Schweiz, andere verwiesen auf die gute alte Zeit, und einer riet, das Museum möge umgehend die Sicherheitsvorkehrungen verstärken, damit nicht auch noch die neu angebrachte Tafel mit den Erklärungen zum Raub gestohlen werde.

Nun zog ein verpixeltes Foto Palmers Blick auf sich. Eine Privatperson, von der Zeitung als Leserreporter betitelt, hatte offensichtlich den in seinem Blut am Boden liegenden Komplizen abgeknipst, bevor die Spurensicherung eingetroffen war, und die Aufnahme der Zeitung zugespielt. Die Bildlegende gab Auskunft darüber, dass die Polizei um Hinweise zur Identität des erschossenen Täters bat. Auch forderte man die Leser auf, zur Online-Ausgabe zu wechseln, da hier ein Video der Geiselnahme zu sehen sei. Palmer zog ihr Handy hervor, gab im Adressbalken die empfohlenen Begriffe ein und setzte sich nach einigen Momenten ruckartig im Sessel auf.

Ihr stockte der Atem.

Auf verwackelten Bildern erkannte sie die beiden Täter, zu Beginn auch den Großen noch mit Maske. Mit dem Mädchen im Klammergriff um den Nacken bahnten sie sich einen Weg durch die Menge. Dann flog von hinten eine Frau heran und krallte sich an dem Mädchen fest.

Palmer drehte ihren Kopf ab und spulte im Gedächtnis jenen Film ab, den ihre eigenen Augen abgelichtet hatten. Sie wusste, gleich würde ein Knall erschallen, als der Täter auf sie schoss. Haarscharf hätte sie ihr Leben für ein Mädchen geopfert, das sie nicht mal kannte. Sie fuhr sich mit der Hand durch die Haare und wischte sich Schweiß von der Stirn.

Soeben hatte man ihr bildlich demonstriert, wovor Alex sie so eindringlich warnte. Beinah hätte der Killer ihr Leben ausgeknipst.

Ja, sie wusste es. Was sie tat, war vielleicht verrückt. Man konnte ihr nur davon abraten, wenn man es neutral beurteilte. Aber all diese Menschen, die sie beschützen wollten, kannten diese drängende Stimme in ihrem Inneren nicht. Niemand von ihnen wusste, wie sie sich fühlte, wie das schlechte Gewissen an ihr nagte und dieser übermächtige Drang, das alles wieder gutzumachen.

Palmer versuchte, diese Stimme zu verdrängen und sich auf rein vernunftbasierte Argumente zu beschränken, was wirklich nicht leicht war. Durfte sie es wagen, auf eigene Faust nach dem Täter zu forschen? Oder sollte sie sich besser ausklinken, egal, was sie dachte, egal, ob sie nachts schlafen konnte? War es dieses Risiko wirklich wert? Nur damit sie Frieden fand? Half das der armen Frau überhaupt noch? War es nicht besser, wenn Palmer versuchte, damit zu leben, dass sie einen Fehler gemacht hatte? Sollte sie aufhören zu ermitteln, aufhören zu helfen?

Nach einer Weile atmete sie tief durch. Die Stimme in ihr war stärker und würde es wohl immer sein. Damit musste sie leben. Mit allem anderen nicht.

15

Eigentlich hätte Palmer ihre Nachforschungen weiterführen wollen bei der Firma, die bis dahin im Kunstmuseum für die Sicherheit der Ausstellungsstücke zuständig gewesen war, die aber bei der neuen Anlage nicht mehr zum Zuge kommen würde. Ein Anruf genügte, und Palmer erfuhr von der Telefonistin, sie sei heute Vormittag alleine in der Firma, da alle auf Montage seien, sie selber sei neu hier, aber am Nachmittag würden einige Leute zurückkommen, ja, auch der Chef.

Palmer verließ Luzern über den Sedel und fuhr auf der A2 Richtung Basel. Nachdem sie bei Oftringen auf die A1 gewechselt hatte, bretterte sie mit dem maximalen Tempo, das ihre Karre hergab, nur wenig über der erlaubten Geschwindigkeit gegen Osten. Den linken Arm auf den Türrahmen gestützt, genoss sie den Fahrtwind durch das offene Fenster und störte sich nicht am lauten Brummen des Motors, der ihr verzweifelt mitteilte, er sei nahe am Infarkt. Für die 70 Kilometer nach Lenzburg brauchte sie knapp 50 Minuten, da nicht viel Verkehr herrschte. Die Bahnhofstraße würde sie auf Anhieb finden, hatte sie gedacht, benötigte dann aber doch zwei Anläufe, bis sie vor dem einzigen modernen Gebäude der ganzen Straße stand, einem dunkelroten Betonbau mit schmalen, hohen Fenstern. Beim Parken musste sie improvisieren und stellte den Wagen hinten an die drei besetzten Parkfelder dieser Sackgasse. Zurück auf der Bahnhofstraße spähte sie gegen Osten, um einen Blick auf das Schloss Lenzburg zu erhaschen, das Ritter im zwölften Jahrhundert erbaut hatten und das noch heute eindrucksvoll über Lenzburg thronte. Da aber Häuser die Sicht verdeckten, hätte sie die Bahnhofstraße weiter hinunter marschieren müssen, um es zu sehen, also ließ sie dies bleiben.

Die Firma *Wolf, Sicherheit für Kunstwerke*, befand sich im dritten Geschoss dieses neuzeitlichen Baus mit Flachdach. Kalea hatte ihr den Namen der Firma verraten, die den Zuschlag erhalten hatte, im *Kunstmuseum Luzern* eine neue Anlage einzubauen.

»Kann es sein, dass die Offerte für die neue Alarmanlage mitsamt den ganzen Unterlagen offen rumgelegen haben im Büro des Direktors?«, hatte Palmer gefragt.

»Nein«, war Kaleas Antwort gewesen, »aus Sicherheitsgründen hat der Direktor die Offerte sogar mit nach Hause genommen. So wenige Leute wie möglich sollten in Details eingeweiht sein, um die gesteigerte Sicherheit im Hause nicht gleich wieder zunichte zu machen.« Bemerkenswert war diese Aussage, da ihr Kalea auch verraten hatte, dass Herzog nicht alleine wohnte, sondern zu seinem verwitweten Schwager Adrian Ammann gezogen war. Aber dieser Spur würde Palmer später nachgehen.

»Herr Wolf«, sprach die Dame vom Empfang in den Hörer. »Hier ist eine Frau Palmer, die Sie gerne sprechen würde. Sie sagt, es geht um den Raub im *Kunstmuseum Luzern*.« Einen Moment lang schwieg sie und rührte sich nicht, während sie der Stimme am Telefon lauschte. Dann legte sie auf, erhob sich, wies Palmer mit einer Armbewegung den Weg, schritt voran, klopfte an die zweite Tür und öffnete diese, nachdem von innen ein deutliches «Herein« erschallt war.

Palmer stellte sich Herrn Wolf mit ihrem Namen vor, nicht aber mit ihrer Funktion, dann schritten sie zum Konferenztisch, wo sie sich einander gegenüber hinsetzten. Palmer ratschte den Reißverschluss ihrer Schreibmappe auf und richtete sie vor sich aus.

Wolf war um die 50, eher klein gewachsen und hatte auffallend gepflegte Hände. Sein Haar hatte sich schon merklich gelichtet, wobei er Palmers Aufmerksamkeit erst recht darauf lenkte, indem er den spärlichen Rest über die kahle Stelle gekämmt hatte, um sie krampfhaft zu kaschieren.

»Jetzt bin ich aber gespannt«, sagte Wolf, während er ein Taschentuch aus seiner Hose hervorkramte und sich die

Stirn trocken tupfte. Palmer überlegte, ob dies ihrem unangemeldeten Auftauchen in seiner Firma geschuldet war oder der sommerlichen Wärme in diesem offenbar nicht klimatisierten Büro.

»Sie sind also Detektivin?«, fragte Wolf.

»Kunstfahnderin trifft es besser«, entgegnete Palmer. »Ich forsche nach allem Möglichen, aber ja, das ist in der Tat mein Hauptarbeitsgebiet. Mir liegt es sehr am Herzen, diesen Kunstraub in Luzern aufzuklären.«

»Und wie kommen Sie auf uns? Unsere Anlage wird erst in einigen Tagen eingebaut.« Er lehnte sich in seinem Sessel zurück. »Ganz dumme Sache.« Er schüttelte den Kopf, dann sah er auf die Uhr.

»Vielleicht erhalte ich von Ihnen einen Tipp, eine Empfehlung, wo ich mich als Erstes umsehen sollte.«

»Gerade weil es so schwierig ist, ein gestohlenes Kunstwerk zurückzuführen, scheuen viele Eigentümer kaum einen Aufwand, um einen Raub zu verhindern. Dann kommen sie auf uns zu. Bei Räubern kennen wir uns nicht aus. Wir arbeiten für die Seite der Guten,« sagte er und lächelte. »Wenn dies alles ist, entschuldigen Sie mich bitte. Die Arbeit wartet.«

Palmer umklammerte die Armlehne so fest, dass die Fingergelenke weiß und taub wurden. Jetzt war sie extra hergefahren, aber Wolf wollte sie bereits wieder draußen haben, bevor er ihr einen verwertbaren Happen hingeworfen hat.

»Denken Sie nicht, die Räuber wussten um den günstigen Zeitpunkt, da die veraltete Anlage nicht automatisch Alarm ausgelöst hat?«

Wolf zuckte wortlos mit den Schultern.

»Die Schwächen der Anlage waren ja nicht allgemein bekannt. Denken Sie nicht, der Räuber profitierte von

Insiderwissen? Wer außer den Leuten der alten und neuen Sicherheitsanlage und der Museumsmitarbeiter könnte davon gewusst haben?«

»Moment.« Sein Kopf schnellte in die Höhe. »Sie nennen uns im selben Atemzug mit den Räubern?«

Palmer beobachtete, wie sich in Wolf etwas aufbaute. Sein Gesicht verfärbte sich knallrot.

»Sie denken, wir stecken in diesem Raub mit drin?«, zischte er. »Ich werde nicht dulden, dass Sie unseren guten Namen mit der Tat in Luzern in irgendeiner Weise in Verbindung bringen«.

Als Palmer den Mund öffnete, um über eine geschickte Richtigstellung doch noch etwas Brauchbares aus ihm herauszukriegen, hob er die Hand und unterbrach sie.

»Unser Gespräch ist beendet«, sagte er, drückte sich aus seinem Sessel hoch und blickte sie finster an.

Palmer sah, wie an Wolfs Schläfe eine Ader zuckte, und wusste, dieser Mann konnte gefährlich sein, wenn man ihn erzürnte.

»Wenn Sie schlau sind, dann kommen Sie hier nicht wieder her.«

Palmers Hoffnungen, hier auf eine Spur zu stoßen, die sie zum Mörder führte, fielen schlagartig in sich zusammen. Als sie zu ihrem Wagen schritt, ärgerte sie sich über ihr planloses Vorgehen. Zu sehr hatte sie sich auf ihre Intuition verlassen, zur passenden Zeit die richtige Frage zu stellen.

Immerhin kannte sie vom Aufkleber an der Videoaufzeichnung des Museums die Lieferfirma der alten Sicherheitsanlage. Sie würde nach Grenchen fahren und zu Mittag dort eintreffen, zur Pausenzeit. Also fuhr Palmer auf die A1, verließ die Autobahn bei der Ausfahrt Rothrist und stellte sich beim Drive-in eines Schnellrestaurants an. Dann aber futterte sie nicht während der Fahrt, sondern parkte den Wagen auf einem der Felder direkt daneben. Sie öffnete die Schale, entfernte das Salatblatt und setzte den Brotdeckel wieder drauf. Nun hob sie den Hamburger aus der Box, drückte das Ganze etwas zusammen und gönnte sich einen riesigen Bissen, um dann anerkennend zu nicken, während sie kaute.

»Scheiße«, schrie sie aus heiterem Himmel und versuchte zurückzuweichen, was ihr aber nicht gelang in der Enge des Fahrersitzes. Aber es war eh zu spät. Palmer verdrehte die Augen, legte den Hamburger zurück in die Schale und schob diese auf den Beifahrersitz. Mit dem Fingernagel strich sie über den Stoff, um die Soße, die auf ihre Hose getropft war, so gut es ging zu entfernen. Selbstverständlich blieb ein hässlicher Fettfleck, und zwar dort, wo ihn auch ihr Blazer nicht verdeckte. Zwar machte der Hamburger jetzt keinen Spaß mehr, aber darauf verzichten mochte Palmer trotzdem nicht. Als sie endlich damit fertig war, stieg sie aus dem Wagen, schritt zum Restaurant, um dort schnurstracks auf der Toilette zu verschwinden, wo sie ihre Hose auszog und den Fleck so weit wie möglich mit heißem Wasser auswusch. Dann hätte sie sich einen dieser altmodischen Trockner mit heißer Luft gewünscht. Aber diese Zeiten waren vorbei, seit Gebläse kraftvoll das Wasser von den Händen pusteten. Papierhandtücher fand sie keine, und mit Toilettenpapier wollte sie die Hose nicht abtupfen, da Papierfussel auf der Hose zurückbleiben würden. Also schlüpfte sie in die Hose mit dem riesigen nassen Fleck und marschierte an den glotzenden Leuten im Restaurant vorbei, ohne sich um deren Blicke zu kümmern. Zurück bei ihrem Wagen entledigte sie sich der Hose und legte diese zum Trocknen auf die Kühlerhaube unter die sengende Sonne. Bei geöffneter Tür setzte sie sich zum Warten in ihre Karre, aber ganz langsam, sodass sie sich ihren Hintern nicht verbrannte auf dem heißen Kunstledersitz. Als es ihr zu langweilig wurde, fummelte sie am eingebauten Radio herum. Tatsächlich fand sie einen Sender, der etwas Anständiges spielte, allerdings unterlegt vom Rauschen des altertümlichen Geräts. »Hotel California« von den *Eagles*, wunderbar passend zu diesem strahlend sonnigen Tag, aber völlig im Gegensatz zu ihrer miesen Stimmung. Erst der Fehlschlag bei der Firma Wolf und jetzt dieser Fettfleck. Aber Palmer nahm diese Missgeschicke als gutes Zeichen, der Nachmittag konnte ja nur besser verlaufen.

Die Sonne tat auf der Hose ihre Aufgabe, und schon bald tuckerte sie ohne Hast auf der A1 Richtung Grenchen. Noch vor der Ausfahrt Wangen an der Aare stellte sie sich hinten bei den leuchtenden Bremslichtern der stehenden Fahrzeuge an. Zu nerven vermochte dieser Stau sie nicht, denn ihr blieb mehr als genügend Zeit. Als sie dann aber fast eine Stunde an Ort und Stelle stand, googelte sie die Telefonnummer und rief *Faber Security* an. Denn als sie im Kunstmuseum den Kopf in den Überwachungsraum gesteckt hatte, war ihr auf einem der Monitore das Logo des Lieferanten ins Auge gestochen, bevor man sie vertrieben hatte.

Ja, der Chef sei hier, werde aber in gut einer Stunde zu einem Kundengespräch aufbrechen, beschied sie die Telefonistin. Nach weiteren 20 Minuten ging es auf der A1 endlich im Schritttempo voran. Schließlich lenkten orange-weiße Leitkegel den Verkehr über den Pannenstreifen an den Unfallfahrzeugen vorbei. Ein Kehrichtlastwagen lag auf der Seite, während ein bulliger schwarzer SUV quer zur Fahrtrichtung stand, an der Rückseite verdreht gekuppelt an einen Autotransport-Anhänger, auf den man einen spiegelblank polierten roten Ferrari-Oldtimer mit rundlichen Formen und auffälligem Hüftschwung festgeschnallt hatte, der jetzt allerdings auf seinem eingedrückten Dach lag. Wie Beinchen eines auf den Rücken gedrehten Käfers ragten die Räder des untergeschnallten Anhängers zum Himmel. Daneben stand ein 40-Jähriger, blass im Gesicht, eine Hand an die Stirn gepresst. So wie Palmer den Unfall in Gedanken rekonstruierte, musste er passiert sein, als der Kehrichtwagen das Gespann mit dem Ferrari überholt hatte.

Bei der Ausfahrt Grenchen verließ sie die Autobahn und rauschte zügig an landwirtschaftlich genutzten Feldern und an einem Flugplatz mit einmotorigen Fliegern und Segelflugzeugen vorbei, dann gleich rechts in die Neckarsulmstraße. Hier parkte sie eilig, fand nach kurzer Suche *Faber Security*, hastete die Treppe hoch, klingelte und fand sich in einem Büro mit sieben Pulten, aber ohne Empfangstresen wieder. Palmer überlegte nicht lange, sondern schritt zum Chef, den sie am größten aller Pulte vermutete. Dieser drehte ihr das Gesicht zu, legte den Stift auf die Unterlagen, erhob sich langsam und blickte Palmer verwundert an. Ein mächtiger Kerl und übergewichtig. Palmer konnte sich vorstellen, dass er vor zehn, 15 Jahren ein attraktiver Mann gewesen war. Sein Gesicht wies keine einzige Falte auf, was sie auf seine Körperfülle zurückführte. Aber ohne Zweifel machte er auf sie einen seriösen Eindruck.

»Sie wünschen?«, fragte er.

»Herr Faber? Mein Name ist Palmer. Ich ermittle im Raub des Turner-Bilds aus dem *Kunstmuseum Luzern*.«

»Dumme Sache. Aber weshalb kommen Sie extra her zu uns? Für morgen bin ich einbestellt ins Kunstmuseum. Wie war gleich Ihr Name?«

»Meine Ermittlungen führen mich hierher.«

»Zu mir?« Er kratzte sich ratlos am Hinterkopf. »Okay, die aktuell eingebaute Anlage ist von uns. Aber ich wüsste nicht, was ich darüber hinaus dazu sagen könnte.« Er lächelte angestrengt.

»Ich bin hier wegen einem Ihrer Mitarbeiter.«

»Matthias?« Als Palmer nichts darauf entgegnete, fragte er nochmals: »Matthias Kaiser?«

»Offensichtlich sind Sie selber der Ansicht, er könnte etwas mit der Sache zu tun haben. Sie haben richtig getippt.« Palmer räusperte sich.

»Halt, halt. Das verbitte ich mir.« Er strich sich mit einem Finger über die Nase. »Herrn Kaisers Namen bringe ich einzig mit Luzern in Verbindung, weil er diese Anlage betreut – Herr Kaiser ist grundsolide, ich verbürge mich für ihn.«

Palmer fiel auf, dass er kurz gezögert hatte. Jetzt blickte Faber zum Mann am Nebentisch, schüttelte den Kopf und zog die Brauen hoch, als wollte er fragen: «Oder etwa doch, Kaiser?« Endlich winkte er ab und sagte: »Nein. Das war etwas ganz anderes.«

»Was heißt, Sie verbürgen sich? Gehen Sie auch für ihn ins Gefängnis, falls er in den Raub verwickelt ist?«, fragte Palmer.

Faber schnaubte angewidert.

»Ist Herr Kaiser heute anwesend?« Palmer blickte in die Runde. Sie wollte mit Kaiser sprechen, denn irgendetwas musste da gewesen sein. An den anderen sechs Pulten saßen insgesamt vier Personen, die ihre Aufmerksamkeit längst dem Gespräch ihres Chefs zugewendet hatten. Aber auf Palmers Frage schüttelte einer wortlos den Kopf, und die anderen senkten den Kopf zu ihren Unterlagen.

»Nein, Herr Kaiser ist unterwegs, führt Arbeiten aus.«

»Im Kunstmuseum Luzern?«

»Heute nicht. Aber ich selber bin am Morgen da gewesen. Mit dem Direktor und der Polizei haben wir den Überfall besprochen. Man wirft uns jedoch kein Versäumnis vor. Zwar funktioniert die Anlage nicht richtig, ohne Zweifel. Statt sie aber auf den neusten Stand zu bringen, hat sich der Stiftungsrat entschieden, gleich eine neue einzubauen, leider nicht von uns. Aber was Herrn Kaiser betrifft, mit dieser unangenehmen Geschichte hat er nichts zu tun.« Faber verschränkte seine Arme vor der Brust.

»Ich möchte mit Herrn Kaiser sprechen. Wären Sie bitte so freundlich und verraten mir seine Telefonnummer?«

»Wo denken Sie hin? Gibt es sonst noch was?« Er hob seine Augenbrauen. »Falls nicht ...« Er ließ den Satz unvollendet.

»Oder würden Sie ihn bitten, mich anzurufen? Das wäre sehr freundlich.« Palmer schlug den Deckel ihrer Schreibmappe zurück und kritzelte hastig ihre Nummer auf den Block. Derweil schritt Faber hinter seinem Schreibtisch hervor, trat neben sie, schob sie mit der Hand an ihrem Rücken sanft Richtung Ausgang. Als Palmer darauf bestand, ihm ihren Zettel auszuhändigen, nahm er diesen entgegen, ohne aber einen Blick darauf zu werfen.

»Wo empfehlen Sie mir, bei meiner Suche anzusetzen, um den Räubern auf die Spur zu kommen?«

»Herr Kaiser wird Ihnen keine Auskunft geben. Niemand von uns wird dies tun.« Seine Augen verengten sich. »Falls Sie überhaupt befugt sind, halten Sie sich bitte an den offiziell vorgezeichneten Weg, den wir mit der Versicherung und der Polizei vereinbart haben.« Er verstummte, da Palmers Handy hörbar zu vibrieren begann. Aber Palmer machte keine Anstalten, den Anruf entgegenzunehmen. »Und noch etwas«, fuhr Faber fort. »An Ihrer Stelle würde ich dies nicht allzu weit treiben.« Es klang nicht direkt wie eine Drohung, sondern wie ein väterlicher Rat.

Mit gespannten Lippen und starrem Blick verließ Palmer das Gebäude. Jetzt hatte sie zwei längere Fahrten auf sich genommen und wurde beide Male von Männern mit wenigen Worten abgespeist und hinauskomplimentiert, bevor sie ihre für Faber zurechtgelegten Fragen auch nur hatte stellen können. Lag das an ihr? Hätte sie entschiedener auftreten sollen? Oder war sie mit den falschen Fragen gestartet?

Als Palmer zu ihrem Wagen ging, vernahm sie noch immer das Ticken des abkühlenden Motors. Sie öffnete die Tür, aber bevor sie sich auf den Sitz schob, wartete sie, bis die allerheißeste Luft aus dem Innern abgezogen war. Sie wollte sich beeilen und zügig nach Luzern zurückkehren, ansonsten stand ihr eine zermürbende Fahrt am Höhepunkt des Berufsverkehrs bevor. Als sie startete, musste sie den Schlüssel zweimal umdrehen, und beim Wegfahren stotterte der Motor einen kurzen Moment. Aber diese Karre hatte nun schon vier Jahrzehnte auf dem Buckel, wieso sollte sie gerade jetzt schlappmachen?

Sie hatte eine Idee. In voller Fahrt klaubte sie ihr Handy hervor, erkannte dann aber nach einem Blick auf die Uhrzeit, dass es wohl schon zu spät war. Trotzdem wählte sie Kaleas Nummer, allerdings sprang nur die Mailbox an.

»Kalea, Matthias Kaiser von *Faber Security* betreut die Anlage bei euch. Liebes, tu mir doch bitte einen Gefallen und such für mich seine Handynummer heraus, vielleicht arbeitet er sogar heute bei euch.«

Sie spürte ein leichtes Kribbeln im Bauch. Trotz der Pleiten hatte sie immerhin etwas, womit sie arbeiten konnte. Gleichzeitig fragte sie sich, ob dies überhaupt eine Spur sein konnte, so einfach sie darauf gestoßen war. Plapperte irgendwo ein Chef tatsächlich den Namen des Mörders oder eines Komplizen gedankenlos aus?

16

Das Autobahnkreuz bei Oftringen hatte Palmer soeben hinter sich gelassen und fuhr auf direktem Weg nach Luzern, als ihr Handy vibrierte. Ein kurzer Blick auf den Beifahrersitz, und Palmer erkannte, dass Alex sie anrief. Mit der rechten Hand tastete sie in der Tasche nach den Kopfhörern, denn dieses Gespräch könnte länger dauern. Als sie das Kabel einstöpselte und sich die EarPods in die Ohren drückte, wollte sie den Anruf entgegennehmen, aber Alex hatte ihn bereits beendet. Also rief Palmer zurück.

»Danke, dass du zurückrufst. Wir müssen das Essen von heute Abend leider verschieben. Entschuldige bitte, aber ich bin in Verzug mit einer Arbeit, die morgen an den Kunden raus muss … hallo? … Fährst du im Auto?«

»So, jetzt müsste es besser sein. Ich habe das Fenster hochgedreht.« Der Geruch von frischem Heu, der hereingeweht war, wurde nun nach und nach verdrängt durch das Duftbäumchen, das Palmer in einen der Lüftungsschlitze gesteckt hatte. »Dann kochst du dafür morgen Abend für uns beide?«

»Geht leider nicht, aber übermorgen würde passen.« Wie aus dem Nichts wechselte er das Thema. »Bist du unterwegs wegen des Museumraubs?«

Palmer antwortete nicht.

»Du weißt, was ich davon halte. Irgendwann wird das Glück nicht mehr auf deiner Seite stehen, und du läufst in einen tödlichen Hammer. Daran will ich gar nicht denken.«

»Versuch mich doch einfach zu nehmen, wie ich bin.«

»Moment, ich habe nicht die Absicht, dich umzumodellieren. Ich sorge mich um dein Leben. Nimm dich da raus, lass die Polizei ihre Arbeit tun.« Als er nichts von Palmer hörte, fuhr er fort. »Du hast mir versprochen, dich da rauszuhalten. Hörst du?« Palmer wusste nicht, was sie entgegnen sollte, denn tatsächlich hatte sie ihm zugesichert, sich in die Suche nach dem Mörder im Parkhaus nicht weiter einzumischen.

Alex gab nicht nach.

»Kunstraub ist doch viel zu exotisch. Um hier auf eine Spur zu stoßen, müsstest du dich voll reinknien in ein völlig neues Gebiet. Aber diese Zeit hast du gar nicht. Konzentriere dich besser auf deinen neuen Job. Ich bin überzeugt, du kriegst diesen Auftrag. Du könntest bereits jetzt beginnen, den Bericht zu schreiben. Den einen oder anderen Schwachpunkt hast du ja bei dieser Firma bereits aufgedeckt.«

»Kunstraub ist alles andere als exotisch.« Palmer war froh um diesen Steilpass, der es ihr ermöglichte, elegant das Gesprächsthema zu wechseln. »Die meisten Kunstdiebstähle werden durch Verbrecherorganisationen verübt, auf Bestellung von privaten Sammlern. Ein Milliarden-Geschäft. Der Schwarzmarktpreis eines echten Bildes beträgt um die zehn Prozent seines wahren Werts auf dem freien Kunstmarkt. Viel einfacher, als eine Bank auszunehmen, bei den heutigen Sicherheitsmaßnahmen. Wobei selbst kriminelle Sammler vor Betrug nicht gefeit sind. Eduardo de Valfierno hatte sechs Sammler gefunden, die sich bereiterklärt hatten, ihm Leonardo da Vincis *Mona Lisa* abzukaufen, falls er das Bild beschaffen würde. Daraufhin ließ er sechs Kopien anfertigen, bevor ein Komplize 1911 das echte Gemälde im Louvre abhängte und unter dem Mantel raustrug. Sechs Sammler haben ihm pro Werk nach heutigem Kurs je rund 40 Millionen für eine Fälschung hingeblättert. Wobei Valfierno auf der sicheren Seite stand. Keiner der Sammler, der einen Kunstraub in Auftrag gab, würde ihn dafür anzeigen, auch wenn er den Betrug bemerkte.«

»Ich kann mir nicht vorstellen, dass ein professioneller Händler solche Kunstwerke erwirbt, um sie weiterzuverkaufen. Der wandert doch ins Gefängnis, wenn man ihm auf die Schliche kommt.«

»Bevor er ein Werk von einer unbekannten Person entgegen nimmt, klärt er über Internet im *Art-Loss-Register* ab, ob das Werk dort als gestohlen gemeldet ist. Falls ja, gilt: Hände weg, sonst könnte man ihn als Hehler belangen. Heutzutage erpressen die Diebe die Kunstversicherungs-Gesellschaft und lassen sich Bitcoins überweisen gegen Rückgabe des Werks. Ich habe mir schon überlegt, ob ich meine Dienste auch den Museen anbieten soll. Diebstahlvermeidung ist schließlich mein Job. Starten würde ich, indem jeder Museumsmitarbeiter ein polizeiliches Führungszeugnis einreichen müsste. Die Erfahrung zeigt: Die meisten Kunstdiebstähle werden ermöglicht durch Insider-Informationen, beispielsweise durch den Hinweis, um wie viel Uhr nachts das Wachpersonal die Kunstwerke nicht im Auge behält. Aber auch eine Schulung der Mitarbeiter würde helfen. Geht der Alarm ab, darf der Wachmann nicht automatisch einen

Fehlalarm vermuten und der Polizei Entwarnung geben, nur weil dies schon mehrmals vorgekommen ist. Gewiefte Diebe machen sich diesen Lerneffekt bei Wachleuten zunutze und lösen vor dem Raub einige Male falschen Alarm aus, um dann unbehelligt ein Werk vom Nagel zu reißen. Es gab schon Fälle, in denen die Wachleute die Sicherheitsanlage ganz ausgeschaltet haben, da das Museum bei jedem Fehlalarm hohe Kosten für den Polizeieinsatz zu berappen hat.« Alex schwieg, also fuhr Palmer fort. »Auch muss den beauftragten Sicherheitsfirmen verboten werden, ihre Referenzaufträge auf der eigenen Website zu präsentieren. Ist ja kaum zu glauben: Bevor der milliardenschwere sächsische Staatsschatz aus dem *Grünen Gewölbe* geraubt worden ist, hatten sich die Einbrecher seelenruhig im Internet schlau gemacht. Sie erfuhren durch den Lieferanten, welches Spezialglas die Vitrinen sicherte, und wussten dadurch, welches Werkzeug sie mitbringen mussten und wie lange sie für das Aufbrechen benötigten. Bevor sie zum Einbruch schritten, haben die Räuber einen Stromkasten vor dem Museum in Brand gesetzt. Für die Löscharbeiten stellte die Feuerwehr den Strom ab und damit auch die Alarmanlage außer Betrieb. So machen das Profis.«

»Kinderleicht, meinst du?« Alex schnaubte. »Was, wenn du dem Raubmörder von Luzern zu nahe auf die Pelle rückst? Denkst du, der lässt sich überreden, sich von der Polizei verhaften zu lassen? Der wird dich abstechen. Garantiert. Du hältst dich da raus. Ich bestehe darauf.«

»Und falls nicht?«

Alex blieb stumm.

»Du willst mich zwingen? Ich bin, wie ich bin. Wenn du mir alle Dämonen austreibst, verjagst du vielleicht auch meine Engel.«

17

Auf der gestrigen Heimfahrt nach dem Gespräch mit Alex sprudelten bei Palmer zusätzliche Ideen für das Sicherheits-Konzept, das sie Herrn Oberholzers Unternehmen vorlegen wollte. Damit die Gedanken nicht verflogen, bis sie diese zu Hause notieren konnte, hatte sie sich diese auf ihre eigene Mailbox gesprochen. Heute Vormittag war sie aus dem Bett gestiegen und hörte in Slip und Shirt auf dem Balkon in aller Ruhe die Sprachnachricht ab, tippte alles fein säuberlich ins Dossier und war eben dabei, sich einen Espresso zu brauen, als ihr Handy mit einem »Pling« den Eingang einer Chatnachricht vermeldete.

»Er ist hier«, las sie auf dem Display.

Nun kam Schwung in die Bude. Sie jagte ins Schlafzimmer, warf sich in den Business-Look, ergriff die Schreibmappe und rumpelte die Holztreppe runter. Den knappen Kilometer zum Kunsthaus ging sie normalerweise zu Fuß, aber jetzt wollte sie ihn auf keinen Fall verpassen. Palmer hatte darauf spekuliert, den Wagen am Inseliquai auf den Streifen für den Güterumschlag zu stellen. Aber jetzt war dieser vollständig besetzt. Auf keinen Fall wollte sie die Rampe hochfahren zum Universitäts-Parkhaus, noch immer flackerte das Bild des niedergestochenen Mittäters vor ihren Augen auf. Also umkurvte sie flott das Gebäude und tauchte ab in die Tiefgarage des *KKL*.

Auf der vierten Etage erstand sie ein Ticket, und als sie endlich im Kunstmuseum durch die Ausstellungshallen strich, eine nach der anderen, richtete sie die Augen jedoch nicht auf die Kunstwerke, sondern hielt Ausschau nach dem Schwager des Direktors. Am Vortag war sie Adrian Ammann erstmals hier begegnet. In Gedanken machte sich Palmer eine Notiz, dass sie Kalea ein Dankeschön-Smiley senden wollte für diesen Tipp. Als sie bereits darüber nachdachte, ob sie ihn wohl verpasst hatte, sprang ihr die auffällige Föhnfrisur ins Auge. In mitternachtsblauem Anzug, schwarzen Cowboystiefeln und einem Hemd in dunklem Pink hatte er sich auf die Bank in der Mitte dieser Halle gesetzt. Um seinen Hals hatte er sich eine texanische Schnürsenkel-Krawatte mit einem weißen Krähenschädel gebunden. Das eine Bein über das andere geschlagen, stützte er seinen Oberkörper mit gestreckten Armen nach hinten auf der Sitzfläche ab. Den Kopf leicht zur Seite geneigt, betrachtete er scheinbar in Gedanken versunken eine zeitgenössische Installation. Der belgische Künstler hatte einen kompletten amerikanischen Diner aus Karton gefertigt und in die Halle gestellt. Jetzt lud dessen geöffnete Tür den Betrachter zum Betreten ein.

Palmer wollte Ammann nicht sofort überfallen, sondern ihm etwas Zeit lassen, bevor sie ihn befragen würde. Also studierte auch sie das einzigartige Kunstwerk und fragte sich, ob dieser Diner der Realität oder einer Fiktion entsprungen war. Als sie den Kopf zu Ammann drehte, hatte dieser sie längst entdeckt und klopfte mit der flachen Hand einladend neben sich auf die Bank.

»Komm, Palmer, setz dich zu mir.«

Unverwandt starrte Palmer ihn einige Sekunden lang an.

»Kennen wir uns?«

»Es freut mich, dich hier zu treffen.« Mit seinen ringbesetzten Fingern nestelte er am Handgelenk, knöpfte den Hemdärmel auf, und indem er ihn nach hinten schob, machte er nicht nur seine fette Uhr, sondern auch das Tattoo des *Metallica*-Schriftzugs auf seinem Unterarm sichtbar.

Palmer hob ehrfurchtsvoll die rechte Augenbraue.

»Leider haben wir zwei uns nie persönlich kennengelernt. Mein Name ist Adrian. Adrian Ammann.« Sie schüttelten sich die Hand. »Damals habe ich mehrere deiner Konzerte besucht. Starke Frau, hatte ich mir gedacht. Und habe mir alle drei CDs gekauft«, sagte er, wobei es aussah, als würden seine Gedanken längst wieder um den Diner kreisen.

Palmer sah ihn von der Seite an, entgegnete aber nichts. Nach einigen Sekunden setzte sie sich zu ihm.

»Gefällt er dir, dieser Rinus van de Velde?«, fragte Ammann. »Mich verführt er zu imaginären Reisen. Ich liebe ihn.«

»Toll, doch«, meinte Palmer. »Aber mich hat William Turner hergelockt.«

»Will Turner aus *Fluch der Karibik*?«

Palmer sah ihn an, als habe er etwas Unzüchtiges geäußert, erst dann merkte sie, dass er sie verschaukelte.

»Der Turner ist jetzt weg«, merkte er an. »Aber du kannst gerne weiter vorn die Wand mit dem fehlenden Turner besichtigen.« Er lächelte und schüttelte den Kopf. »Unglaublich, wie viele Leute sich dies nicht entgehen lassen.«

»Wer tut so etwas? Raubt ein Gemälde, schießt auf eine Geisel und ermordet seinen Kumpel …« Palmer beobachtete Ammann, aber dieser verzog keine Miene. Tatsächlich schloss sie nicht aus, dass er verwickelt sein könnte in diesen Raub. Er wohnte mit dem Direktor unter einem Dach und hatte Kenntnis von den Schwachstellen der aktuellen Sicherheitsanlage. Überdies war er als Kunsthändler tätig und würde Wege finden, ein gestohlenes Werk zu verhökern. Aber einen solchen Zuschuss hatte er gar nicht nötig. Oder litt er unter Geldproblemen?

»Kompliment für deinen Kunstblog«, fuhr Palmer fort. Selbstverständlich hatte sie sich gestern Abend noch schlau gemacht, um schneller zum weichen Kern des Mannes zu gelangen, den sie nicht kannte.

Auf ihr Kompliment hin leckte er sich die Lippen, ging aber nicht darauf ein.

»Ist das Kunst?«, fragte er Palmer, wobei er mit seinem Kinn auf die Diner-Nachbildung zeigte.

»Für jene, die sich mit dem Werk auseinandersetzen, ja, für andere wohl bloß zusammengeklebter Karton. Die meisten Leute interessieren sich nicht für Kunst, wobei sogar Kunstbanausen während ihrer Ferien antike und mittelalterliche Kunst- und Kulturstätten besichtigen.«

Ammanns Wange verzog sich kaum wahrnehmbar zu einem Lächeln.

Palmer fuhr fort:

»Marcel Duchamp hat mal gesagt, die halbe Arbeit bei der Herstellung eines Kunstwerks liege beim Betrachter, indem er sich das Werk ansieht und versucht, sich einen Reim darauf zu machen.«

»Correctos. Und Gauguin hat gemeint: ›Kunst ist Plagiat oder revolutionär.‹ Was hältst du davon?«

»Um als Künstler erfolgreich zu sein, muss er eine eigene Sprache entwickeln. Vom ewig Gleichen gibt es schon genug. Nur mit einzigartigem Stil schafft er sich einen Wiedererkennungseffekt. Wie beispielsweise bereits damals William Turner. Er war der Zeit um fast 100 Jahre voraus.«

»Rede weiter.«

»Kunst spricht meine Gefühle an. Hätte ich das Geld dafür, würde ich mir ein Kunstwerk an die Wand hängen, weil es mir gefällt. Oder weil es für etwas steht, das mir wichtig ist. Für einen Turner mit der Rigi und dem Vierwaldstättersee in den schimmernden Farbtönen des Sonnenuntergangs hätte ich jedenfalls gerne einen Nagel an meiner Wohnzimmerwand geopfert.«

»Und was stellt das Werk zwei Hallen weiter vorne dar, die Herde Lemminge, die sich in den riesigen Mixer stürzt?«

Palmer überlegte.

»Es ist, was es ist, nicht, was es darstellen soll. Persönlich finde ich, man sollte Kunst nicht erklären. Man empfindet beim Betrachten etwas oder auch nicht.« Als Ammann kein Wort darauf entgegnete, fuhr sie fort, denn sie wollte das Gespräch am Laufen halten. »Aber wenn du so willst: Für mich versinnbildlicht dieses Werk die menschliche Tragödie des blinden Anstürmens oder besser, des Herdentriebs. Beispielsweise neigen viele Anleger bei Finanzprodukten dazu, wie in einer Herde blind den anderen nachzurennen und dasselbe zu kaufen oder zu verkaufen, was alle anderen tun. Und wenn's schief geht, gehen alle zugrunde.«

Wortlos vollführte seine offene Hand Kreisbewegungen, womit er anzeigte, sie solle weitermachen.

Jetzt fiel Palmer zum ersten Mal auf, dass Ammann offenbar so gründlich seine Fingernägel kaute, dass er mit seinen Zähnen am Nagelbett angelangt war, woraus sie folgerte, dass er bereits sein ganzes Leben lang dieser Unsitte frönte. Sie knüpfte an am Kunstthema.

»Das Herdenverhalten ist aber auch im täglichen Leben zu beobachten, wenn scheinbar alle das angesagte Restaurant besuchen oder dieselbe Mode kaufen. Für mich prangert das Werk den Mangel an Mut an, von der geltenden Norm abzuweichen.«

»Du könntest in der Kunstbranche arbeiten, als Kunstvermittlerin zum Beispiel.«

»Ich bin bereits dabei, ein Kunsträtsel zu lösen. Ich möchte ein Kunstwerk mit den richtigen Menschen zusammenbringen. Ein gestohlenes Kunstwerk, um genau zu sein. Den Turner.«

Ammann runzelte die Stirn, und Palmer sprach weiter.

»Wo müsste ich graben, um auf diesen Turner zu stoßen? Ist es erfolgversprechender, mich in der Gaunerszene umzuhören, oder müsste ich beim Kunsthandel ansetzen? Oder, noch besser, in der Sammlerszene?«

Er hob hilflos die Hände.

»Bist du auch der Meinung, die beiden Räuber hätten von Insiderwissen profitiert, bevor sie den Turner abgehängt haben?«

Er schwieg, aber beide Hände umklammerten das Polster der Bank, und Palmer kam es vor, als zitterten seine Lippen.

»Wie man sogar ein so bekanntes Werk wie den Turner an einen interessierten Kunden absetzt, weißt du. Und über deinen Schwager hast du die Schwachstellen der heutigen Sicherheitsanlage bis ins Detail gekannt.«

»Für eine Frau, der ein Ruf vorauseilt, sie sei äußerst clever, stellst du selten dämliche Fragen.«

»Genau das ist das Clevere. Also, was weißt du?«

Ammann überlegte auffällig lange.

»Untersteh dich«, war sein einziger Kommentar, bevor er sich von der Bank auf die Beine stieß. Das Klacken der Absätze seiner Cowboystiefel hallte laut von den Wänden zurück, als er aus dem Saal stelzte.

18

»Danke für den Tipp. Kannst du bitte kurz nach vorne kommen? Ich warte im Museumscafé.«

Palmer sandte die Nachricht los, und noch während sie überlegte, ob sie ihrem Drang nachgeben und sich einen Espresso im Museumscafé leisten sollte, dann aber entschied, sie müsste ihr Geld so lange zusammenhalten, wie sie keinen neuen Job hatte, vibrierte ihr Handy.

»Aber nur kurz«, war Kaleas Antwort.

Kalea wollte sich dann auch tatsächlich nicht zu Palmer auf die Treppe setzen, also blieben sie beide stehen.

»Hör zu, der Mitarbeiter von *Faber Security* ist nicht aufgetaucht. Und auch seine Handynummer kenne ich nicht, niemand von uns hat sie. Als ich im Computer die Nummer der Firma aufgerufen habe, ist Herzog wie aus dem Nichts erschienen. Ausgerechnet. Erst hat er mich zur Schnecke gemacht, dann hat er mir strengstens verboten, dir mit irgendeiner Auskunft weiterzuhelfen. Die ganze Raubgeschichte sei viel zu ernsthaft, als dass sich jetzt das Museum einen Fehler erlauben könnte. Er hat mir mit der fristlosen Entlassung gedroht, sollte ich oder irgendjemand sonst sich seiner Anweisung widersetzen.« Sie warf Palmer einen finsteren Blick zu. »Du entschuldigst mich.« Auf der Ferse machte sie kehrt und verschwand mit hallenden Schritten im Museum.

Palmer setzte sich langsam auf die Stufe und bildete mit ihren Fingern ein Spitzdach unter dem Kinn, um nach gut einer Minute die Telefonnummer von *Faber Security* zu googeln.

»Guten Tag, hier ist Kohler von *Pacific Cars*. Verbinden Sie mich bitte mit Herrn Kaiser.« Palmer hörte angestrengt hin. »Außer Haus? Aber es ist dringend.« Die Telefonistin bedauerte, Kaiser sei zurzeit nicht erreichbar, also fuhr Palmer fort: »Hören Sie, Herr Kaiser hat seinen Zweitwagen bei uns zur Reparatur, und wir haben versprochen, dass er ihn bis heute Abend abholen kann. Sie müssen wissen, er hat ihn für morgen einem Freund versprochen, der ihn dringend benötigt für ein Vorstellungsgespräch. Ich weiß, ich hätte früher anrufen sollen, aber ich hab's vergessen, entschuldigen Sie bitte. Und als ich soeben seine Nummer gewählt habe, hat die Stimme vom Band mitgeteilt, die Nummer sei nicht in Betrieb. Ich muss sie falsch notiert haben. Mein Chef ist ein ziemlicher Tyrann. Jetzt stehe ich echt unter Druck. Ich möchte Herrn Kaiser unbedingt mitteilen, dass er zwar seinen Wagen noch heute abholen kann. Aber bevor er zu uns rausfährt und dann vielleicht drei Stunden warten muss, wär's schön, Sie würden ihm mitteilen, dass er nicht vor 21 Uhr kommen soll. Bitte, bitte. Und dann, ganz wichtig: Das Tor Nummer drei, durch welches er auf das Gelände gefahren ist, wird dann geschlossen sein. Er muss unbedingt zu Tor Nummer fünf fahren. Hier ist auf der linken Seite ein Kästchen, etwas unscheinbar zwar, aber er wird es finden. Dort tippt er dann folgenden Code ein: 225749. Haben Sie das?«

»225749.«

»Nein, 227549.«

»Eben noch haben Sie gesagt 225749. Was gilt jetzt?«

Palmer schwieg und biss sich auf die Lippen.

»Ach, wissen Sie was?«, fragte die Telefonistin. »Ich will nicht verantwortlich sein, wenn etwas mit seinem Wagen schiefgeht. Machen Sie das mit Herrn Kaiser direkt aus. Seine Nummer lautet 076 556 72 29.«

Nach dem vierten Mal Läuten nahm Kaiser Palmers Anruf entgegen.

»Mein Name ist Eberhart von der *Helvetia Kunstversicherung*, guten Tag, Herr Kaiser.«

»Grüezi«, sagte Kaiser mit unerwartet hoher, aber leiser Stimme.

Um lauter zu stellen, klickte Palmer zweimal auf den Regler, ohne sich das Gerät vom Ohr zu nehmen.

»In der Zwischenzeit haben Sie sicher vernommen, was passiert ist im *Kunstmuseum Luzern*. Da die Werke des Kunstmuseums bei uns versichert sind, möchten wir dringend mit Ihnen sprechen. Kann ich Sie heute noch treffen?«

»Was wollen Sie von mir? Herr Faber hat die Versicherung doch bereits über alle Details informiert.«

»Was das Museum angeht und auch *Faber Security*: ja. Aber was Sie angeht, bespreche ich dies besser bei einem persönlichen Treffen.«

»Besprechen? Was denn?«

»Besser, wir reden unter vier Augen.«

»Ich wüsste echt nicht, welche zusätzlichen Infos ich Ihnen geben könnte. Ich habe Anweisung, dass Informationen ausschließlich von Herrn Faber nach außen gehen dürfen. Schönen Tag noch.«

»Legen Sie nicht auf«, beeilte sich Palmer. »Sie sind vorsichtig, und das ist gut so.« Es entstand eine kurze Pause, während der Palmer angestrengt nachdachte. »Aber es gibt da etwas, das Sie persönlich betrifft.«

»Wie, was?«

»Erfahren Sie, wenn wir uns treffen.«

»Was soll mich betreffen? Was soll das heißen?«

»Wenn wir reden.«

Wieder ein Schweigen, jetzt etwas länger.

»Da gibt es etwas, das auf Sie zurückfallen könnte«, hakte Palmer nach.

»Okay, aber nicht heute. Morgen um 11 Uhr werde ich eine Reparatur ausführen im *Aargauer Kunsthaus.*«

19

»Nimm doch bitte mal ab, wenn ich dich anrufe«, sagte Alex. Die Aufregung in seiner Stimme war unüberhörbar. »Ich bin auf der Seebrücke, fahre zu dir.«

»Entschuldige bitte, aber ich war mitten in einem Gespräch vorhin, im *KKL*. Gleich muss ich noch dringend zum Einkaufen. Katzenfutter ist alle.«

»Beweg dich nicht vom Fleck. Hörst du?«

»Was ist los?«

»Geh' nicht weg. Bleib, wo du bist.«

Palmer starrte einige Momente stumm ins Treppenhaus. »Ich warte auf der vierten Etage«, sagte sie endlich. »Vor dem Eingang ins Kunstmuseum.«

Die Wartezeit wollte sie sinnvoll überbrücken, also wählte sie die Nummer von Oberholzers Firma. Bereits nach dem ersten Klingeln meldete sich eine weibliche Stimme, die ihr in professioneller Freundlichkeit mitteilte, die Leute der Personalabteilung wären noch längere Zeit unabkömmlich aufgrund eines Meetings, und auch CEO Oberholzer sei nicht zu erreichen. Als Palmer den Anruf beendete, sanken ihre Schultern nach unten. Und sie fragte sich, ob sie ihren Job versemmelt hatte mit ihrer bestimmten Verabschiedung von Oberholzer. Oder war es üblich, dass sich Unternehmen dieser Größe so lange Zeit ließen, bis sie eine Entscheidung trafen?

Es vergingen vier Minuten, bis Palmer sehen konnte, wie Alex aus dem rundum verglasten Aufzug stürmte, direkt auf sie zu. Seine Hand umklammerte eine Papierrolle.

»Du hast heute wohl noch keine Zeitung gelesen«, sagte er, ohne Palmer zu begrüßen und knallte das Exemplar einer Gratiszeitung in ihre Hand.

»Du ziehst zu mir. Wir fahren bei dir vorbei, du packst das Notwendigste«, sagte er, während sie das Gratisblatt glattzog. »Der weiß jetzt, wo du wohnst.«

Palmers Augen verengten sich zu schmalen Schlitzen. Langsam beugte sie sich vor und las den Text unter dem großen Foto. Eine Augenzeugin war mit ihren Aussagen lieber zur Zeitung gegangen als zur Polizei. Sie erklärte, einzig die stadtbekannte Palmer habe sich an die Verfolgung der Täter gemacht, als diese eine junge Frau als Geisel genommen hatten. Von der Polizei sei weit und breit nichts zu sehen gewesen. Eines der Fotos zeigte die Augenzeugin mit gestrecktem Arm, der auf einen riesigen dunklen Fleck auf dem Asphalt wies, wo einer der Täter Palmer zu erschießen versucht, aber die Geisel getroffen hatte. Das zweite Foto traf sie wie ein Hammerschlag. Eine alte Aufnahme von Palmer vor ihrem Bootshaus. Die Bildlegende gab Auskunft darüber, dass Palmer hier wohnte. Brust und Hals verengten sich, denn sie verstand. Falls der Mörder die Zeitung las, kannte er jetzt nicht nur Palmers Namen, es wäre ihm auch ein Leichtes, sie zu Hause aufzuspüren. Er brauchte nur nach dem Bootshaus zu googeln. Palmer biss sich auf die Unterlippe, während sie wortlos in Alex' Gesicht blickte.

»Zu dir?« Dieses Thema hatten sie schon einige Male. Seine grandiose Wohnung über dem Löwenplatz war verlockend. Allerdings wollte sie keinesfalls ihre Unabhängigkeit aufgeben und auch nicht ihre Wohnung über dem Bootslager, fast über dem Wasser.

»Sei vernünftig jetzt. Zumindest für einige Tage, bis sich die Situation beruhigt hat.« Er sah sie eindringlich an.

»Du kennst meine Vorbehalte.«

»Ich will nicht mit ansehen, wie du zu deiner eigenen Hinrichtung schreitest. Das ist doch Selbstmord, jetzt in deiner Wohnung zu bleiben.«

Palmer fühlte sich hin- und hergerissen, denn in beiden Varianten versteckten sich Fallgruben. Was war ihr wichtiger? Ihre Unabhängigkeit behalten oder mit ihrem Leben zu spielen? Sie zögerte. Offensichtlich suchte sie nach einer Möglichkeit, ihre Entscheidung nicht laut aussprechen zu müssen.

»Du suchst den Nervenkitzel. Verdammt«, sagte Alex.

Einige Augenblicke lang schauten sich beide an, während sich Palmer alle Mühe gab, keine Miene zu verziehen.

»Ich liebe dich«, unterbrach Alex die Stille. »Der Gedanke an einen Angriff auf dein Leben stresst mich. Willst du dich tatsächlich mit Leuten anlegen, die vor Mord nicht zurückschrecken?«

Als sie noch immer nicht antwortete, holte er tief Luft, fuhr dann aber unerwartet ruhig und klar fort.

»Zieh in meine Wohnung. Vorübergehend. Nimm dich aus der Schusslinie der Täter.«

Sie schaute ihn an, sagte aber noch immer kein Wort.

Er legte den Kopf in den Nacken. Dann blickte er sie über den Nasenrücken hinweg an.

»Dein Starrsinn und dein Spiel mit dem Feuer sind keine Basis für unsere Beziehung.«

Peng. Das saß. Sie spürte, wie ihr Schweiß auf die Stirn trat.

»Okay«, sagte sie leise, aber mit fester Stimme. »Ich warte nicht, bis er mich abschlachtet.«

Alex' Stirn glättete sich.

»Los, worauf wartest du?« Seine Hand vollführte kreisende Bewegungen in der Luft.

»Aber ich kann mich doch nicht ewig verstecken in deiner Wohnung.«

»Entweder wir gehen jetzt packen, oder …« Er suchte nach den richtigen Worten. »Oder du lässt es bleiben.«

Zwar verstand Palmer nicht, was genau er damit alles meinte, aber sie folgte Alex, der bereits mit schnellen Schritten zum Aufzug marschierte.

Wie vereinbart hängte sich Alex mit seinem Wagen dicht an Palmer, als sie das Parkhaus verließ und über die Zentralstraße und dann weiter über die Langensandbrücke fuhr. Sie stellte ihren Datsun ganz in der Nähe ihres Bootshauses in die blaue Zone und stieg bei Alex zu. In der Sackgasse des Alpenquais wendete Alex seinen Wagen, um bei Gefahr sofort losstarten zu können, und stellte ihn halb auf den Gehsteig beinah vor Palmers Gartentür.

Kurz wunderte sich Palmer ob Alex' Schraubenzieher, den er aus dem Handschuhfach holte und ihn in seiner Faust umklammert hielt, aber sofort wurde ihr klar, dass er diesen im Notfall als Waffe einsetzen wollte.

Fröhliches Vogelgezwitscher von den umliegenden Sträuchern begleitete die beiden, als Palmer das Gartentürchen aufstieß. Sie hasteten zur Wohnungstür und untersuchten diese als Erstes auf Einbruchsspuren. Sofort sperrten sie auf, schoben sich hinein und schlossen hinter sich ab. Alex bestand darauf voranzugehen, stieg mit wachsamem Blick die Treppe hoch, und Palmer folgte dicht hinten nach. Ein Zimmer nach dem anderen suchten sie die ganze Wohnung ab, stießen jedoch nirgendwo auf Spuren eines Eindringlings. Palmer warf einige Kleidungsstücke in die große Stofftasche und sorgsam oben drauf ihren Business-Look, falls sie ihn benötigen sollte. Auch quetschte sie die dazu passenden Schuhe, den Laptop und die verschiedenen Ladegeräte seitwärts daneben. Während Alex überall die Jalousien und die Fenster schloss, warf Palmer im Bad Zahnbürste, Hautcremen und Schminkutensilien in den Kulturbeutel, obwohl das Allernötigste für spontane Besuche bereits bei Alex im Bad stand. In der Küche füllte sie eine Salatschüssel mit Wasser und stellte sie neben die beiden Näpfe auf den Boden. Der Wassernapf war ausgetrocknet, der Fressnapf leer, also füllte sie beide reichlich mit Trockenfutter, sodass sie überquollen und sich ein Großteil auf dem Boden häufte.

»Halt, nicht das Küchenfenster.« Palmer schritt zu Alex, drehte den Griff und zog den Flügel wieder zehn Zentimeter in den Raum hinein.

»Damit machst du's einem Einbrecher allzu leicht«, sagte Alex. »Muss ein Eindringling zuerst die Scheibe einschlagen, überlegt er sich dies zweimal, da der Lärm die Nachbarn auf ihn aufmerksam machen könnte.«

»Aber da geht Sandman rein und raus.«

»Sei vernünftig.«

»Sperre ich ihn aus, sucht er sich ein neues Plätzchen. Wenn ich mich schon vertreiben lasse, aber nicht Sandman.«

Palmers Mimik musste eindeutig gewesen sein, jedenfalls

hob Alex resigniert die Hände und bestand nicht weiter darauf, auch wenn sie ihm ansah, wie unwohl ihm dabei war.

Bevor sie von außen die Tür verriegelte, brach sie von einem Ästchen einige Zentimeter ab und steckte das dünne Holzstäbchen etwa 20 Zentimeter über der Schwelle in den Türschlitz. Sie wollte sehen, ob dieses sich bei ihrem nächsten Besuch noch immer dort befand.

Auf der Fahrt zu Alex' Wohnung war die Stimmung getrübt, sodass Palmer irgendwann die Stille nicht mehr aushielt und Alex über den Zwischenstand ihrer Ermittlungen informierte. Sein Gesichtsausdruck zeigte, wie wenig begeistert er war, trotzdem hörte er wortlos zu, als Palmer von Adrian Ammann, dem Schwager des Museumsdirektors, erzählte, der einen Kunsthandel betrieb und somit wusste, wie man ein geraubtes Bild losschlug. Auch erwähnte sie Matthias Kaiser, den Spezialisten, der die aktuelle Alarmanlage im Kunstmuseum betreute und somit deren Schwachpunkte kannte.

Dann herrschte Ruhe.

Je länger sie darüber nachdachte, desto stärker verstand sie Alex' Beharren auf dem vorübergehenden Wohnungswechsel als Beweis seiner Liebe. Als sie mit dem Aufzug in seine Wohnung hochfuhren, erinnerte sie sich an die vielen glücklichen Tage, die sie als Besucherin hier bereits verlebt hatte.

»Ich schlage vor, die nächste Zeit verlässt du diese Wohnung nicht. Zur Sicherheit«, sagte Alex eindringlich.

»Das wird nicht möglich sein. Ich treffe morgen Matthias Kaiser in Aarau.«

»Du kennst ihn nicht mal und vermutest, dass er mit dem Bilderraub zu tun hat? Wer sagt denn, dass nicht er der Mörder ist, der auch auf dich geschossen hat? Jetzt hör aber auf.«

In Alex' Blick lag etwas, das Palmer berührte. Er tat ihr leid, schrecklich leid. Es war nicht einfach mit ihr, und sie selbst wusste das am besten. Sie hatte es selbst auch nicht leicht mit sich. Diese innere Stimme, die sie vorwärts trieb, diese ewige Unruhe, für Gerechtigkeit zu sorgen. Ja, vielleicht war das nicht normal, und die Verantwortung, wie sie damit umging, lag verdammt noch mal bei ihr selbst, aber jetzt zog sie andere mit hinein. Alex war hilflos, und er wusste es ganz genau. Wenn sie gehen wollte, würde sie gehen. Sie sah ihm an, dass er sich überlegte, ob er noch mehr Druck ausüben wollte, aber er wusste genau, wie sie darauf reagieren würde. Sein Gesicht entspannte sich ein wenig.

»Ich habe jetzt einen Außentermin und danach gehe ich einkaufen. Du bleibst in der Wohnung. Lass mich wenigstens meinen Termin abwickeln, ohne mich pausenlos zu sorgen. Wenn du doch weggehst … dann sag wenigstens Bescheid.«

Palmer schwieg wieder und hasste sich dafür. Sie wollte nicken, Alex hatte das verdient, aber sie brachte es nicht fertig. Kurz darauf verschwand er hinter der Aufzugstür.

Das Schlafzimmer lag neben jenem Raum, in welchem Alex' verstorbene Frau ihrer Leidenschaft nachgegangen war und antike Puppen restauriert und auch ihre Sammlung ausgestellt hatte. Nach dem tragischen Verlust beließ Alex anfänglich den Raum unverändert, wie er sich gezeigt hatte am Tage ihres Todes. Zur Erinnerung. Allmählich war er zur Verarbeitung seiner Trauer dazu übergegangen, von seiner Frau begonnene Arbeiten zu Ende zu führen, bis er diese Beschäftigung tatsächlich zu seinem eigenen Hobby machte und fortan Lippen bemalte, mit der Pinzette Augenbrauen einklebte und mit Modelliermasse abgebrochene Finger nachformte. Palmer wusste, dieser Raum war sein rein persönliches Reich, diese Tür würde sie nicht aufstoßen.

Als Erstes richtete sie sich ein mit Kleidern, Laptop und Ladekabeln, dann brachte sie ihre Utensilien ins Bad. Hier wölbte sie die Brauen als sie den hinuntergeklappten Klodeckel erblickte. Nanu, eine neue Angewohnheit? Ihr war klar, Alex musste Damenbesuch gehabt haben. Dann aber schmunzelte sie, weil sie sich erinnerte, dass zweimal die Woche seine Putzfrau hier für Ordnung sorgte.

Auf einen Schlag spürte sie, wie sich ihr die Nackenhaare aufrichteten. Juli, ihre beste Freundin. Klar wusste Palmer, dass Juli derzeit irgendwo auf der Welt für ein Fotoshooting posierte. Aber bei ihr war meist nicht klar, wann sie wieder auftauchte. Und meist besuchte sie als Erstes Palmer, hatte sogar einen Schlüssel für die Wohnung. Palmers Stimme klang unnatürlich dünn, als sie auf Julis Mailbox sprach, die sofort angesprungen war.

»Juli, ich bin zu Alex gezogen. Nicht, was du denkst. Es ist in Luzern etwas passiert, das mich veranlasst hat, mich bei Alex zu verkriechen. Also, ruf mich unbedingt an, bevor du zurückkehrst, und fahr' auf keinen Fall zu meiner Wohnung. Nicht, dass du in die Fänge von irgendjemandem läufst. Ja?«

Nun genoss sie das befreiende Barfußgefühl auf dem Eichenparkett, als sie mit Handy und Laptop in das lichtdurchflutete Wohnzimmer schlenderte und sich in die riesige L-förmige Sofalandschaft fläzte, ein Kissen in den Nacken schob und durch die drei Meter hohe Fensterfront für einige Minuten den freien Blick zum Pilatus genoss.

Auf einen Schlag lächelte sie nicht mehr, dafür mahlten ihre Kiefer. Wie hatte sie vergessen können, eine Gitarre hierher mitzubringen? Jetzt saß sie in dieser Wohnung fest, hatte nichts zu tun und nicht mal eine Gitarre dabei. Denn insgeheim ahnte sie, dass Carlos Santana sie dazu einladen würde, während eines oder zwei Songs auf der Bühne mitzuspielen, wenn er in einigen Tagen sein Gastspiel geben würde im *KKL*. Nun konnte Palmer die Aussicht nicht mehr genießen, schlich auf die Terrasse, wusste aber auch dort nicht so recht etwas mit sich anzufangen, denn jetzt kreisten ihre Gedanken um jenes teure Stück, das sie beim *KKL* auf die Straße gestellt hatte, um der jungen Frau zu Hilfe zu eilen. Sie hätte sich ohrfeigen können.

Schließlich kehrte sie ins Wohnzimmer zurück, hockte sich aufs Sofa und überlegte, wie sie das Treffen mit Matthias Kaiser in Aarau gefahrlos hinter sich bringen konnte.

Entschlossen wählte sie seine Nummer.

»Zu unserem morgigen Treffen ist mir etwas dazwischen gekommen. Aber Sie können sich selber helfen, wenn wir diesen Verdacht telefonisch ausräumen«, sagte Palmer.

»Verdacht? Gegen mich?« Hörbar stieß er die Luft aus.

»Ich will Ihnen auf die Sprünge helfen. Mit Faber haben Sie darüber gesprochen, und auch Ihre Arbeitskollegen wissen Bescheid.«

In der Stille, die jetzt entstand, konnte sie förmlich hören, wie sein Hirn ratterte.

»Hören Sie, für irgendwelche Spielchen habe ich echt keine Zeit.

»Warten Sie«, sagte Palmer, denn sie wusste, einen erneuten Anruf würde er nicht entgegennehmen, falls er jetzt abbrach. »Entschuldigen Sie, wenn ich jetzt nicht lockerlasse. Aber letztlich wollen wir beide dasselbe: den Raub aufklären. Je korrekter Sie mir antworten, desto schneller schaffen wir jeglichen Verdacht gegen Sie aus der Welt. Egal, was da war in Ihrer Vergangenheit, ich werde es sowieso herausfinden. Also?« Aber Kaiser blieb still. »Erzählen Sie mir doch einfach etwas von

Ihrer Arbeit bei *Faber*.« Palmer wusste, dass sie ihn irgendwie zum Reden bringen musste, egal worüber. Vielleicht würde er später Fragen beantworten. Denn wenn er sich jetzt bereits weigerte, Harmloses preiszugeben, dann würde er sich später auch gegen jede Frage sträuben. Auch wusste Palmer, je mehr einer plauderte, desto größer die Wahrscheinlichkeit, dass er sich verplapperte oder sich in Widersprüche verstrickte.

»Wie lange dauert das noch? Brauchen Sie für eine solche Befragung nicht einen Durchsuchungsbefehl oder so etwas?«

Palmer spürte, sie würde ihn verlieren.

»Sie sehen zu viel fern«, sagte Palmer mit ruhiger Stimme. »Um Fragen zu stellen, brauche ich keine Bewilligung. Und Sie brauchen sich keinen Durchsuchungsbeschluss vorlegen zu lassen, um mir zu antworten. Sie müssen sich nur genau jetzt entscheiden, ob Sie mich bei meinen Ermittlungen unterstützen oder ob Sie diese behindern wollen.«

»Meinen Sie vielleicht die Sache mit meinem Bruder?«

»Sie meinen Markus?«

»Mein Bruder heißt Erich.«

Blitzartig setzte sich Palmer aufrecht.

»Wie kommen Sie auf Markus?«, fragte Kaiser. »Ich kenne keinen Markus.«

»Was war da genau mit Erich?«

Als sie keine Antwort erhielt, wurde sie deutlicher.

»Wo waren Erich und Sie zur Zeit, als das Gemälde aus dem Kunsthaus Luzern geraubt wurde?« Aber augenblicklich begriff sie, dass sie einen Fauxpas begangen hatte. Das war zu forsch.

»Ich mag es überhaupt nicht, in dieser Art befragt zu werden.«

»Die einfachste Art, seine Unschuld zu beweisen, ist, sein Alibi offenzulegen.«

»Sie fischen im Trüben und tun so, als gäbe es einen Verdacht gegen mich oder meinen Bruder. Ich geh jetzt zum Fußball.«

Die Leitung war tot.

Palmers leerer Blick schweifte in die Ferne, wo die Sonne sich anschickte, im Westen hinter durchscheinenden Wolkenfetzen zu verschwinden, aber gerade noch die Gipfel des Pilatus in ein zartes Rosa tauchte.

Immerhin hatte sie ihm einen Hinweis entlockt. Während sie Fabers Nummer wählte, verriet einzig eine dünne Ader an der Seite ihres Halses das aufgeregte Schlagen ihres Herzens. Sie hoffte, noch jemanden in der Firma zu erreichen vor Feierabend.

»Guten Abend, Frau Wirz, würden Sie mich bitte mit Matthias Kaiser verbinden?«

»Der ist nicht hier. Wer ist am Apparat?«

»Ich habe doch eben mit ihm telefoniert. Okay, ich rufe ihn auf dem Handy zurück. Ist Herr Faber noch zu sprechen?«

»Der ist leider auch schon weg. Vielleicht kann ich weiterhelfen.«

»Herr Faber hat zwar um Diskretion gebeten, aber in Ihrer Firma scheint ein starker Teamgeist zu herrschen. Man kennt sich ziemlich gut.« Palmers Stimme verriet ein Lächeln. »Können Sie sich vorstellen, dass Matthias Kaiser sich mit seinem Bruder Erich über die Schwachstelle der Alarmanlage in Luzern unterhalten hat?«

»Sie verdächtigen seinen Bruder? Quatsch.« Sie stieß einen geräuschvollen Lacher aus. »Klar war da was. Aber etwas ganz anderes. Und soviel ich weiß, hat er seine Strafe abgesessen.«

Palmer spürte, wie ihr heiß und der Rücken klitschnass wurde.

»Seit wann ist er draußen?«

Aber gleich warf sich Palmer enttäuscht rückwärts in die Kissen.

»Was weiß ich?«, hatte die Telefonistin geantwortet. »Nur weil sein Bruder mit einem getunten Wagen in eine Raserfalle der Polizei getappt ist, heißt dies noch lange nicht, dass er auch ein Bild aus einem Museum klaut. Also bitte. Diesen netten Kerl hat man ins Gefängnis gesteckt, ohne dass er je einen Unfall gebaut hat.«

20

Am nächsten Vormittag schlurfte sie durch die menschenverlassene Wohnung in die Küche und steuerte auf direktem Weg den Kühlschrank an, stieß dort zwar auf unterschiedlichste Getränke, jedoch nicht auf ein einziges Bier. Stattdessen entdeckte sie eine noch nicht angebrochene Flasche Champagner mit Etikett »Louis Roederer«, halt so eine Billigmarke, vermutete Palmer automatisch. Da die Flasche jedoch neben einem Rotwein Château irgendwas stand, änderte Palmer ihre Meinung und mutmaßte, dieser Champagner sei im Gegenteil so teuer, dass ihr deshalb dieser

Name noch nie begegnet war. Aber was sollte sie jetzt damit? Von ihren früheren Besuchen wusste sie, wo Alex die Cornflakes aufbewahrte. Müsste sie diese jetzt mit Champagner verzehren? Was Frühstück betraf, waren ihre Wünsche überschaubar. Sie benötigte kein kaltgepresstes, handgeschöpftes Trallalla, um glücklich zu sein. Einige Cornflakes mit Milch, eine Flasche Bier, ein Kronenkorkenöffner und fertig.

Erst als sie sich in der offenen Wohnküche umsah, nahm sie die strahlende Sonne und auch das Gezwitscher wahr, welches durch die offenstehende Tür von den Sträuchern der Terrasse die Wohnung erfüllte.

Schlaftrunken trottete sie ins Wohnzimmer, um sich auf die Couch zu legen. Aber bevor sie sich hinlümmelte, erblickte sie auf dem Esstisch ein üppiges Frühstückssortiment. Gestern hatte sie Alex nicht zurückkehren gehört, und heute musste er für sie, bevor er sich in aller Früh zur Arbeit aufgemacht hatte, nicht nur aufgedeckt, sondern sogar in der Bäckerei mitten auf dem Löwenplatz Brötchen, Gipfeli und ein frisch zubereitetes Birchermüesli besorgt haben. Ihr strahlendes Lächeln erhellte den Raum zusätzlich, und die Müdigkeit um ihre Augen war mit einem Schlag weggewischt. Als sie sich hinsetzte, fand sie auf dem Frühstücksteller eine Notiz: «Milch und Butter findest du im zweiten Kühlschrank, gleich neben dem, im welchem du das Bier nicht gefunden hast.«

In aller Ruhe strich sich Palmer Brötchen, langte ordentlich beim Aufschnitt zu und tunkte das Gipfeli in den Kaffee.

Nach dem Abwasch räumte sie so picobello auf, wie Alex es liebte. Nirgendwo fand ihr Sperberblick ein Bröselchen auf dem Parkett, und glücklicherweise entdeckte sie auch den Kaffeespritzer an der Wand neben der Espressomaschine gerade noch.

Zurück auf der Couch googelte sie «Erich Kaiser Raser», und tatsächlich erhielt sie unzählige Treffer angezeigt. Zwar musste sie nun einen Verdächtigen von ihrer Liste mit bloß zwei Namen streichen, was aber den Vorteil hatte, nicht weiter in der falschen Richtung zu wühlen.

Um sich ihre nächsten Schritte zu überlegen, betrat Palmer die Terrasse, wo aber die Sonne zu heiß vom blauen Himmel auf sie herunterbrannte. Sie wanderte in die Küche, wo es aber für sie keine Arbeiten mehr zu verrichten gab, also spazierte sie zum deckenhohen Büchergestell, legte den Kopf in den Nacken und las die Titel der Bände. Als sie merkte, wie ihr Blick zusammen mit den Gedanken ins Unendliche abschweifte, nickte sie, trat unter die Dusche, schlüpfte in frische Kleider, zog sich den Schirm eines Caps tief ins Gesicht und verließ das Haus.

Um einem Schurken, der womöglich auf sie lauerte, nicht in den Fänge zu laufen, wollte sie Hauptstraßen und Fußgängerströme meiden. Am Löwenplatz bestieg sie den Bus Nummer 1 und verließ ihn zwar am Bahnhofplatz, marschierte aber von der Seidenhofstraße in die Morgartenstraße. Sie entschied sich für die Velopasserelle unter den Bahngleisen durch, stieg hoch, dann über den Frohburgsteg hinunter zur Bürgenstraße und zuletzt über den namenlosen Weg, der frontal zu ihrem Bootshaus führte.

Bevor sie die Tür aufschloss, bückte sie sich und fand ihr Holzstäbchen, das noch immer an derselben Stelle im Türschlitz steckte. Alles schien in Ordnung. Trotzdem war sie auf einen Angreifer gefasst, als sie die Tür aufschob. Allerdings wurde sie einzig von lautlosem Dunkel und stickig heißer Luft begrüßt. Aber als sie den Schalter drückte, um Licht zu machen, blieb es finster. Palmer versuchte es noch mehrere Male und überlegte. Nach längerem Warten verriegelte sie hinter sich die Tür und huschte die Holztreppe hoch, deren Stufen so laut knarrten wie seit eh und je. Oben machte sie eine andere Lampe an, und sogleich brummte eine fette Fliege in Kreisen um die hell leuchtende Birne. Vorsichtig kontrollierte sie jedes Zimmer, stieß aber nirgendwo auf einen Eindringling.

Außer in der Küche.

Sandman döste in der Sonne, während seine rote Zungenspitze aus der geschlossenen Schnauze hervor linste. Erst blinzelte er Palmer zu, schnurrte und maunzte endlich, als er zu ihr hinschlenderte und seinen Kopf an ihrem Bein rieb.

»Hey, alter Kumpel.«

Sie hätte als Erstes in der Küche nachsehen sollen. Denn dieser so cool wirkende Kater hätte sich augenblicklich verkrümelt, hätte ein Fremder die Wohnung betreten. Nun vollführte er eine Acht zwischen ihren Beinen, trottete durch die Küche und ließ sich bei den halb leer gefressenen Näpfen auf den Boden plumpsen. Palmer fragte sich, ob er vergangene Nacht alle seine Kumpels hierhin eingeladen hatte zum Festschmaus, denn es war ihr unerklärlich, wie er allein eine so große Menge vertilgt haben konnte. Jedenfalls war klar, dass Sandman es als Palmers Aufgabe sah, ihn mit Fressen zu bedienen. Sie holte den Beutel aus der Umhängetasche hervor, den Alex für sie eingekauft hatte und riss die Versiegelung auf.

Wie sie Sandman jetzt betrachtete, erinnerte sich Palmer, wie sie als Mädchen zum ersten Mal Bekanntschaft mit einer streunenden Katze aus der Nachbarschaft gemacht hatte. Es war an einem glühend heißen Sommertag, als sie in ihrer kindlichen Naivität die Katze in den Kühlschrank sperrte, um einfach mal zu sehen, wie gut sie die Kälte vertrug. Als sie nach einer Stunde nachschaute hatte die Katze den ganzen Fisch gefressen.

Sandman strich sich mit der abgeleckten Pfote über den Kopf und folgte anschließend Palmer ins Wohnzimmer, wo diese einen kleinen Verstärker und verschiedene Kabel zusammensuchte und sich vor den aufgereihten Gitarren auf die Fersen hockte. Sie überlegte, auf welcher dieser teuren Stücke sie sich im Exil einspielen wollte für den Fall, dass Carlos Santana sie tatsächlich auf die Bühne holte. Ihre Wahl fiel auf eine *Fender*, die sie rechtzeitig bei Alex verstauen wollte. Auch würde sie nur in seiner Abwesenheit darauf spielen, damit er nicht mitbekäme, dass sie zu ihrer Wohnung zurückgekehrt war. Schließlich wollte sie ihn nicht provozieren.

Noch bevor sie zur *Fender* griff, sprang Sandman auf ihren Schoß und reckte den Kopf, bis Palmer ihn streichelte, gerade so, als wäre alles in bester Ordnung.

21

Während der Aufzug nach oben schwebte, erklang Smooth Jazz mit jedem gewonnenen Meter lauter in ihren Ohren. Als die Aufzugstüren auseinander glitten, reckte Palmer den Kopf nach vorne und verschaffte sich einen Blick in die

Wohnung. Im Sessel ruhte Alex, hatte die Beine auf einen Pouf ausgestreckt und blätterte in einem Bildband.

Alex hob den Kopf, blickte ihr ins Gesicht und verschränkte die Arme. Wortlos.

In der einen Hand den Gitarrenkoffer, in der andern den kompakten Verstärker mit all den Kabeln, trat Palmer ins Zimmer.

Shit, dumm gelaufen, dachte sie. Hitze stieg von ihrem Hals auf und verbreitete sich über ihrem ganzen Gesicht. Indem sie auf die eigenen Schuhe starrte, versuchte sie, dies zu kaschieren.

Endlich hob sie den Kopf und sah, wie Alex mit enttäuschtem Gesichtsausdruck zu ihr blickte, aber noch immer kein Wort sagte. Palmer hob die Nase leicht an, schritt möglichst leise zu ihrem Zimmer, drückte umständlich die Klinke und verstaute ihr Equipment neben dem Bett.

Nun würde es nicht helfen, sich zu verkriechen. Sie musste sich der Diskussion stellen. Aber als sie sich in den zweiten Sessel zu Alex setzte, bedachte er sie einzig mit einem mitleidigen Blick und tat dann, als blättere er entspannt in seinem Buch.

»Sorry«, sagte Palmer. »Ich kann nicht tatenlos hier in der Wohnung rumsitzen. Ich bin sehr vorsichtig gewesen. Ist nichts passiert.«

»Und wenn der Killer viel cleverer ist, als du denkst, und dich still und heimlich nach Hause verfolgt hat? Dann weiß er jetzt, wohin du dich verkrochen hast.«

Palmer rutschte tief ins Polster. Brachte sie jetzt tatsächlich Alex in Gefahr, weil sie unbedacht gehandelt hatte?

»Immerhin weiß ich jetzt mehr – rein telefonisch, hier von der Wohnung aus«, schob sie schnell hintennach. »Der Mitarbeiter der aktuellen Sicherheitsfirma scheint nicht weiter verdächtig.« Sie fuhr nicht fort, da Alex demonstrativ nicht zuhörte.

Palmer strampelte sich die Boots von den Füßen und legte die Fersen bei gestreckten Beinen ebenfalls auf den Pouf.

»Solang du rumtelefonierst in der Welt, ist es mir egal, in welchem Dreck du wühlst.« Jetzt bedachte er sie mit einem langen Blick. »Wenn du mir versprichst, es bei Anrufen zu belassen, kann ich dir sogar zu weiteren Hinweisen verhelfen.«

Palmer hob die rechte Augenbraue und machte deutlich, wie ungewöhnlich seine Bemerkung war, dann nickte sie.

»Heute hat mich Françoise Bouchard angerufen. Du erinnerst dich? Sie ist Vorstandsmitglied des Gönnervereins *Art Society Luzern*. Sie hat von deinem beherzten Eingreifen bei der Entführung und deiner Suche nach den Bildräubern aus der Zeitung erfahren. Und da sie weiß, dass du meine Freundin bist, bietet sie an, interne Infos aus dem Kunstmuseum an dich weiterzureichen. Aber sie zählt dabei auf deine Diskretion. Damit erhofft sie sich, einen Beitrag zu leisten, um das Turner-Bild ins Kunstmuseum zurückzuführen. Und falls mit ihrer Hilfe auch der Mörder gefunden wird, ist ihr das sicher auch sehr recht.«

Jetzt erinnerte sich Palmer. Aus heiterem Himmel hatte Alex sie vor Monaten überrascht mit der Einladung zur grandiosen Aufführung von Thomas K. J. Mejers *Kontra-Trio* mit Madeleine Bischof und Leo Bachmann im *Neubad*, dem trocken gelegten Schwimmbecken des alten Hallenbads. Wie aufmerksam von Alex, hatte er doch nicht vergessen, dass Palmer und Mejer seit Jahren befreundet waren. Palmer hatte sich damit revanchiert, dass sie für Alex zum Konzert in einem sommerlichen Blumenkleidchen angetanzt gekommen war. Als die beiden in der Pause zufällig auf Françoise Bouchard trafen, war Palmer aufgefallen, wie freudig er ihr diese Frau vorgestellt hatte. Jedenfalls plauderte man in netten, aber unverbindlichen Worten ein paar Minuten. Aber dann kam Palmer Bouchards Kommentar zu Mejers Werk zu gestelzt daher. Sie hatte den Eindruck, Bouchard versuchte, mit möglichst klugen Worten zu kaschieren, dass sie diese abstrakte Musik schlicht nicht verstand. Also ergriff Palmer die Chance und verabschiedete sich mit dem Hinweis, sich an der Bar nach einem Bier umzusehen.

Das war im vergangenen Sommer gewesen.

»Du scheinst diese Frau ja sehr gut zu kennen,« sagte Palmer, wobei sie das »sehr« auffallend in die Länge dehnte.

»Quatsch. Da ich Mitglied der Kunstgesellschaft bin, kennt man sich halt. Dort bin ich ihr übrigens zum ersten Mal begegnet. Mit der Zeit sind wir ins Gespräch gekommen, und vor gut zwei Jahren hat sie mich beauftragt, die Rentabilität ihrer Transportfirma zu steigern. Das war ein Steilpass, denn nach wenigen Abklärungen konnte ich ihr bereits vorschlagen, ihre Leidenschaft für Kunst zum Geschäft zu machen und sich zu spezialisieren auf bewachte internationale Kunstlogistik. Und genau das tut sie noch heute mit rasch wachsendem Erfolg.«

Das schien Palmer plausibel, da die Schweiz weltbekannt war als internationale Drehscheibe der Kunst. Immerhin bot sich hier auch ein ideales Umfeld mit den unzähligen Galerien und Auktionshäusern, mit den zahlreichen privaten oder firmeneigenen Sammlungen und Museen und deren wechselnden Ausstellungen.

»Bouchard hat meinen Rat beherzigt und sich rasch etabliert bei den besten Adressen. Aufgrund dieses vertieften Wissens hat sie sich auch gute Chancen ausrechnet bei der anstehenden Wahl zum Vorsitz der *Art Society*. Wobei …«

Nun verging ein längerer Zeitraum, bevor er weiterfuhr. »Vielleicht hat sie dieses Ziel fast zu heftig angestrebt. Richtiggehend reinsteigert hat sie sich mit allen ihren Aktivitäten für die *Art Society*. Ich kann mir kaum vorstellen, dass ihre Geschäfte darunter nicht leiden. Bei so viel Zeit für Vorstandsarbeiten, wie sie investiert, die weit über ihr Amt als Schatzmeisterin hinausgehen.«

»So zeigt sich wahre Leidenschaft«, bemerkte Palmer. Aber sie war froh, dass Alex ihren Versuch eines Seitenhiebs nicht aufgriff.

»Ihr Ehrgeiz hat mit ihrer Familiengeschichte zu tun. Sie hat mir mal erzählt, wie ihr Vater um kärglichen Lohn als Küchengehilfe gearbeitet hat, während ihre Mutter als Schneiderin aushalf, wenn sie sich nicht grad um die fünf Kinder kümmerte.«

Palmer nickte, um zu signalisieren, dass sie aufmerksam zuhörte.

»Man hat ihr sogar in der *Art Society* das Gefühl vermittelt, als Emporkömmling aus tiefer sozialer Schicht hätte sie eigentlich im Vorstand nichts zu suchen. Wobei sie sogar vom Präsidium träumt. Aufgrund ihrer Verbissenheit mehren sich in letzter Zeit die Stimmen gegen sie. Ich glaube, dieses Ziel hat sie bereits aufgegeben.«

»Wäre Bouchard ein Mann, würde niemand ihre Verbissenheit kritisieren, sondern diese als Entschlossenheit würdigen.«

Alex zuckte mit den Schultern.

»Jedenfalls macht die Frau einen Superjob«, fasste Alex zusammen. »Falls du sie anrufst, mach ihr die Freude und gratuliere ihr zur Idee und Organisation der überaus erfolgreichen Turner-Ausstellung.« Einen Herzschlag später ergänzte er mit neckischem Gesichtsausdruck: »Aber sprich sie auf keinen Fall mit Fränzi an. Ist mir mal passiert. Zwar heißt sie eigentlich Franziska. Aber das findet sie zu billig. Also nennt sie sich seit Jahren Françoise.«

»Scheinst ein richtiger Fan zu sein von dieser Frau«, sagte Palmer und fragte sich, ob es Bouchard war, die neulich mit ihm telefoniert hatte, als er ins Nebenzimmer gegangen war, um den Anruf zu beantworten.

Über Alex' Gesicht legte sich ein Ausdruck aufrichtigen Mitgefühls.

»Wie herzig, Bouchard hat sich sogar erkundigt, ob du an einem sicheren Ort wohnst und dich hoffentlich nicht einer zu großen Gefahr aussetzt.«

»Dann weiß sie jetzt also, dass ich bei dir eingezogen bin? Und beruhigend zu vernehmen, dass ihr euch zusammen Gedanken gemacht habt.«

Alex schüttelte den Kopf.

»Kein Wort habe ich darüber verloren. Hier will ich von niemandem gestört werden. Briefkasten und Klingel unten sind einzig mit einer Nummer versehen. Alle Korrespondenz, auch jene der *Art Society*, geht an meine Geschäftsadresse. Bouchard weiß nicht mal, wo ich wohne. Niemand weiß das. Außer es ist dir jemand heimlich gefolgt heute.«

22

Die Telefonnummer hatte Alex ihr verraten, bevor er sich zu einem Business-Essen verabschiedete. Palmer räusperte sich, während es läutete, und machte sich bereit, auf die Sprachbox zu sprechen, aber bereits nach dem zweiten Klingelton nahm Françoise Bouchard ab. Palmer war überrascht über die echt warme und freudige Begrüßung, denn irgendwie hatte sie bei Alex' Schilderungen eine gewisse Härte erwartet.

»Ich bin gerade am Einkaufen im *Löwencenter*«, sagte Bouchard. »Was halten Sie davon, wenn wir uns zu einem Espresso treffen, im Café auf dem Löwenplatz.« Da dies gleich um die Ecke war, willigte Palmer ein, was konnte da schon schief gehen mitten unter Leuten. Kurz raus zum Kaffee, dann sofort zurück, müsste zu schaffen sein.

Als Palmer kurz darauf auf die Terrasse zuschritt, entdeckte sie eine Dame um die 50, bei der es sich um Bouchard handeln konnte. Eine wohlhabend aussehende Frau, schlank, gepflegt und elegant gekleidet, mit einem Gesicht, das Entschlossenheit ausstrahlte. Ihr rötlichblondes Haar streng nach hinten gebunden, saß sie kerzengerade auf dem Stuhl, die Knie fest aneinandergedrückt, eine Haltung, die sie auf einem Internat gelernt haben mochte. Als sie Palmer entdeckte, winkte sie ihr zu und erhob sich von ihrem Stuhl. Nachdem sie sich begrüßt hatten, hielt sie Palmers Hand fest und lächelte mit einer gewissen Anspannung im Gesicht, die sie wohl nicht zu unterdrücken vermochte. Sie setzten sich, und da beide wussten, was sie trinken wollten, gaben sie ihre Bestellung bei der Bedienung auf, ohne dafür die Karte zu benötigen. Während Palmer sich umblickte, um festzustellen, ob jemand sie beobachtete, spürte sie, wie Bouchard sie musterte. Aber dieses Plätzchen war behutsam gewählt, der Straße abgewandt und versteckt hinter anderen Sitzplätzen, die gut besucht waren, sodass sich Palmer sicher fühlte.

»Wie praktisch, uns zu treffen, wenn Sie schon mal hier einkaufen«, sagte Palmer.

»Das ist kein Zufall. Ich wohne gleich über dem *Löwencenter*, oben an der Fluhmattstraße. Mit dem Panoramalift hoch, zweites Haus rechts.«

Das hatte Alex ihr nicht verraten. Oder hatte er dies gar nicht gewusst? Wie auch immer, sie kamen gut ins Gespräch. Bouchard wiederholte für Palmer, es sei ihr ein echtes Anliegen, alles dafür zu tun, dass das geraubte Bild den Weg zurück ins Museum fand. Und falls durch einen ihrer Hinweise sogar der Mörder geschnappt werde, umso besser.

Palmer war erfreut festzustellen, dass sie Bouchard völlig falsch eingeschätzt hatte, so sympathisch und warmherzig, wie sie sich jetzt gab. Wie von Alex empfohlen, gratulierte sie Bouchard zur William Turner-Ausstellung, was diese freudestrahlend zur Kenntnis nahm. Auch wünschte Palmer ihr viel Glück bei der anstehenden Wahl zum Vorstandsvorsitz der *Art Society*. Aber statt etwas darauf zu erwidern, winkte Bouchard mit schlaffer Hand ab, griff nach ihrem Espresso und setzte die Tasse erst wieder auf den Unterteller, nachdem sie diese geleert hatte.

»Ach, wissen Sie, das mit dem Vorsitz war tatsächlich mal mein Ziel. Aber in der Zwischenzeit weiß ich gar nicht mehr, ob ich überhaupt Chefin dieses neidischen Haufens werden will.« Sie hakte eine verirrte Haarsträhne hinter das Ohr und lächelte gequält. »Vermutlich war die William Turner-Ausstellung einfach zu erfolgreich.« Trotzig verschränkte sie die Arme vor der Brust.

Palmer fiel auf, dass Bouchard nicht zum Du gewechselt hatte. Ihr war das ganz recht, denn sie wüsste nicht, wie sie Bouchard erklären sollte, dass auch Freunde sie schlicht mit »Palmer« ansprachen, weil sie ihren eigenen Vornamen hasste. Basta.

»Unter uns gesagt, empfinde ich es als Zumutung, mich einer Kampfwahl um das Präsidium stellen zu müssen, wenn ich mir alle meine Leistungen für die *Art Society* vor Augen führe. Fair ist das nicht.« Langsam nickte Bouchard in ihre leere Espressotasse. »Aber vielleicht wollen die mir echt eine Niederlage beifügen. Naja, irgendwann ist mir das zuwider. Dann werde ich mich dieses ganzen Haufens entledigen.« Sie öffnete den Mund, schloss ihn wieder, biss sich auf die Lippen und ließ sich gegen die Lehne fallen.

»Könnten die Zerwürfnisse im Vorstand in Zusammenhang stehen mit dem Bilderraub?«, fragte Palmer.

»Nein. Das nicht. Auch wenn im Team der Museumsmitarbeiterinnen nicht alles harmonisch verläuft, heißt dies noch lange nicht, dass sich jemand aus Rache ein Bild unter den Arm klemmt. Reibereien sind normal, erst recht jetzt, denn ursprünglich wären gemäß Einsatzplan zwei andere Leute zum Dienst eingeteilt gewesen. Jetzt, nach dem Raub, leidet eine der eingesprungenen Damen unter einem Trauma.«

»Hat die Polizei diesen Hinweis aufgenommen?«

Bouchard zuckte mit den Schultern.

»Können Sie mir mit Namen helfen? Diesem Punkt würde ich gerne nachgehen.«

»Ich würde da eher bei Janina Wagner beginnen. Sie arbeitet im Sekretariat. Letzthin hat sie durchblicken lassen, bald die Stelle zu kündigen, da sie nach Sydney auswandern wird, um dort an der George Street eine Kunstgalerie zu eröffnen.

An der George Street!« Bouchard verengte argwöhnisch die Augen zu Schlitzen. »Eine richtig teure Einkaufsstraße.«

Palmer verstand den Hinweis.

»Sie denken, mit dem heutigen Gehalt ist das wohl kaum zu schaffen?«, fragte Palmer. »Möglicherweise greift ihr aus der Familie jemand unter die Arme.«

Bouchard winkte ab. »Ich habe mich über ihre Familie erkundigt. Irgendetwas läuft da mit ihrem Freund. Letzthin habe ich Janina Wagner gesehen, als sie in ihrer schäbigen Karre zur Arbeit gefahren kam. Selber scheint die Frau keinen Franken zu viel zu haben.«

Nun, dachte Palmer, auch sie fuhr eine alte Karre, realisierte aber sofort, dass ihre privaten Finanzen tatsächlich einem Desaster glichen.

»Sie meinen, Frau Wagner ist vielleicht in den Raub des Bildes verwickelt, da sie durch dessen Verkauf zu hoch willkommenem Kapital gelangt?«

»Bitte, Frau Palmer, das muss unter uns bleiben.«

Palmer nickte, und sie unterhielten sich angeregt weiter über dies und das, über Kunst, über das Museum und auch über Konzerte im *KKL*, wobei Palmer ihr beichtete, dass sie wohl etwas unvorsichtig gewesen war, als sie eine Gitarre von zu Hause geholt hatte, um sich einzuspielen, sollte Carlos Santana sie für einen oder zwei Songs auf die Bühne bitten. Bald verabschiedete sich Palmer, nicht aber ohne nochmals auf Bouchards Hinweis zurückzukommen.

»Sie wollten mir noch die Kontaktdaten von Frau Wagner geben.«

»Eine Telefonnummer habe ich leider nicht.« Sie hob entschuldigend die Hände. »Aber ich habe sie mal nach Hause gefahren und weiß, sie wohnt an der Zinggentorstraße. Die Hausnummer weiß ich nicht. Ist aber das erste Haus direkt links neben den Parkplätzen, hinter dem Säulengang der Hofkirche.«

Da diese Adresse bloß ein paar 100 Meter von hier lag, erst noch an einer kaum befahrenen Straße, entschied Palmer, den Fußmarsch dorthin zu wagen. Aber zuerst rief sie Ludwig Wicki an, den Dirigenten des *21st Century Orchestra*, um ihm den Verlust ihrer Gitarre zu beichten. Das fiel ihr etwas leichter, als sofort seine Sprachbox ansprang und sie dieser ihre schlechte Nachricht anvertrauen konnte.

Ohne einer Menschenseele zu begegnen, ging sie zügig durch die Weystraße, zweigte vor dem *Hotel Hofgarten* links ab und bog in die Adligenswilerstraße ein. Als Überbleibsel mittelalterlicher Zeiten war diese Gasse durch die beidseitig hohen Mauern äußerst eng, sodass zwei Fahrzeuge nur haarscharf aneinander vorbeikriechen konnten. Als Palmer die Straße hoch ging, sang eine Amsel ihr Liedchen, und von hinten rumpelten Räder eines Fahrzeugs laut auf dem Kopfsteinpflaster heran, sodass Palmer gut darauf achtete, auf dem mickrigen Trottoir ganz rechts zu gehen. Schon entdeckte sie über sich die schmale Fußgängerbrücke, die von den Gräberhallen der Hofkirche zum Kapuzinerweg führte. Palmer lächelte in der Erinnerung an die Szenen, wie sie als Kind mit Freunden auf dieser Brücke um die Wette auf die Windschutzscheiben der unten durchfahrenden Autos gespuckt hatte. Jetzt schritt sie am zugemauerten Bogeneingang zum Bergwerk vorbei, in dem man früher Kohle geschürft hatte.

Ein heftiger Schlag traf ihre Hüfte.

Der raue Verputz der Wand raste auf ihr Gesicht zu. Beißender Schmerz explodierte hinter ihren Augen.

Dann war da nur noch Schwärze.

Für einige Sekunden lag Palmer bewegungslos auf dem Gehsteig, dann wand sie sich langsam hoch, stemmte sich mit der Linken auf den Boden, aber bereute dies unverzüglich. Der Magen rebellierte, sie atmete tief ein, und es gelang ihr, sich soweit zu entspannen, dass der Mageninhalt nicht durch ihre Speiseröhre schoss.

War sie erblindet?

Sie blinzelte. Die Welt erschien ihr verschleiert und schemenhaft. Alles drehte sich wie auf einem Karussell.

Ein warmer Tropfen suchte sich seine Bahn über ihr Gesicht. Mit der rechten Hand erkundete sie den Wangenknochen, aber sofort schoss ein heftiger Schmerz von der Hüfte zur Schulter hoch. Mühsam lehnte sie sich mit dem Rücken an die Steinwand. Den rechten Arm in ihren Schoß gelegt, spähte sie die Umgebung aus. Alles still. Kein Mensch, kein Auto. Einige Ameisen suchten sich einen Weg um sie herum.

Mit der Fingern der Linken tastete Palmer das rechte Handgelenk ab. Schien alles okay. Palmer war erleichtert, obwohl Ellbogen und Schulter auf der rechten Seite nicht ohne Blessuren davongekommen waren. Aber Gitarre spielen wäre möglich.

Nun pochte die Wunde am Kopf. Sie zwinkerte Blut aus dem rechten Auge. Vorsichtig hob sie ihr weißes Shirt und wischte sich das warme Rot aus dem Gesicht. Jetzt erinnerte sich Palmer, wie sie reflexartig ihren rechten Arm zum Schutz des Kopfes hochgerissen hatte, ansonsten sie den Aufprall womöglich nicht überlebt hätte.

Als Erstes wollte sie nichts anderes als zurück in Alex' Wohnung, dann würde sie weitersehen. Mit Schmerzen kam Palmer klar, allerdings fragte sie sich, wie sie dieses Debakel Alex vermitteln sollte. Sie überlegte, welche Story sie ihm auftischen wollte, dachte an einen Treppensturz oder Ausgleiten beim Einkaufen. Aber auch diese Idee gab sie auf, denn blöd war Alex nicht.

Wieder holte sie tief Luft.

Wie lange hatte sie hier gelegen?

Da keine Ameisen über sie hinwegkrabbelten, wohl nur einige Sekunden.

Verkrampft hockte sie da.

So viel war klar: Ein Auto hatte sie gerammt. War das ein ganz gewöhnlicher Unfall? Mit Fahrerflucht? Oder hatte es da jemand auf ihr Leben abgesehen?

Palmers leerer Blick ging weit in die Ferne. Sie ballte ihre Linke so stark zur Faust, dass die Fingernägel halbkreisförmige Abdrücke in der Handfläche hinterließen.

Als sie sich vorsichtig in den Stand erhob, stöhnte sie und war froh, dass sie sich offenbar auch an Hüften und Beinen nichts gebrochen hatte. Sie fühlte Stecknadeln in ihrem Bein, als sie gebeugt und mit vorsichtigen Schritten zurück zum Löwenplatz schlich. Auch diesmal war sie froh, niemandem in der Weystraße zu begegnen, aber nicht aus Angst, sondern weil ihr die sichtbaren Verletzungen peinlich waren.

Inzwischen hatte der Adrenalinstoß nachgelassen, sodass das Hämmern in ihrem Kopf immer heftiger pochte.

Im Bad vor dem Spiegel wurde ihr bewusst, welches Glück sie gehabt hatte. Zwar hatte die Mauer sie mächtig getroffen, und noch immer pulsierten winzige Pfeile in ihrem Kopf, aber ihr Gesicht hatte bloß einige Kratzer abbekommen. Klar war da am Kopf ein Beule, aber die Schürfwunde unter den Haaren würde sie nicht nähen lassen müssen. Erst säubern, dann gehörig Desinfektionsspray drauf würde sicher genügen. Auch entschied sie, nicht zu duschen, sondern sich das Blut bloß von den Stellen zu tupfen. Das Shirt war leider dahin, an der Schulter war es mehrfach zerrissen, also knüllte sie es zusammen, gut darauf bedacht, keine blutige

Stelle nach außen zu kehren. Schließlich wollte sie ihren unbedachten Ausflug nicht verraten, falls Alex etwas in den Abfall werfen würde. Es brach ihr das Herz, auf exakt dieses Shirt von nun an verzichten zu müssen. Es war ein Geschenk von Carmelo, als sie für einige Tage sein wunderbares *Bed & Breakfast* auf Sizilien besucht hatte. Früher bekannt in der Luzerner Musikerszene, war er, Typ knuffiger Teddybär, nach Kalifornien ausgewandert, aber kürzlich nach Sizilien weitergezogen. Heute wurden Carmelos Kochkünste so hoch gelobt, dass man ihn seit Jahren jeden Herbst ans *Burning Man-Festival* in die Wüste von Nevada einflog.

Behutsam zog sie sich einen dünnen, langärmligen Pullover über den Kopf und war ganz zufrieden, als sie feststellte, dass dieser die Wunden an Arm und Schulter vollständig verdeckte. Ein Heftpflaster auf den Handrücken, den sie sich auch sonst irgendwo hätte aufschrammen können, etwas Make-up auf die Wange, und gut war.

Vorsichtig schob sie sich auf die Couch und legte sich den Unterarm auf die Stirn. Es schmerzten sie nicht bloß Kopf, Schulter und Hüfte, allmählich traten diese Symptome in den Hintergrund, verdrängt durch ein wachsendes Gefühl der Demütigung, da sie sich mit ihrem unbedachten Handeln in Gefahr begeben hatte und dennoch nicht einen einzigen Schritt weitergekommen war.

Nach einer Weile hörte sie, wie die Aufzugstüren auseinanderglitten, Alex in die Küche schritt und schwere Einkaufstaschen auf die Arbeitsfläche stellte. Dann ploppte es einmal.

»Hab dir was mitgebracht, weil du so schön artig in der Wohnung ausharrst.«

Palmer öffnete die Augen, lächelte, nahm mit der Linken die Bierflasche entgegen, ohne einen anderen Teil ihres Körpers zu bewegen, und prostete ihm mit seinem Glas Rotwein zu. Beide nahmen einen Schluck, dann stellte sich Palmer die Flasche auf den Bauch und balancierte sie mit der Hand, während Alex sein Glas auf den Sofatisch stellte, sich in den Sessel plumpsen ließ, die Finger der Hände hinter seinem Kopf verschränkte und die Fersen auf den Sofatisch legte.

»Ich habe mit Bouchard gesprochen«, sagte Palmer und hoffte, dass Alex davon ausging, sie habe mit Bouchard ein Telefongespräch geführt. Aber Alex schreckte im Sessel vor und blickte entsetzt in Palmers Gesicht.

»Warst du draußen?« Er sog den Atem hörbar ein. »Du warst draußen.« Palmer wollte etwas einwenden, aber er tat es mit einer Handbewegung ab, bevor sie aufmuckte.

Sie blickte ihn fragend an.

»Eine blutende Kopfwunde kriegst du nicht vom Telefonieren«, sagte Alex.

Palmer hob den Kopf leicht an und spürte sofort etwas Feuchtes.

»Bleib liegen«, sagte Alex. »Ich hol einen nassen Lappen und ein Tuch für unter den Kopf. Den Blutfleck auf dem Sofa machen wir später raus.«

Palmer wollte emporschnellen, ließ sich aber sogleich wieder fallen, weil ein heftiger Schmerz durch ihre Glieder fuhr. Nach einigen Sekunden hockte sie sich umständlich hin, wischte sich mit dem nassen Lappen das Blut von Ohr und Hals und tupfte zögerlich die Haare ab, während sich Alex bei der Küchenzeile zum Abfall bückte und das weiße Knäuel heraushob, Carmelos blutbeflecktes und zerrissenes Shirt. Einige schreckliche Augenblicke lang stand er wie versteinert da und versuchte, die Schlussfolgerung zu seiner Fundsache zu verarbeiten.

»Scheiße!«

Seine Arme hielten nun das ausgewickelte Shirt hoch, zu Palmer, dann zerknüllte er den Fetzen Stoff und schmiss ihn zurück in den Müll. Sofort machte er sich auf ins Bad und schob Palmers Cremes und Döschen von der Ablage in ihr Necessaire, klemmte die restlichen Sachen unter seinen Arm und trug sie aus seinem Bad.

»Du wechselst in Gästezimmer und Gästebad.«

23

Diese Nacht hatte Palmer erstaunlich gut geschlafen im Gästebett. Als sie sich mit zusammengekniffenen Augen im Zimmer umblickte, entdeckte sie auf dem Nachttisch die Digitalanzeige eines Weckers. Einige Minuten nach 11 Uhr. Offensichtlich hatte ihr geschundener Körper eine riesige Mütze voll Schlaf nötig gehabt.

Die Morgendusche gestaltete sich als genauso kompliziert wie erwartet. Vorsichtig löste sie den Verband von der Wunde an der Schulter, dennoch blieb einiges daran kleben. Vor Schmerz biss sie sich in die Handkante und sie benötigte einige Zeit, bis sie sich wieder gefangen hatte. Die Wunde pochte und fühlte sich feucht an, also säuberte und desinfizierte sie alle Stellen. Die verschiedenen Schürfwunden brannten, sobald Wasser darauf geriet. Aber immerhin begannen sie nicht von Neuem zu bluten. Aus sicherem Abstand formte sie mit beiden Handflächen eine Schale, füllte sie unter dem Duschkopf mit Wasser und tauchte ihr Gesicht hinein, gut darauf bedacht, die Haare nicht zu nässen, denn sie wollte absolut kein Risiko eingehen mit der Kopfwunde zwischen den Haaren.

Endlich legte sie sich so schonend wie möglich zwischen Küche und Wohnzimmer auf den Parkettboden, streckte sich vorsichtig und dehnte die Rückenmuskeln, indem sie zuerst das eine Bein anwinkelte und über den Körper auf die gegenüberliegende Seite drehte, bis das Kniegelenk den Boden berührte und es im Rücken knackste. Obwohl hierbei die rechte Hüfte stark schmerzte, genoss sie das gute Gefühl der Entspannung im Rücken.

Bevor sie gestern den Blutfleck aus dem Sofastoff hatte waschen können, hatte Alex sie ins Bett geschickt, so sauer war er gewesen. Nicht wegen des Flecks, sondern wegen der Gefahr, der Palmer sich ausgesetzt hatte.

Die Sonne stand noch nicht im Zenit, es war ja noch immer Vormittag, trotzdem brannte sie bereits gnadenlos auf die Terrasse, also schlurfte Palmer in die Küche, fand Milch und trank diese direkt aus der aufgerissenen Packung, denn auf Kaffee hatte sie heute keine Lust. Anschließend fläzte sie sich auf die Couch, gut darauf bedacht, den Stoff nicht noch einmal zu beflecken.

Palmer wollte sich durch diese Verletzungen nicht aus dem Tritt bringen lassen, deshalb überlegte sie, wie um alles in der Welt sie Janina Wagner zum Reden bringen könnte. So viel war klar, nochmals den Weg zu ihr würde Palmer nicht unter die Füße nehmen, diese schmale Gasse mit ihren beiden Seitenmauern stand unter einem schlechten Stern. Leider hatte sie keine Ahnung, wie sie Janina Wagner befragen konnte, ohne die Wohnung zu verlassen. Wieso sollte sich ihr diese Frau am Telefon öffnen, die sie noch nie im Leben getroffen hatte. Trotzdem wollte Palmer bei Wagner weiterforschen. War sie in den Raub des Bilds verwickelt, um durch dessen Verkauf zu hoch willkommenem Startkapital für ihre Galerie zu gelangen?

»Guten Tag, hier spricht Palmer. Verbinden Sie mich bitte mit Frau Wagner.«

»Moment bi…«, war die Antwort der Telefonistin aufgrund des überschnellen Fingers.

»Wagner?«

»Hier spricht Palmer, guten Tag, Frau Wagner. Im Zusammenhang mit dem Raub des Turnerbilds stelle ich Ermittlungen an. Gerne würde ich …«

Scharf wurde Palmer unterbrochen.

»Moment, Moment. Direktor Herzog hat uns allen strikt verboten, mit Ihnen zu reden. Sie entschuldigen mich.«

Palmer wurde eiskalt. Blitzschnell überlegte sie, mit welchen Worten sie die Frau bei der Stange halten konnte, denn eine zweite Chance, sie ans Telefon zu kriegen, würde diese Frau ihr nicht zugestehen.

»Es geht um Ihren Freund«, stieß Palmer hervor und hörte, wie Wagner augenblicklich die Luft tief einzog.

»Was ist mit Thomas?« Ihre Stimme war schrill und besorgt.

Volltreffer, dachte Palmer.

»Wir müssen uns treffen.«

»Aber …« Wagner zögerte. »Herr Herzog hat uns doch verboten, mit Ihnen zu sprechen.«

»Sie wollen nicht erfahren, was mit Thomas ist?«

»Doch. Um 18 Uhr habe ich Feierabend.« Sie überlegte. »An der *Seebar* beim *KKL*?«

Durfte Palmer es wagen, ihr einen anderen Treffpunkt vorzuschlagen? Denn Palmer wollte ihr Glück nicht ausreizen, indem sie heute noch durch die ganze Stadt zum *KKL* marschierte, dem Schauplatz des Mordes.

»Das schaffe ich nicht. Etwas später in der Nähe des Löwenplatzes? An einem Ort, wo wir uns ungestört unterhalten können?«

»Hören Sie, ich kenne Sie nicht, und der Direktor warnt vor Ihnen, da gehe ich nicht an einen menschenleeren Ort.«

»Es interessiert Sie also nicht, was ich über Thomas weiß?« Als Wagner nicht antwortete: »Treffen wir uns doch beim Löwendenkmal. Da hat es genügend Leute.« Für Palmer barg dieser Ort zwei Vorteile. Zum einen lag er fast vor Alex' Wohnung, zum anderen traf man dort kaum auf Einheimische, da jährlich Millionen von Touristen diesen Park besuchten, sodass auch Palmer sich dort sicher fühlen konnte.

Da es noch einige Stunden dauerte bis zum Abend, wusste Palmer, was sie bis dahin tun musste, denn sie hatte früh gelernt, dass nicht immer alle Aussagen der Wahrheit entsprachen. Zum Laptop gebeugt googelte sie den Namen Erich Kaiser und erhielt unzählige Vorschläge ausgespuckt. Palmer klickte viele davon an, ohne aber einen Hinweis zu erhalten, ob sie auf den richtigen Mann gestoßen war. Nur weil er als Raser ins Gefängnis gewandert war, hieß dies tatsächlich nicht, dass er auch zu einem Raub, eventuell sogar zu Mord fähig war. Aber im Knast könnte er in Kontakt geraten sein mit echt schweren Jungs, die ihn auf den Geschmack gebracht hatten, mal eine Abkürzung zu wählen Richtung großes Geld.

Sie legte die Fingerspitzen aneinander, um zu überlegen.

Bald wusste sie, das nächste Vorhaben würde sie viel Zeit und Mühe kosten. Unter *Tel.search.ch*, dem Suchportal der *Swisscom*, dem größten und ältesten Schweizerischen Telefonanbieter, tippte sie den Namen erneut ein und staunte mächtig, als sie auf bloß sechs Einträge traf. Sie hatte um die 50 erwartet, die sie dann einen um den andern hätte abtelefonieren müssen. Die Wohnorte aller sechs Erich Kaisers waren gleichmäßig verteilt über die ganze Schweiz, keine weiteren Angaben, die weiterhalfen, also wählte sie die oberste Nummer auf der Liste.

»Ja, guten Tag, Frau Kaiser, hier spricht Grimm. Ich suche dringend nach Erichs Bruder. Ist Matthias vielleicht bei Ihnen?«

»Matthias? Ich kenne keinen Matthias. Wer sind Sie überhaupt? Eine Freundin meines Mannes? Dieser Schweinehund hat es wieder getan. Na warte, Freundchen.« Krachend knallte der Hörer auf die Gabel, die Verbindung war unterbrochen.

Palmer kaute an einem Fingernagel, dann wählte sie die Nummer erneut, denn sie wollte den armen Kerl von soeben aus der Schusslinie nehmen. Es läutete und läutete, aber niemand ging ran.

Nächste Nummer.

»Sie suchen Matthias?« Der Tonfall einer gütigen alten Dame. »Ich kenne keinen Matthias. Mein Mann hat Erich geheißen. Aber er ist von uns gegangen. Vor 14 Jahren, sieben Monaten und vier Tagen«, sagte sie mit stets leiser werdender Stimme. »Da sind Sie wohl falsch verbunden. Trotzdem schön, dass nach so vielen Jahren wieder mal jemand Erichs Nummer gewählt hat.«

Palmer verabschiedete sich mit einfühlsamen Worten.

Bei der nächsten Nummer ging niemand ans Telefon, auch nicht, nachdem Palmer die Wahl wiederholte.

Weiter.

»Weshalb rufen Sie mich an, wenn Sie Matthias suchen?«

»Ist er bei Ihnen? Es ist dringend.«

»Dann versuchen Sie's auf seinem Handy.«

»Verraten Sie mir seine Nummer?«

»Wenn er Ihnen die Nummer nicht hat geben wollen, dann wird er seine Gründe dafür gehabt haben.«

»Hören Sie, ich kenne Sie nicht. Aber dafür Matthias. Ich muss ihn warnen. Er arbeitet für *Faber* und ist für die Sicherheit zuständig im *Kunsthaus Luzern*.«

»Und?«

»Das ist mir jetzt etwas unangenehm. Aber wenn Sie darauf bestehen: Matthias könnte seinen Job verlieren, da es Leute gibt, die Sie mit dem Raub in Verbindung bringen.«

Jetzt lachte Kaiser aus vollem Herzen. Nachdem er sich beruhigt hatte, fragte er:

»Und wie soll ich das angestellt haben?«

»Falls Sie dabei waren, wissen Sie bestens Bescheid.«

»Wann hat dieser Raub stattgefunden?«

Palmer nannte das Datum.

»Also, wenn der Räuber geflohen ist per Rollstuhl, dann verstehe ich, dass die Leute auf mich tippen.« Heiterkeit klang aus seiner Stimme.

»Sind Sie gelähmt?«, fragte Palmer.

»Gelähmt nicht. Aber der Raub fand statt am Tag nach der Meniskus-Operation meiner beiden Knie, in der Klinik Hirslanden in Zürich. Die kann ich Ihnen bestens empfehlen, falls Ihnen auch mal danach sein sollte. Und es geht mir wunderbar, falls Sie sich danach erkundigen wollten. Aber kommen Sie mich doch besuchen, jetzt wo wir uns schon ein bisschen kennengelernt haben. Ich würde mich freuen. Statt Blumen bitte Pralinen.«

Palmer ließ sich nach hinten ins Polster fallen und schaute zur Decke. Diese Spur war kalt. Aber vielleicht würde sie später auch noch die Bestätigung für diese Meniskus-Operationen einholen. Bevor sie etwas ausschloss, wollte sie alle Hinweise prüfen.

Palmer setzte sich seitlich auf eine Bank, von der aus sie den ganzen Park überblicken konnte, und genoss die Kühle, die vom Teich direkt unter dem steinernen Löwen ausging.

Mitten in Luzern erhob sich dieser senkrechte Sandsteinfels, in den ein Künstler vor 200 Jahren einen riesigen sterbenden Löwe gehauen hatte, durch einen Speer tödlich verwundet. Seine Länge von elf Metern beeindruckte die Touristen, denen auf ihrer Europareise noch die Enttäuschung ins Gesicht geschrieben stand vom in Brüssel besichtigten *Manneken Pis* und von der *Meerjungfrau* in Kopenhagen, beide kaum einen mickrigen Meter hoch. Die Luzerner waren froh, hatte der Bildhauer immerhin ein wunderschönes Meisterwerk aus dem Fels gemeißelt, denn der geschichtliche Hintergrund war jedem freiheitsliebenden Schweizer peinlich. Das Werk versinnbildlichte den heldenhaften Tod der Schweizergarde, als das französische Volk während der Revolution den Kopf des Königs forderte und sein Schloss stürmte. Aber sogar diesem Symbol gewann Palmer eine positive Botschaft ab: soll sterben, wer hilft, ein Volk auszubluten. Der Tod der Gardesoldaten war jedoch nicht nur auf ihre Gegenwehr bei der Erstürmung zurückzuführen. Inbrünstig hieben und stachen die Pariser Männer auf die Schweizer ein und rächten sich damit an der ernst zu nehmenden Konkurrenz im Liebeswerben. Das von den Schweizern erfüllte Gardemaß überragte einen durchschnittlichen Franzosen um gut 20 Zentimeter. Damit hatten die stämmigen Schweizer bei den Pariserinnen für allzu tiefe Begehrlichkeiten gesorgt.

Der Erbauer des Löwendenkmals, Carl Pfyffer von Altishofen, war ein Offizier dieser Schweizergarde, und Kritiker hielten ihm vor, einzig sein schlechtes Gewissen habe ihn angetrieben, dieses Monument zu errichten. Denn während des tödlichen Sturms auf die Tuilerien genoss er Heimaturlaub – unfreiwillig, wie er zeitlebens betonte. Aber klar hatte er Lunte gerochen. Denn dass es zum Aufstand gegen den König kommen würde, hatte sich bis in die Schweiz angekündigt. Dass Pfyffer tatsächlich ein Schlaumeier war, bestätigten Historiker, als Jahre danach Pfyffers Verwicklung in einen Kunstdiebstahl bekannt wurde. Er hatte sich von einem Franziskanerkloster das Gemälde *Beweinung Christi* von Hans Holbein geborgt, um es reinigen zu lassen. Später brachte er eine Kopie davon zurück, das Original verkaufte er weiter. Zwar wurde der Kriminalprozess wegen Verjährung eingestellt. Allerdings einigte er sich mit den Franziskanern auf eine außergerichtliche Zahlung.

Als Palmer nun hier hockte und sich an alle diese Ereignisse erinnerte, während sie auf Janina Wagner wartete, hoffte sie, das Risiko, sich unter Leute zu mischen, würde sich lohnen und sie auf die Fährte des Mörders bringen. Ganz unbewaffnet war Palmer hier allerdings nicht aufgetaucht. Sie umklammerte mit ihrer Faust den Schlüsselbund so, dass ein speziell langer Schlüssel, der in kein Schloss passte, so zwischen den Fingern hervorstach, dass niemand diesen bei einem Faustschlag Palmers zwischen die Rippen kriegen wollte. Falls es nötig wäre, würde sie jeden Schmerz in Schulter und Hüfte überwinden und zuschlagen.

Derweil behielt sie die Umgebung im Auge und blickte immer wieder hoch zur Felsenskulptur, nahm dabei aber nicht den Löwen wahr, sondern das Wildschwein, das ihn umrahmte. Ihr ging es wie jedem, der auch diese Geschichte kannte. Für sein Denkmal hatte Pfyffer den weltberühmten dänischen Bildhauer Bertel Thorvaldsen gewonnen. Er fertigte aber aufgrund des zu geringen finanziellen Angebots einzig zwei Gipsmodelle. Den Löwen in viel größerem Maßstab aus dem Fels zu meißeln, war dann Lukas Ahorns Aufgabe, ein Schüler Thorvaldsens. Ahorn aber war nicht zufrieden mit der Entlohnung Thorvaldsens. Offensichtlich rächte er sich, indem er den Löwen in eine Nische hineinfügte, der er den Umriss eines monumentalen Wildschweins verlieh.

Nun schwebten Palmers Gedanken zurück in ihre Kindheit, als sie unzählige Stunden in diesem Park verbracht hatte. In der Dämmerung war sie damals heimlich abgetaucht ins Wasser des Teichs, um, vom Wärter unbeobachtet, nach Münzen zu tauchen. Denn Touristen aus aller Welt warfen sie als Glücksbringer hinein, wohl gedacht als Opfergabe an die Dämonen und Geister, die im Wasser wohnten. Erst später klärte ein Jurist sie auf, dass der Wärter übereifrig gehandelt hatte und ihr Münzentauchen einerseits gar nicht offiziell verboten worden war. Und andererseits gab seinen Eigentumsanspruch auf, wer Geld wegwarf.

Wie auf Befehl drehte sich vor dem Teich eine chinesische Touristengruppe ab und wanderte zum Ausgang, als sich zwischen den Leuten hindurch eine Frau ihren Weg zum Teich vor dem Löwen bahnte, die jedoch nicht die Steinskulptur im Blick hatte, sondern hektisch die Anwesenden absuchte.

Palmer winkte die Frau von geschätzten Anfang 40 herbei, deren Attraktivität sich wohl erst auf den zweiten Blick offenbaren würde, aufgrund fahler Blässe und Augenringen, die Palmer auf Schlafmangel zurückführte.

»Frau Wagner?«

»Äh, ja?«

Mit einer Handbewegung forderte Palmer die Frau auf, sich neben sie auf die Bank zu setzen.

»Was ist mit Thomas?«, fragte Wagner mit bekümmerter Stimme.

Palmer hatte ihren wunden Punkt getroffen und würde auf ihre Frage so lange nicht eingehen, bis sie genügend Antworten hatte.

»Sie kennen die Verdachtsmomente gegen Sie?«

»Gegen mich?«, fragte sie mit belegter Stimme und räusperte sich.

»Als Mitarbeiterin im Sekretariat waren Sie über die Mängel der Alarmanlage im Bilde. Zwar wurde beim Raub und dem anschließenden Mord keine Frau als Täterin erkannt. Aber man schließt Sie als Informantin nicht aus. Jedenfalls könnten Sie den Ihnen zustehenden Teil des Erlöses aus dem Verkauf des Bildes gut gebrauchen, wenn Sie in Sydney an der George Street eine Kunstgalerie eröffnen.«

Wagner schüttelte den Kopf, als wollte sie Palmers Worte daran hindern, in ihre Ohren zu gelangen. Vor Überraschung bekam sie den Mund nicht zu, während auf ihrer Oberlippe ein dünner Schweißfilm glänzte.

Palmer sah Wagner wortlos an und hoffte, ihr Schweigen würde sie als Aufforderung auffassen, ihr Gewissen zu erleichtern oder zumindest mehr zu sagen.

»Sie denken, ich bin in den Bilderraub verstrickt?« Wagner legte sich die Hand aufs Herz.

»Ich möchte dies zumindest ausschließen.« Palmer achtete genau auf Wagners Reaktion, stellte aber keine verräterischen Anzeichen fest, auch wirkte Wagner aufrichtig überrascht.

Eine Weile saßen beide schweigend da, und Palmer wartete, ob noch etwas käme.

»Mit Ihnen stimmt doch etwas nicht«, stocherte Palmer nach.

Wagner wagte einen scheuen Blick in Palmers Augen, drehte den Kopf aber sofort wieder ab.

»Äh, nein?«, sagte Wagner. »Ich meine … ?«

Die Frau brachte jede Aussage in Frageform. Palmer nervte diese Eigenheit, und sie fragte sich, wie bei Wagner ein Wutausbruch wohl tönte. Äh, jetzt hör' aber auf? Du bist ein echter Scheißkerl?

»Los jetzt«, sagte Palmer. »Man ist Ihnen auf den Fersen. Die Polizei werden Sie nicht so schnell abschütteln. Am besten, Sie machen reinen Tisch, so schnell wie möglich.«

Wagner zuckte vor Befremden zurück, öffnete den Mund, als wollte sie etwas entgegnen. Dann aber lehnte sich wieder nach vorn.

Weil Palmer nicht locker lassen wollte, setzte sie nach.

»Erleichtern Sie Ihr Gewissen. Steckt Ihr Thomas dahinter?«

Schon die Erwähnung dieses Namens ließ sie tief Luft einziehen. Aber sie fing sich sofort wieder. Endlich gab sie sich einen Ruck und begann leise zu sprechen, fast so, als legte sie einem Priester durch das Holzgitter die Beichte ab. Sie suchte sich eine Stelle auf dem Boden vor der Sitzbank, starrte diese an, und als sie sprach, vermied sie nahezu jede Lippenbewegung.

»Vielleicht ist die ganze Geschichte mit Sydney eine schlechte Idee gewesen?« Wagner biss sich auf die Lippen. »Thomas arbeitet an der *Seebar* beim *KKL*. Wir haben beide gespürt, wir sind uns sympathisch. Mag sein, dass wir zu schüchtern sind? Jedenfalls haben wir schon zweimal miteinander Kaffee getrunken?« Unwillkürlich strich sie sich das Haar hinter die Ohren, ein unbewusster, mädchenhafter Impuls. Für Palmer ein klares Anzeichen von Schüchternheit.

»Diese Galerien-Geschichte in Sydney habe ich erfunden, um ihn zu drängen. Denn falls er etwas Ernsteres für uns beide gesehen hätte, dann hätte er mit der Sprache rausrücken müssen, bevor ich abreise?« Sie bedeckte ihr Gesicht mit den Händen. »Ich habe mir vorgestellt, wie ich mich dann von ihm überreden lasse hierzubleiben. Ich blöde Ziege?«, sagte sie und starrte hinaus auf den Teich.

Palmer spürte, wie Wagner sich noch stärker verkrampfte.

»Was, wenn er hätte mitkommen wollen nach Australien?«, fragte Palmer.

»Ich hätte gar kein Geld für all das gehabt.« Wagners Stimme wurde rau von aufwallender Verbitterung. »Was, wenn ich jetzt hierbleibe? Wie sieht das denn aus?« Sie schlug sich mit beiden Händen auf die Knie. »Aber ich habe mit dem ganzen Raub nichts zu tun. Glauben Sie mir?« Sie sah Palmer an, als hätte diese sie geschlagen, wobei nicht ein Muskel ihres Gesichts verriet, ob sie log. »Und eigentlich finde ich, meine ganze Geschichte geht Sie gar nichts an?« Sie sprang mit hochrotem Gesicht auf, funkelte Palmer an, wischte eine Träne von der Wange und ging mit schnellen Schritten durch den Park Richtung Ausgang.

24

Wenn auch dieser Ausflug zum Löwendenkmal keine Spur zum Mörder an den Tag gebracht hatte, konnte Palmer immerhin Wagner von der Liste der Verdächtigen streichen.

Minuten danach schob sie sich auf einen Stuhl am Esstisch, öffnete den Laptop und loggte sich ein auf *luzernerzeitung.ch*, um sich über Neuigkeiten in aller Welt zu informieren. Unter den Meldungen über die Stadt Luzern stieß sie auf einen unscheinbaren Beitrag, der Bezug nahm auf die kostenlose Boulevardzeitung *20Minuten* und vermeldete, eine ihrer Leserinnen habe den im Parkhaus ermordeten Räuber identifiziert. Aufgeregt biss Palmer den Rand eines Fingernagels weg, während sie auf die Website von *20Minuten* wechselte, das dazugehörige Video sofort fand und startete. Am Dialekt erkannte sie, dass der Journalist einer älteren Dame aus Zürich, Typ Miss Marple, in deren Küche das Mikrofon vor das Gesicht hielt und die Einblendung sie als Johanna Schuhmacher vorstellte. Inhaltlich gab das Interview nicht viel mehr preis, als dass der erschossene Räuber P. N. (34†) im selben Mehrfamilienhaus wie sie gelebt und sie ihn als freundlichen Menschen gekannt hatte. Dann und wann habe er sie begleitet, wenn sie abends ihren Hund Mitzi im Quartier Gassi geführt hatte, wobei sie selber immer darauf bedacht gewesen war, rechtzeitig zurückzukehren vor den Fernseher, um die Hauptausgabe der *Tagesschau* nicht zu verpassen.

Während Palmer überlegte, wie sie aus dem Journalisten den Wohnort dieses P. N. rauskitzeln konnte, um nach dessen Komplizen zu forschen, ließ sie noch einmal den Clip ablaufen.

Da sah sie es.

Mit wild pochendem Herzen schob sie den Laptop vor sich zurecht, startete das Video noch ein weiteres Mal, stoppte es an der richtigen Stelle und nahm einen Screenshot auf. Nun tippte sie *Zürich Prime Tower* in den Adressbalken, klickte auf die Satellitenvariante, hier auf 3D und verglich die Ansicht mit dem Screenshot. Denn auf dem Video hatte Palmer durch das Küchenfenster hinter der alten Dame den Prime Tower erkannt. Nach kurzem Herumprobieren war klar, es ging um die Südseite des blaugrün verglasten, ehemals höchsten Gebäudes der Schweiz. Auf dem Screenshot war die untere Hälfte des Hochhauses verdeckt durch einen flachen Industriebau, deren Werbeaufschrift Palmer nicht entziffern konnte, vielleicht irgendetwas mit *ross*. Sie schob die Ansicht auf dem Bildschirm herum, vergrößerte hier, verkleinerte dort, veränderte die Position, zog das gelbe Männchen auf den Bildschirm, um *Street-View*-Bilder anzusehen und war sich endlich sicher, die alte Dame wohnte im Arbeiterquartier Außersihl, höchstwahrscheinlich an der Eglistraße, denn in deren Hintergrund zeigte sich der Prime Tower im selben Betrachtungswinkel wie auf dem Video.

Palmer blickte auf die Uhr.

Es war noch nicht zu spät. Sie könnte es schaffen.

So schnell es ihre Verletzungen zuließen, schlüpfte sie in Jeans, Shirt und Sneakers, blickte kurz in den Geldbeutel und stürmte aus dem Haus. Bei Stoßverkehr musste sie mit über einer Stunde Fahrtzeit rechnen, erst recht in Zürich glich der Feierabendverkehr einem Geduldspiel. Da zurzeit jedoch Feriensaison herrschte, würde sie wohl weniger Zeit benötigen. Auf der Autobahn quälte sie ihre Karre vorwärts und genoss den Fahrtwind bei offenen Fenstern. Tatsächlich kam sie wunderbar voran und war guter Dinge, es rechtzeitig an die Eglistraße zu schaffen, bevor Johanna Schuhmacher mit ihrer Mitzi zur *Tagesschau* in ihrer Wohnung verschwinden würde. Beim Nordring wurde Palmer das erste Mal bange, als der Verkehr zwar noch immer floss, aber die Menge an Fahrzeugen massiv zunahm. Etwa 500 Meter vor Autobahnende an der Manessestraße stand Palmer, dann schoben sich die Fahrzeuge Stoßstange an Stoßstange nur noch meterweise voran, und Palmer ahnte, es würde nicht reichen. In fünf Minuten würden die Nachrichten über die Mattscheiben flimmern. Mühsam schlich sie der Seebahnstraße entlang, am Lochergut vorbei in die Hohlstraße, nahm dann aber nicht die Hardbrücke, sondern kroch im Schneckentempo geradeaus weiter und schlängelte sich endlich zwischen Fahrzeugen des Gegenverkehrs hindurch in die Eglistraße, die laut Verkehrstafel weiter vorne als Sackgasse endete. Ihr Blick auf die Uhr verriet, dass die *Tagesschau* in bereits drei Minuten beginnen würde, und ihre Augen machten keinen einzigen Menschen aus, als sie beide Straßenseiten absuchte. Nie hätte sie in diese Sackgasse hineinfahren dürfen, warf sie sich vor, denn nun war ihr Fahrzeug gefangen, und sie musste die umliegenden Quartierstraßen zu Fuß abklappern, denn auf die verstopfte Hauptstraße hinauszufahren, würde erst recht nichts bringen. Doch als sie zum zweiten Mal die Querstraße hochblickte regte sich etwas zwischen den Glas- und Metallrecycling-Containern der Zimmerlistraße. Jetzt erspähte Palmer eine ältere Dame von kräftiger Statur, die eine fette kleine Promenadenmischung ausführte, deren Fell grau geworden war. Beide bewegten sich langsam und synchron wackelnd vorwärts. Palmer stellte ihren Wagen halb auf den Gehsteig und sauste in deren Richtung. Als die ältere Dame Palmer auf sich zu rennen sah, wich sie vor Schreck zurück und zog an der Leine den röhrenförmigen Hund heran.

»Was wollen Sie? Ich habe kein Geld«, sagte die alte Frau.

»Aber Frau Schuhmacher, ich will Sie doch nicht berauben.«

»Ich kenne Sie nicht.« Sie wandte ihren Oberkörper von Palmer ab und wedelte sie fort, als wäre sie eine lästige Fliege. »Sie kommen mir zu nahe. Und Ihre blöde Karre steht auf dem Gehsteig. Suchen Sie sich einen anständigen Parkplatz.«

Palmer machte einen Schritt zur Seite und bückte sich, um das runde Möpschen hinter den Ohren zu kraulen, sodass Mitzis Schwänzchen vor Aufregung hin und her zuckelte, während sie grunzende Geräusche von sich gab. Genau genommen wedelte Mitzi nicht mit dem Stummelschwänzchen, sondern mit dem ganzen Körper.

»Was bist du für ein liebes Hundchen?«, sagte Palmer und richtete sich auf. »Welch ein Glück, dass ich Sie gerade noch erwische vor der *Tagesschau*.«

Indem sie Mitzi ihren Respekt bezeugt hatte, war die harte Schale der Dame geknackt. Frau Schuhmacher, weit über 70, aber keinesfalls gebrechlich, strich sich über ihr massiges Kinn und blickte mit den aufgeweckten Augen eines Teenys Palmer verwundert an.

»Im Interview mit *20Minuten* habe ich erfahren, dass Sie vor der *Tagesschau* mit Mitzi eine Runde durch das Quartier drehen.«

Allerdings verstand Frau Schuhmacher diese Erklärung nicht als Hinweis, sich mit Palmer zu unterhalten, sondern zupfte am Halsband zum Zeichen, dass Frauchen jetzt nach Hause wollte.

»Angenehmes Quartier hier, und so ruhig«, sagte Palmer, da ihr spontan nichts Besseres einfiel.

Als Frau Schuhmacher antwortete, waberte ihr Kinn über den weißen Kragen mit den Eier- und Fettflecken.

»Sie meinen, abgesehen vom Stoßverkehr auf der Hohlstraße?«, wobei Frau Schuhmacher mit dem Kopf zur Hauptstraße zuckte. »Doch, doch, war mal ein freundliches Arbeiterquartier, als ich mit meinem verstorbenen Theo hierher gezogen bin.« Frau Schuhmacher bekreuzigte sich, als sie den Namen des Toten aussprach. »Jesses, jetzt sind es schon sieben Jahre, dass er von uns gegangen ist. Armer Theo. Sie hätten mal sehen sollen, was für riesige Fische er herausgezogen hat beim Angeln.« Jetzt drückte sie Palmers Arm. »Ich schweife ab. Wo waren wir? Ach ja, Grundgütiger, heutzutage trifft man hier auf allerlei Vögel. Aber die gibt's unterdessen in allen Quartieren. Man liest doch so vieles, was heute überall passiert.« Mit betont geschlossenem Mund griff sie in die Tasche ihres Kleides, förderte eine verrostete Gartenschere zutage und fuchtelte damit vor Palmers Gesicht herum. »Als Frau muss man sich heutzutage sogar auf offener Straße in Acht nehmen. Passt nur auf, ihr Freundchen da draußen.« Sie hob das Kinn, blickte Palmer aus den Augenwinkeln an und wackelte noch einmal mit der Gartenschere. Dann präsentierte sie ein Lächeln und stemmte die Hand mit der Leine und der gefüllten Robidog-Tüte in die ausladende Hüfte.

»Ich möchte mich gerne mit Ihnen über Ihren verstorbenen Mitbewohner P. N. unterhalten«, sagte Palmer.

»Jesses«, sagte Frau Schuhmacher und presste die Hand gegen die Brust. »Erstochen hat man ihn, in Luzern. Ich habe das fast nicht glauben können. Angeblich hat er mit einem Komplizen ein Bild geraubt.« Sie schüttelte den Kopf. »Wie man sich doch in einem Menschen täuschen kann.« Wie auf Kommando knipste sie ein Lächeln an. »Und Sie möchten sich mit mir unterhalten? Also gut. Mitzi, Mitzi, wir gehen.« Und zu Palmer: »Ich habe noch Limonade von gestern. Kommen Sie.«

In Gedanken an den Eierfleck am Kragen zögerte Palmer, aber Frau Schuhmacher hatte sich bereits abgedreht und dackelte mit Mitzi die Eglistraße hoch.

In der Küche zog sie zwei Stühle vom Tisch zurück und forderte Palmer mit einer Kopfbewegung auf, sich zu setzen. Sie holte einen Glaskrug mit weißlich gelber Limo aus dem Kühlschrank, stellte zwei hohe Gläser daneben und füllte beide bis fast zum Rand. Aus der Schublade zauberte sie einen farbigen Kunststoffbeutel hervor und schüttete einige trockene Leckerli neben den zerkauten Pantoffel auf den Küchenboden, der sofort nass glänzte, als Mitzi nicht nur das Futter mit der Zunge aufleckte, sondern den ganzen Boden drum herum sauber schleckte.

»Man kriegt ja so selten Besuch«, sagte sie zu Palmer und prostete ihr zu. »Gestern die Journalistin mit dem Fotografen von der Zeitung. Und heute Sie.« Nun gönnte sie sich einen gehörigen Schluck, stellte das Glas geräuschvoll auf den Tisch und wischte mit der Handfläche über ihre Lippen. »Also, was möchten Sie wissen?«

»Dieser P. N. muss ein netter Kerl gewesen sein.«

Frau Schuhmacher wackelte mit der Hand.

»Na, nett war er schon. Hat immer gegrüßt, alle die vielen Jahre, die er bereits in diesem Hause wohnt. Und beschwert hat er sich nie, wenn Mitzi gejault hat bei Vollmond. Ganz anders als diese Frau Signer von der Vierten. Mich hat damals bereits gewundert, wie so ein freundlicher Mensch wie der Herr Nübel einen so eigenartigen Kollegen haben konnte.« Sie hob das Kinn. »Irgendwie habe ich immer gespürt, dass da etwas Dunkles in Herrn Nübel geschlummerte. Habe aber eher auf kleinere Gaunereien getippt.« Sie zuckte mit den Schultern. »Herr Nübel war ein kräftiger, großer Kerl, eineinhalb Köpfe größer als Sie, und ist mir zur Hand gegangen, wenn ich eine Glühbirne wechseln musste. Hat mir auch mit dem Kehricht geholfen, diesen neuen Säcken. Was für blöde Dinger. Warum die nicht einfach beim alten System geblieben sind, verstehe ich nicht.« Sie reckte ihr Kinn vor. »Herr Nübel hat sich als Taxifahrer durchgeschlagen. Theo hat gesagt, Herr Nübel hätte als große Hoffnung gegolten, nicht nur aufgrund seiner fast zwei Meter. Beinahe hätte er dann um den Europa-Meistertitel im Mittelgewicht geboxt. Dann hat man ihn aber für viele Jahre gesperrt. Herr Scherer von der Dritten hat gemunkelt, Herr Nübel wäre in einen Wettskandal verwickelt gewesen.«

Frau Schuhmacher blickte Palmer an zum Zeichen, es wäre nun an ihr, irgendetwas beizutragen zu diesem Gespräch. Aber Palmer wollte keineswegs Frau Schuhmachers Wortschwall abwürgen, vielleicht bekäme sie auch etwas Brauchbares zu hören.

»Ganz anders Herr Nübels Kollege.« Mit abweisender Handbewegung unterstrich sie ihr Missfallen. »Der hat es faustdick hinter den Ohren, sag' ich Ihnen. Das habe ich sofort gemerkt, schon wie er seine blöde Karre parkiert hat. Und er ist jeglichem Augenkontakt ausgewichen. Wie ein Einbrecher. Und gegrüßt hat er auch nicht.«

»Erzählen Sie mir mehr über diesen Kollegen. Haben Sie das der Polizei gemeldet?«

»Ach wo. Wieso sollte ich? Die interessieren sich auch nicht dafür, wenn ich sie rufe, weil einer seinen Schlitten auf dem Gehsteig parkt.«

»Wie hat denn dieser Kollege ausgesehen?«

»Was soll ich sagen? Etwas untersetzt, eher kräftig, aber nicht direkt übergewichtig. Rundliches Gesicht, starker

Bartwuchs. Aber rasiert hat er sich schon, auch den Schädel. Und er trägt eine Goldkette mit Kreuz um den Hals, gut sichtbar über seinem Hemd.«

»Wie alt ungefähr?«

»Also 50 war der bei Weitem nicht.« Sie schüttelte den Kopf. »Vielleicht etwas über die 40.«

In Gedanken spulte Palmer die Szenen beim *KKL* nochmals ab. Der Beschreibung nach könnte dies der Mörder sein, jedenfalls was seinen Körperbau betraf, denn aufgrund der Maske konnte Palmer weder Gesicht noch Frisur erkennen.

Frau Schuhmachers Augen verdunkelten sich. »Also, dieser Kollege. Obwohl man hier in der Eglistraße meist genügend Parkplätze findet hat er jeweils zwei Straßen weiter vorne geparkt, an der Herdernstraße, wenn er bei Herrn Nübel hereingeschaut hat.«

»Sie haben seinen Wagen gesehen?« Palmer riss die Augen auf.

Frau Schuhmacher wedelte Palmers Unterbrechung weg. »Und jetzt, wo ich weiß, dass Herr Nübel auch als Räuber gewirkt hat, kann ich mir ausdenken, weshalb dieser schräge Vogel nicht wollte, dass jemand seine Karre mit Herrn Nübel in Verbindung bringt.«

»Entschuldigen Sie, wenn ich Sie unterbreche. Was für einen Wagen hat dieser Kollege gefahren?«

»Mercedes, silbergrau, circa fünf Jahre alt. Wissen Sie, mein Theo war in der Autobranche. Darüber weiß ich so einiges.«

»Haben Sie sich auf das Kennzeichen geachtet?«

»Auf meiner Runde mit Mitzi bin ich mehrere Male auf den Wagen gestoßen. Immer zu Zeiten, als er bei Herrn Nübel zu Gast war. Wissen Sie, wenn zwei Männer in einer Wohnung diskutieren, hört man das im Treppenhaus. Aber so richtig gescheit ist er halt nicht, dieser Kollege, sonst hätte er den Wagen schön säuberlich eingeparkt, statt ihn bloß irgendwie schräg ins Feld zu setzen. Das fällt doch jedem Blinden auf. Die nehmen es halt nicht so genau, diese Vögel. Sagen Sie, wieso interessieren Sie sich für diesen Kerl?« Aber bevor Palmer antwortete, fuhr sie fort. »Sein Kennzeichen kann ich Ihnen leider nicht aus dem Kopf sagen.« Entschuldigend hob sie die Hände.

Entmutigt ließ Palmer ihre Schultern sinken. Wäre auch zu schön gewesen. In Gedanken fragte sie sich, für welche Informationen diese nette Dame noch gut sein könnte, da erhob sich Frau Schuhmacher, schüttete Kekse auf einen Teller und schob diesen vor Palmer auf den Tisch.

»Langen Sie zu.«

Palmer misstraute nicht nur den Keksen, sondern auch der Sauberkeit des Tellers. Aber sie bediente sich, schob ein Stück direkt in den Mund und behielt zwei Stück in der Hand.

»Auswendig kenne ich das Kennzeichen nicht«, griff Frau Schuhmacher den Faden wieder auf. »Deshalb habe ich es mir aufgeschrieben. Noch Kekse?«

»Aufgeschrieben?«

Die alte Dame watschelte zum Kühlschrank, löste den Magneten in Form einer Ananas von der Tür und hielt die Notiz mit einem Siegerlächeln vor Palmers Gesicht.

Weil sie unbedingt vor Alex zu Hause eintreffen wollte, um ihren Ausflug geheim zu halten, lenkte Palmer ihren Wagen mit Vollgas Richtung Luzern. Sie spürte, wie das Adrenalin in ihre Adern schoss, und liebte dieses aufregende Gefühl, als sich endlich etwas tat. Gut möglich, dass Nübels Kollege der Räuber und Mörder war.

Vor dem Hauptsitz der Luzerner Polizei fand Palmer fast alle Parkplätze frei vor. Hier würde sie die Info mit der Autonummer abliefern, um sich dann auszuklinken aus diesem Fall. Allerdings war sie festen Willens, heute mit jemand anderem reden zu wollen als beim letzten Besuch. Informieren, abtreten, fertig. Das größte Problem des Mannes von der Kripo schien, dass er das Gefühl hatte, sie spuckte ihm in die Suppe. Vielleicht war es ihre Jugendlichkeit, die dazu geführt hatte, dass er sie unterschätzte. Jedenfalls hatte er sie überhaupt nicht ernst genommen.

Als sie aus dem Wagen stieg, atmete sie auf. Bald würde dieser Albtraum vorüber sein. Allerdings wies man sie wiederum an Herrn Niederberger wie beim letzten Besuch, obwohl sie darauf bestanden hatte, jemand anderen zu sprechen.

Niederberger saß hinter seinem Pult und sah Palmer an, als sie eintrat.

»Sie schon wieder. Die Dame, die meint, wir ließen alles stehen und liegen, um ihr zu Hilfe zu eilen und sie zu schützen, wenn sie sich selber irgendwo reingeritten hat.«

Palmer hob beschwichtigend die Hände.

»Ich komme in bester Absicht und könnte Ihnen behilflich sein.«

»Sie? Behilflich?« Er stieß ein höhnisches Schnauben aus. »Sie suchen Hilfe bei uns und tun so, als würden Sie uns Ihre guten Dienste anbieten? Also bitte.«

Palmer atmete tief ein und wieder aus.

»Ich denke, ich bin da in Zürich auf eine echte Spur gestossen. Frau Schuhmacher hat über einen Medienbericht den getöteten Komplizen erkannt, ihren Nachbarn Nübel.«

»Hab' ich Ihnen nicht verboten, uns dazwischenzufunken? Indem Sie sich in diesen Fall einmischen, könnten Sie den Täter warnen. Dann flieht er, falls er dies nicht schon längst getan hat. Abgesehen davon, dass Sie sich selbst in Lebensgefahr begeben, wenn Sie ihm zu nahe kommen. Sie hören jetzt auf damit. Dies ist ein Befehl.«

»Ich will Ihnen doch bloß meine neuesten Erkenntnisse mitteilen.«

»Die Verbindung zu Nübel ist uns bekannt. Darüber hinaus gehen wir eigenen Informationen nach. Man kennt Sie hier. Sie sind so etwas wie ein einsamer Wolf, der in gewissen Momenten nicht vor Gewalt zurückschreckt. Man hat mich gewarnt. Sie werden uns die Sache bloß vermasseln.« Er neigte seinen Oberkörper nach vorne, verlagerte sein Gewicht auf die Ellbogen und blickte ihr tief in die Augen. »Unterstehen Sie sich, Ihre Nase in fremde Angelegenheiten zu stecken. Sie mischen sich hier nicht weiter ein. Im Übrigen tun wir, was wir können.«

»Da haben Sie wohl recht«, antwortete Palmer und schwieg für einen Moment. »Trotzdem, ich kann Ihnen nützlich sein.« Palmer wollte nicht aufgeben. »Wenn Sie mir Notizzettel und Stift leihen, notiere ich für Sie das Kennzeichen vo...«

»Fertig jetzt«, unterbrach er sie. »Ich will nichts mehr hören. Halten Sie sich raus.«

»Sie wollen doch nicht auf meinen Hinweis verzichten? Oder wollen Sie das?«

»Geht das schon wieder los mit Ihrer Fragerei«, knurrte er. Dann musterte er auffällig lange Palmers Heftpflaster auf dem Handrücken. »Ach, hat die junge Dame sich verletzt?«

Palmer erhob sich, um zu gehen.

»Nur den Mittelfinger.«

25

Offensichtlich sträubten sich die Leute von der Kripo dagegen, dass Palmer ihnen helfen wollte, Licht ins Dunkel zu bringen. Nun gut, dachte Palmer, dann würde sie die Polizei halt nicht füttern mit einer lumpigen Autonummer, die vielleicht zu einer Person führte, der man eine Verbindung zu Raub und Mord nachsagte. Denn bloß Kollege eines Räubers zu sein, hatte überhaupt nichts zu heißen. Also würde Palmer den Fahrzeughalter ausfindig machen und ihm in sicherer Distanz auflauern. Falls sich ihr Verdacht bestätigen sollte, würde sie der Kripo seinen Namen und die Adresse auf den Tisch klatschen. In der Zwischenzeit könnten die Leute von der Kripo von ihr aus die Autohändler in der Umgebung abklappern mit der Frage, wer sich kürzlich einen protzigen Wagen gekauft habe. Denn nach einem fetten Raub durfte die Polizei oft davon ausgehen, dass sich zumindest ein Mitglied der Bande nicht zurückhielt und sich sofort aus der Beute eine pompöse Karre anschaffte.

Kaum hatte Palmer Alex' Wohnung betreten, da begriff sie augenblicklich, er würde erkennen, dass sie den Nachmittag über nicht hier verbracht hatte, denn Palmer liebte Alex' klimatisierte Wohnung über alles. Jetzt aber war die ganze Wohnung von der Sonne aufgeheizt, da sie vergessen hatte, die ganze Fensterfront zur Terrasse zu schließen, bevor sie nach Zürich gefahren war.

Blöderweise hatte sie auch nicht daran gedacht, ihren Laptop einzustöpseln. Da sie kein Verlängerungskabel zur Hand hatte, musste sie wohl oder übel ihren Arbeitsplatz in die Nähe der Steckdose verschieben, um mit dem Ladekabel den Computer zu starten. Ihr schmerzte die Hüfte, als sie sich vornüberbeugte zum Einstecken bei der Arbeitsplatte. Sie stellte fest, dass keines der aufgereihten Küchengeräte am Strom angeschlossen war, was erklärte, weshalb sie kaum Gebrauchsspuren aufwiesen. Eigentlich wäre Alex ein begnadeter Koch, aber er zog es vor, sich in einem erstklassigen Restaurant verwöhnen zu lassen.

Zwar hatte Frau Schuhmacher ihre Notiz mit der Autonummer nicht aus der Hand gegeben, jedoch war sie so freundlich gewesen, diese auf den Rand einer zerlesenen *Frau im Spiegel* zu schreiben, wegzureißen und den Fetzen an Palmer zu überreichen. Also googelte Palmer jetzt *Kontrollschild Aargau*, da die Nummer in diesem Kanton ausgestellt worden war. Bereits der erste Vorschlag schien erfolgversprechend: *Auskunft Fahrzeugregister Kanton Aargau*. Sie klickte darauf und stieß sofort auf den Autoindex mit Namen und Adresse der Fahrzeughalter, sofern diese ihre Daten nicht für die öffentliche Bekanntgabe hatten sperren lassen. Ob sie also auf den Namen des Fahrzeughalters stoßen würde, war höchst ungewiss. Palmer klickte auf *Autoindex* und setzte ein Häkchen im Kästchen, das bestätigte, dass sie kein Roboter war, dann ein Klick auf *Login*. Jetzt erschien das Feld, in welches sie die sechsstellige Nummer des Kontrollschilds eintippte und den Finger auf die Entertaste schlug. Sie atmete erst wieder aus, als nach gut 30 Sekunden das Ergebnis erschien.

Ohne die Körperhaltung zu verändern, richtete Palmer die Augen zu Boden. Über das Internet war die Auskunft über den Halter dieses Kennzeichens nicht abrufbar, da dieser seine Daten hatte sperren lassen. Das war jedem Halter freigestellt, er brauchte hierfür nicht einmal einen Grund anzugeben. Spontan vermutete Palmer jedoch, dies tue nur jemand, der einen guten Grund dazu hatte. Sie presste die Lippen aufeinander.

Eine andere Idee musste her. Nun suchte Palmer bei *tel. search.ch* und wählte die angegebene Nummer, aber selbstverständlich war um diese Uhrzeit niemand mehr erreichbar. Umso klarer war es Palmer, an welchem Punkt sie am nächsten Tag weitermachen wollte.

»Verkehrszulassung des Straßenverkehrsamts Aargau, Gottlieb am Apparat«, sagte eine unaufgeregte männliche Stimme.

Palmer überlegte kurz, ob dieser Herr zum Vor- oder Nachnamen Gottlieb hieß.

»Ah, Herr Gottlieb. Sie sind meine Rettung.«

»Schön. Wie kann ich Ihnen dienen?«, fragte er mit einem Lächeln in der Stimme.

»Mein Name ist Dreher. Daniela Dreher, wohnhaft am Tulpenweg 14 in Buchs. Als ich vor fünf Tagen mit dem Wagen meines Ehemanns aus dem Parkhaus *Kasino* gefahren bin, habe ich leider am Fahrzeug im benachbarten Feld einen Schaden verursacht. Keine große Geschichte. Ich habe meine Karte unter den Scheibenwischer geklemmt mit der Notiz, was passiert war, und dass ich selbstverständlich für den Schaden aufkomme. Aber der Besitzer hat sich bis heute nicht gemeldet. Ich will dies dringend in Ordnung bringen.«

»Also Fahrerflucht.«

»Nein! Das ist nicht meine Art. Aber unsere kleine Tochter hat an diesem Nachmittag ihr erstes Konzert auf der Violine gegeben. Ich habe ihr doch nicht antun können, bei ihrem Auftritt nicht aufzutauchen, bloß weil ich ewig im Parkhaus auf den Fahrzeughalter gewartet hätte.« Palmer nannte ihm die Nummer des Kennzeichens.

»Sie können schriftlich anfragen, mit Begründung. Wir

werden Ihr Schreiben an den Halter weiterreichen, und er wird entscheiden, ob er mit Ihnen in Kontakt tritt oder nicht.«

Shit, dachte Palmer, während der Beamte weitersprach.

»Ich muss noch erwähnen, diese Weiterleitung ist gebührenpflichtig.«

»Selbstverständlich komme ich für die Kosten auf. Da ist nur ein kleines Problem. Diese Gebührenrechnung würde wohl meinem Ehemann zugestellt, als Halter des schadenverursachenden Fahrzeugs. Ich habe mir etwas Geld effektiv vom Mund abgespart, so knapp, wie er mich hält. Aber es könnte reichen, den Schaden am fremden Fahrzeug und auch jenen am Auto meines Mannes zu reparieren. Falls er aber Ihre Gebührenrechnung erhält, wird er sich bei mir erkundigen. Ich bitte Sie, ersparen Sie mir diese Demütigung.« Sie verdrückte hörbar eine Träne. »Diesen Parkschaden wird er mir jahrelang unter die Nase reiben. Und er wird mich noch knapper halten.« Palmer gab ein feuchtes Geräusch durch ihre Nase von sich. »Herr Gottlieb, waren Sie früher Pfadfinder? Jeden Tag eine gute Tat, vielleicht erinnern Sie sich. Dies könnte dann Ihre gute Tat für heute sein. Und ich sag's auch niemandem. Ehrenwort.«

Kaum eine Minute danach gab Palmer den Namen *Victor Kolar* bei *Google* ein und erhielt zwei Treffer. Zusätzlich zum Namen hatte sie auch seine Wohnadresse in Spreitenbach erhalten, aber Palmer wollte erst mal sehen, was das Internet über Victor Kolar zu berichten wusste. Der erste Treffer zeigte einen aus Ungarn stammenden Komponisten und Dirigenten in Amerika, den Palmer jedoch nicht verdächtigte, da er gemäß Biografie zwar in eine Messerstecherei verwickelt gewesen, aber an deren Folgen er bereits vor Jahrzehnten verstorben war. Der zweite Treffer förderte einen tschechischen Fotografen zutage, der zwar noch immer lebte, jedoch weit über 80 war. Da war der maskierte Mörder in Luzern garantiert jünger.

Jetzt tippte sie die beim Amt erschwindelte Adresse *Haselstrasse 11, Spreitenbach* ins Suchfeld, loggte sich auf *Maps* ein, klickte auf Satellit und dort auf 3D. Während die Aufnahme näherzoomte, geriet ihr Blut in Wallung. Sie wusste, bald würde der Horror vorüber sein, und sie würde sich vor niemandem mehr in Acht nehmen müssen.

Ein 60er-Jahre-Bau mit drei Etagen, in einen sanft ansteigenden Hang hineingebaut. Auf der einen Seite grenzte das Gebäude an eine baumgesäumte Wiese. Palmer umrundete das Gebäude mittels Klicks auf den Pfeil bei der Kompassrose, während ihre Gedanken abschweiften und sie sich fragte, ob sie es tatsächlich wagen durfte, hier vorbeizuschauen. Welch großen Nutzen würde sie daraus ziehen im Verhältnis zum Risiko, dass es sich bei diesem Victor Kolar tatsächlich um den Mörder handelte, der ihr immerhin nachgeschmettert hatte, er würde sie umbringen. Andererseits wusste sie nicht, wie lange es dauerte, bis die Polizei den Mörder aufspürte.

Was, wenn sie der Kripo jetzt ganz einfach diesen Namen bekanntgab, und fertig? Allerdings deutete das Verhalten des Kripomanns eher auf seine Gleichgültigkeit. Und zu einem anderen Beamten hatte man sie ums Verrecken nicht durchstellen wollen. Falls sie diese Info an die Kripo weitergab, erhielt sie wahrscheinlich nicht einmal eine Auskunft, ob irgendjemand ihrem Hinweis tatsächlich nachgehen würde. Für wie viele Tage oder Wochen müsste sie sich dann noch in Alex' Wohnung verstecken? Je länger sie darüber nachdachte, desto stärker juckte es sie, dieser Adresse einen Besuch abzustatten. Aber wie sollte sie es anstellen, dem Mörder nicht in die Arme zu laufen? Sprachlos vor Wut ballte sie die unverletzte Faust, schlug sie dann aber doch nicht irgendwo drauf, sondern atmete tief durch.

Die Zeit war überreif für einen alten Freund, denn ohne Kaffee in einen Tag zu starten, war für Palmer hart. Um diesen Mangel zu beseitigen, schritt sie zur Espressomaschine, die sie nicht erst an den Strom anschließen musste. Obwohl noch Vormittag, hatte die Sommerhitze die Stadt bereits in den Würgegriff genommen. Wenn auch ein Espresso zur Abkühlung wenig taugte, würde er Palmer helfen, ihre Lebensgeister zu wecken. Sie entschied sich für eine der vielen Kapseln, von denen sie aus jeder erhältlichen Farbe im Kasten auswählen konnte. Während sie das Ding ins Gerät einsetzte, zog sie verwirrt die Augenbrauen zusammen, denn da lag ein Zettel. Palmer hob ihn vors Gesicht und las Alex' Handschrift.

»Fahre heute zu einem Termin nach München, bin erst morgen wieder da. Alex«

Etwas trocken, diese Mitteilung, fand Palmer, denn die Notiz gab keinen Hinweis darauf, ob er ihr die eigenhändige Suche nach dem Kerl, der ihr eine Morddrohung hinterhergerufen hatte, in der Zwischenzeit etwas weniger übel nahm. Auch ärgerte sich Palmer, erst jetzt von Alex' Abwesenheit zu erfahren, denn wegen ihm war sie gestern heimgerast. Hätte sie dies gewusst, hätte sie Kolars Adresse auch von Zürich aus per Handy googeln können und die Strecke von Frau Schuhmacher zu Kolars Adresse in 15 Minuten geschafft. Wie auch immer, jetzt wollte sie nach Spreitenbach fahren. Und niemand würde sie davon abhalten.

Beinah angrenzend an die Stadt Zürich lag Spreitenbach dennoch in einem anderen Kanton. Auch kam Palmer dieses Dorf ziemlich ländlich vor, obwohl hier ein großes Shoppingcenter Leute aus der ganzen Deutschschweiz begrüßte. Zwar gab es auch Wohnblöcke, aber sie fuhr an vielen Einfamilienhäusern vorbei und an einem Händler mitten im Dorf, der sein Gemüse wie auf einem Markt vor dem Geschäft ausgelegt hatte. Von der Straße aus erkannte Palmer nicht nur den Turm der Kirche, sondern auch einige Bauernhöfe inmitten riesiger Felder.

Auf *Google Earth* hatte sie sich schlaugemacht, sodass sie in normalem Tempo an Kolars Adresse vorbeifuhr, am Dorfende umkehrte und zurückrollte, um ganz in der Nähe seiner Wohnung an der Bahnhofstraße ihren Wagen auf einen großen Firmenparkplatz zu lenken, der zwar mit einem Parkverbot, aber nicht mit Ein- und Ausfahrschranke versehen war.

Sie setzte das Cap auf und um möglichst unauffällig zu wirken, zog sie sich den Ledergürtel von der Hose und machte sich auf den Weg. Ihre Faust umklammerte die Schnalle und hielt eine Schleife so, dass es aussah, als hielte sie eine Hundeleine und ginge Gassi, wobei der Hund bereits vorausgelaufen war. Bei Bedarf würde sie rufen: »Luna, Mädchen, hierher«, wobei sie ihren Arm ständig bewegen würde, damit der Gurt genügend stark in Bewegung blieb, um nicht erkennen zu können, dass sie keine Leine hielt.

So schritt sie die eine Straße ab, ohne überhaupt auf einen silberfarbenen Mercedes zu stoßen, dann die erste Seitenstraße, falls er keinen Parkplatz in unmittelbarer Nähe gefunden hatte, gefolgt von der nächsten. Hier traf sie auf ihn, den Mercedes mit besagtem Kennzeichen. Bereits aus einigen Metern Distanz erkannte sie die eine oder andere Delle, sodass der Wagen insgesamt etwas mitgenommen wirkte. Palmer blickte sich um, und als sie sicher war, dass niemand sie aus einem der umliegenden Wohnhäuser beobachtete, näherte sie sich vorsichtig dem Mercedes. Ihre Hüfte meldete sich, als sie den Oberkörper neigte, um so nah ans Fenster zu gelangen wie möglich. Allerdings machte sie im Inneren nichts Verdächtiges aus. Sie richtete sich auf, blickte sich um und erkannte, dass man das Fahrzeug von Kolars Wohnhaus aus nicht einsehen konnte. Trotzdem war ihre Idee einen Versuch wert. Nochmals vergewisserte sie sich, dass niemand sie beobachtete. Nun zog sie den Sonnenschutz ihres Baseball-Caps tiefer ins Gesicht, denn sie wusste, Augenkontakt würde die Erinnerung eines allfälligen Zeugen erleichtern. Sie drehte sich, sodass sie den Wagen in ihrem Rücken hatte, und rammte ihre Ferse so kräftig wie möglich gegen die Beifahrertür. Sogleich schlenderte sie auf dem Gehsteig vom Mercedes weg. Aber nichts geschah, also blieb sie stehen. Kein Horn einer Diebstahlalarmanlage war losgeschrillt. Nun spazierte sie zurück, schob die Finger hinter den Türgriff und zog daran. Wieder kein Alarm, der den Besitzer in die Nähe beordert hätte, um den Warnruf abzustellen. Aber auch keine Tür, die sich öffnen ließ.

Sie wanderte in die Nähe seiner Adresse, setzte sich auf einen kleinen Felsbrocken neben dem Gehsteig und tat, als würde sie die Sonne genießen. In Wirklichkeit beobachtete sie das Haus, während sie das Handy an ihr Ohr hielt, sodass es aussah, als führte sie ein Gespräch. Als sie nach längerer Zeit nichts entdeckt hatte, ging sie weiter, um das baufällige, gut 60-jährige Haus auch von der anderen Seite auszukundschaften, wobei sie nicht wusste, auf welche der drei Wohnungen an dieser Adresse sie sich konzentrieren musste. Dafür hätte sie beim Hauseingang die Klingelbeschriftungen lesen müssen. Aber sich freiwillig dem Verdächtigen so stark zu nähern, war ihr dann doch zu riskant. Erst recht würde sie sich nie und nimmer aufmachen, dieses fremde Haus oder gar seine eigenen vier Wände zu betreten. Obwohl, im ganzen Haus machte sie nicht die geringste Regung aus. Sofort verwarf sie den Gedanken, doch kurz nachzusehen, denn sie wusste nicht, wie viele Leute sich dort aufhielten, und hatte auch keine Ahnung, mit welchen Waffen sie sich aufgerüstet hatten. Zudem war es deren Territorium, und sie kannte sich nicht aus in diesem Haus.

Noch immer hockte Palmer auf dem Stein, erspähte jetzt aber eine Frau mit dem Kopf voller Lockenwickler und einer Kippe zwischen den Lippen, die in einem offenstehenden Fenster des benachbarten Hauses aufgetaucht war. Die gelbe Glut der Zigarette glomm hell auf, dann schnippte sie den Stummel so weit in den Garten, wie sie es schaffte, und verschwand in der Finsternis ihrer Wohnung.

Auf einen Schlag spannten sich ihre Nackenmuskeln. Schritte näherten sich von hinten. Sofort diskutierte sie hörbar mit der erfundenen Person am Handy und warf den Kopf herum. Augenblicklich entspannte sich ihre Atmung, und ein Lächeln stahl sich auf die Lippen, denn kein Ungeheuer schritt auf sie zu, sondern ein 15-Jähriger mit dicker Sporttasche über der Schulter. Er war bereits einige Schritte an ihr vorüber, da rief sie ihm nach.

»Warte mal. Willst du dir zwei Franken verdienen?«

Tatsächlich drehte er sich zu Palmer um und zuckte stumm mit den Schultern.

»Du gehst zu diesem Haus dort drüben, Haselstraße 11. Klingel bei Kolar. Dann verziehst du dich.«

»Zwei?«

Palmer überlegte. Das Geld reute sie jetzt schon. Sie könnte selber hingehen, aus der Platzierung der Klingeln erkennen wo Kolar wohnte, dann weglaufen und beobachten. Aber durfte sie es wagen, dem Mörder direkt in die Arme zu laufen, auch wenn dies sehr unwahrscheinlich war?

»Okay. Vier, wenn du noch etwas anderes für mich erledigst«, sagte Palmer mit schmerzhaft verzerrtem Gesicht.

»Zuerst öffnest du die Haustür. Und nachdem du geklingelt hast, kommst du zu mir zurück und meldest, in welcher Etage Kolar wohnt.«

Wortlos hielt der Junge seine flache Hand hin, und als Palmer zwei Zweifrankenmünzen darauf gelegt hatte, fragte er:

»Wie wär's, wenn Sie noch zwei drauflegen?«

»Und wie wär's, wenn ich einen wieder wegpacke?«

Stumm sackte er das Geld ein, schlenderte zum Eingang und drückte auf die Türfalle. Tatsächlich war nicht abgeschlossen, also schob er die Tür auf und presste dann für einige Sekunden seinen Zeigefinger auf eine Klingel.

Die Glocke schrillte so laut, dass Palmer diese sogar auf Distanz durch ein gekipptes Fenster hören konnte. Der Junge kam zu Palmer zurückgeschlendert, als wäre nichts geschehen.

»Kolar wohnt im ersten Obergeschoss«, meldete er, drehte sich ab und ging seines Wegs.

Ohne ihren Blick vom Haus abzuwenden, nahm Palmer diese Information entgegen. Noch immer tat sich nichts in besagter Wohnung, oder besser, im gesamten Haus. Stille und Dunkelheit hinter allen Fenstern.

Wäre es zu dämlich, sollte sie es wagen, das Haus zu betreten und an seiner Wohnungstür zu horchen oder zumindest in seinem Briefkasten zu stochern? Sie nickte stumm, denn sie war extra hergefahren und würde von hier nicht ohne einen Hinweis verschwinden. Also schritt sie zu ihrem Wagen, um sich aus dem Handschuhfach Plastikhandschuhe, einen Pfefferspray und den Kreuzschraubenzieher zu holen, denn sie wollte weder Spuren hinterlassen noch völlig unbewaffnet einem Mann begegnen, den sie des Mordes an einem Kumpel verdächtigte und der ihr offen nach dem Leben trachtete.

Sie näherte sich der Haustür, neben welcher einige Werbedrucksachen auf dem Boden verstreut lagen und die der

Junge vorhin für vier Franken geöffnet hatte. Vorsichtig stieß sie mit dem Fuß die Tür ganz auf und betrat das Treppenhaus, aus dem ihr Kühle entgegenschlug. Das klebrige Schmatzgeräusch ihrer Sneakers auf den Stufen war kaum zu hören, so vorsichtig stieg Palmer die dunkle Treppe hoch, denn sie hatte darauf verzichtet, das Licht im Treppenhaus anzumachen. Neben der Wohnungstür blieb sie stehen und horchte. Sie hörte keinen Mucks, abgesehen von einem Grillenmännchen, das draußen zirpte, als ginge es um sein Leben. Palmer neigte sich zum Schild bei der Klingel und konnte den Namen Kolar knapp entziffern im spärlichen Rest des Dämmerlichts, das sich durch ein verschmiertes Fenster ins Treppenhaus stahl. Während sie das Ohr an die Tür presste, hielt sie den Atem an. Stille. Keinerlei Geräusch, außer einem Rauschen wie im Wald, das jedoch vom fließenden Blut in ihrem Ohr stammte. Auch sonst fiel ihr nichts auf, wenn sie vom kleinen kreisrunden Loch direkt neben dem Türspion absah. Sie näherte sich mit dem rechten Auge, wagte einen Blick hindurch und erkannte nichts weiter außer einem Licht, sodass sie brüsk den Kopf zurückzog. In seinem Flur brannte die Deckenlampe. Sie kratzte sich am Kopf. War er doch zu Hause? Von außen hatte sie festgestellt, dass er bei einem der Zimmer den Rollladen heruntergelassen hatte, beim anderen jedoch nicht, sodass Palmer daraus schlussfolgerte, dass diese zweite Zimmertür verschlossen war. Da der Flur offensichtlich kein Fenster aufwies, ging sie jetzt davon aus, dass er dort das Licht hatte brennen lassen, als er die Wohnung verließ.

Einen Moment überlegte Palmer, ob sie es wagen sollte, den Türgriff zu drücken. Aber dann verdrängte sie das Verlangen zu testen, ob die Tür verschlossen war, denn sie wollte ihr Glück nicht zu sehr herausfordern. Geräuschlos schlich sie sich davon, zurück auf die Quartierstraße, um die Wohnung noch einmal von der anderen Seite her auszukundschaften. Im Schutze der Sträucher stieg sie den grasbewachsenen Hang hoch und näherte sich Kolars Terrasse. Hier stand ein weißer Plastikstuhl einsam auf den Zementplatten, in deren Ritzen Unkraut wucherte. Als sie genau hinblickte, erkannte sie, dass die Terrassentür nicht verriegelt war und einige Zentimeter offen stand.

Ging Kolar bei offener Terrassentür aus dem Haus?

Sie verharrte an Ort und Stelle und beobachtete das vor ihr liegende dunkle Fenster des Wohnzimmers. Falls sie hier eindringen würde, löste sie dann einen Alarm aus? Allenfalls einen stillen? Vielleicht wäre es eine bessere Idee, aus der Deckung eines Strauchs mit einem Stein das Fenster einzuwerfen und zu beobachten, ob sich doch noch jemand regte in der Wohnung. Aber sogleich verwarf sie den Gedanken, denn in diesem ruhigen Quartier könnte dies etliche Nachbarn aufschrecken. Abgesehen davon spekulierte sie darauf, dass die Gefahr einer losheulenden Alarmanlage kaum bestand, wenn sie durch eine offen stehende Tür trat. Denn in der Zwischenzeit war in ihr die Idee gereift, die Wohnung zu betreten, falls tatsächlich niemand zu Hause war.

Behutsam näherte sie sich der Türöffnung. Sie blickte sich nach Überwachungskameras um. Aber sie entdeckte keine. Bevor sie eintrat, strich sie die Unterseite ihrer Sneakers ab. Sie wollte auf keinen Fall Dreckspuren in der Wohnung hinterlassen. Endlich schloss sie ihre Faust um den Griff des Schraubenziehers. Ihr Körper war gespannt bis in die letzte Faser. Nicht vor Angst. Es war ihr Überlebenstrieb, der schrie, sie solle sich in Acht nehmen.

Sanft schob sie mit einem Fingerknöchel die Flügeltür auf. Geschmeidig schlüpfte sie ins Wohnzimmer. Sogleich verzog sie das Gesicht ob des Miefs, der ihr entgegenströmte. Der Raum roch grässlich nach Zigaretten, Essen und Körpergerüchen oder nach viel Schlimmerem. Palmer begann, durch den Mund zu atmen. Die Tür ließ sie weit offen stehen. Kaum einen Meter davon entfernt verharrte sie bewegungslos. Als Erstes wollte sie sich einen Eindruck verschaffen. Ihr Körper war darauf gefasst, sofort hinauszustürmen. Vom Flur her drang zusätzlich etwas Licht ins schummrige Wohnzimmer und zeichnete ein Rechteck auf das Parkett. Ihre Augen gewöhnten sich rasch ans Halbdunkel. Als ob ein Nebel aufklarte. Im Raum stand ein weißes Ledersofa zwei Sesseln gegenüber. Dazwischen ein gläserner Couchtisch. Darauf lag ein tellerförmiger Aschenbecher, überquellend von Kippen. Daneben machte Palmer eine offene Flasche Bier neben verstreuten Pokerkarten und einem Pappteller mit angebissener Wurst und einem Brötchen aus. Im Weiteren ruhte darauf ein eingestecktes Handy, dessen grünes Lämpchen die volle Ladung anzeigte. An der Längswand hatte Kolar einen beeindruckend großen LED-Fernseher in die dafür vorgesehene Aussparung der Wohnwand platziert. Einige Plastiksouvenirs auf den Regalen zierten den Raum, jedoch kein einziges Bild an den Wänden und auch keine gerahmten Fotos.

Nichts bewegte sich.

Totenstille.

Doch. Da war etwas.

Ihre Ohren vernahmen hinten im Flur ein Geräusch, das Palmer als eine leise Klospülung identifizierte, die endlos lief. Trotzdem wusste sie, sie war allein in der Wohnung.

Allerdings konnte Kolar jederzeit auftauchen. Und ihr blieb einzig der Fluchtweg über die Terrasse.

Los jetzt.

Spurensuche, dann nichts wie weg.

Wachsam schob sie sich zwischen den Möbeln hindurch Richtung Flur. Ohne ein Geräusch zu verursachen, drückte sie sich vor der Ecke an die Wand. Sie drehte den Kopf langsam seitwärts. Zentimeterweise schob sie ihn vor, bis sie in den Flur blickte.

Es traf sie wie ein Hammerschlag. Sie wusste, dieser Fehler würde ihr Leben Knall auf Fall verändern. Nie hätte sie diese Wohnung betreten dürfen.

26

Bei diesem Anblick fühlte sich Palmer, als packe etwas ihre Eingeweide mit eisernem Griff. Vor ihren Füßen lag reglos ein Mann in seinem Blut. Wie festgeklebt verharrte sie und starrte auf die Leiche. Starke Körperbehaarung quoll unter dem weißen Feinripp-Unterhemd hervor, und Palmer konnte verwaschene Tattoos an seinen Armen erkennen. Und einen Bauchansatz. Aus den Hosenbeinen des dunklen Trainers guckten nackte Füße hervor, von denen die Adiletten zu Boden gerutscht waren. Es schien, als wäre sein runder Kopf direkt auf den kräftigen Schultern festgeschraubt.

Palmer spürte, wie ihr alle Farbe aus dem Gesicht wich.

Nach einigen Sekunden trat sie näher, während sie darauf achtete, nicht in die Blutlache zu treten.

Unzweifelhaft hatte das Loch in seiner Stirn zu seinem Tod geführt. Das Blut erklärte den Kupfergeruch, der in der Luft hing zusätzlich zum Gestank nach Fäkalien, da sich sein Darm nach dem Hinscheiden entleert hatte.

Außer der grässlichen Aufplatzung am Hinterkopf, wo die Kugel ausgetreten war, entdeckte Palmer keine zusätzlichen Wunden. Inzwischen war wohl sein gesamter Lebenssaft aus ihm herausgesickert und hatte sich an den tieferen Stellen des Bodens gesammelt.

Palmer ging neben der Leiche in die Hocke und wedelte mit der Hand angeekelt eine Fliege fort, die sich auf ihre Lippe gesetzt hatte.

Lag hier Victor Kolar?

Nachdem sie halbwegs die Fassung wiedererlangt hatte, schaute sie sich hastig um.

Eiskalte Furcht schoss in ihre Glieder, als sie sich fragte, ob sich da vielleicht noch jemand in der Wohnung aufhielt. Sie wuchtete sich in den Stand und war bereit, mit ihrem Schraubenzieher in die Richtung eines Angreifers zu stechen, wohlwissend, dass sie gegen dessen Pistole kaum etwas ausrichten konnte. Aber da stand niemand hinter ihr. Lautlos schob sie sich zur ersten offen stehenden Tür und blickte ins Bad, dann in die Küche und ins Schlafzimmer, überall darauf bedacht, in nichts reinzutreten. Aber da war niemand.

Erneut zog es ihren Blick wie magisch zur Leiche, deren Kopf in der riesigen Blutlache lag. Als sie mit Sperberaugen den ganzen Flur absuchte, entdeckte sie weder Kampf- noch irgendwelche Schleifspuren. Auch wusste sie, weshalb sie vom Treppenhaus her durch das Loch in der Tür das Opfer im beleuchteten Flur nicht hatte sehen können. Zusammengesackt lag er zu nahe bei der Tür, sodass sie über ihn hinweg geblickt hatte. Ihr schwante, in welchem Zusammenhang sein Lebensende mit dem Loch in der Tür beim Spion stand. Gleichzeitig ahnte sie, der Mörder musste das Opfer gekannt haben, um sicher zu sein, wen er hier antreffen würde.

In ihrer Fantasie stellte Palmer die Szene nach. Der Mörder von Kolar hatte draußen geklingelt und seine Pistole neben den Türspion aufgesetzt. Kolar war in den Flur getreten und hatte durch den Türspion hinausgeblickt. Dadurch verdunkelte sich die Linse von außen. Dies bot dem Schützen die Möglichkeit, sicher Kolars Kopf zu treffen, falls er in diesem Moment abdrückte.

Aber lag hier tatsächlich der Mörder? Sicher war dies keineswegs, denn als Palmer ihm begegnet war, hatte er sein Gesicht verhüllt. Die ganze Zeit. Allerdings passte die Statur dieses Kerls. Nicht sehr groß und bärenhaft.

Aber Palmer konnte nicht ausschließen, dass einer mit Kolar abgerechnet hatte, ohne dass dies in einem Zusammenhang stand mit dem Raub und Mord in Luzern.

Sie ging noch einmal in die Knie und besah ihn sich aus nächster Nähe. Die Lider waren bis halb über die Pupillen geöffnet. Beide Augen blickten unbestimmt zur Hutablage. Unter dem linken Auge entdeckte sie eine gut verheilte halbmondförmige Narbe. In seinem Mundwinkel hing eine gelbliche Paste, möglicherweise Senf von der Wurst im Teller. Sein Gesichtsausdruck strahlte eine gewisse Trauer aus, was ihn für Palmer fast schon sympathisch machte, obwohl er unrasiert war. Die geplatzten Äderchen auf den Nasenflügeln zeichneten die Geschichte reichlichen Alkoholgenusses. Kolar war nicht unattraktiv, zwischen 40 und 50 Jahre alt.

Ein Gedanke riss sie aus den Beobachtungen. Hörbar sog sie den Atem ein, erhob sich und trat einen Schritt zurück.

Was, wenn jemand den Schuss gehört hatte? War die Polizei bereits alarmiert? Von jemandem im Haus oder aus der Nachbarschaft. Vielleicht hatte Palmer Glück, die Ferienzeit war noch nicht vorüber. Auch hatte sie das Haus über eine Stunde observiert. Die Polizei müsste längst mit Blaulicht herangebraust sein, falls bei ihr eine Meldung eingegangen war. Trotzdem wollte sich Palmer beeilen.

Wie rücksichtsvoll von Kolar. Ohne dass sie die Deckenlampe im Flur anzumachen brauchte und dabei Gefahr lief, sich zu verraten, konnte sie nun nach Beweisen suchen, dass sie hier in der Wohnung des Mörders vom *KKL* stand. Denn das verbleibende Restlicht von der Dämmerung draußen würde hier drin nicht reichen. Sie hütete sich davor, in Richtung Fenster zu strahlen, leuchtete stattdessen mit halb abgedecktem Handy ihr Sichtfeld aus. Nicht nur das Wohnzimmer, auch das Schlafzimmer fand Palmer spärlich möbliert vor. Das Bett war ungemacht, die Decke hing auf einer Seite bis auf den Boden. Palmer leuchtete unter das Bettgestell, stieß dort aber einzig auf gebrauchte Unterhosen und Staubmäuse in unterschiedlicher Größe.

Von beiden Seiten hatte Kolar zwei Nachttische zum Bett hingeschoben, Hemd und Hose waren überhängend darauf gelegt neben einer angebrochenen Packung *Kleenex*. In einer der Hosentaschen ertastete sie eine dicke Geldbörse, nicht aber den Schlüsselbund. Sie zog die Geldbörse heraus. Fast 200 Franken verwahrte er darin, neben einer Bankkarte, lautend auf Victor Kolar, einem plastikverschweißten Kondom und einem Führerausweis, dessen Foto den Toten im Flur zeigte. Sogleich spürte sie, wie sich einige Muskeln in den Schultern entspannten, und sie fühlte, dass dieser Schrecken bald ein Ende hatte.

Weiter. Denn noch immer konnte sie die Frage nicht beantworten, ob dies hier der Mörder war. Und wo hatte er das Turner-Gemälde versteckt?

In der Schublade fand Palmer mehrere gezackte Jagdmesser und einen angebrochenen Karton Munition. Aber die Pistole fehlte, wobei sie vermutete, diese später in seinem Wagen zu finden, denn den Schlüsselbund hatte sie vorher entdeckt, an einem Haken der Garderobe hängend. Die Schublade des anderen Nachttischs fand sie reichlich gefüllt mit Zetteln in unterschiedlichen Formaten, einige davon zerknittert und wieder glattgestrichen, von Hand beschrieben in einer ihr fremden Sprache. Jeder Text war zuoberst mit einem unterstrichenen Titel versehen, darunter folgten vier Zeilen, soweit Palmer dies beurteilen konnte mit Endreim. ABAB. Hatte sie es hier mit einem Poeten zu tun? Zwar nicht verhungert, aber erschossen? In einer Ecke der Schublade lagen unbeschriebene Notizzettel gestapelt. Mit dem Schraubenzieher schob sie diese auseinander und stieß auf einige Kugelschreiber mit Werbeaufdruck.

Nun widmete sie sich dem offen stehenden Schrank. Vier Blazer hingen an Kleiderbügeln, deren Taschen Palmer abtastete, um festzustellen, dass sie leer waren. Auf einem Tablar lagen Socken und Slips, auf zwei anderen schlampig gefaltete Shirts, aber nirgendwo versteckte sich etwas darunter. Neben dem Schrank lagen sechs Schuhe wie hingeworfen auf einem Haufen. Nun schob sie ihre Finger hinter den Schrank, zog diesen hervor und leuchtete dahinter, konnte dort aber nichts aufspüren, auch nicht an die Rückwand geklebt. Auch versteckte sich kein Safe dahinter. Noch immer kein Hinweis, ob Kolar der Mörder war oder ob er das geraubte Bild versteckte.

Die Küchenschubladen brachten Unerwartetes zu Tage: einen einzelnen Schnürsenkel, einige Streifen Heftpflaster, einzelne Socken, einen goldfarbenen Manschettenknopf, unterschiedlich große Münzen und verschiedene Quittungen zu

Einzahlungen auf der Post für unverdächtige Käufe, alle ausgestellt auf den Namen Victor Kolar. Auch den Kühlschrank durchsuchte sie und fand einen angebrochenen Karton Orangensaft, eine originalverpackte Pizza, ein Glas Marmelade und einen Becher Buttterersatz. Das Tiefkühlfach war an den Wänden zwar vereist, aber leer. Vom Küchentisch zog sie einen der beiden Stühle heran und nahm sich die obersten Regale vor, spürte jedoch nichts auf, auch nicht, als sie mit der Handfläche über die Fachbretter strich. Sie prüfte auch Toilette und Dusche, stieß aber einzig auf viele Milliarden Bakterien.

Im Wohnzimmer nahm sie das Handy vom Netz und strich mit dem behandschuhten Finger über den Bildschirm, fand ihre Vermutung jedoch sofort bestätigt, dass die Sperre aktiviert war. Noch gab sie nicht auf, möglicherweise würde sie auf Spuren bei den getätigten Anrufen, bei den Kontakten oder den Fotos treffen, weil er vielleicht das Museum ausgekundschaftet hatte. Kurz dachte sie darüber nach, ob sie sich aufgespürte Indizien auf ihre eigene Nummer senden würde, verwarf diesen Gedanken, weil die Polizei bei der Auswertung ihres Handys erkennen könnte, dass sie sich Zutritt zu dieser Wohnung verschafft hatte. Sie würde ganz einfach mit ihrem eigenen Handy Fotos schießen vom fremden Display.

Nun schritt sie mit Kolars Handy zu dessen Leiche, konnte aber weder mit Gesichtserkennung, noch mit den Fingerabdrücken des Toten das Gerät entsperren.

Sie massierte sich den Nasenrücken, während sie nach einer neuen Idee suchte. Wo er seinen Wagen geparkt hatte, wusste sie, der Autoschlüssel hing am Garderobehaken, also würde sie zu seinem Wagen gehen, die Zündung einschalten und auf dem eingebauten Touch-Screen ohne Sperre Zugang zu Daten auf seinem Handy bekommen. Allerdings machte sie sich nicht allzu große Hoffnungen, Kolars Mörder über dessen Telefon zu ermitteln. Denn einzig ein allzu blöder Mörder rief an und pustete anschließend das Opfer weg. Auszuschließen war dies jedoch nicht, denn alle überführten Täter waren letztlich über einen Fehler gestolpert. Dass sie auf das Handy keinen Zugriff hatte, wurmte sie, obwohl sie wusste, dass professionelle Kriminelle die Telefonnummern ihrer Komplizen nicht auf ihrem Handy gespeichert hatten. Zu einfach könnten diese der Polizei in die Hände fallen.

Noch immer kniete sie neben der Leiche, da knallte es dumpf, als unten die Haustür ins Schloss fiel. Sie riss die Augen auf. Und horchte, vor Schreck erstarrt.

Stimmen im Treppenhaus.

Schlurfende Schritte, die sich der Wohnungstür näherten.

Palmer blickte zum Türspion.

Vor Kolars Tür machten die Schritte Halt.

»Guck mal, dieses Loch. Und die Brandspuren drum herum«, sagte verwundert eine Frauenstimme.

»Das war am Vormittag garantiert noch nicht da.« Der kräftige Tonfall eines Mannes.

Die Klingel rasselte. Dann ein zweites Mal.

Palmer kroch hastig zur Tür und kauerte sich auf den Boden. Niemand durfte sie durch das Loch entdecken.

»Dort drin brennt Licht. Aber es ist nichts zu hören.«

»Lass mich mal.«

»Könnte dies ein … Nein, das *ist* ein Schuss. Von einer aufgesetzten Pistole.«

Eine Faust pochte heftig gegen die Tür. Im Treppenhaus schallte es wider.

»Ich rufe die Polizei.«

»Victor schließt nie ab. Komm, wir gehen rein.«

Nichts wie raus, dachte Palmer. In der Hoffnung, dass

niemand durchs Loch blickte, setzte sie mit eingezogenem Kopf zum Sprung an über die Blutlache.

Hinter ihr knallte die Tür an die Wand.

»Halt«, rief der Mann. »Stehen bleiben.«

Aber er kriegte einzig noch einen Turnschuh zu sehen, als Palmer um die Ecke ins Wohnzimmer hetzte.

Sie hechtete zur Terrasse. Im Halbdunkel donnerte sie mit dem Knie gegen den Sofatisch. Laut klatschte Palmer der Länge nach auf das Parkett.

Der Verfolger jagte ins Wohnzimmer.

Palmer umklammerte Pfefferspray und Schraubenzieher. Sie stemmte sich auf ein Knie. Schrie auf vor Schmerz. Stieß sich in den Stand. Stürzte vorwärts. Flog aus dem Haus.

Hinter ihr schepperte und klirrte es, als wäre jemand über den gläsernen Sofatisch gestolpert.

Als Palmer am nächsten Morgen erwachte, fiel ihr in der gleichen Sekunde ein, sie hatte neben Kolars Auto auch sein Kellerabteil nicht unter die Lupe genommen. Aber was sorgte sie sich überhaupt um das Bild? Dieses aufzuspüren, würde sie der Polizei überlassen. Sie befürchtete viel mehr, man könnte sie direkt mit dem Todesschuss auf Kolar in Verbindung bringen, auch wenn sie erst danach in seine Wohnung eingedrungen war. Immerhin: Falls es sich bei Kolar tatsächlich um den Mörder aus dem Parkhaus handelte, war sie erleichtert, sich endlich nicht mehr vor ihm fürchten zu müssen. Dann aber ärgerte sie sich. Über sich selber. Wieso hatte sie gestern bei Kolars Wohnung das Türschloss nicht gecheckt, als sie drin war? Verdammt, beinah wäre diese Nachlässigkeit ins Auge gegangen. Sie musste sich einfach besser konzentrieren bei ihren Nachforschungen.

Nach einer vorsichtigen Dusche zeigten sich die Prellungen im Spiegel nicht mehr als blaue, sondern als gelblichbräunliche Flecken, die sich gut unter einem langärmligen Shirt und der Hose verbergen ließen.

Auf der Terrasse hockte sie sich in einen Polstersessel, zog die Knie gegen die Brust, balancierte mit der einen Hand den kleinen Teller, während die andere die Espressotasse zum Mund führte. Sie wischte über den Bildschirm um nachzusehen, ob jemand sie angerufen hatte. Statt eines Anrufs war eine Nachricht eingegangen. Von Bouchard.

»Falls es Ihnen langweilig wird in Ihrem Versteck, kommen Sie mich besuchen. Ich würde mich freuen. Bitte kurz vorher anrufen :-)«

Da Palmer nicht danach war, legte sie das Gerät auf das Tischchen, denn inzwischen beherrschten die gestrigen Erlebnisse ihre Gedanken.

Benötige ich ein Alibi?

Sie biss sich auf die Unterlippe.

Was, wenn ich einfach behaupte, ich hätte auf der Gitarre geübt und die Wohnung nie verlassen?

Sie tat diesen Unsinn mit einer Handbewegung ab, denn früher oder später würde die Polizei aufgrund der Bewegungsdaten ihres Handys den Ausflug zu Kolar rekonstruieren. Bloß die Standort-Funktion oder das ganze Handy auszuschalten, hätte ihr nicht geholfen. Sie hätte das Handy nicht mitbringen dürfen oder wenn, dann hätte sie die SIM-Karte daraus entfernen müssen. Noch einmal ärgerte sie sich grün und blau über ihren dilettantischen Ausflug zu Kolar. Solch unbedachtes Vorgehen könnte sie Kopf und Kragen kosten. Sie musste sich dringend besser vorbereiten, ihr Handeln im Voraus konsequenter durchdenken. Als einziger Trost blieb ihr, dass sie nicht beweisen musste, Kolar nicht umgebracht zu haben. Ein allfälliger Ankläger müsste den Nachweis erbringen, dass sie es war.

Fieberhaft überlegte Palmer, wo sie bei Kolar Spuren hinterlassen haben könnte. Jedenfalls nicht, als sie reingegangen war und sich umgeschaut hatte. Vielleicht bei der überstürzten Flucht? Als sie auf den Boden geknallt war und ihren Aufschlag mit den Händen abgefedert hatte, hatte sie Handschuhe getragen. Jedenfalls war sie mit dem Kopf nicht aufgeprallt. Aber möglicherweise würden die Forensiker etwas Spucke finden auf dem Parkett, aber dafür benötigten sie einen Glückstreffer.

Sollte die Polizei sie vernehmen, würde sie die Aussage verweigern und mit Sicherheit nicht sich selbst belasten. Immerhin hatte von der Polizei bisher noch niemand angerufen, denn ihre Nummer hätte sie von früheren Fällen.

In den letzten Tagen war so viel passiert, dass Palmer Mühe hatte, sich zu erinnern, was genau wann vorgefallen war. Sie hoffte stark darauf, der kriminaltechnische Dienst könnte den genauen Todeszeitpunkt ermitteln, sodass sie möglicherweise sogar ein Alibi vorweisen könnte, falls jemand sie zum kritischen Zeitpunkt in Luzern gesehen hatte. Palmer schritt zum Schalter, um die Sonnenstores auszufahren, damit diese einen Schatten warfen auf den Bildschirm des Laptops, denn sie wollte sich schlau machen, ob Kolars Tod bereits den Weg in die Medien gefunden hatte.

Selbstverständlich. Sex and Crime.

Die *Aargauer Zeitung* berichtete neutral und ohne Namen zu nennen, sodass Palmer einzig über die erwähnte Adresse sicher sein konnte, dass man hier über Kolars Ableben berichtete, wobei die Journalistin betonte, die Polizei stünde noch ganz zu Beginn der Ermittlungen, über Motive könne nur spekuliert werden.

Blick ging da viel weiter, nannte Victor Kolars vollen Namen und bildete sogar ein Porträtfoto ohne schwarzen Balken über den Augen ab. Der Artikel startete mit einer Rückblende. Vor gut sieben Jahren war Kolar in Zürich in eine Schlägerei verwickelt gewesen, bei der auch Unbeteiligte verletzt worden waren und riesiger Sachschaden entstanden war. Ein Fest für *Blick*. Nach dem x-ten Artikel über die Schlägerbande hatte sich Kolar genötigt gesehen, von sich aus auf die Boulevardzeitung zuzugehen und seine Sicht der Dinge zu erläutern. Freudig köchelten die Journalisten die ganze Geschichte noch einmal hoch, selbstverständlich um anschließend auch die Opfer erneut zu Wort kommen zu lassen. Da sich Kolar über ihre Zeitung freiwillig an die Öffentlichkeit gewandt hatte, sah sich das Blatt heute in die Lage versetzt, anlässlich seines Ablebens ihn mit vollem Namen zu nennen, auf seine Verwicklungen in frühere Machenschaften hinzuweisen und das Foto zu platzieren, gleich neben jenem seiner Mitbewohner von oben, die mit gestrecktem Finger auf die versiegelte Türe zeigten.

»Wir sind nach Hause gekommen, und da ist uns dieses Einschussloch sofort ins Auge gestochen. Ich habe geklopft, aber keine Antwort erhalten. Als ich die Tür geöffnet habe, ist der Täter geflohen. Nicht auszudenken, was passiert wäre, hätte ich ihn in die Enge getrieben. Der hätte mich glatt erschossen. Allerdings könnte der Täter auch eine Frau gewesen sein. Zwar habe ich vom Fliehenden kaum mehr als seine altmodischen Turnschuhe gesehen. Aber der Schmerzensschrei war ziemlich hoch und könnte auch von einer Frau gewesen sein, als er oder sie über die Möbel gestolpert und gestürzt ist.«

»Shit«, entfuhr es Palmer, während Hitze sich in ihrem Körper ausbreitete.

Dann kamen auch Quartierbewohner zu Wort. Obwohl niemand Kolar einen solchen Abgang gewünscht hatte, schwang in deren Aussagen auch eine gewisse Erleichterung mit.

Ein Mario Berg(53),meinte:

»Nicht nur Victor Kolar, sondern die ganze Familie ist polizeibekannt. Auch seine Brüder machen unaufhörlich Ärger. Alle sind aus demselben Genpool. Und mit Sicherheit lassen die nichts auf sich sitzen. Warten wir mal ab. Aber Kolars Brüder werden seinen Tod nach guter Westernmanier regeln. Auge um Auge.«

Palmers Herz hämmerte.

Ohne Zweifel strömte durch die Adern seiner Brüder die gleiche bösartige Hartherzigkeit wie durch Victor, den Mörder.

Sie schluckte leer.

Schwebte sie jetzt womöglich in noch viel größerer Gefahr, indem nicht nur eine Person, sondern eine ganze Horde ihr nachstellte? Diese Erkenntnis traf sie wie ein Hammerschlag. Sie wusste: Es war noch nicht vorbei.

27

Dann bete ich mal, dass Kolars Familie von meinem Besuch in Victors Wohnung nichts erfährt und daraus schließt, ich hätte ihn umgebracht, dachte Palmer und beugte sich vornüber, um den verkrampften Magen zu entlasten. Nach einigen Minuten fühlte sie sich besser und schritt in die Küche. Zwar fand sie den Kühlschrank voller Zutaten und hätte sich jetzt alle Zeit der Welt zum Kochen nehmen können, aber sie hatte keine Lust darauf. Ihr war mehr nach Frühstück und sie sehnte sich nach Brötchen mit reichlich Butter und Marmelade darauf. Diese würde sie heute in Milchkaffee tunken, wie es damals ihre Mutter vorgemacht hatte. Aber ausgerechnet Brötchen fanden sich nicht im Haus.

Sie hörte, wie auf der Tischplatte draußen das Handy surrte, und als sie hinblickte, sah sie, wie es sich langsam im Kreis drehte. Also ging sie hinaus, hob es zum Ohr und war nicht besonders überrascht, Bouchards Stimme zu hören.

»Sind Sie schon weitergekommen auf Ihrer Suche nach dem Bild?«, fragte Bouchard. »Mir ist da eine weitere Ungereimtheit aufgefallen.«

»Schießen Sie los.«

»Ich würde Sie gerne treffen. Kommen Sie doch zum Kaffee.«

»Erst geh' ich Frühstück einkaufen«, sagte Palmer.

»Hören Sie: Später muss ich weg. Weshalb kommen Sie nicht her, ist doch nur ein Katzensprung. Wir plaudern etwas, und dann besorgen Sie sich, wonach es Sie gelüstet?«

Zu Bouchard war es tatsächlich nur über den Löwenplatz, mit dem Aufzug im *Löwencenter* hoch.

»Haben Sie bereits etwas herausgefunden?« Bouchard kam gleich zur Sache, als sie Palmer in der zweiten Etage an der Tür empfing.

»Leider nein. Vielleicht muss ich mich sogar etwas zurücknehmen. Ist schon zweimal ziemlich brenzlig geworden.«

Da Bouchard anscheinend dämmerte, dass Palmer keine weiteren Details preisgeben wollte, bat sie diese mit gestreckter Hand herein, schloss die Tür und schritt voraus. Als Erstes stach Palmer das blinkende Gerät der Alarmanlage ins Auge. Dann folgte sie Bouchards klackenden Absätzen über den glänzenden Marmorboden. Sie passierten dick gepolsterte Möbel, lebensgroße Statuen und bunte Gemälde und traten dann hinaus auf den Balkon, wo Bouchard hinter ihnen die Glastür zum Salon schloss.

»Ich achte streng darauf, Raumtemperatur und Luftfeuchtigkeit das ganze Jahr über auf gleichmäßigem Niveau zu halten mit Rücksicht auf all die Gemälde und anderen Kunstgegenstände.«

Bouchard nahm Palmers Kompliment für die tolle Aussicht auf den See und in die Alpen entgegen, folgte dann Palmers Blick und entdeckte ebenfalls eine Möwe, die im Wind auf und ab wippte. Was Palmer aber noch mehr beeindruckte, waren die Skulpturen und echten zeitgenössischen und impressionistischen Gemälde im Raum.

»Darf ich?«, fragte Palmer.

Bouchard schob die Glastür auf. Palmer trat vor ein ausladendes Ölgemälde über dem Sofa, das schräg von der Decke beleuchtet wurde, was dem Bild einen matten Glanz verlieh.

»Frank Buchser«, erklärte Bouchard. »1828 bis 1890. Massiv unterschätzter Schweizer Impressionist. *The Song of Mary Blane*. Eine Alltagsszene befreiter Sklaven. Gemalt 1870 in Charlottesville, Virginia. Buchser hat in der päpstlichen Schweizergarde gedient, dann in Rom Malerei studiert und anschließend Afrika und Amerika bereist, wo er mit seinen sozialkritischen Gemälden von Indigenen in Washington und New York einiges Aufsehen erregt hat.«

Palmer nickte, um zu signalisieren, dass sie aufmerksam zuhörte.

»Der matte Glanz übrigens stammt von der Patina, gebildet aus Staub, Zeit, Temperaturschwankungen, Nikotin und der Politur durch den Staublappen gewissenhafter Bediensteter.«

»Haben Sie keine Angst, dass hier einer eindringt und sich diese Werke unter den Nagel reißt?«

»Soll nur kommen.« Sie zwinkerte mit einem Auge und deutete mit dem Kinn Richtung Kommode, auf der eine Skulptur stand mit goldener doppelläufiger Pistole, wobei der eine Lauf nach vorne zeigte in Richtung des Zielobjekts, der andere aber nach hinten zum Auge des Schützen. »Ein Werk des jungen Künstlers Jonas Huber. *Golden Age*, goldenes Zeitalter. Mit einem etwas cooleren Namen, einem Geburtsort in Amerika und einer gut vernetzten PR-Agentin hätte es Jonas bereits in den Kunstolymp geschafft. Die Pistole ist übrigens abgeleitet von einer *Sig Sauer P226*. Ein zuverlässiger Selbstlader, zweireihiges Magazin mit 15 Schuss, neun Millimeter *Parabellum*.« Sie verschränkte die Arme vor der Brust.

»Ziemlich dekorativ«, pflichtete Palmer bei und begab sich vor die gerahmte Urkunde an der Wand. Noch während sie las, begann Bouchard mit ihrer Erklärung. »Dieses Projekt hat einiges an Missgunst ausgelöst im Vorstand der *Art Society*. Erst recht, als ich dafür eine Auszeichnung überreicht bekommen habe«, ergänzte sie mit säuerlichem Gesichtsausdruck. »Wahrscheinlich überfordere ich die Leute mit der Anzahl meiner Ideen und auch, wie schnell ich diese umsetze.«

Palmer kratzte sich am Hals und wartete geduldig auf weitere Erklärungen.

»Ursprünglich habe ich die Absicht gehegt, den Leuten von der Straße zeitgenössische Kunst näherzubringen, indem man sie aktiv an der Straße abholt, hereinbegleitet und sie auf unkomplizierte Art auffordert zu fragen, was sie schon immer fragen wollten. Aber …«, für einen Moment hielt sie inne, »die Leute im Vorstand haben bloß die Nase gerümpft. Man war halt der Meinung, die Idee sei zu banal. Okay, dann habe ich halt ein Kunstprojekt entwickelt für Menschen mit geistiger Behinderung. Mit Künstlern, die nie eine Kunstschule besucht haben. Dazu hat gehört, dass sich diese Künstler der Kritik an ihren Werken gestellt haben, weil sie ernst genommen werden wollten. Wenn sich diese Menschen als Künstler bezeichnen und ihre Werke als Kunst, dann müssen sie auch wie Künstler mit der Kunstkritik umgehen können. Die behinderten Künstler, die schließlich mitgemacht haben, haben in Stilarten gearbeitet, die keinen Anschluss an eine zeitgenössische Strömung gesucht haben. In ihrem Schaffen haben sie für sich eine unglaubliche Eigenständigkeit erarbeitet, mit entsprechend hohem Wiedererkennungswert. Ich war von Anfang an begeistert von dieser Kraft und dem Willen, seinen Gedanken und Gefühlen Ausdruck zu verleihen und innere Bilder Realität werden zu lassen. Dies ist schließlich ein ganz wesentliches Anliegen von Kunst. Auch dieses Projekt habe ich durchgedrückt, gegen die Einwände, ich würde die hehren Ansprüche der Kunst verharmlosen und verniedlichen. Letztlich konnte ich eine stark zusammengeschrumpfte Ausstellung realisieren, die in nur zwei Sälen parallel zu einer anderen Schau stattgefunden hat. Aber sie ist nicht nur in den Medien, sondern auch bei den Besuchern auf ein enorm positives Echo gestoßen. Was dann geschah, hätten Sie erleben sollen. Dann war im Vorstand der Teufel los. Aber lassen wir das.« Sie breitete die Arme aus. »Auf die Generalversammlung hin bringe ich ein wichtiges Werk von Damien Hirst nach Luzern. Das wird Wellen schlagen.« Die Aufregung in ihrer Stimme war unüberhörbar. »Nehmen Sie doch Platz. Kaffee?«

»Espresso, wenn Sie haben. Ohne alles.« Als Palmer sich setzte, legte sie völlig unverdächtig die linke Hand auf das Heftpflaster der Rechten. Sie blickte sich im Salon um und entdeckte auf einem Sideboard mehrere gerahmte Fotos von Mädchen. Aber eine Aufnahme von Bouchards Ehemann fand sie keine, dafür eine von einem braunen Cocker Spaniel.

»Und, werden Sie dem Kunstmuseum den Turner zurückbringen?«, fragte Bouchard aus der Küche.

Allerdings war Palmer nach den gestrigen Ereignissen bei Kolar nicht danach, auf diese Frage einzugehen und fragte stattdessen:

»Damien Hirst?«

»Sehen Sie?« Mit aufgerissenen Augen blickte Bouchard zu Palmer ins Wohnzimmer hinaus. »Die Besucher der Generalversammlung werden Augen machen. Wenn Sie mögen, zeige ich Ihnen das Werk, bevor es jemand anders zu sehen kriegt.« Sie kam zurück zur Sitzgruppe und überreichte Palmer den kleinen Teller mit der Tasse. Auf einer Platte schob sie Kekse daneben, setzte sich und genehmigte sich selbst einen Schluck.

»Als Musikerin haben Sie natürlich einen einfacheren Zugang zu Kunst. Und einen anderen. Mir bereiten die Werke nicht nur Freude, ich verdiene auch meinen Lebensunterhalt mit dem Transport von Artefakten. Und, das gebe ich gerne zu, ich erfreue mich der Wertsteigerung von gewissen Werken.« Sie lächelte über das ganze Gesicht. »Zurzeit übrigens ein starker Trend: Viele Reiche kaufen lieber Kunst, statt zuzusehen, wie ihre Millionen auf der Bank aufgrund von Negativzinsen dahinschmelzen.«

Palmer betrachtete ein kleines Bild mit einem Goldfisch auf weißem Hintergrund. Sie fühlte dabei Bouchards Blicke auf sich ruhen.

»Eines meiner liebsten zurzeit. Was sagt Ihnen dieses Aquarell?«, fragte sie Palmer.

»Das Bild eines Fisches ist das Bild eines Fisches, in diesem Fall aber auch ein Symbol für die Einsamkeit. Und falls Sie mir bestätigen, dass ein Chinese dieses Werk geschaffen hat, dann versinnbildlicht dieser Fisch ohne Wasser in meinen Augen das Volk seines kommunistischen Landes.« Palmers Mundwinkel zuckten zu einem kurzen Lächeln. »Vielleicht sehen wir hier aber auch einfach nur einen hübschen Goldfisch.«

Bouchard spitzte die Lippen.

»Sie beeindrucken mich.«

»Wie stellen Sammler eigentlich sicher, dass man Ihnen beim Kauf keine Fälschung gegen teures Geld unterjubelt?« Palmer drehte sich zu Bouchard. »Diese Frage stelle ich mir schon lange.«

Bouchard blähte die Wangen auf.

»Da treffen Sie einen wunden Punkt. Hat viel mit Wissen und Erfahrung zu tun. Erst recht, da der Markt tatsächlich wimmelt von meisterhaft guten Kopien. Und seit bekannt ist, dass sich sogar Echtheits-Expertisen von anerkannten Fachleuten kaufen lassen, ist der Teufel los.«

»Welche Garantien hat das Kunstmuseum, dass es sich beim geraubten William Turner um ein Original handelt?«

»Setzen wir uns doch«, schlug Bouchard vor. »Nun, dieses Werk von Turner ist echt. Glauben Sie mir. Einen William Turner zu kopieren, ist kaum möglich. Das liegt an Turners Maltechnik. Er hat die Farbpigmente mit Wachs vermischt. Da er vor knapp 200 Jahren gemalt hat, müssen seine Werke auch so alt daherkommen. Nicht nur das Holz des Rahmens, die Leinwand und die Herstellungsart der Farben müssen diesem Alter entsprechen, sondern auch der Staub, der sich auf der Rückseite in Ritzen des Rahmens gesammelt hat. Das würde man als Fälscher noch hinkriegen, indem man dafür ein anderes entsprechend altes Werk opfert und diesem den Staub oder das Holz entnimmt. Aber beim Alter des Gemäldes selbst wird es schwieriger. Ölgemälde lässt man altern, indem man sie unter Hitze, bei 180 Grad Celsius, im Ofen trocknet und auf diese Weise das Krakelee, die altersbedingten Haarrisse im Farbauftrag, künstlich erzeugt. Da aber Turner seine Pigmente mit Wachs vermischt hat, würde beim Erhitzen das Wachs schmelzen, und die Farben würden zerlaufen. Nein, bei Turner funktioniert das nicht. Viel einfacher ist, einen modernen Künstler zu fälschen, da man seine Werke nicht künstlich altern muss.«

Nun führte Bouchard ihre Tasse an den Mund und kippte den Rest hinunter, dann glitt ihr Blick zu Palmers Jeans und blieben auffällig lange auf ihren *Converse*-Sneakers haften.

»So fühle ich mich halt am wohlsten«, sagte Palmer in der Meinung, sie müsse sich erklären.

»Bei meinen Verpflichtungen ist das leider nicht mehr drin.« Bouchard atmete tief durch die Nase ein, als würde sie über das Gesagte nachdenken. Endlich nickte sie. »Gerne erinnere ich mich an meine unbeschwerten Turnschuh-Zeiten. Aber dann habe ich meinen Mann kennengelernt.« Sie schob sich einen Keks in den Mund.

Da Bouchard nicht weitersprach fragte Palmer:

»Keine Erfolgsgeschichte?«

»Geheiratet habe ich ihn, weil ich von ihm schwanger war. Und ahnungslos. Kurz darauf hat er mir untersagt, weiterhin zu arbeiten. Er wollte die Rolle des Ernährers spielen. Ich musste also den Job kündigen, obwohl wir nicht gerade in

Geld geschwommen sind und ich sogar mehr verdient habe als er in seinem Job als Baustellenbewacher. Damals waren die Gesetze anders. Durch meine Kündigung fiel sogar die Bezahlung aufgrund der Mutterschaftsversicherung meines Arbeitgebers weg. Dieser verdammte Depp. Sein Job war in Ordnung, aber verdient hat er halt nicht genug für die wachsende Familie. Was war ich naiv. Dann wollte er sich seinen Lebenstraum erfüllen, eine Harley-Davidson Fat Boy. Meiner Tochter und mir musste ich das Geld vom Mund absparen. Klar habe ich aufbegehrt gegen seinen Wunsch, was aber die Situation nicht einfacher gemacht hat. Zwei Jahre später, ich war erneut schwanger, hat er ohne Rücksprache mit mir unser knappes Geld für ein Familiengrab hingelegt. Der Gedanke, nach meinem Tod auf ewig neben ihm zu liegen, hat mir den Rest gegeben. Hochschwanger habe ich mich scheiden lassen und meine beiden Töchter alleine großgezogen. Unsere Freunde haben sich als die Freunde meines Ehemanns herausgestellt. Ich war total pleite.« Sie dachte nach, endlich klatschte sie in die Hände. »Aber ich habe es geschafft. Kommen wir zu etwas Erfreulicherem. Wie sieht's aus bei euch? Sie und Alex?«

»Alex hat viel zu tun.«

»Kinder?«

Statt einer Antwort winkte Palmer mit schlaffer Hand ab und griff nach ihrer fast leeren Espressotasse.

»Probleme?«, fragte Bouchard.

»Ach was. Er fühlt sich halt gestresst, weil ich nicht zu Hause Däumchen drehe. Gerade jetzt kann ich mich doch nicht ewig verstecken, bis die Polizei den Bilder-Raubmörder gefasst hat.« Palmer spürte erneut, wie ihr Handy in der Hosentasche vibrierte. Als es wieder ruhig war, zog sie es hervor und erkannte, dass Helena, die es noch einmal mit ihrem Ex-Freund versuchen wollte, sie bereits fünfmal angerufen hatte. Vielleicht würde sie Helena später zurückrufen.

»Dann hätten Sie doch im Moment alle Zeit der Welt, sich wieder Ihrer Gitarre zu widmen. Wie hat das gekracht damals. Ich erinnere mich.« Bouchard grinste.

Zwischen Palmers Brauen erschien eine kleine Falte.

»Das wär' doch der Hammer«, fuhr Bouchard fort.

»Hier liegt der Hund begraben. Alex war überhaupt nicht einverstanden damit, dass ich meine Gitarre von daheim geholt habe, weil einer gedroht hatte, mich umzunieten und mir bei der Wohnung hätte auflauern können.«

»Dass wir Frauen für uns selber entscheiden, damit tun sie sich schwer, die Männer.« Bouchard zwinkerte Palmer zu. Aber Palmer schoss der Gedanke durch den Kopf, dass sie sich möglicherweise vor einer ganz neuen Bedrohung in Acht nehmen musste. »Aber ich passe schon auf«, sagte Palmer. »Ich muss sogar noch eine zweite Gitarre holen. Ursprünglich hatte Carlos Santana sein Interesse angemeldet, auf meiner *Paul Reed Smith*-Gitarre zu spielen bei seinem Gastspiel in einigen Tagen.« Bei der Erinnerung, dass ihr das teure Stück abhandengekommen war, verkrampfte sich ihr Magen.

»Die Männer werden sich daran gewöhnen müssen«, sagte Bouchard. »Frauen fällen eigene Entscheidungen. Aber so wie ich Alex einschätze, wird er damit klarkommen.«

Einen kurzen Moment lang fragte sich Palmer, wie gut Alex diese Bouchard kannte.

»Sie wohnen irgendwo am Löwenplatz bei Alex. Gut so, da können Sie auch mal aus dem Haus, ohne gleich um Ihr Leben zu fürchten. Viel zu viele Leute, sodass es für einen Angreifer zu gefährlich wäre.«

Palmer fragte sich, ob Bouchard die genaue Adresse von

Alex tatsächlich nicht kannte und ihr diese jetzt entlocken wollte. Deshalb wechselte sie kurzerhand das Thema.

»Sie haben am Telefon angedeutet, Ihnen wäre eine weitere Ungereimtheit aufgefallen.«

»Ach, Janina Wagner. Sie hat davon berichtet auszuwandern. Ich frage mich, wie will sie das schaffen bei den äußerst strengen australischen Einreisebestimmungen? Ist mir ein Rätsel.«

Palmer seufzte, da sie Janina Wagner bereits von der Liste der Verdächtigen gestrichen hatte. Diesen Besuch hätte sie sich sparen können.

28

»Hallo. Wer ist dran?«

»Ich weiß nicht, wie gut du die Geschäfte deines Bruders gekannt hast. Er hat für mich etwas … organisiert. Vorgängig hat er gesagt, dass er für diesen Job einen zweiten Mann benötigt, dass er normalerweise mit dir arbeitet, aber dass du zum vorgesehenen Termin besetzt bist. Um den Job dennoch durchzuziehen, hat er sich einen Helfer geholt, den er dann aus irgendeinem Grund abgestochen hat.«

»Etwas organisiert? Kenn' dich nicht, muss mich absichern. Erklär' mal, was hat er für dich organisiert?«

Es entstand eine kurze Pause.

»Ein Gemälde. Aus dem *Kunstmuseum Luzern.*«

»Woher meine Nummer?«

»Ich habe mich umgehört nach Victors Bruder.«

»Dann weißt du auch, wen er angeheuert hat. Lass hören.«

»Pascal Nübel, einen ausrangierten Boxer.«

»Okay. Was willst du? Was ist so dringend, dass du in der Szene nach mir rumfragst?«

»Hat dein Bruder dir verraten, dass eine Augenzeugin mitgekriegt hat, wie er Nübel abgestochen hat im Parkhaus?«

»Hat er.«

»Ich kann dir verraten, wo diese Augenzeugin wohnt.«

»Du meinst, sie hat ihm die Kugel verpasst?«

»Das ist offensichtlich.«

»Gibt's Beweise?«

»Brauchst du die? Ich liefere dir Namen und Adresse. Das sollte dir reichen.«

Als er nichts sagte fuhr die Stimme fort:

»Dann lies doch mal die Zeitungen. Als Nachbarn Victors Wohnung nach seinem Tod betreten haben, ist jemand geflohen. Sie haben ausgesagt, es könnte eine Frau gewesen sein. Und bereits davor haben viele der Fußballfans Palmer klar erkannt als jene Frau, die Victor in die Quere gekommen ist und auf die Victor geschossen hat. Sie war es, die ihm ins Parkhaus gefolgt ist.«

»Okay, vielleicht war sie's. Aber weshalb sollte sie Victor umbringen? Normalerweise tauchen Zeugen ab. Sie hoffen, der Mörder spürt sie nicht auf. Wieso geht sie das Risiko ein? Wieso fährt sie zu Victor?«

»Palmer ist bekannt dafür, Männer zu jagen. Sie liebt das. Gemäß Zeitung lautet ihr Leitspruch: ›Das Böse siegt, wenn die Guten tatenlos zusehen.‹ Sie zählt sich zu den Guten und schreitet zur Tat. Schon früher hat sie Frauen in Not geholfen, und nicht jedes Mal hat der Mann den Kampf überlebt. Mir ist zu Ohren gekommen, Palmer habe sich geäußert, Victor aus Rache umbringen zu wollen, weil Victor auf sie geschossen und dabei die Frau getroffen hat beim *KKL*. Palmer versteht sich als Frau, die Unrecht an Frauen rächt. Palmer war's, ohne Zweifel. Auch habe ich gehört, dass Palmer um ihr eigenes Leben besorgt gewesen ist. Indem sie Victor abgeknallt hat, wollte sie ihrer eigenen Ermordung zuvorkommen. Ich schicke dir im Chat einen Link zum Zeitungsbericht.«

Für einen Moment war es still in der Leitung.

»Die mach' ich fertig«, sagte er bestimmt. »Niemand legt sich mit unserer Familie an. Palmer, sagst du? Und die Adresse?«

»Kriegst du, falls wir ins Geschäft kommen.«

»Lass hören.«

»Victor habe ich bezahlt, als er mir das Bild abgeliefert hat. Mit Victor bin ich quitt. Hat er dich in die weitere Planung eingeweiht?«

»Nicht im Detail, war verhindert.«

»Der Plan geht so: Ich übergebe dir das Bild. Du versteckst es in der Wohnung dieser Zeugin. Dann liquidierst du sie. Sie wohnt in einem Bootshaus, ganz aus Holz. Aber dieses darfst du nicht anzünden, damit du die Spuren nicht verwischst. Die Polizei muss das Bild bei ihr finden.«

»Weiter?«

»Nichts weiter.«

»Nee, was zahlst du?«

»Du kriegst die Frau auf dem Silbertablett serviert. Den Tod deines Bruders zu rächen, muss dir genügen.«

»So läuft das nicht. Diese Bitch find' ich selber. Brauch' keine Hilfe. Wenn ich für dich etwas erledigen soll, dann kostet das.«

Als die Stimme stumm blieb, fuhr Victors Bruder fort.

»Scheiß drauf. Der Boden in Luzern ist zu heiß. Besser, wir lassen Gras drüber wachsen. Diese Dreckschlampe krall' ich mir später.«

»Wie viel?«

»Nochmals denselben Betrag, den du Victor für den Raub abgedrückt hast. Sonst bin ich raus.«

»Okay. Die Mörderin deines Bruders soll kriegen, was sie verdient. Die Hälfte im Voraus, wenn ich dir das Bild überlasse, die andere Hälfte, wenn sie tot ist.«

»Irgendwas stinkt. Mein Bruder wird ausgeknipst wegen dieses verdammten Gemäldes, und du gibst es wieder her?«

»Taktische Planänderung. Die Polizei wird das Bild bei der Leiche finden und davon ausgehen, dass sie die Auftraggeberin für den Raub war. Die Polizei hat den Raub nicht mit Victor in Verbindung gebracht. Nachdem du Palmer beseitigt hast, setzt du dich für einige Zeit ab. Zu deiner Sicherheit. Möglichst weit weg, bis sich die Situation beruhigt hat. Dafür lege ich noch 20 drauf.«

»Okay, bin dabei. Lass hören.«

Gespannt lauschte er und nickte, als er Palmers Adresse im Bootshaus erfuhr und die raffiniert geplanten Details erklärt erhielt.

29

Obwohl nicht überaus groß gewachsen, aber stämmig, präsentierte sich Tasho, Victors Bruder, als Schrank von einem Mann. Er sah aus wie Ende 30, war allerdings einige Jahre jünger, denn nicht nur Schlägereien, sondern auch Alkohol hatten tiefe Spuren in seinem Gesicht hinterlassen, wobei dessen rötliche Färbung auch von der Sonne hätte stammen können. Die Hände waren groß wie Schaufeln, den Bart trug er kurz geschoren, dafür die Haare lang, stramm nach hinten zu einem Schwanz gebunden, während aus dem viel zu weiten Shirt ein Stiernacken wuchs. Er wusste, sein Gesicht wäre nicht weiter aufgefallen, hätte ihm vorne nicht ein Zahn gefehlt.

Da im Naherholungsgebiet der Ufschötti ein Jogger nicht auffiel, rannte er in schwarzer Trainingshose und abgelatschten Turnschuhen locker über den Alpenquai auf Palmers Bootshaus zu und daran vorbei. Was ihn bei genauer Betrachtung von einem Freizeitläufer unterschied, war sein mittelgroßer Rucksack, der ein Transportrohr mit einem aufgerollten Kunstwerk enthielt und bei jedem Schritt an seinen Rücken klatschte. Bei der Kantonsschule machte er kehrt und joggte bis vor ihre Gartentür, wo er ein gestrecktes Bein hob, die Ferse auf das Türchen legte, sich nach vorne beugte und die Muskeln dehnte, während er mit Sperberaugen die Umgebung scannte. Dann schwang er die Arme und ging zur benachbarten Ufschötti-Wiese, wo er bei einigen Liegestützen ins Schwitzen kam, bevor er sich ins Gras setzte für weitere Stretching-Einheiten. Anschließend verlegte er sein Übungsplätzchen zur Quartierstraße, sodass er von hier zwei Seiten des Hauses im Blick behalten konnte.

Er zweifelte keinen Moment, dass weder die Schüler des Gymnasiums noch die Leute vom nahen Studentenheim ihm Beachtung schenkten.

Hier also, an diesem lauschigen Plätzchen direkt am Wasser, wohnte Palmer. Auf der großen Wiese hinter Tasho stürmten Kinder kreischend einem Ball nach und holten Hunde Stöckchen, während am wolkenlosen Himmel Schwalben ihre Kreise zogen. Ein zarter Windhauch kühlte Tashos verschwitzen Nacken, während er insbesondere die Längsseite von Palmers Bootshaus im Auge behielt, das mit einem fast mannshohen, immergrünen Sichtschutz umgeben war. Bisher hatte er weder Palmer noch irgendeine andere Menschenseele ausgemacht in diesem Gebäude, und auch die geschlossenen Fensterläden stimmten Tasho nicht zuversichtlich. Musste er heute unverrichteter Dinge von dannen ziehen? Das kam für ihn nicht infrage. Er war hergekommen, um das Gemälde in der Wohnung zu platzieren, aber insbesondere auch, um Palmer aufzuschlitzen. Und genau das würde er tun.

Nach über einer Stunde war er ziemlich sicher, dass Palmer sich nicht in der Wohnung aufhielt, denn nicht die geringste Bewegung hatte er dort wahrgenommen. Dann würde er halt warten, bis sie zurückkam, aber nicht hier draußen auf der Wiese. Zu viele Passanten, die sich womöglich an ihn erinnern könnten, falls sie später von Palmers Tod aus den Medien erfuhren. Lockeren Schrittes, als sei dies die natürlichste Sache der Welt, ging er zum Gartentürchen, drückte die Falle und verschloss es hinter sich. Der Garten bot einige Büsche, die er als Versteck nutzen konnte. Aus sicherem Schutz würde er warten, bis sie zurück war, in die Wohnung klettern und zur Tat schreiten. Er würde sie abschlachten, ihr geben, was sie verdient hatte, denn niemand legte sich mit seiner Familie an. Victor hätte dasselbe für ihn getan.

Die immergrüne Hecke, welche die Liegenschaft umschloss, schützte vor Blicken von außen. Die Kiesel auf dem Weg knirschten, und vermodernde Blätter raschelten, als er vom Türchen wegschlich und sich hinter einen dichten Busch duckte. Zwar brannte noch immer die Sonne vom Himmel, und auch die Luftfeuchtigkeit war weit in die Höhe geklettert, allerdings wäre ihm das Shirt auch einzig durch die Aufregung klatschnass am Rücken geklebt. Tasho war ein Mann der Tat und als solcher war er es gewöhnt, seinen Willen durchzusetzen, mit allen Mitteln. Heute aber ging es um mehr, um seine Familie, sein Fleisch und Blut, um Victor. Nicht im Ernst konnte irgendjemand von ihm erwarten, dass er darauf verzichten würde, das Recht in die eigenen Hände zu nehmen. Beim Gedanken daran, was Palmer Victor angetan hatte, geriet sein Blut in Wallung. Er zwang sich, durch den Mund zu atmen, damit kein Passant auf der anderen Seite des Sichtschutzes vernehmen konnte, wie er hörbar nach Luft schnappte. Von seiner Nasenspitze löste sich ein Schweißtropfen. Sein Blick zuckte zu Boden, wo er zwischen seinen Turnschuhen die kreisrunde, nasse Fläche entdeckte, neben den nun ein zweiter Tropf platschte und nur knapp eine Ameise verfehlte, die im Zickzack in der trockenen Erde nach etwas Fressbarem suchte.

Urplötzlich überschwemmte wilder Zorn sein Hirn, eine Wut auf sich selbst. Hastig griff er in seinen Rucksack, zerrte Maske und Latexhandschuhe heraus und zog sie über. Was, wenn Palmer genau in diesem Moment hier auftauchte und er nicht mal bereit wäre zur Tat? Seine Rechte fuhr zur Hüfte, wo er nach dem kleinen Bügel des Reißverschlusses fingerte und diesen aufzog. Mit einem Siegerlächeln auf den Lippen wog er sein zusammengeklapptes Jagdmesser in der Hand. Ja, jetzt wäre er bereit für den Kampf auf Leben und Tod. Palmer konnte kommen. Sei es, dass sie wider Erwarten doch aus der Wohnung trat oder dass sie frohgemut und nichtsahnend nach Hause zurückkehrte. Beim Gedanken an das befriedigende Gefühl der Rache leckte er sich die Lippen. In seiner Fantasie stellte er sich vor, wie Palmer vor der Tür inmitten des sie umgebenden Grüns tief die Sommerdüfte einatmete, den Rücken durchdrückte und sich bereitstellte für ihn.

Mit Daumen und Zeigefinger öffnete er das Klappmesser und warf es von einer behandschuhten Hand in die andere.

Eigentlich war er hergekommen, um sie zu liquidieren. Jetzt aber fragte er sich, wie er sie vor dem Gnadenstoß noch bestrafen wollte für Victors Tod. Vielleicht im sicheren Gebüsch fesseln und knebeln, um sie dann in aller Ruhe mittels 1.000 kleiner Schnitte verbluten zu lassen? Wie würde er die Panik in ihren Augen genießen, würde es lieben, wie ihr Blick zwischen ihm und dem Gartentürchen, von wo sie sich Rettung erhoffte, hin und her zuckte. Um dann ihr Ende zu beschleunigen, würde er ihr sein Jagdmesser zwei, drei Male in die Nieren bohren und sich ergötzen an ihrem Gejammer. Denn der Knebel in ihrem Mund würde jeden Schrei ersticken. Wenn er sie endlich ganz satthatte, würde er ihr die Kehle durchschneiden und beobachten, wie ihr Leben mit dem Blut in den Kiesboden sickerte. Schließlich würde er sie wie einen klebrigen Abfallsack liegen lassen und sich unbemerkt aus dem Staub machen. Elende Dreckschlampe.

Jetzt wartete er hier bereits über eine Stunde, und sie war noch immer nicht aufgetaucht. Die längste Zeit in der Hocke, schmerzten inzwischen seine Knie, Schweiß lief ihm in Bächen über Brust und Rücken. Ungeziefer hin oder her, das Stechen in den Gelenken betäubte seine Gefühle in den Beinen, also setzte er sich hin. Verdammt, dachte er, bin ich hier einer Lüge aufgesessen oder taucht diese verdammte Bitch noch auf? Na warte!

Aber da er schon mal hier war und sowieso kein anderer Gedanke in seinem Kopf kreiste, als Palmer abzuschlachten, verharrte er. Minuten kamen ihm wie Stunden vor, und von Sekunde zu Sekunde steigerte er sich in noch größere Rage. Die freudige Erwartung war längst einer unbändigen Wut gewichen. Er blickte auf das Messer in seiner Faust und hielt es so fest umkrallt, dass sogar seine Hand schmerzte. Seine Adern pulsierten immer aufgeregter, sodass er schließlich nicht mehr anders konnte, als Druck abzulassen. Kiesel spritzten wild zur Seite, als er die gezahnte Klinge neben sich in den Boden rammte. Da der Widerstand des Bodens stärker war als erwartet, glitt seine Pranke am Schaft ab, und die Zacken des Messers bohrten sich durch den Latexhandschuh hindurch in seine Handfläche. Tasho öffnete den Mund, richtete den Blick ins Unendliche und als er sich den Schmerz mitsamt seiner Wut von der Seele schrie, fühlte es sich an, als ob sich die Schleimhaut von der Luftröhre löste. Seine Hand flog zum Mund. Durch die Öffnung der Maske leckte seine Zunge die Wunde beim aufgerissenen Handschuh. Der metallische Blutgeschmack weckte erst recht seine niedrigsten Instinkte. Vor Zorn drohten seine Augen zu platzen. Nun fühlte er sich gar als Opfer. Sie war schuld an seinem Schmerz und an dieser Verletzung. Alleine dafür müsste Palmer bezahlen.

Einige Sekunden danach, die gröbste Spitze seines Leidens hatte sich etwas gelegt, zogen einige Mädchen schnatternd draußen auf dem Weg vorüber. Blitzartig zog er den Kopf ein und wusste nicht, ob diese ihn entdeckt hatten. Als sie jedoch kichernd weiterschlenderten und die Stimmen leiser wurden, seufzte er und ließ sich rücklings aufs Kiesbett fallen.

Offenbar hatte er sie nicht aufgeschreckt. Das war knapp. Tief zog er Luft in seine Lungen.

Trotzdem, jetzt war genug.

Die Hitze war gnadenlos, die Sonne brannte unentwegt auf ihn nieder, noch stärker als eine Stunde zuvor. Wenn zu Beginn noch dann und wann ein sanfter Wind über die Büsche gestrichen war, lag die ganze Umgebung jetzt in völliger Windstille. Schnaubend vor Wut riss er sich die Maske vom Kopf. Diese Schlacht war nicht vorüber, sie wurde einzig vertagt. Bis zum nächsten Versuch wollte er sich eine weit schmerzvollere Art ihrer Todesstrafe ausdenken, denn so viel war klar: Er würde zurückkommen. Es knackste in den Knien, als er sich in den Stand drückte. Mit der unverletzten Hand klopfte er sich Schmutz von der Hose, trat hinter seinem buschigen Versteck hervor und erschrak zu Tode.

Vor der Wohnungstür stand *sie*.

Sie musste ihn gehört haben.

Vor Schreck erstarrt blickten sie sich gegenseitig für einen Moment in die Augen.

Tasho erfasste die Situation schneller. Blitzartig bückte er sich, ergriff das Messer im Kiesboden, riss es heraus und stürmte los.

Verdattert stand sie noch immer da, sah in seine Richtung und riss endlich schützend die Arme hoch. Sie streckte die Handflächen zur Abwehr in seine Richtung, während sie den Kopf abdrehte.

Er schlug ihr die linke Faust ins Gesicht. Der Schmerz ließ sie aufschreien. Etwas größer als sie, aber gut doppelt so schwer, war es für ihn ein Leichtes, sie zu überwältigen. Mit der Linken umfasste er ihren Körper und drückte die Klinge an ihren Hals. Hastig schleifte er sie in den blickgeschützten Garten, während sie mit den Armen wild um sich schlug und mit den Beinen um ihr Leben strampelte. In seinem alten Versteck hinter den Büschen warf er sie zu Boden und drückte sein Knie auf ihre Brust.

»Nicht«, kreischte sie und versuchte es mit einem Fußtritt, verfehlte ihn aber. Nun drehte sie ihren Körper und rammte ihm das Knie seitwärts in die Rippen. Zwar gelang es ihr nicht, sich loszureißen, immerhin musste er mehrmals nach Luft schnappen. Dafür klatschte er seine Hand heftig in ihr Gesicht. Dann holte er aus und donnerte erbarmungslos seine Riesenfaust auf ihre Nase. Es knirschte widerwärtig. Die Nase war gebrochen, Blut spritzte aus der Nase, floss in ihre Augen und troff unter seiner Hand seitwärts zu Boden. Er fixierte ihren Kopf, sodass sie diesen nicht bewegen konnte. Ihm war bewusst, dass sie am eigenen Blut zu ersticken drohte.

Er hätte sie sofort abstechen können. Aber er wollte, dass sie ihm bei der Bestrafung ins Gesicht blickte. Aber jetzt mit all dem Blut in ihren Augen konnte sie ihn nicht einmal sehen. Bevor sie krepierte, würde er ihr halt mit Worten klarmachen, mit wem sie sich angelegt hatte. Sein Knie auf ihrer Brust drückte ihr die Luft aus der Lunge. Sie riss mit ihren Händen an seinem Arm, krallte alle Fingernägel in sein Fleisch.

»Palmer, bereue, dass du Victor abgeknallt hast.«

Auf einen Schlag hörte sie auf, sich unter ihm zu winden. Bewegungslos lag sie da, mit weit aufgerissenen, blutverschmierten Augen, aus denen jetzt keine Panik sprach, sondern Verwunderung.

Dies hielt ihn nicht zurück. Er setzte die Messerspitze an ihren Hals und ritzte sie mit einem bösartigen Lächeln.

Vermutlich stärkte ein Adrenalinschub ihre geschwächten Muskeln, sodass sie sich pfeilschnell krümmte, ihr Knie seitwärts in die Höhe schlug und es ihm in die Niere rammte.

Er stöhnte, sein Oberkörper kippte nach vorn, begrub ihr Gesicht unter seiner Brust, aber ohne dass er seine Pranke von ihrem Mund gezogen hätte.

Röchelnd rang sie nach Atem.

Aber er hatte sich schon wieder gesammelt. Seine Finger schlossen sich um ihren Hals und quetschten die Luftröhre zusammen.

Während er das Knie wieder auf ihre Brust setzte und sie auf dem Boden festnagelte, wand sie sich. Mit aller Kraft gelang es ihr, den Kopf zu schütteln wie ein Hund. Für einen kurzen Moment befreite sie den Mund von seiner Hand.

»Ich bin nicht Palmer«, quäkte sie schrill. »Hilf…!« Aber sofort erstickte er ihre Stimme, indem er seine Handfläche auf ihre Lippen klatschte.

Geschockt blickte er sich um und fragte sich, ob jemand womöglich ihren Hilfeschrei gehört hatte.

Sie strampelte verzweifelt und schlug ihre Fersen auf den Untergrund, was ihm einen kurzen höhnischen Lacher entlockte.

»Ich habe gehört, du bist eine starke Frau. Dann stirb auch so. Nimm es hin.«

Sie versuchte zu sprechen, brachte aber nur dumpfe Laute unter seiner Pranke hervor. Trotzdem hatte sie etwas erreicht, denn er zögerte.

»Falls du nicht Palmer bist: Wo finde ich sie?«

Er hob seine Hand, um sie sprechen zu lassen.

Sie riss den Mund weit auf und atmete tief ein. Aber statt zu antworten spuckte sie ihm Blut ins Gesicht.

Noch immer unter ihm fixiert, kniff er ihr mit Daumen und Zeigefinger in die gebrochene Nase. Ein unerträglicher Schmerz musste durch sie gefahren sein, denn sie krümmte sich und stampfte. Aber da half nichts.

»Ich geb' dir genau drei Sekunden. Falls du nicht Palmer bist: Wo ist sie? Wenn du mir ihren Aufenthaltsort verrätst, lass' ich dich laufen. Also?«

Er lockerte seine Umklammerung, aber sie gab keinen Mucks von sich, sondern zog so viel Luft in ihre Lungen wie möglich.

»Tick-tack«, sagte er.

Klar sah er ihre Hände, wie sie blindlings über den Boden strichen, nach etwas suchten, das sie als Waffe benutzen konnte. Egal, was. Aber er wusste, da lag nichts Spitzes oder Scharfes. Entsprechend war er nicht darauf gefasst, als sie mit den Fingern Kies und Dreck zusammenkratzte und es in sein Gesicht warf.

Ohne seinen Griff zu lockern, spuckte er mehrmals aus. Sie war selber schuld daran, dass er ihre Nase erneut zusammendrückte, ihr dann aber etwas Zeit ließ.

»Weiß nicht, wo Palmer ist«, war das Einzige, das sie hervorstieß, um anschließend nur noch zu röcheln.

»Ist enttäuschend«, schnaubte er angewidert. »Du willst mir nicht helfen? Egal, ob du Palmer bist oder nicht. Jetzt, wo du mein unverhülltes Gesicht gesehen hast, lässt du mir keine andere Wahl. Hasta la vista, baby.«

Während die Spitze der Klinge durch ihr Shirt in den Unterleib drang, genoss er, wie hinter ihren Augen die Qual explodierte. Aus Messerkämpfen kannte er die lodernden Flammen, die jetzt durch ihren ganzen Körper jagten. Sie keuchte schwer, während er die Klinge herauszog und erneut hineinstieß. Und wieder. Ein einziges Mal noch schlugen ihre Hände kraftlos nach dem Ungeheuer, das sie unbarmherzig tötete, dann verlor sie das Bewusstsein, was für sie wohl ein Segen war.

Ausgestreckt lag sie vor seinen Knien, während auf ihren Lippen hellrote Blasen zerplatzten und Blut aus ihrem Unterleib strömte. Sie bewegte sich längst nicht mehr, lebte kaum noch.

Unversehens blieb Stefan stehen, als er das Geräusch hörte.

»Wartet mal, da ist doch was.« Mit erhobener Hand gab er seinen Freunden das Zeichen, still zu sein. Sie blieben stehen, plauderten jedoch weiter, als ob nichts wäre. Erst als Stefan mit seiner Hand Lukas anstieß, hielten auch die Freunde den Mund, lauschten und folgten Stefans Blick zur dichten Hecke jenseits des Zauns.

»Hallo,« erschallte Stefans Stimme. »Brauchen Sie Hilfe?« Nach einigen Sekunden fragte er etwas leiser seine Freunde: »Habt ihr das auch gehört? Da hat eine Frau um Hilfe geschrien.«

Er ließ seine Sporttasche zu Boden plumpsen, bog mit beiden Händen mühsam die dichte Hecke soweit es ging auseinander und spähte in den Garten. Zwar erkannte er nicht genau, was da drin vor sich ging, aber er ahnte, dass etwas nicht stimmte. Nun hob er sich auf die Zehenspitzen und reckte den Hals, konnte aber noch immer nur bruchstückhaft die Szene erfassen. Er benötigte einige Sekunden, bis er begriff. Blitzartig breitete sich Gänsehaut über seinen Körper aus. Da lag eine Frau mit blutbeflecktem Shirt. Und nicht nur das.

»Ein Kerl drückt eine Frau zu Boden. Und alles ist voller Blut. Kommt.«

»Moment. Der Kerl ist noch drin? Spinnst du?«

»Los, helft mir. Dort vorne geht's rein. Den schnappen wir uns.«

Mit dem Geräusch vieler loswetzender Gummisohlen jagten drei Burschen den Weg entlang Richtung Gartentür, während unweit des Geschehens die bedrohlich tiefe Stimme eines Hundes kläffte.

Tasho lief ein kalter Schauer über den Rücken. Sofort zog er sein Messer aus dem Körper der Frau und sprang auf die Beine, da er wusste, durch die Tür käme gleich Hilfe angerannt. Weil Schwimmen nicht zu seinen Stärken zählte, kam für ihn als Fluchtweg nicht infrage, auf der Seeseite ins Wasser zu springen. Es blieb nur der Weg über die Hecke. Mit vielleicht zwei Metern Anlauf warf er sich so hoch wie möglich dagegen. Beide Hände verkrallten sich auf der Oberseite im Holz des Buschwerks. Ohne Rücksicht zu nehmen auf Gesicht und Hände riss er sich in die Höhe und schnellte das rechte Bein nach oben. Knorriges Geäst griff nach ihm, bohrte sich da und dort in seine Haut, als er das linke Bein nachzog und den Körper drehte. Dumpf fiel er auf der anderen Seite zu Bogen. Sofort rappelte er sich auf. Bloß weg von hier.

Beim Türchen angekommen, sprangen die drei Freunde kurzerhand darüber, um sogleich zum Ort des Geschehens im Garten zu spurten. Dort bot sich ihnen ein schreckliches Bild mit der jungen Frau, die in ihrem Blut lag.

»Der Kerl ist verschwunden.« Ohne zu zögern, stürzte Stefan zur Verletzten.

»Atmet sie?«, fragte Lukas.

»Glaube nicht. Doch, ganz schwach. Ich spüre einen Puls, ruft die Ambulanz. Und die Polizei.«

»Der Schweinehund hat sie übel zugerichtet«, sagte Paul mit geschockter Stimme.

»Der hat sie abgestochen, schau mal hier, er hat sie richtiggehend zerfetzt.«

»Kommt. Das Schwein greifen wir uns.«

»Spinnst du, der hat ein Messer. Bleib' hier. Komm, hilf mir. Drück' deine Hand hier drauf. Und du rufst die Polizei.«

Tasho rannte um sein Leben, stürzte zwischen geparkten Wagen durch und nahm Abkürzungen zwischen Wohngebäuden, ohne sich eine Verschnaufpause zu gönnen. Doch setzte sein Herz einen Schlag aus, als eine Polizeisirene ganz in der Nähe immer lauter anschwoll. Zum Sprung bereit stand er auf dem Gehweg, und panisch suchten seine Augen nach einem Versteck. Dann aber entspannte er sich, als der Ton der Sirene sich in der Ferne verlor.

Obwohl am Ende seiner Kräfte, preschte er weiter voran und ärgerte sich, beide Zwecke seines Unterfangens verfehlt zu haben. Palmer lebte noch immer. Und die Rolle mit dem Bild hatte er nicht, wie ihm aufgetragen, in Palmers Wohnung platziert. Erst als er sicher war, es geschafft zu haben, blieb er stehen, stützte die Hände auf die Knie und rang um Atem, während er in Gedanken Palmer von Neuem mit einem grausamen Tod bedachte.

30

Auf dem Rückweg von Bouchards Wohnung holte Palmer ihr Handy hervor, um ihre Freundin Juli anzurufen. Das Display vermeldete allerdings eine Sprachnachricht von

Helena, die vorher einige Male angerufen hatte, also hörte Palmer zuerst diese ab.

»Palmer, ich muss dich dringend sprechen«, flehte Helena. »Hat nicht geklappt mit Andreas.« Sie schniefte. »Zwar hat er keine neue Freundin, aber mit mir … will er nicht mehr«, sagte sie weinerlich. »Ich komme jetzt zu dir. Bitte lass mich rein. Falls du nicht zu Hause bist, warte ich in deinem Garten. Ich bin völlig blank. Ich bitte dich. Für eine einzige Nacht müsste es doch möglich sein, bei dir unterzukommen.« Bevor sie auflegte, heulte sie los.

Entsetzen packte Palmers Eingeweide mit eisernem Griff.

Die darf da nicht hin. Viel zu gefährlich.

Palmer versuchte zu schlucken. Es ging nicht. Wild tippte sie auf die Rückruftaste. Es läutete. Und läutete. Helena nahm den Anruf nicht entgegen. Endlich sprang ihre Sprachbox an.

»Helena, geh' nicht zu meiner Wohnung. Ich flehe dich an. Ist viel zu gefährlich im Moment. Wir treffen uns anderswo. Und ich werde dir helfen. Aber bleib vom Bootshaus weg, hörst du? Ruf mich sofort zurück, wenn du dies hörst. Ich werde rangehen. Versprochen. Hörst du? Bleib' weg. Geh. Nicht. Zu. Meiner. Wohnung.«

Als Nächstes googelte Palmer die Nummer der Jugendherberge. Eine freundliche Stimme meldete sich und bedauerte, Helena habe vor einigen Stunden ausgecheckt. Palmer atmete flach und sehr rasch.

Am Löwenplatz hetzte sie bei Rot über die Straße, rannte Richtung See und wählte mitten im Laufen Andreas' Nummer. Aber da er nicht dranging, bat sie ihn auf der Sprachbox, sie zurückzurufen, ohne jedoch den Grund ihres Anrufs zu nennen. Sie befürchtete, er würde sich nicht melden, wenn er erfuhr, dass sie ihn wegen Helena sprechen wollte. Am

Schwanenplatz verpasste sie die Grünphase und atmete tief durch. Ihre Geduld war sichtbar auf die Probe gestellt, denn sie hatte es eilig, also wippte sie unruhig mit dem Fuß. Als die Ampel auf Grün schaltete, konnte sie endlich weiter, flog über die Seebrücke und am *KKL* vorbei. Kurz ärgerte sie sich, völlig unbewaffnet an diesen Ort zu eilen im Bewusstsein, dass dort große Gefahr auf sie lauern könnte. Also zog sie den Schlüsselbund hervor und platzierte ihn derart in der Handfläche, dass je eine Schlüsselspitze links und rechts des Mittelfingers aus ihrer Faust hervorstach.

Aber als sie vom Werftsteg in den Alpenquai wechselte, sog sie verblüfft die Luft ein.

Weiter vorne trennte Flatterband die Straße ab. Dahinter standen mehrere Polizeifahrzeuge mit blinkendem Blaulicht auf dem Dach. Palmer rannte die gut 50 Meter bis zu ihrem Bootshaus.

In Grüppchen standen Leute herum, vielleicht Spaziergänger und Bewohner des nahen Studentenheims, einige sichtlich geschockt, was sie aber nicht davon abhielt, ihr Handy zu zücken und zu filmen. Andere telefonierten mit verhaltener Stimme oder tippten Nachrichten in ihre Geräte.

»Ich wohne hier. Was ist passiert?«, fragte Palmer den Beamten, der sie nicht das Grundstück betreten ließ. Sie erfuhr zu ihrem Schrecken, dass man im Garten des Bootshauses eine junge Frau gefunden habe, mehr tot als lebendig.

»Gott sei Dank lebt die Frau noch. Der Rettungsdienst hat sie vor gut 20 Minuten abgeholt und in die Notaufnahme überführt.«

»Dunkelblond, schlank, gut 25?«, fragte Palmer.

Zwei Mädchen, die aus einigen Metern Abstand mitgehört hatten, nickten eifrig, als Palmer zu ihnen blickte. Ein Brausen schwoll in ihren Ohren an und etwas wie eine graue

Wand baute sich von einem auf den anderen Moment zwischen ihr und der Außenwelt auf. Sie hätte sich übergeben können. Instinktiv war Palmer klargeworden, Victor Kolars Familie hatte zugeschlagen, dafür benötigte sie keine Beweise. Oder musste sie sich vor ganz jemand anderem in Acht nehmen? Jedenfalls machte es Klick: Der Killer hatte Helena schlicht mit ihr verwechselt. Powerscheiße.

»Die drei Jungs dort haben sie gefunden und Erste Hilfe geleistet«, sagte eines der gaffenden Mädchen und deutete mit ausgestrecktem Arm auf eine Gruppe junger Männer, die in Palmers Garten mit einem Polizisten sprachen. »Einer hat erzählt, sie hat um Hilfe geschrien und immer wieder gesagt, dass sie nicht Palmer ist.« Ein anderer Teeny meinte: »Immerhin hat sie noch gelebt. Angeblich ist ein Kerl mit einem Messer abgehauen.« Sie lächelte kühl. »Die Jungs behaupten, der hätte immer weiter auf sie eingestochen, wenn sie nicht dazugekommen wären. Kann aber auch sein, dass der Mann dachte, sie wäre schon tot. Das weiß keiner.«

Mit Entsetzen in den Augen blickte ihre Freundin sie an.

»Der verdammte Schweinehund hat sie übel zugerichtet. Alles voller Blut. Angeblich hat sie eine Schädelfraktur und Stiche im Bauch. Der Kerl muss eine Bestie sein.«

Palmer schritt zum Polizisten bei der Gartentür und verlangte nach dem Chef der Ermittlung. Darauf zu bestehen, in ihren eigenen Garten vorgelassen zu werden, war sinnlos. Nach einigen Minuten erschien Ermittler Niederberger. Palmer erwartete auch bei diesem erneuten Aufeinandertreffen eine Abfuhr, war dann aber erstaunt, als er sie in den Garten bat, gerade noch rechtzeitig, sodass Palmer den Fragen eines auf sie zusteuernden Journalisten ausweichen konnte.

Niederberger gehörte offensichtlich zu jenen Menschen, die mit einem Mindestmaß an Mimik auskamen. Jedenfalls sah sein Gesicht genauso aus wie bei ihren letzten Aufeinandertreffen, vielleicht etwas weniger genervt.

»Lebt Helena?«

»Die Ärzte geben ihr Bestes. Meine Aufgabe ist es, den Täter aufzuspüren. Kennen Sie das Opfer?«

»Falls es sich tatsächlich um Helena Egger handelt, ja.«

Niederberger bestätigte ihre Vermutung.

Palmer kniff die Lippen zusammen und entspannte sie wieder. »Eine Kollegin von früher, die verflossene Freundin meines damaligen Schlagzeugers.« Palmer zog die Nase hoch. »Sie wollte ihn zurück, was dann aber wohl nicht geklappt hat.« Sie schüttelte den Kopf. »Scheiße, weshalb sie?« Palmer biss die Zähne fest aufeinander, während sie Niederberger herausfordernd ansah. »Hab' ich nicht gesagt, ich brauche Polizei vor dem Haus? Ich bin sicher, der Kerl hat Helena mit mir verwechselt.«

Palmer spürte den Zorn, der ihr Gesicht verzog, und als sie Niederberger Auskunft gab über ihren Ex-Schlagzeuger und über Helena, klang ihre Stimme entschlossen. Als Niederberger fragte, wer ein Interesse an Helenas Tod haben könnte, erwiderte Palmer, er solle den Täter nicht in Helenas privatem Umfeld suchen, sie tippe klar auf den Bilderräuber. Obwohl Palmer natürlich wusste, dass dieser in seiner Wohnung erschossen worden war, konnte sie ihr Wissen dem Ermittler nicht preisgeben, ansonsten er sie in unangenehme Fragen verwickelt oder sie sogar verdächtigt hätte, hinter Kolars Tod zu stehen. Palmer dachte, wenn die Polizei erst einmal den Bilderraub in einen Zusammenhang stellte mit dem Angriff auf Helena, dann wären sie immerhin auf der richtigen Spur.

Während der ganzen Befragung fiel es Palmer schwer, sich auf Niederberger zu konzentrieren, denn beim Blick auf den Tatort bot sich ihr ein Bild des Grauens.

»In der Tat haben Zeugen ausgesagt, dass der Täter nach Palmer gefragt hat«, sagte Niederberger, dann löcherte er sie mit weiteren Fragen.

Bevor er sie gehen ließ, bedachte er Palmer mit eindringlichen Worten.

»Bei unserem ersten Treffen hatte ich Sie dringend gebeten, auf keinen Fall die Ermittlungen in die eigenen Hände zu nehmen. Ist Ihnen im Nachhinein bewusst, wie unvernünftig Sie waren, als Sie sich eingemischt haben?« Er musterte Palmer. »Ich hoffe, diese Geschichte hier fällt am Ende nicht auf Sie zurück.«

Nachdem sie sich verabschiedet hatten, fragte sich Palmer, wie Niederberger seine Bemerkung wohl gemeint hatte. Wusste er etwas, das er ihr nicht verriet?

Bevor sie in Alex' Wohnung zurückkehrte, musste sie sich Gewissheit verschaffen, und zwar aus erster Hand. Um Helena im Krankenhaus zu besuchen, ging sie zur Haltestelle Werkhof und nahm den ersten Bus, da von hier alle zum Bahnhof fuhren. Dort wechselte sie in den Bus Nummer eins in der Absicht, ab der Haltestelle Maihof zu Fuß zum Kantonsspital zu gehen. Sie wollte sich mit eigenen Augen davon überzeugen, dass Helena den Angriff überlebt hatte. Prompt blieb der Bus auf der Zürichstraße im Stau stecken. Vornübergebeugt hockte sie auf dem Sitz, als plagten sie Magenschmerzen, verursacht durch Schuldgefühle, weil sie Helenas Anrufe nicht entgegengenommen hatte. Wäre sie dran gegangen, hätte sie Helena gewarnt, und sie wäre Victors Bruder nicht in die Hände gelaufen.

Endlich schritt sie Richtung Haupteingang, vorbei an einem Nichtraucher-Schild, unter dem ein von Kippen überquellender Aschenbecher stand. Nach der Drehtür ging sie direkt zum Informationsschalter, erhielt aber dort keine Zimmernummer. Man wollte ihr Helenas Einlieferung in die Notaufnahme nicht einmal bestätigen und machte sie darauf aufmerksam, dass dort sowieso nur Familienangehörige Zutritt hätten.

»Gibt es denn niemanden, der mir Auskunft geben kann über meine Freundin, die bei mir zu Hause einem versuchten Mordanschlag zum Opfer gefallen ist?«

Die Empfangsdame runzelte die Stirn, nahm die Brille ab und kaute auf einem Bügel.

»Setzen Sie sich kurz«, sagte sie und blickte zu einer Bank am Rande der Eingangshalle. »Ich schau mal, dass jemand kommt, um Sie zu informieren.«

Während sie wartete, wuchs das Gefühl, dass an dem, was Helena zugestoßen war, sie Schuld trug. Klar wusste sie, dass dies weder logisch noch vernünftig war, aber jetzt half ihr diese Erkenntnis wenig. Ihre Gemütslage verbesserte sich über die gesamten zwei Stunden nicht, während sie hier hockte. Im Gegenteil. Irgendwann konnte sie ob der Gewissensbisse nicht länger still sitzen und erhob sich von der Bank. Erst trat sie aufgewühlt von einem Fuß auf den anderen, schließlich begann sie, im Gang auf und ab zu wandern. Und als sie die Ungewissheit über Helenas Befinden nicht weiter aushielt, ging sie hinüber zu den Aufzügen und fuhr in die Etage der Intensivstation hoch. Natürlich wusste sie, dass niemand einfach so Zutritt erhielt zur Notaufnahme und zu den Operationssälen. Aber sie hoffte, Helena wäre bereits notoperiert worden und bereits am Aufwachen. Wie erwartet stellte sich ihr ein weiß gekleideter Pfleger in den Weg, allerdings fragte er freundlich, womit er ihr behilflich sein könne.

»Wie geht es Helena? Ich bin ihre Schwester.« Als Angehörige hoffte sie, Auskunft zu erhalten.

»Wir tun, was wir können. Sie braucht jetzt Ruhe.«

»Ist sie bei Bewusstsein?«

In ruhigen Worten klärte der Pfleger sie auf. »Sie hat eine Schädelfraktur mit Hirnschwellung, also hat man ihr den Schädel geöffnet, um Druck aufs Gehirn abzulassen. Die Ärzte haben sie ins künstliche Koma versetzt.«

»Hat Helena davor irgendetwas ausgesagt, was diesen Angriff betrifft?«

»Nein, die Unterlagen zeigen, sie war bereits nicht mehr bei Bewusstsein, als die Ambulanz sie abgeholt hat.«

Palmer musterte ihn mit erhobenen Augenbrauen und verzichtete auf weitere Fragen. Als der Pfleger sie zum Ausgang begleitete, bat sie ihn, sich ihre Nummer zu notieren und sie anzurufen, sobald sich Helenas Gesundheitszustand veränderte. Der Pfleger meinte zwar, dies sei nicht üblich. Trotzdem schrieb er sich Palmers Nummer auf ein Blatt seines Klemmbretts, vielleicht auch nur, um sie zu beruhigen.

Während sie an der Unterlippe nagte, fragte sie sich erneut, ob sie diese Katastrophe tatsächlich hätte verhindern können. Hatte sie Helena nicht eindrücklich genug davor gewarnt, zu ihr zu kommen, um nicht in die Fänge von irgendwem zu geraten? Sie spürte einen Stich im Herzen.

Zurück in der Wohnung war sie erleichtert, nicht auf Alex zu treffen. Am allerwenigsten hätte sie jetzt gebraucht, ihm zu erklären, was alles geschehen war, und dass dieser Angriff auf Helena sicher ihr gegolten hatte.

Der Glenfiddich in Alex' schottischer Whiskysammlung war bereits zu zwei Dritteln geleert, als Palmer die Flasche an die Lippen setzte, den Kopf in den Nacken legte, die Augen schloss und sich einen Schluck genehmigte. Er schmeckte grässlich. Der Wirkung nach zu urteilen, hätte es Wasser sein können, also setzte sie die Flasche für länger nicht mehr ab.

31

»Du hast mir Palmer versprochen. Verdammt. Hast gesagt, ich erwische sie zu Hause. Aber da ist eine ganz andere Tante angetanzt. Jetzt machst du Palmer her, oder ich verhökere dein Bild irgendwem. Oder besser, ich verbrenne es und vernichte alle Spuren, nicht dass du mir am Ende noch etwas anhängst.«

»Warte«, schrillte es aus dem Hörer. »Ich denke mir einen neuen Plan aus und rufe dich zurück.«

»Nee. Jetzt, oder du kannst das Teil vergessen. Bild gegen Palmer.«

»Okay, lass mich überlegen.« Für einige Momente blieben beide stumm. »Du bereitest eine Bombe mit Funk-Fernzünder vor. Wie lange brauchst du?«

»Für eine Rohrbombe: drei Stunden. Was zahlst du?«

»Ich verdopple. Du kriegst die Kohle. Und Palmer, die Mörderin deines Bruders. Beeil dich! Und vergiss nicht, das Bild mitzubringen.«

32

Palmer blinzelte und kniff die Augen schmerzverzerrt zusammen, weil sie in die pralle Sonne geblickt hatte. Sogleich wälzte sie sich auf den Bauch und vergrub ihr Gesicht im Kissen, während ihre nackten Beine im zerwühlten Bettlaken nach einem kühlenden Fleck suchten. Da sie gestern nicht daran gedacht hatte, das Zimmer zu verdunkeln, hatte die Morgensonne den hintersten Winkel erreicht und längst den ganzen Raum aufgeheizt. Für die nächsten paar Sekunden rührte sich Palmer nicht, weil jede Bewegung den pochenden Schmerz hinter ihrer Stirn verstärkte. Zudem warnte ein unbehagliches Gefühl im Magen vor größerem Ungemach. Im trockenen Mund fühlte sich ihre Zunge pelzig an. Palmer wusste, ihr blieb nichts anderes, als sich zu überwinden und sich aus dem Bett zu schälen, um den Nebel zu vertreiben. Sie hob den Kopf um einige Zentimeter und suchte mit müdem Blick nach dem gewohnten Glas Wasser, stellte aber fest, dass es nicht auf dem Nachttisch stand und dass sie nicht einmal zu Hause in ihrem eigenen Bett lag. Um die Orientierung zu finden, benötigte sie einige Sekunden, wusste dann aber sogleich, dass für sie neben diesem Bett auch nichts anderes Flüssiges bereit stand.

Wenn sie nach dem Tod ihrer Mutter Heilung von jeglichem Seelenschmerz im Whisky gesucht hatte, war dieser mit der Zeit statt zur Lösung selbst zum Problem geworden. Seit der Krebs ihr die Mutter entrissen hatte, war da fast niemand mehr, mit dem sie reden konnte. Zwar lebte ihr Vater noch, aber mit ihm verband sie überhaupt nichts, denn er hatte die junge Familie im Stich gelassen, bevor sie dem Kindesalter entwachsen war. Der gemeinsame Kampf mit der Mutter um das wirtschaftliche Überleben hatte zwischen ihnen ein Band geschmiedet, das wesentlich stärker war als eine normale Mutter-Tochter-Beziehung. Sie seufzte. Okay, da war auch noch Juli, ihre Freundin. Aber die jettete dauernd zu Fotoshootings in der Welt herum, so wie jetzt gerade. Normalerweise fand Palmer Halt bei Alex, mit dem die Dinge zurzeit jedoch nicht so gut standen. Und vor allem war er nicht da, jetzt, wo sie ihn gebraucht hätte.

Endlich fanden ihre Augen den Wecker. 10.15 Uhr. Obwohl seit vielen Stunden im Bett, hatte sie das Gefühl, nicht eine Sekunde geschlafen zu haben. Es half alles nichts, gegen diesen Kater musste sie aktiv vorgehen. Ihr Frühstück hatte einen Namen: Bloody Mary. Mit viel Mary.

Palmer schlich mit hängendem Kopf in die Küche und suchte nach Tomatensaft. Zwar stöberte sie neben einer Zitrone auch Worcestersoße, Tabasco, Salz und Pfeffer auf und wusste, wo sie im Wohnzimmer auf Wodka stoßen würde. Es ging darum, Gleiches mit Gleichem zu bekämpfen. Aber sie entdeckte weder Tomatensaft noch eine Tomate, nicht mal Ketchup. Palmer atmete tief ein und schlurfte ins Bad. Im Spiegel erkannte sie die Webstruktur des Leintuchs, die sich in ihre Wange geprägt hatte. Entmutigt stieß sie den Atem aus, und bevor sie sich unter die Dusche stellte, löste sie das Pflaster von der Schulter. Dabei verzog sie kaum eine Miene, einzig ihre Lippen wurden etwas schmaler. Die Verletzung sah zwar übel aus, zeigte sich aber inzwischen trocken.

Vornübergebeugt stützte sie sich an den Wandplatten ab und drehte das kalte Wasser voll auf, gut darauf bedacht, die verheilenden Wunden nicht direkt unter den Strahl zu stellen, um sie nicht wieder aufzureißen. Das eisig kalte Wasser perlte schmerzvoll über die eine Seite des Kopfs, des Gesichts und den größten Teil des Körpers. Bereits nach einigen Sekunden spürte sie, wie das Leben zurückkehrte und sich ihre nebligen Gedanken lichteten.

Noch während Wasser von ihren Haaren auf das frische T-Shirt tropfte, suchte sie nach ihrem Handy und fand es neben ihren *Converse*, die sie sich gestern im Wohnzimmer von den Füßen gestrampelt hatte.

Ein einziger Anruf war eingegangen, leider nicht von Alex. Ihr schwante Böses, als sie die Nummer betrachtete, denn diese kam ihr bekannt vor. Sie hörte die Nachricht auf der Sprachbox ab, und tatsächlich hatte die Polizei sie zu sprechen gewünscht. Niederberger von der Kripo.

»Rufen Sie bitte zurück. Ist in Ihrem Interesse.«

Palmer war sofort klar, dass es um den Angriff auf Helena ging. Aber dann stellte sie sich die Frage, ob die Ermittler allenfalls eine Verbindung von ihr zu Kolars Tod hergestellt hatten. Sie dachte darüber nach, welche Spuren sie in seiner Wohnung hinterlassen haben könnte.

»Verdammt«, stieß sie hervor, während sich ihre Finger fester um das Handy schlossen. Als ihr ein anderer Gedanke kam, setzte sie sich aufs Sofa. Vielleicht wollte Niederberger ihr Schutz anbieten? War nach diesem Mordversuch an Helena endlich auch der griesgrämige Kripo-Mann alarmiert und wollte ihr helfen? Mit dem Telefon in der Hand lehnte sie sich zurück und grübelte. Was würde ihr dies jetzt noch bringen? Sie hatte Victor Kolar tot in seiner Wohnung gefunden, aber ihr hatte gedämmert, dass weiterhin Gefahr lauerte, jetzt halt von dessen Familie. Der Angriff auf Helena war Beweis genug.

Je länger sie darüber nachdachte, desto stärker schnürte ihr der Knoten im Magen die Luft ab. Obwohl Palmer absolut keine Lust verspürte, sich jetzt mit Niederberger zu unterhalten, rief sie zurück, denn sie wollte Gewissheit.

Bereits nach dem ersten Läuten nahm er ab und fragte als Erstes, wie es ihr ging. Die Überraschung hätte nicht größer sein können. Da sie mit einer Antwort zögerte, fuhr er fort:

»Ihre Gitarre ist aufgetaucht. Ein Bursche hat sie uns vorbeigebracht.«

»Ich bin schon unterwegs«, fiel sie ihm ins Wort.

»Halt, nicht so hastig. Die Gitarre ist nicht mehr bei uns.«

»Waaas?«, schrie Palmer panisch. Ihre Stimme hatte sich eine Oktave nach oben verschoben.

»Der Koffer steht für Sie abholbereit im Fundbüro Hirschengraben 17b. Vergessen Sie nicht, Ihren Ausweis mitzubringen.«

Palmer grinste.

»Ein Junge ist mit seinem Vater vorbeigekommen und hat die Gitarre abgegeben mitsamt den Erklärungen, wie, wo und weshalb er in deren Besitz geraten ist. Der Junge hat sich bei unserem Mann am Empfangsschalter artig, aber ziemlich eingeschüchtert entschuldigt.«

Palmer wurde leicht ums Herz. Was für ein Umschwung ihrer Gefühle. Sie rieb sich die Hände. Gestern Abend noch zu Tode betrübt, weil sie Schuld auf sich geladen hatte mit dem Angriff auf Helena. Dann hatte sie sich gewünscht zu sterben, als sie vorhin mit einem Brummschädel aufgewacht war. Aber jetzt jubelte sie innerlich. Bald könnte sie sich die bereits auf ewig abgeschriebene Gitarre wieder umhängen. Carlos Santanas Fingern wäre es jetzt also doch möglich, ihre *Paul Reed Smith*-Gitarre im *KKL* zu adeln. Ein Prachtstück, für das ihr ein Sammler mal über 10.000 geboten hatte. Aber Palmer hatte abgewinkt. Nach dem Verlust ihrer Gitarre hatte sie sofort Ludwig Wicki, dem Dirigenten des *21st Century Orchestra*, ihr Leid geklagt, also rief sie ihn erneut an, und da er nicht dranging, sprach sie ihm die freudige Botschaft der Auffindung ihres geliebten Instruments auf die Sprachbox. Alles könne nun wie geplant über die Bühne des *KKL* gehen.

Santana hatte vor einigen Tagen Wicki angerufen und gejammert, seine Lieblingsgitarre sei zu Bruch gegangen und müsse ausgerechnet jetzt für längere Zeit in Reparatur. Klar besitze er Dutzende andere, aber ärgerlich sei's halt trotzdem, zumal die Live-Aufnahmen von dessen Greatest Hits in Zusammenarbeit mit Ludwigs 100-köpfigem symphonischem Orchester in wenigen Tagen anstanden.

Aber Wicki hatte sich an einen Besuch in Palmers Wohnung erinnert, als sie ihm ihre beachtliche Gitarren-Sammlung vorgestellt und erklärt hatte, bei diesem Modell handle es sich um die Lieblingsgitarre von Carlos Santana. Als Wicki vor Tagen am Telefon Palmers Namen und die Gitarre erwähnt hatte, erinnerte sich Santana an Palmer und fragte, ob er wohl deren Gitarre ausleihen könne, wenn er sie dafür zum Konzert einladen würde. Und sie solle keinesfalls vergessen, ihre eigene Lieblingsgitarre mitzubringen.

Wehmütig erinnerte sie sich an ihre Zeit als Musikerin. Frustriert hatte sie sich aus der Szene zurückgezogen, da sie es leid war, nach der Pfeife jener Herren zu tanzen, die an den Schalthebeln des Showbusiness' saßen und ihr Spielregeln diktierten, obschon Palmer Chefin ihrer eigenen Band war. Später hatte sie sich nach jedem Besuch eines Stadionkonzerts irgendeines *Welt-Acts* gefragt, ob ihre Entscheidung richtig gewesen war. Aber da heutzutage die Verkäufe der

Songs über Streams kaum mehr etwas einbrachten, könnte sie heute ohnehin nur mehr eher schlecht als recht von ihrer Musik leben.

Sie war froh, dass sie vor Jahren einen neuen Weg eingeschlagen hatte. Erst recht, wenn sie sich Ludwigs Medienresonanz vor Augen führte. Was musste man denn noch tun, um als Kulturschaffender in den Medien Erwähnung zu finden? Da hatte dieser Dirigent x-mal die Filmaufnahmen für weltbekannte Hollywoodstreifen dirigiert und mit viel Elan tatsächlich für die ganze Welt einen neuen Trend erfunden, indem er originale Filmmusik mit einem ganzen Symphonieorchester live zu den Streifen spielte. Daraufhin geschah in den einheimischen Medien etwas Seltsames. Nämlich überhaupt nichts. Die hiesige Musikkritik nahm ihn schlicht nicht wahr, während die ausländischen Medien ihn feierten. Ein typisches Beispiel des Propheten, der im eigenen Land, zumindest bei der Musikkritik, nichts galt, bei den Besuchern seiner Aufführungen aber umso mehr. Von Palmer darauf angesprochen, lächelte Wicki diese Missachtung weg. Vermutlich rümpften die Musikkritiker ihre Nasen darüber, dass er ein Symphonieorchester dazu »vergewaltigte«, Filmmusik aufzuführen. Diese Kritiker würden irgendwann in Schönheit untergehen in nicht allzu fernen Tagen, denn klassischen Konzerten starben langsam, aber stetig die Besucher weg, während das junge Publikum nicht nachrückte. Das lag weniger an Beethovens und Mozarts Musik, als am verstockten, freudlosen Gehabe drum herum. Nach Palmers Geschmack saßen sowohl die Musiker zu verbissen und todernst auf der Bühne, als auch die Besucher in den Sitzreihen, alle schwarz gewandet, als wohnte man einem Begräbnis bei, womöglich der Inszenierung dieser Musik selber. Ihr war, als würde irgendein Ausdruck von

Lebensfreude auf der Bühne oder im Zuschauerraum mit dem sofortigen Tod bestraft. Über allem schwebte der Dünkel, auf erhabenstem geistigen Niveau zu fliegen, um Welten höher als bei jeder anderen Form von Musik. Dass dieses Getue für die Jungen viel zu ernst daherkam, quittierten sie mit Nichtbeachtung.

Nun, auch Palmer hatte studiert, war allerdings nicht bei ernster Musik stehen geblieben, obwohl sie in Ehrfurcht den Hut zog vor allen diesen Komponisten. Ihr war nicht mal ein Rockmusiker bekannt, der dies nicht tat. Wenn doch nur dieser bittere Ernst nicht wäre. Und dies ausgerechnet bei Beethoven und Mozart, die beide selber verrückte Typen gewesen waren. Mozart insbesondere, bekannt für seine derben Sprüche und auch für seinen Fäkalhumor. Zu Mozarts Lebzeiten becherte das Publikum während seiner Aufführungen, hielt regelrechte Feste ab und sang mit. Das war Mozarts Vorstellung von purem Musikgenuss, mit Schalk und voller Leben. In Bezug auf die heutigen Kritiker dachte Palmer, wer sich echt für Mozart interessierte, müsste dies wissen. Und da kam eben dieser Wicki daher und zog neue, junge Besucher in Scharen in die erhabenen Konzertsäle der ganzen Welt. Die Londoner, Münchner und Chicagoer Symphonieorchester hatten dieses Potenzial erkannt und flogen Wicki eigens ein, damit er diese ehrwürdigen Orchester dem neuen, jungen Publikum näherbrachte mit dem Ziel, dass die Jungen, hatten sie mal die Schwellen der Konzertsäle überschritten, vielleicht auch mal der heiteren Unbekümmertheit einer Bachfuge beiwohnen wollten.

Unzählige Welturaufführungen hatte Wicki dirigiert und bewerkstelligt, dass sich Filmmusik in der Zwischenzeit den Rang einer eigenen Kunstform erobert hatte.

Unvermittelt erahnte Palmer, dass die Kritiker vielleicht bewusst nicht über Wickis Leistungen schrieben, um nicht zu offenbaren, dass sie diese Kunstform schlicht nicht verstanden.

Diese ganze Musikwelt hatte Palmer hinter sich gelassen und sich neuen Dingen zugewandt, um sich im Bereich der Warenhaus-Detektei hochzuarbeiten. Jetzt war sogar die Zeit reif für den nächsten Schritt, jenen in die Selbstständigkeit, bei dem Alex ihr behilflich war. Zukünftig würde sie Unternehmen beraten, wie sie ihre Inventurdifferenzen verringern konnten. Oder anders ausgedrückt, würde sie aufzeigen, wie und wo sie Diebstähle verringern konnten, nämlich bei Lieferanten, Kunden und Mitarbeitern. Darüber hinaus würde sie Anweisungen geben, wie sie administrative Fehler vermieden, wie zum Beispiel den Preis eines Produkts aus Versehen zu tief anzusetzen.

Dies war ihre neue Welt. Trotzdem war sie im Herzen Musikerin geblieben. So musste sie jetzt einfach ihre geliebte Gitarre abholen, obwohl da draußen eine Bedrohung lauerte. Beim Gedanken, den Rest des Tages in der Wohnung darauf zu spielen, wurde sie ganz kribbelig. Aus lauter Freude kickte sie wie ein Karatekämpfer in die Luft, als wollte sie mit dem Fuß die Bauchorgane eines Feindes verschieben.

33

Obwohl eine Schulter noch immer leicht geschwollen war und die rechte Hüfte lädiert, musste sie sich trotzdem bewegen. Mit Schattenboxen entkrampfte sie zwei Dinge in sich, die Schultern und ihren Verstand, was ihr beim Nachdenken half. Um auf ihre Verletzungen Rücksicht zu nehmen, ging sie das Training langsamer an als gewohnt, um es nach und nach zu steigern. Sie tauchte vor dem Schlag eines unsichtbaren Gegners weg, ging in Deckung, tänzelte. Sicher stand sie auf den Beinen, die Füße leicht gespreizt, die Knie etwas angewinkelt und konterte den Angriff. Doch die Verletzungen schränkten sie stärker ein als gedacht. Die Linke war okay, und beide Fäuste konnte sie ballen, aber die angeknackste Schulter machte sie langsam. Immerhin blieben ihr Ellbogen und Knie, mit denen sie richtig viel Schaden anrichten konnte, da diese härter waren als Hände und Füße. Ein Mann nahm sich davor besser in Acht.

»Welch ein Freudentag«, sagte Alex mit strahlendem Lächeln, kaum war er aus dem Aufzug getreten. »Du verbringst deine Zeit nicht nur hier in der Wohnung, du jagst auch keinem Kriminellen hinterher und treibst sogar Sport.«

»Komm her.« Palmer wischte sich mit dem Unterarm den Schweiß von der Stirn und tänzelte ihm entgegen. Auf halbem Weg gab es sogar einen Kuss, sie umarmten sich, und Palmer spürte augenblicklich, wie es ihr half, sich an Alex' unerschütterlicher Ruhe aufzurichten.

Danach schritt Alex zum Küchentresen, um die Post aus seinem Briefkasten darauf abzulegen. Als auch sie in die Küche schlenderte, um direkt ab Hahn eine gehörige Portion kaltes Wasser zu trinken, stach ihr zuoberst ein offensichtlich von Frauenhand an ihn adressierter Brief ins Auge.

»Und? Bist du bereits mit Herrn Oberholzer in Kontakt getreten? Hat er dir das Mandat übertragen?«, fragte Alex.

Palmer trat von einem Fuß auf den anderen, wobei sie zu Boden starrte, unfähig, ihn anzusehen.

»Es wäre hilfreich, wenn du ihm auch zeigst, dass du Interesse hast.«

Nicht nur wegen des Honorars könnte sie den Job gut gebrauchen. Die Arbeit würde sie beschäftigen und davon abhalten, über all die Dinge nachzudenken, die in ihrem Leben schiefliefen.

»Und was soll das hier?« Alex war zum Sideboard geschritten und hielt ihr fragend die Wodkaflasche entgegen, die sie nach Gebrauch gedankenlos auf die Ablage gestellt hatte, jedoch nicht zurück auf das Silbertablett zu allen anderen Spirituosen.

»Alex, komm. Ich hab's unter Kontrolle, du kannst ganz beruhigt sein.«

Aber das hatte Alex schon einige Male gehört.

Da der Ton etwas an Schärfe zugenommen hatte, schwiegen sie eine Weile, sodass nur das Brummen des Kühlschranks und die Schreie der Möwen von draußen die Ruhe übertünchten.

»Ich mach' mir einen Kaffee. Willst du auch einen?«, fragte Palmer.

»Kaffee hat noch nie jemanden nüchtern gemacht.«

»Ich bin nicht blau.«

»Kaffee hält nur wach. Flöße einem Betrunkenen Kaffee ein, und du erhältst einen hellwachen Betrunkenen. Verdammt noch mal.«

Sie erkannte, wie sein Mund sich weiter ohne Worte bewegte. Schließlich musste er doch noch etwas loswerden.

»Und ich Depp habe gemeint, du übst dich im Schattenboxen zur körperlichen und mentalen Fitness. Aber klar, wenn jemand eine Sprache lernt, dann will er diese auch mal anwenden. Statt bloß in der Luft herumzufuchteln, willst du tatsächlich spüren, wie deine Schläge auf einen Körper treffen. Du kannst gar nicht anders, du willst böse Buben verdreschen.«

Schützend schlang sich Palmer die Arme um den Körper. »Und wenn mir das Training hilft, Frustrationen abzubauen? Schattenboxen ist tatsächlich ein Ventil für meine Gefühle.« Aber insgeheim wusste sie, er hatte nicht unrecht. Da steckte etwas tief in ihr drin. Es schlummerte und wollte raus. »Und falls du recht hast, muss ich dann meine Gefühle verleugnen? Soll ich diesen keinen Raum geben? Muss ich unterdrücken, wer ich wirklich bin?«

»Ich fordere dich ein letztes Mal auf, halte dich da raus. Gegen diese Räuberbande hast du keine Chance. Jetzt sei doch vernünftig.« Starr blickte er in ihre Augen und schlug mit der flachen Hand auf die Ablage neben den Flaschen mit geistigen Getränken. »Was willst du tun, wenn dich ein Bewaffneter verschleppt? Gegen eine geladene Pistole Schattenboxen? Ich meine das ernst. Oder wenn dir einer von hinten seinen Baseballschläger über den Kopf zieht.« Er fuhr sich verzweifelt durch die Haare. »Was muss ich tun, damit du die Gefahr endlich ernst nimmst?«

Gänsehaut verbreitete sich über Palmers Körper. Gedanken rasten durch ihren Kopf. In der Tat lauerte eine klar erkennbare Gefahr mit Victors Familie, die für ihre Rache bekannt war, was Alex aber nicht wissen konnte. Ihr Mund trocknete aus, und der Puls schnellte in die Höhe. Alex hatte recht. Gegen Wildwestmethoden hatte sie schlicht keine Chance. Sie wusste nicht mal, wer genau es auf sie abgesehen hatte.

»Was kümmern dich die Probleme der anderen?«, setzte Alex nach. »Wie oft hast du bereits Kopf und Kragen riskiert, um eine wildfremde Frau zu retten? Eine Frage: Hat sich jemals eine dieser Frauen bedankt für deinen selbstlosen Einsatz?«

»Wenn ich mal von der Welt abtreten werde, dann immerhin mit dem befriedigenden Gefühl, dann und wann etwas Gutes geleistet zu haben. Weder die Gerichte noch die Polizei kommen an gegen die echt fiesen Kriminellen. Zumindest stelle ich mich ihnen entgegen. Du hast tatsächlich recht, ich kann nicht anders.«

»Ein reiner Egotrip. Sorry, wenn ich dies so sagen muss. Du willst jagen. Zu Beginn hast du einer Frau helfen wollen, sie und andere dadurch aber noch viel stärker in Gefahr gebracht. Und weshalb hörst du jetzt nicht auf? Wo wird denn zurzeit eine Frau bedroht, der du helfen musst? Merkst du tatsächlich nicht, dass du das jetzt endlich beenden musst?«

Bei diesen Worten spürte Palmer einen Stich im Herzen. Helena. Wie mochte es ihr wohl gehen? Mit welchen Worten könnte sie sich bei ihr entschuldigen, sie in Lebensgefahr gebracht zu haben? Alex hatte recht. Jemandem zu helfen, war nur solang okay, wie sich die Situation für die Person dadurch nicht verschlechterte. Aber ihre Bereitschaft zu helfen war doch nicht falsch. Wer denn noch außer ihr hatte der jungen Frau geholfen?

»Tatsächlich, es befriedigt mich. Schade, kannst du dem nichts Gutes abgewinnen. Und ja, dann und wann hat sich jemand bedankt. Aber ich tu's für mich. Und für die Gerechtigkeit. Und für Frauen, denen man etwas antut. Es ist mir auch scheißegal, wenn kein einziger Mensch es mitbekommen würde, wenn ich mal abtrete.«

»Du meinst außer dem Bierverkäufer bei dir um die Ecke.« Als sie zu einer Entgegnung ansetzte, hob er die Hand und schritt zum Aufzug. »Ich geh jetzt was essen.« Aber auf halbem Weg machte er kehrt, ging zur Anrichte, griff nach dem von Frauenhand adressierten Brief und steckte ihn ein.

»Warte«, sagte Palmer, »ich komme mit.«

»Lass nur, ich geh' allein.«

»Echt jetzt?«

Ihre Blicke trafen sich. Alex schaute weg.

»Komm, gib mir einen Kuss. Lass uns den Streit vergessen«, schlug Palmer vor.

»Küsse sind ausverkauft«, sagte Alex mit einem verlorenen Lächeln.

»Ist aber nicht dein Ernst?«

»Und ob. Und erwarte mich heute nicht zurück.«

Die Türen des Aufzugs glitten noch immer auseinander, als er sich bereits dazwischen hindurchzwängte. Palmer schaute ihm nach, schwieg jedoch und hielt den Blick auf Alex gerichtet. Die Türen schlossen sich, während Alex sich weigerte, Palmer anzusehen.

Kaltes Grauen packte Palmers Körper, denn sie ahnte, dass Alex seit einigen Tagen eine Geliebte hatte. Alex hatte bisher vor ihr keine Geheimnisse gehabt. Auch ließ er seine Korrespondenz tagelang schön gestapelt auf der Anrichte offen liegen. Bis der Schwindelanfall vorüberging, verblieb ihr zitternder Fuß wie festgeklebt auf dem Boden. In Gedanken ordnete sie jetzt auch den Anruf vor einigen Tagen neu ein, den Alex ganz liebevoll entgegengenommen hatte. Diskret hatte er das Zimmer verlassen und hinter sich die Tür geschlossen.

Und jetzt war er weg, im Raum hing bloß noch sein Aftershave. Sie schlich zum Panoramafenster und stand mindestens fünf Minuten lang unbeweglich da, bevor sie merkte, dass ihr das durchgeschwitzte Hemd am Rücken klebte. Als sie sich mit der Hand über die Stirn fuhr, spürte sie den Schweißfilm, aber nicht vom Schattenboxen, sondern vom Schock der Erkenntnis. Sie hatte Alex verloren.

Palmer fasste einen Entschluss. Aus der Schublade des Sideboards zog sie den Notizblock und einen Kugelschreiber. Damit setzte sie sich auf das Sofa, legte den Block vor sich auf das Tischchen und tippte mit der Spitze des Kugelschreibers auf das blanke Papier, während sie nachdachte. Endlich fasste sie ihre Beziehung mit Alex in Worte und bestätigte ihm, er sei die Liebe ihres Lebens. Wenn auch aus anderem Holz geschnitzt als sie, so überwögen weitgehend die gleichen Ansichten und Interessen. Umso mehr schmerze es sie, diese Beziehung nun zu beenden, denn es würde ihm nicht gelingen, sie zu ändern. Er könne den Drachen auf ihrer Schulter nicht zähmen, der in ihr Ohr fauchte und sie anpeitschte, sich ins Abenteuer zu stürzen, wenn jemand eine Frau mies behandelte.

Sie setzte den Kugelschreiber ab, faltete ihr Schreiben und legte es auf den verbliebenen kleinen Stapel Post auf der Ablage, sodass Alex ihn auf jeden Fall finden würde, wenn er nach Hause kam. Erneut starrte sie aus dem Fenster, über die umliegenden Dächer, sah dabei vor ihren Augen jedoch ihr Bootshaus. Sie musste hier raus. Aber durfte sie es wagen, in ihre eigene Wohnung zurückzugehen? Sie entfernte einen unsichtbaren Fussel von ihrer Hose. Nein. Also wählte sie Julis Nummer.

»Hey, ich bin's«, sagte sie, als die Sprachbox ihrer Freundin ansprang. »Wollte hören, wie es dir geht. Kleine Frage noch: Kann ich für ein oder zwei Nächte bei dir unterkommen? Ruf mich bitte zurück. Tschüssi.«

Palmer verkniff den Mund. Vermutlich würde dies nicht klappen, Juli weilte wohl auswärts bei einem Shooting, sonst hätte sie bereits gestern ihren Anruf entgegengenommen beziehungsweise zurückgerufen. Oder war Juli noch immer sauer auf sie?

Julis Modelkarriere hatte schon bessere Tage gesehen. Deshalb hatte Juli vor einiger Zeit nebenbei einen Fashionblog eröffnet und war damit außerordentlich gut gestartet. Palmer freute sich mit Juli über deren steigende Nebeneinkünfte, äußerte sich dann aber während eines belanglosen Gesprächs kritisch über die versteckten Zahlungen an Influencerinnen, die gegen fürstliches Entgelt ein Produkt über den grünen Klee lobten, was Palmer zur Bemerkung veranlasste, von Influencerinnen lerne man zu lügen. Dass Juli diese Spitze nicht gefiel, war Palmer bewusst, aber unter besten Freundinnen musste eine solche Stichelei doch schadlos zu überstehen sein, erst recht wenn sie einen Kern Wahrheit barg.

Wie auch immer, Juli ging nicht ran, also konnte Palmer nicht für die nächste Nacht zu ihr ziehen. Da Alex hatte verlauten lassen, heute hier nicht mehr aufzutauchen, entschied Palmer, ein letztes Mal in seiner Wohnung zu nächtigen, als das Handy in ihrer Hose zu vibrieren begann.

34

Sie kannte die Nummer nicht. Normalerweise ließ Palmer nicht nur anonyme, sondern auch Anrufer mit unbekannter Nummer auf ihre Sprachbox schwatzen. Da dies kaum einer tat, funktionierte dieser Filter wunderbar und verringerte die Anzahl Gespräche massiv. Denn wer nicht auf Band sprach, hatte ihr offenbar nichts mitzuteilen, womit sich die Sache von selbst erledigte. Denn wenn Palmer nicht erfuhr, worum es dem Anrufer ging, rief sie die Nummer nicht zurück. Und wer darauf sprach, bot ihr die Möglichkeit, selber zu entscheiden, ob sie genügend Lust verspürte zurückzurufen. Jetzt aber war Zeit, diesen Filter zu überdenken. Vielleicht gab es Neuigkeiten von Helena. Oder war es möglich, dass Alex von einer fremden Nummer aus telefonierte? Dies hoffte sie, als sie den Anruf entgegennahm.

»Spreche ich mit Frau Palmer?«

»Am Apparat.«

»Sie haben meinen Kollegen gebeten, Sie anzurufen, sobald Ihre Schwester Helena aus dem Koma erwacht. Eine andere Nummer ist uns nicht bekannt. Ich …«

»Wann kann ich sie besuchen?«

»Sie können Helena keinen Besuch abstatten. Ich …«

»In zehn Minuten bin ich bei ihr.«

»Moment. Am besten, Sie setzen sich hin. Es hat leider Komplikationen ge…«

»Wie schlimm ist es?«

Die Anruferin atmete tief durch, bevor sie weitersprach. »Helena Egger ist tot. Sie ist ihren schweren Verletzungen erlegen.« Nun ließ sie Palmer Zeit, denn sie wusste, keinen noch so tröstend gemeinten Worten gelänge es, irgendetwas zu verschönern.

»Tot?«, fragte Palmer. Panik wühlte in ihrem Magen, doch sie unterdrückte das starke Bedürfnis, sich zu übergeben. Stumm hörte sie, wie die Anruferin sich in ruhigen Worten verabschiedete, während derer Palmers Herz sich zu einem Klumpen verhärtete. Ihre Kehle trocknete aus. Ohne das Handy aus der Hand zu legen, stand sie einige Augenblicke lang regungslos da, während ihr geschockter Blick rastlos im Wohnzimmer umherirrte.

Auf der Wodkaflasche blieb er hängen. Allerdings bekam sie sofort einen Kloß im Hals. Alkohol war nicht die Lösung. Nicht immer. Hatte sie Helenas Tod zu verantworten? Hätte sie Helena eindringlicher warnen sollen, sich von ihrer Wohnung fernzuhalten? Wäre das alles nicht passiert, hätte sie sich von Anfang an aus allem rausgehalten? Verzweifelt suchte sie nach einer Antwort. Was hätte sie tun können? Schweigend schüttelte sie den Kopf und senkte langsam das Kinn. Unweigerlich glitt ihr Blick zurück zur Wodkaflasche.

Verdammt. Nun reckte sie den Kopf, warf ihre Schultern zurück und ballte die Fäuste. Nicht *mich* trifft die Schuld an Helenas Tod. Nicht *ich* habe sie umgebracht. Niemand hat mir etwas vorzuwerfen, nicht mal ich mir selber. In meinem Leben habe ich nicht nur Scheiße gebaut. Mehreren Frauen habe ich das Leben gerettet, habe Kopf und Kragen riskiert, als niemand anders sich für sie ins Zeug geworfen hat. Ich bin, wie ich bin. Die können mich alle mal.

Klar wusste sie auf einer intellektuellen Ebene, dann und wann wäre es gescheiter, sich zurückzuziehen und sich einer drohenden Gefahr nicht entgegenzustellen. Aber für sie fühlte sich dies nicht richtig an. Den Schwanz einzuziehen, kam ihr vor, als wäre sie selbst ein Täter und würde Menschen durch ihre Tatenlosigkeit gefährden oder verletzen.

Nein, ich werde mich auch in Zukunft nicht zurückhalten. Ich will mich nicht verstecken. Und falls ich Durst verspüre, dann nehme ich einen Schluck. Gerade, als sie zum Wodka greifen wollte, begann das Handy auf dem Tischchen, sich zu drehen.

»Bouchard Françoise« las Palmer auf dem Display. Zwar hatte sie keine Lust, mit irgendwem zu plaudern. Aber Bouchard war ebenfalls eine starke Frau, die sich nicht hatte unterkriegen lassen von einem Mann.

»Ich bereite die Generalversammlung der *Art Society* vor von heute Abend. Es ist ein Jammer, dass jemand unser neu erstandenes Bild von William Turner geraubt hat, deshalb können wir es auf der Generalversammlung nicht präsentieren. Aber: Ich habe für Ersatz gesorgt, das Werk von Hirst wird heute angeliefert und in der Halle in Szene gesetzt. Kommen Sie vorbei. Ich liege gut in der Zeit. Eine halbe Stunde hätte ich Zeit und gewähre Ihnen eine private Vorbesichtigung. Nur Sie und ich.« Bereits ihre Stimme versprühte ein großes Maß an Begeisterung.

Palmer zögerte.

»*B29*. Damien Hirst. Da können Sie unmöglich Nein sagen.« Palmer hörte ein Lächeln in Bouchards Stimme. »Ach, kommen Sie, geben Sie sich einen Ruck. Oder kennen Sie Hirst nicht?«

»Klar doch«, entgegnete Palmer gequält. »Der tut alles, damit die ganze Welt ihn kennt. Aber um ehrlich zu sein, so richtig begeistert hat er mich nie. Hirst hat zwar eine ganze Epoche moderner englischer Kunst geprägt. Aber den Namen Damien Hirst verbinde ich weniger mit künstlerischem Talent als mit gewieften Public Relations. Sorry.

Hirst ist vor allem ein genialer künstlerischer Selbstvermarkter. Mit dem Verkauf seines pompös-monströsen Kitschs hat er bereits über eine Milliarde eingesackt. Was ist künstlerisch wertvoll an einem mit Diamanten überzogenen Totenkopf? Na ja.« Als Bouchard auf ihre Einschätzung nichts entgegnete, machte sich in Palmer ein schlechtes Gewissen breit. »Und Sie bringen Hirst ins Kunstmuseum Luzern?«

»Wie wär's mit jetzt gleich?«

Palmer schwankte. »Worum handelt es sich denn?«

»*B29*. Das Flugbenzin-Fass, mit dem die Maschinen betankt worden sind, die 1945 über Hiroshima und Nagasaki die Atombomben ›Little Boy‹ und ›Fat Man‹ abgeworfen haben. Ein grandioses Anti-Kriegs-Kunstwerk. Mit *B29* befasst sich Hirst einmal mehr mit seinen Lieblingsthemen Leben und Tod. Ein überdimensionierter, weißer Kanister mit Handkolbenpumpe und original Gummischlauch, kunstvoll bemalt mit 29 fröhlich gaukelnden Schmetterlingen, einem kleinen Jungen und einem dicken Mann. Glücklicherweise ist *B29* schon vor Tagen in meiner gesicherten Lagerhalle eingetroffen. Wenn das mal nicht reicht für den Präsidiums-Posten.« Bouchard lachte.

Palmer antwortete nicht. Stattdessen stand sie auf, ging hinüber zum Fenster und schaute zum Pilatus hoch, um zu beobachten, wie sich um dessen Spitze Wolken formierten.

Hirsts Kunstwerk oder Wodka?

Beides lockte.

Vage schwante Palmer, dass Bouchard die neue Frau hinter Alex sein konnte. Aber noch rechtzeitig vor einem unbedachten Seitenhieb hielt sie sich zurück, denn sie hatte dafür nicht den geringsten Anhaltspunkt. Nun spitzte Palmer die Lippen.

»In einer dreiviertel Stunde im Kunstmuseum?«, fragte Palmer.

Palmer genoss den moosigen Geruch des Wassers und das laue Lüftchen, das über ihr Gesicht strich, während sie dem Seeufer entlang wanderte. Mit jedem Schritt steigerte sich ihr Wohlbefinden. Diese Einladung kam Palmer äußerst gelegen. Denn in Griffweite hatten neben Wodka auch Whisky und Cognac gelockt, denen sie unbedingt widerstehen wollte. Mit dem Besuch im Kunstmuseum würde sie nicht nur sich selber, sondern auch Alex beweisen, dass sie den Alkohol jederzeit im Griff hatte. Es war überhaupt nicht so, dass Schnaps ihr Leben lenkte.

35

»Ich habe Palmer im *KKL* gesichtet. Beeil' dich. Bring' das Bild her. Und die Bombe. Du stichst sie ab und verschwindest für mindestens sechs Monate.«

»Du verarschst mich. Ins *KKL*? Während der Öffnungszeit? Viel zu viele Zeugen. Hast du einen Schaden?«

»Quatsch, du sollst sie doch hier nicht umbringen. Du bringst das Bild, wartest auf sie, schleichst ihr hinterher und stichst sie irgendwo draußen ab, wo es keine Zeugen gibt. Aber nimm dich in Acht, die Kleine ist schnell. Entdeckt sie dich, taucht sie unter. Dann kannst du dir deine Rache abschminken.«

»Wenn ich mich danach in Luft auflösen soll, kostet das extra.« Laut vernehmbar blies er den Rauch der Zigarette ins Mikro.

»Ich lege noch einmal 10.000 oben drauf. Aber mach' vorwärts.«

»Ich warne dich. Krieg' ich Palmer diesmal nicht, verkauf' ich das Bild einem Amerikaner.«

»Du kommst her, installierst die Bombe und übergibst mir das Bild. Und ich zahle dir die Hälfte. Cash. Nachdem du Palmer erledigt hast, kriegst du den Rest.«

Er lachte dreckig.

»Okay, du kriegst die Bombe, ich Palmer. Das Bild liefere ich erst beim letzten Zahltag.«

»Jetzt mach vorwärts.«

»Scheiße, ich schlitz' sie auf, verdammte Tusse.« Er grinste. »So machen Geschäfte Spaß.«

Der Plan sah aus wie folgt: Das Bild, das Victors Bruder noch immer bei sich trug, würde er der toten Palmer unterschieben, damit es die Polizei bei ihr finden und sie als Drahtzieherin hinter dem Bilderraub vermuten würde. So weit, so gut. Was Victors Bruder nicht wissen konnte: Nach Palmers Tod würde er selber an Ort und Stelle abgeknallt. Dafür würde Selbstverteidigung geltend gemacht mit der Behauptung, er hätte sich angeschickt, nach Palmer auch andere Anwesende abzustechen. Mit dieser Planänderung würde man den Mitwisser ausschalten, genau wie zuvor bereits Victor.

36

Als Palmer das *KKL* betrat, standen zu viele Leute vor den Aufzügen, um mit diesen in derselben Ladung in die vierte Etage zum Kunstmuseum hinaufzufahren. Palmer war nicht danach, lange zu warten, also entschied sie sich, zu Fuß hochzusteigen. Sie schaffte es gerade noch vor einer Klasse Zehnjähriger auf die Treppe, die im Stil des Industriedesigns aus Metall gefertigt war, sodass jedes einzelne Auftreten auf einer Stufe als harter Schlag durchs Treppenhaus hallte, jedoch das freudige Geschrei der Schulklasse nicht zu übertönen vermochte.

Drei Etagen hatte Palmer hinter sich gebracht, als ihre Augen bereits auf der Museumsebene waren und sie von der Treppe her durch die Glasschiebetür ins Kunstmuseum blickte. Hier entdeckte sie einen Mann, der Richtung Ausgang hastete, ihr entgegen. Eilig drehte er den Kopf nach links und rechts, und für Palmer war es offensichtlich, dass er nach jemandem suchte. Als er Palmer erblickte, stockte er in seiner Bewegung, und seine Miene versteinerte, während sich die Augen weiteten. Sein Gesicht lief dunkelrot an vor Wut.

Palmer kannte den Mann nicht, hatte ihn noch nie gesehen. Aber sie stoppte, da sie Gefahr roch.

Ohne seinen Blick von ihr abzuwenden, jagte er auf sie zu. Bei seinen stampfenden Schritten schlug der Rucksack links und rechts über seinen Rücken hinaus.

Instinktiv wirbelte Palmer herum. Sie sprang hinunter, drei Stufen auf einmal. Riss den Kopf herum und erblickte ihn, wie er ihr hinterher jagte.

Er war schneller als sie. Schauder liefen über ihren Rücken. Die nackte Angst zu sterben.

Sie übersprang weitere Stufen. Ihre Hüfte! Greller Schmerz explodierte hinter ihren Augen. Dieser aber schaufelte Adrenalin ins Blut. Auf Flucht programmiert, ertrug Palmer große Qualen.

Dritte Etage. Da stiegen ihr Schüler entgegen. Sie wich zur Seite, hatte aber keine Zeit zu warten. Sie wollte sich an den Kindern vorbeidrängen. Schwere Schritte hämmerten von oben. Keuchen. Fast hatte er sie eingeholt. Noch vier Meter. Sie preschte vorwärts, warf den Blick rechts in den leeren Gang nach hinten. Halt. Nein. Sackgasse. Sie hatte keine Wahl. Der Kerl war dabei, sie einzuholen. Hinkend stürzte sie in den langen Flur. Wieder schaute sie sich um nach ihm.

In vollem Lauf zerrte er ein Jagdmesser hervor und flog auf sie zu. Gleich würde er sie einholen. Und nach ihr stechen.

Aber Palmer drehte sich und duckte sich weg.

Das Messer zischte an ihr vorbei, dafür traf seine geschwungene Faust ihren Brustkorb.

Sie sackte vornüber, schnappte nach Luft. Kreischender Schmerz durchfuhr ihren Körper, als sie fiel. Sie zögerte, schloss die Augen und biss die Zähne zusammen.

Breitbeinig stand er über ihr. In seinen Augen loderte Hass, und seine Schlagader trat am Hals hervor.

Es ist aus, dachte Palmer. Sie lag auf dem Rücken, ein Bein angewinkelt, zwischen ihn und sich gehoben.

Die Deckenbeleuchtung blitzte in der Klinge auf, als er das gezackte Messer seelenruhig in seiner Pranke wiegte.

»Niemand legt sich mit meiner Familie an.« Er grinste irr.

Sie sammelte die ganze Kraft.

Er holte aus.

Urplötzlich rammte sie ihm den Fuß in den Unterleib.

Er sank vornüber und kriegte keine Luft.

Bereits stieß sie sich hoch, wirbelte herum und schmetterte ihr Knie gegen seinen Kopf. Er krümmte sich vor Schmerz, riss seine Arme hoch, um seinen Kopf zu schützen.

Weg von hier, war Palmers einziger Gedanke.

Aber jeder Atemzug war eine Qual. Sie spürte ein spitzes Stechen in den Rippen. Aber sie hätte nicht einmal schreien können vor Schmerz. Sie japste nach Luft.

Sie musste vorwärts, er durfte sie nicht erwischen.

Aber er rappelte sich auf. Wutschnaubend stampfte er ihr nach.

Wie nah war er schon? Es kam ihr vor, als könnte sie seinen Atem riechen. Sie warf den Kopf herum. Er bleckte die Zähne.

Sie torkelte weiter, weg von ihm. Dort, die Tür ganz hinten. Die Rettung. Ihre Hüfte stach, aber so schnell sie es schaffte humpelte sie um ihr Leben.

Endlich riss sie die Tür auf. Aber was für ein Schock. Bloß eine Abstellkammer. Ringsherum Wandgestelle. Vollgestopft mit Farbkübeln, Pinseln, Reinigungsmitteln.

Ein Handwagen versperrte die kleine Fläche zwischen den Gestellen voller Utensilien.

Wild zerrte sie den Wagen heraus und schwang ihn herum.

Der Kerl knallte so heftig dagegen, dass der Wagen kippte. Das Material schepperte laut durch den Flur, er taumelte und stürzte. Trotzdem schnellte sein Arm hoch, und die Klinge zischte heran.

Mit dem Ellbogen schlug Palmer seinen Arm weg. Er jaulte auf vor Wut.

Trotz Abwehr schlitzte die Klinge ihre Stirn auf.

Palmers Hand flog zur Klinke und riss daran. Die Tür knallte ins Schloss.

Alles stockdunkel.

Kraftvoll zerrte sie den Türgriff in der schwarzen Kammer hoch.

Er durfte nicht reinkommen.

Sie spürte, wie er draußen auf den Griff drückte. Aber er kriegte ihn nicht hinunter.

Nun polterte erst seine Faust gegen die Tür, dann schrie er wütend und knallte seinen Schuh dagegen.

»Verdammte Nutte.«

Sie gab nicht nach, stemmte die Füße gegen den Boden und wuchtete die Klinke noch stärker hoch.

Etwas floss ihr ins Auge und über die Lippen. Dann schmeckte sie Blut auf der Zunge. Mit dem Ellbogen schlug sie mehrmals gegen die Wand und traf den Lichtschalter.

Die Neonröhre summte.

Hektisch blickten sich Palmers Augen in der Kammer um. Dieses Loch war vollgestopft mit Malerutensilien. Es gab keinen Fluchtweg. Ihre Kehle schnürte sich zu, sie musste sich zum Atmen zwingen.

Kommt mir denn niemand zu Hilfe? Was ist mit der Aufsicht? Schauen die denn nicht auf die Überwachungsmonitore?

Sie war gefangen in dieser Todesfalle.

Vor der Tür schrie der Kerl, wobei er jedes einzelne Wort wie eine Explosion ausstieß:

»Du hast ja keine Ahnung, mit wem du dich anlegst.«

»Mit wem denn?« Noch immer zerrte sie die Klinke hoch.

»Ich schlachte dich ab.«

»Zurzeit sieht es anders aus«, entgegnete Palmer, um etwas Zeit zu schinden, während sie fieberhaft nach einer rettenden Idee suchte. Erst jetzt spürte Palmer an der Klinke, dass er sie draußen nicht mehr nach unten drückte. Trotzdem ließ sie nicht locker.

»Heute machst du den Abgang. Hätte ich dich zu Hause nicht verpasst, als du die Gitarre geholt hast, hätte ich deine Kerze bereits damals ausgepustet.« Er machte eine Pause. »Wart' mal.«

Palmer hörte, wie er rumpelnd den Wagen aufrichtete und ihn mit einem Knall vor die Tür schob. Noch immer drückte er nicht auf die Klinke. Palmer erahnte seinen Plan. Vorsichtig drückte sie auf den Griff, aber jetzt ließ sich dieser nicht um einen Millimeter nach unten bewegen. Der Scheißkerl hatte auf dem Karren einen Kübel unter die Klinke geschoben.

»Diese Kammer verlässt du nicht lebend. Aus und vorbei«, brüllte er durch die Tür.

Ihre Blicke schossen durch die Kammer. Kein Fenster, nichts. Sie war gefangen. Mit dem Ärmel des Shirts strich sie Blut aus dem Auge.

»Was haben wir denn hier?«, fragte er mit gespieltem Lächeln durch die Tür. »Verdünner und Lösungsmittel? Du wirst brennen wie eine Fackel.«

Sie hörte, wie er draußen hantierte. Dann schwappte klare Flüssigkeit von außerhalb durch die Bodenritze in die Kammer und verteilte sich auf der Fläche. Verdünner! Hoch brennbar! Sofort atmete Palmer tief ein, bevor alle Luft hier drin verpestet war. Gleich würden sich die giftigen Dämpfe im ganzen Kabuff verteilen.

Palmer stieg auf eines der wackeligen Regale, um nicht mit den Füßen in der brennbaren Flüssigkeit zu stehen.

Es gab kein Entrinnen.

37

Panisch fingerte Palmer ihr Handy aus der Tasche und entsperrte es. Aber bevor sie die Nummer der Polizei wählte, schoss es ihr durch den Kopf, sie dürfe das Gerät jetzt auf keinen Fall zu benützen. Wegen Explosionsgefahr war es an Tankstellen streng verboten, während des Nachfüllens die Dinger zu benützen, also steckte sie das Handy wieder ein.

Hastig sah sie sich um. Die Kammer bot keinen Notausstieg, kein Fenster, nichts. Aber wusste dies der verdammte Kerl draußen?

»Du meinst, ich schaffe es nicht durch diese Luke?«, fragte Palmer laut. »Du könntest dich täuschen.« Sogleich zerschmetterte sie so laut wie möglich Glas. »Bye-bye«, rief sie durch die Tür.

Bei der Klinke tat sich etwas. Einen Augenblick später schwang die Tür nach außen und krachte hinten an die Wand.

Von oben im Regal sah Palmer, wie der Kerl mit weit aufgerissenen Augen, das Messer vor sich gestreckt, in die stockdunkle Kammer stürzte. Blitzschnell sprang sie vom Regal herab und rammte ihm die zerbrochene Leuchtstoffröhre ins Gesicht. Als ihre Füße Stand gefunden hatten, zog sie die Glaszacken zurück und trieb ihm die Scherben in den Hals. Und noch einmal.

Er schrie und riss verzweifelt die Hände zur Kehle. Rückwärts stolpernd, hustete er und versprühte Blut. Zwischen seinen Fingern floss die dunkle Flüssigkeit hervor und spritzte zu Boden.

Palmer beugte ihren Körper, packte zu und rammte ihm einen verschlossenen Farbkübel in die Weichteile. Er krümmte sich, schwankte und rang nach Luft. Palmer schuf Distanz, um seinen mörderischen Pranken zu entfliehen. Schwungvoll pfefferte sie ihm jetzt den schweren Eimer in die Rippen und nahm ihm die Luft zum Atmen. Er keuchte. Die Augen traten ihm aus dem Schädel. Ohne in ihre Richtung zu starren, fuchtelte er mit einer Hand nach ihr. Aber es gelang ihm nicht, sie zu packen.

Erneut wirbelte Palmer um die eigene Achse, um ihm das improvisierte Kampfgerät brutal an die Schläfe zu knallen. Sie traf ihn jedoch nur halb, da er sich abdrehte. Sein kleiner Rucksack war seitwärts nach vorne geschnellt und fing einen Teil der Schlagenergie auf. Allerdings platzte der Deckel des Farbeimers ab und ein tiefschwarze Farbe spritzte bis zur Decke. Trotzdem war der Aufprall genügend stark, um ihn in die Knie zu zwingen. Sein Messer glitt ihm aus der Hand. Palmers Fuß kickte dagegen, sodass es klirrend über den Boden schlitterte.

Kniend umschloss er mit den Handflächen seinen Hals, hoffte, damit seinen Blutverlust zu stillen, und blickte wuterfüllt zu ihr hoch.

Palmer wollte weg von hier. Vornübergebeugt, aber mit ausgebreiteten Armen, hielt er sich im Gang aufrecht, ihr gegenüber, sie in der Sackgasse. Mit seiner geballten Faust machte er ihr klar, dass er sie nicht einfach ziehen lassen wollte.

Als sie nur schon einen Schritt nach vorne machte, um in seitlichem Abstand an ihm vorbeizugehen griff seine Pranke nach ihr.

Schnell trat sie einen Schritt zurück, hob einen anderen Farbeimer hoch. Sie drehte den Körper um die eigene Achse und schwang den Behälter. Er versuchte auszuweichen, seine Knie glitten aber auf der Farbe aus. Der Eimer krachte an sein Ohr. Blut spritzte. Er kippte zur Seite, platschte erst mit der Schulter auf den Boden. Dann knallte dumpf sein Kopf auf den harten Grund. Zusammengekrümmt saugte er verzweifelt Sauerstoff durch seine zerfetzte Luftröhre. Beim Ausatmen blubberten Luftblasen an seinem Hals.

Nicht nur der Gang, sondern auch er selber war so mit Farbe und Blut vollgespritzt, dass nicht einmal seine Verwandten ihn auf Anhieb erkannt hätten.

Mit dem vielen Blut, das aus seiner Wunde quoll, verließ ihn auch die letzte Kraft. Zwar öffnete er den Mund, aber kein Schrei entfuhr seiner Kehle. Kaum mehr ein Röcheln. Sein Pferdeschwanz lag wie ein Pinsel in sein eigenes Blut getunkt.

Aber Palmer wusste, diese Schlacht war noch nicht vorbei. An Muskelkraft war er ihr weit überlegen und auch an krimineller Energie. In sicherem Abstand tippte sie die Nummer ins Handy, wählte den Polizeinotruf. »Hier spricht Palmer. Senden Sie bitte eine Ambulanz zur zweiten Etage des *KKL*. Schnell. Ein Mann mit Verletzungen am Hals. Er wird verbluten. Oder ersticken. Und kommen Sie.«

»Jemand hat uns bereits aufgeboten«, sagte der Beamte und fragte nach ihrem vollen Namen und der Wohnadresse. Aber Palmer fiel ihm ins Wort.

»Ich bleibe an Ort und Stelle. Meine Nummer haben Sie. Ich drücke ihm die Hände auf die Wunde, muss sicherheitshalber aber auch schauen, dass der Kerl nicht noch einmal aufsteht.« Dann steckte sie das Handy weg. Sie musste ihn fixieren. Obwohl sie diesen elenden Kerl hasste, sollte er sich nicht so einfach aus dem Leben stehlen können. Sie würde sogar um sein Leben kämpfen, um ihn der Justiz zu überlassen. Auch hoffte sie, die Richter würden in ihm den Täter sehen und nicht das Opfer.

Palmer eilte in die Malerkammer, musste aber ihren Augen einige Sekunden lassen, um sich an die Dunkelheit zu gewöhnen. Fieberhaft suchte sie nach einem Seil, ergriff dann kurzerhand den Farbmixer und zerrte ihn hinaus. Sofort wickelte sie das Kabel ab, bog seine Arme in den Rücken und schlang es um seine Hände. Dann knickte sie seine Beine bei den Knien, zog die Füße so nah an die Hände, wie sie es schaffte und schlang das Kabelende mit dem Stecker drum herum. Aber er bewegte sich keinen Millimeter.

Erst jetzt nahm Palmer vorne im Gang zwei Frauen wahr, die bewegungslos und mit riesigen Augen auf die Szene starrten. Da sie jetzt die Gefahr am Boden gebannt sahen, begannen sie, ängstlich miteinander zu flüstern.

Um sich einen Lappen zu besorgen, betrat Palmer nochmals den Malerraum, verließ ihn aber wieder, nachdem sie nichts Brauchbares gefunden hatte, was sie dem Kerl auf die Wunde drücken konnte. Als sie heraustrat stand dort Bouchard, die sichtlich erschrak, als sie Palmer erkannte.

»Sie?«, fragte Bouchard. Sogleich aber bückte sich Bouchard, schnallte dem Kerl den Rucksack vom Rücken und zog den Reißverschluss auf. Freudestrahlend zog sie daraus ein schwarzes Transportrohr hervor, während sie den Rucksack zu Boden fallen ließ. Unter dem staunenden Blick von Palmer schraubte Bouchard den Deckel weg und förderte sorgsam ein zusammengerolltes Bild zutage.

»Das geraubte Gemälde von William Turner«, sagte Bouchard in feierlichem Ton.

Palmer kniete neben dem Kerl und drückte ihm eine Handfläche auf die Wunde am Hals, während sie mit der andern Hand nach dem Rucksack griff und darin wühlte. Sie wollte sehen, was da sonst noch zu finden war. Mit hochgezogenen Augenbrauen fragte sie:

»Was ist denn das?« Neben einem Fetzen Papier, von Hand beschrieben, hatte sie ein kleines elektronisches Kästchen hervorgezogen und begutachtete dieses von allen Seiten. Erst auf den zweiten Blick erkannte sie, worum es sich handelte. »Ein Fernauslöser mit der Anleitung für die Entsicherung.« Palmer blickte Bouchard fragend an.

»Dieses Gemälde kommt wie gerufen für die Generalversammlung«, rief Bouchard begeistert. Schließlich verstaute sie das Bild vorsichtig wieder in der Transportrolle, fasste nach dem elektronischen Gerät und der Anleitung in Palmers Händen und schob alles in den Rucksack. »Den Rest übergeben wir mal besser der Polizei. Vor diesem Scheißkerl brauchen wir uns nicht mehr zu fürchten.« Als sie sich abwandte entgegnete Palmer:

»Bleiben Sie hier. Das ist ein Beweisstück.«

»Keine Angst. Ich bleibe im Haus. Das Bild ebenfalls. Ich werde es an der Generalversammlung präsentieren.« Ohne weiter auf Palmers Bedenken einzugehen, wandte sie sich ab, marschierte mit dem teuren Fund Richtung Treppe und entschwand zwischen den Zuschauern.

Vor Palmers Knien hatte sich eine dunkelrote Lache ausgebreitet, Blut, das wie ein dunkler Lavastrom aus seiner Wunde pulsiert war.

Bald schon vernahm sie von weit die Sirenen von Polizei- und Ambulanzfahrzeugen und wusste, alles würde gut. Sie war in Sicherheit. Gleichzeitig begriff sie, dass sie dem Tod nur um Haaresbreite entronnen war, und spürte ein Wärmegefühl, das sich von den Füßen hochsteigend in ihrem ganzen Körper ausbreitete. Die Muskeln im Schulterbereich entspannten sich. Sie schloss die Augen, legte den Kopf in den Nacken und begann, tief ein- und auszuatmen. Gleichzeitig aber überlegte sie, weshalb dieser Angreifer das von Victor geraubte Bild zurückgebracht hatte. Plagte ihn ein schlechtes Gewissen? Wollte er etwas gutmachen? Nein, sonst hätte dieser knallharte Typ nicht alles gegeben, sie zu exekutieren.

38

Kurz darauf vernahm Palmer Getrampel im Flur und erkannte gelb-rot gekleidete Männer, die einen Notfallkoffer auf der Trage herbeischafften und sich sogleich um den Verletzten kümmerten, während Polizisten den Flur mit Flatterband absperrten. Auch Palmer wurde verarztet, man beließ es jedoch dabei, ihre Schnittwunde an der Stirn zu säubern und mit einem Heftpflaster abzudecken. Schon bald verfrachtete man den Verwundeten mit der Ambulanz in die Notaufnahme, derweil der Einsatzleiter und zwei seiner Kollegen mit den polizeilichen Einvernahmen starteten. Neben zwei Lehrerinnen, welche auf dem Weg gewesen waren, mit ihren Schulklassen das Kunstmuseum zu besuchen, befragte man auch drei Mitarbeiterinnen des Museums als Zeuginnen. Und natürlich auch Bouchard. Da sie aber erst nach Palmers Kampf zum Angreifer gestoßen war, entließ man sie bereits nach gut einer Stunde, sodass ihr genügend Zeit verblieb, die Vorbereitungen für die Generalversammlung abzuschließen.

Zwar hatten mehrere Zeuginnen beobachtet, wie der Täter das Kunstmuseum, das zusammen mit dem Café die gesamte vierte Etage des *KKL* einnahm, verlassen hatte. Nach einem Augenschein in den Museumsräumlichkeiten war die Polizei aber überzeugt, dass die Ausstellungsräume selbst nicht Teil des Tatorts waren, da der Täter dort offensichtlich bloß nach Palmer Ausschau gehalten und der Angriff auf Palmer zwei Stockwerke tiefer stattgefunden hatte. Also stand der anstehenden Generalversammlung der *Art Society* nichts mehr im Weg und man gab das Kunstmuseum frei. Die Teilnehmer der Generalversammlung mussten einzig auf die Nutzung der Treppen verzichten, was aber nicht zu Verzögerungen führte, da auch unter normalen Umständen alle mit einem der beiden Aufzüge hochgeschwebt wären. Allerdings bildete sich ein Rückstau beim Eingang ins Museum, da aufgrund der Polizeipräsenz und herumgeisternder Gerüchte alle wissen wollten, was vorgefallen war. Manch ein Lächeln erstarrte, hier wurde eine Hand vor die Brust gepresst, dort sogar eine Träne getrocknet, als man vernahm, welche Gewalttat sich kurz zuvor bloß zwei Stockwerke tiefer abgespielt hatte.

Die Museumsmitarbeiterinnen vor dem Eingang erklärten den Teilnehmern der Generalversammlung, man würde sie zu Beginn der Veranstaltung über den Vorfall informieren. Mit ausgestreckter Hand und nickendem Kopf wiesen sie ins Museum, sodass sich die Menge allmählich in die Halle mit den aufgestellten Stuhlreihen verschob, wo die Leute Platz nahmen, aber weiterhin aufgeregt tuschelten und sich gegenseitig versicherten, nie im Leben hätten sie sich erst den Bilderraub und später dann einen Mordversuch vorstellen können in diesem ehrwürdigen Haus. Dennoch hielt der heutige Vorfall niemanden von der Teilnahme an der Generalversammlung ab, zu aufregend war das ganze Drumherum.

Am Tatort dauerte die erste Einvernahme von Palmer ziemlich lange, bei welcher sie mehrmals ihre genauen Wahrnehmungen zu Protokoll geben musste und beteuerte, in reiner Selbstverteidigung auf den Angreifer eingestochen zu haben, was von jener Lehrerin bestätigt wurde, welche zuvor telefonisch die Polizei alarmiert hatte. Auch erwähnte Palmer der Polizei gegenüber, sie frage sich, weshalb dieser Kerl das geraubte Turner-Gemälde ins *KKL* gebracht hatte.

Irgendwann hatte der Ermittler genug gehört, steckte den Kugelschreiber in seinen Veston, klappte den Notizblock zu und bestellte Palmer ein ins Hauptquartier, um in knapp zwei Stunden das Protokoll zu unterschreiben.

Da Palmer bis dahin genügend Zeit verblieb, wollte sie, falls möglich, der Generalversammlung der *Art Society* einen kurzen Besuch abstatten, um zu erfahren, ob Bouchard die Wahl zur Vorstandsvorsitzenden geschafft hatte. Als Palmer am Kassentresen vorbeischritt, bildeten sich auf ihrer Stirn waagrechte Falten, denn im Hintergrund erkannte sie Herrn Faber von der Sicherheitsfirma vertieft in ein Gespräch mit einer Museumsmitarbeiterin. Wortlos ließ sie die beiden hinter sich und ging bis zum Eingang. Obwohl sie nicht Mitglied des exklusiven Zirkels der *Art Society* war, ließen die zwei Damen bei der Eingangskontrolle sie dennoch eintreten, da sich Palmers Verdienste bei der Wiederbeschaffung des geraubten Gemäldes bis zu ihnen herumgesprochen hatte.

Fleißige Hände hatten die Halle eigens für diese Veranstaltung umgestaltet. Die großformatigen Bilder der aktuellen Ausstellung, gezirkelte Kreise, mit farbetriefenden Riesenpinseln auf Leinwände gemalt, hatte man ringsum an den Wänden hängen gelassen. Aber die Sitzbank, die normalerweise im Schnittpunkt des Saals die Besucherinnen zum Verweilen einlud, war aus dem Raum geschoben worden. Zudem hatte man ein Podium errichtet, dem Eingang gegenüberliegend, auf dem inzwischen die Vorstandsmitglieder Platz genommen hatten. Hinter ihnen war eine mobile Stellwand platziert worden, um das zurückgewonnene Gemälde von William Turner gut sichtbar für alle darauf zu montieren, wohlwissend, dass ein Besucherstau zu erwarten gewesen wäre, hätte man es in der Nähe des Eingangs präsentiert. Dafür waren die Gäste an Damien Hirsts bemaltem Flugbenzinfass achtlos vorbeigelaufen, da sie es nicht erkannt hatten.

Palmer stand hinter der letzten Sitzreihe und verfolgte die Versammlung mit verschränkten Armen. Nun lehnte sie sich mit der Schulter an die Wand, schreckte jedoch sofort zurück, als ein stechender Schmerz durch ihren Körper zuckte und sie an ihre Verletzung erinnerte. Etwas breitbeinig stellte sie sich hin und entdeckte ganz nahe die auffällige Föhnfrisur des farbenfroh gekleideten Schwagers des Museumsdirektors, der mit übereinandergeschlagenen Beinen und einem Daumen unter dem Kinn den Worten der Vorsitzenden folgte. Nun konnte sich Palmer eines Lächelns nicht erwehren, als sie begriff, weshalb er genau diesen Platz gewählt hatte. Zuhinterst in dieser Halle direkt neben dem Durchgang waren alle Teilnehmer gezwungen, an Adrian Ammann vorbeizuschreiten, falls er sich bei Saalöffnung bereits hingesetzt hatte. Und sogar ein zweites Mal konnte er Huldigungen der Leute entgegennehmen, falls er bis nach Beendigung der Veranstaltung hier ausharren würde.

Durch ihre hastige Bewegung aufgrund des Schmerzes musste Ammann auf sie aufmerksam geworden sein, denn er nickte ihr zu, erhob sich und stellte sich neben sie, um von ganz hinten das Geschehen auf der Bühne ebenfalls im Stehen zu verfolgen. Allerdings glitten Palmers Gedanken von den wohlgewählten Worten aus den Lautsprechern ab. Konnte sie Ammann aus dem Kreis der Verdächtigen entlassen? Immerhin war klar, dass Victor Kolar zwar das Bild geraubt hatte, danach aber in seiner Wohnung zu Tode gekommen war. Palmer vermutete hinter seinem gewaltsam herbeigeführten Hinscheiden den Auftraggeber des Raubs.

»Wie weit sind wir in den Traktanden bereits vorangekommen?«, fragte sie Ammann.

»Der geplante Ablauf ist völlig durcheinandergeraten.« Er grinste. »Richtiggehend geschockt hat die Präsidentin uns informiert, was heute draußen passiert ist. Meinen Glückwunsch übrigens. Geht's?« Er nickte mit dem Kinn auf das Pflaster an ihrer Stirn, während Palmer sich langsam an das dumpfe Pochen in der verwundeten Schulter gewöhnte.

»Hier muffelt etwas«, sagte Palmer. »Ist das Benzin?«

»Ist integraler Bestandteil von Damien Hirsts Kunstwerk *B29*. Historisches Flugbenzinfass der Hiroshima-Bomber. Grandiose Leistung von Bouchard. Schafft die doch tatsächlich dieses Werk zur Generalversammlung herbei.« Ehrfürchtig schüttelte er den Kopf. »Diese Überraschung ist ihr voll geglückt. Ich hab' erfahren, sie wird diesbezüglich einige Worte an uns richten nach den Wahlen. Ich freue mich jetzt schon auf die später im Jahr stattfindende Hirst-Ausstellung. Geile Geschichte.«

Palmer nickte und versuchte, ihre Aufmerksamkeit dem

Geschehen auf dem Podium zu schenken. Dort saßen die sieben Vorstandsmitglieder an nebeneinander aufgereihten Tischen, in der Mitte die abtretende Vorsitzende. Françoise Bouchard, die man ganz rechts außen platziert hatte, genehmigte sich einen Schluck Wasser und schenkte sich aus der Flasche nach. Dann notierte sie sichtlich wohlgestimmt etwas auf ihren Block, riss das Blatt ab, neigte sich zu ihrem Nachbarn und flüsterte etwas in sein Ohr. Er reichte die Notiz weiter, bis sie endlich bei der Vorsitzenden landete. Diese las, während sie weitersprach, unterbrach dann aber ihre Ausführungen mitten im Satz, erhob sich vom Stuhl, zeigte mit gestrecktem Arm ins Publikum und erklärte der versammelten Gesellschaft mit hörbar ergriffener Stimme:

»Soeben hat sich Frau Palmer bei unserer Versammlung eingefunden. Sie steht dort ganz hinten.« Die meisten Besucher drehten sich auf ihren Stühlen um und blickten neugierig zu Palmer. »Frau Palmer hat zusammen mit Françoise Bouchard einen erheblichen Anteil daran geleistet, dass wir unser geliebtes Werk *The Rigi, Lake Lucerne, Sunset* heute wieder zurückerhalten haben.«

Applaus brandete auf, während Palmer sichtlich verlegen dastand und sich in diesem Moment wünschte, ganz woanders zu sein. Sogleich ging ihr ein Licht auf, weshalb Adrian Ammann sich neben sie gestellt hatte, denn mit ausgebreiteten Armen und breitestem Lächeln nahm er die Ovationen entgegen, drehte sich dann doch zu Palmer und stimmte in den Applaus mit ein. Die allgemeine Freude im Saal war mit Händen greifbar, schwoll sogar noch an und schwappte von den versammelten Mitgliedern auf die Präsidentin über, sodass die eigenen Gefühle sie zu überwältigten schienen und sie überschwänglich und mit glänzenden Augen erklärte: »Mit der Wiederbeschaffung dieses Gemäldes, das wir alle für das Kunstmuseum erstanden haben, hat Françoise Bouchard ihre tiefste Verbundenheit mit der *Art Society* bewiesen. Aufgrund der aktuellen Umstände erlaube ich mir, meine neutrale Position bezüglich des neu zu besetzenden Präsidiums zu verlassen. Ich bin überzeugt, im Namen aller zu sprechen, wenn ich Françoise Bouchard als rettenden Engel, aber auch als äußerst aktives Mitglied dieses Vorstands, durch Ihren zustimmenden Beifall zur neuen Vorsitzenden ernenne.«

Nun geschah etwas hoch Spannendes.

Während die einen noch lauter applaudierten, schoss bei anderen der Kopf in die Höhe, während sie entsetzt in die Runde blickten. Eine Frau mittleren Alters sprang von ihrem Stuhl hoch.

»Moment«, protestierte sie Richtung Podium und reckte den Zeigefinger gegen die Decke.

39

»Moment. Wir haben noch eine andere Kandidatin. Traktandum fünf sieht die offizielle Wahl der neuen Präsidentin vor. Bloß abzunicken und zu applaudieren, kommt überhaupt nicht infrage.« Nun glitt ihr Blick über die Teilnehmerschar und suchte nach Zustimmung unter den geladenen Gästen.

Selbst auf dem Podium entstand Bewegung, als eine Vorstandskollegin ihre Blätter vor ihrem Platz zu einem ordentlichen Stapel klopfte und sich langsam von ihrem Stuhl erhob, sich erst zu Bouchard drehte und dann zu den versammelten Mitgliedern. Endlich stemmte sie ihre Fäuste auf die Tischplatte und sprach donnernd ins Mikrofon.

»Mir sind zwei Zeugen bekannt, die hoch und heilig schwören, Bouchard habe sich einen falschen Rothko andrehen lassen. Auch wenn dies eine private Angelegenheit ist, so handelt es sich doch um eine Peinlichkeit, die den Ruf unserer *Art Society* schädigt und niemals mit dem Amt des Präsidiums belohnt werden kann.«

Bouchard knallte ihren Kugelschreiber derart auf den Block, dass er davon aufsprang, über das Podium hinaussegelte und auf das schneeweiße Seidenkleid einer Besucherin in der vordersten Stuhlreihe traf. Jedermann konnte in Bouchards Gesicht lesen, dass sie vor Wut kochte.

»Fränzi Bouchard, nimmst du bitte Stellung?«

»Gemeine Verleumdung«, schrie Bouchard. »Diese … Dame will mich unglaubwürdig machen. Ich habe nie einen Rothko gekauft, weder einen echten noch einen gefälschten.«

»Ich gehe sogar noch weiter. Bouchard wäre nicht nur als Präsidentin unhaltbar. Ich beantrage hier und jetzt, dass wir Bouchard sogar aus dem Vorstand abwählen.«

Aufgewühlt, aber in möglichst sachlichen Worten, ging Bouchard auf den Angriff ein.

»Falls überhaupt jemand etwas beweisen muss, dann nicht die Beschuldigte, sondern die Anklägerin.« Nun stemmte auch sie sich in den Stand und wandte sich an alle Mitglieder. »Vergessen Sie nicht, die Idee zur Turner-Ausstellung, der erfolgreichsten Ausstellung seit Bestehen des *Kunstmuseums Luzern*, habe ich persönlich vorgebracht. Ich habe die Kontakte zu den ausleihenden Museen geknüpft, ich habe die Versicherungsmodalitäten abgewickelt. Alles ohne Kostenfolge für die *Art Society*. Eine solche Behandlung wie gerade eben habe ich nicht verdient.« Ohne den Kopf zu ihr zu wenden, stach sie mit gestrecktem Finger in Richtung der Anklägerin. Gut sichtbar kostete es sie nun alle Überwindung, die Vorstandskollegin nicht mit einer Schimpftirade einzudecken. Also schloss sie die Augen, atmete tief durch, legte den ausgestreckten Arm an den Körper und schüttelte endlich den Kopf. »Ich werde hier nicht fair behandelt.«

Bei diesen Worten klingelte etwas bei Palmer. Anlässlich ihres ersten Treffens hatte Bouchard betont, sich einer Kampfwahl um das Präsidium stellen zu müssen, sei angesichts ihrer Leistungen nicht fair. Dann aber hatte sie zusätzliche Worte nachgeschoben. Sie sagte, irgendwann werde sie genug gelitten haben und sich wehren. Dann werde sie sich dieses ganzen Haufens entledigen.

Bouchard warf den Kopf herum.

»Ihr seid alle so ruhig. Ist hier niemand, der mir beisteht?« Ihre Lippen verwandelten sich in einen dünnen Strich. Während sie auf eine Antwort wartete, sammelte sich Blut in ihren Wangen. »So etwas muss ich mir nicht länger anhören. Ich trete ab durch die Hintertür. Ich will mit dieser ganzen Gesellschaft nichts mehr zu tun haben. Ihr werdet mich hier nie mehr wiedersehen.« Sie griff nach ihrer Umhängetasche an der Stuhllehne, streifte sich deren Gurt über den Kopf und eilte Richtung Notausgang.

Palmer empfand Mitleid mit Bouchard. Tatenlos hatte sie mit angesehen, wie man vorne auf dem Podest Bouchard abgeschlachtet hatte. Ausgerechnet Bouchard, die sogar Palmer ihre Hilfe angeboten hatte.

Als lichtete sich ein Nebel, erschienen die Vorkommnisse der letzten Tage auf einen Schlag viel klarer vor ihren Augen und zeigten sich Palmer in einem neuen Bild, das jedoch weitere Fragen heraufbeschwor.

Bouchard war auf Alex zugegangen, nachdem die Medien vermeldet hatten, Palmer sei den Bilderräubern auf der Spur. Wollte sie sich dadurch Infos verschaffen, wie weit Palmer der Räuberbande bereits auf den Fersen war?

Ein Fahrzeug hätte sie beinahe zu Tode gefahren, nachdem Bouchard ihr den Tipp mit der auswanderungswilligen Museumsmitarbeiterin zugesteckt und Palmer sich sofort zu ihr aufgemacht hatte. Bouchard war der Weg bekannt, den Palmer gleich einschlagen würde.

Und noch etwas: Wieso hatte Bouchard nach der Überwältigung des Angreifers vor einigen Stunden bereits vor Freude gestrahlt, bevor sie den Deckel vom Transportrohr geschraubt hatte? Wie hätte sie wissen können, dass sich das Turner-Bild darin befand?

Mit einem Mal wurden Palmers Augen schmal. Schweiß brach aus auf ihrer Stirn, denn sie begriff noch etwas ganz anderes. Woher hatte der Kerl heute gewusst, dass sie zu Hause eine Gitarre geholt hatte, wenn er nach eigenen Angaben ihr dort nicht aufgelauert hatte? Einzig Bouchard gegenüber hatte sie das erwähnt. War Bouchard tatsächlich in die ganze Raub- und Mordgeschichte verwickelt? Palmers Hirn ratterte, während sie sich so stark auf die Unterlippe biss, dass sie den metallischen Geschmack von Blut schmeckte. Ruckartig schoss ihr Kopf in die Höhe. Ihre Augen fanden Bouchard, die in den unbeleuchteten Teil der Halle zum Notausgang stakste, in diesem Moment aber abrupt innehielt, auf dem Absatz kehrtmachte und mit hochrotem Kopf Richtung Bühne eilte. Laut polternd stürmte sie auf das Podium, bückte sich bei ihrem Platz am Vorstandstisch und griff nach dem kleinen Rucksack auf dem Boden, den heute der niedergestochenen Angreifer getragen und den anschließend Bouchard an sich genommen hatte, um ihn der Polizei zu überbringen.

Jetzt machte es bei Palmer klick.

»Dann werde ich mich dieses Haufens entledigen«, hatte Bouchard bei ihrem ersten Treffen Palmer offenbart.

»Sie will das ganze Haus in die Luft sprengen«, schrie es mit voller Kraft aus Palmer heraus. Mit einer Schwimmbewegung verschaffte sich Palmer Platz und stieß Ammann unsanft zur Seite, um über den Mittelgang nach vorne zur Bühne zu brausen. »In ihrem Rucksack hat sie den Fernauslöser für eine Bombe. Haltet sie auf!«, brüllte Palmer in vollem Lauf. Bilder blitzten vor ihrem geistigen Auge auf, wie der Kerl heute aus dem Museum marschiert war, in welchem Bouchard das Kunstwerk mit dem Flugbenzinfass für die Versammlung vorbereitet hatte. »Sie darf ihre Hand nicht in den Rucksack kriegen.«

Aber weder ein Vorstandsmitglied noch ein Besucher erfasste die Situation. Ungläubig und mit offenem Mund blickten alle Palmer nach.

Vorne angelangt, sprang sie mit einem furchtlosen Satz auf das Podest, wandte sich um die eigene Achse und schlitterte mit dem Gesäß über die Tischplatte zu Bouchard, allerdings nicht ohne mit der Hüfte an die Kante zu stoßen. Lähmender Schmerz durchzuckte sie, vermochte sie aber in keiner Weise zu stoppen. Noch im Schlittern drehte sie sich, sodass ihre Füße Halt auf dem Filzteppich fanden.

Palmers Finger flogen zum Rucksack, verkrallten sich im

Leder und zerrten mit aller Kraft. Aber Bouchard gab den Rucksack nicht kampflos her, sodass beide Frauen am selben Beutestück rissen. Unerwartet beugte sich Bouchard vor und rotierte blitzschnell um die eigene Achse. Damit gelang es ihr, den Rucksack aus Palmers Händen zu winden. Bouchard riss den Reißverschluss auf. Sie zwängte ihre Hand hinein. Da ergriff Palmer vom Tisch eine Wasserflasche. Sie setzte zum gezielten Schwung an. Die Flasche krachte gegen Bouchards Hand. Der Schlag war so gewaltig, dass der Rucksack in hohem Bogen wegflog, die Fernbedienung daraus hervorglitt und mit dem Rucksack über den Museumsboden schlitterte.

»Bouchard hat bei uns nichts mehr zu suchen«, zeterte die verfeindete Vorstandskollegin aus halbwegs sicherer Entfernung.

In einer einzigen fließenden Bewegung wirbelte Bouchard zu ihr herum, zog ihre Pistole aus der Umhängetasche und zielte.

»Verfickte Dreckschlampe. Jetzt werd' ich dich los. Auf die Knie!«

Aber da war noch Palmer, die aus der Hüfte heraus eine Drehung vollführte. Sie legte ihre ganze Kraft hinein und verpasste der Pistole einen heftigen Schlag. Bouchards Arm schwang herum, an Palmers Kopf. Sie drückte ab. Ein gelber Blitz schoss hervor. Die Kugel zischte schrill an Palmers Ohr vorbei. Der Knall grollte wie ein Donnerschlag über alle Köpfe hinweg und hallte von den Wänden zurück. Dumpf ploppte die Kugel hinter Palmer auf die Stellwand mit William Turners Gemälde.

Wer bisher noch nicht vom Podium gesprungen war, holte dies jetzt nach. Es schepperte schrill, als Stühle zu Boden kippten, weil viele Besucher auseinander stoben und sich in

Sicherheit brachten. Andere verharrten auf ihrem Sitzplatz, beugten sich vornüber und zogen den Kopf ein.

Palmers Wange schmerzte, verbrannt vom Mündungsfeuer. Sie wirbelte herum, nutze ihren Schwung und rammte Bouchard den Ellbogen ins Gesicht. Nicht aus Angst um ihr Leben, sondern aus purer Wut. Ein scheußliches Knacken, und Bouchards Kopf schnappte nach hinten. Sie stöhnte, Blut spritzte aus Nase und Mund. Taumelnd stolperte sie rückwärts, kippte vom Podest, klatschte dumpf auf den Betonboden, ohne den Aufprall mit den Händen aufzufangen. Palmer wollte sich eben mit voller Wucht auf sie schmeißen, um zu verhindern, dass Bouchard sich aufrappelte. Aber sie zögerte. Bouchard lag wie hingeworfen da, mit aufgerissenem Mund und grotesk verdrehten Gliedern, als läge sie Model für ein mittelalterliches Höllenbild von Hieronymus Bosch.

Palmer sprang vom Podest, kauerte sich neben die regungslose Bouchard, riss ihr unsanft die Pistole aus der Hand und ging dann in die Knie, um ihren Puls zu fühlen.

Eine Frau trat neben sie, die Hände vors Gesicht geschlagen.

»Oh Gott …«

Palmer erkannte die abtretende Präsidentin, die schreckerfüllt auf den regungslosen Körper starrte.

»Ist sie …?«

Palmers Ohren schmerzten vom tosenden Schuss, und ihre angesengte Wange brannte. Hüfte und Schulter waren taub, aber darum würde sie sich später kümmern. Jetzt schüttelte sie lediglich den Kopf.

»Bouchard lebt.«

Noch immer schlug ihr Herz bis zum Hals. Sie holte tief Luft, um den fliegenden Atem zu beruhigen. Erst schnupperte Palmer, dann schoss sie kerzengerade hoch, als witterte sie Ungemach.

Benzin.

»Raus hier! Verlasst sofort diesen Saal! Explosionsgefahr!« Ihre Augen suchten nach Ordnern. »Und räumt die Restaurants. Auch die Fußballfans draußen vor der Großleinwand müssen weg! Und vergesst die Konzertsäle nicht! Alles evakuieren!«

40

Bis spät in die Nacht befragte die Polizei Palmer, viel länger, als deren Kräfte reichten. Todmüde sank sie Stunden später ins Bett, und zwar nicht in ihrer eigenen Wohnung, sondern in Alex' Gästezimmer. Zu schauerlich schien ihr der Gedanke, jetzt bereits zurückzukehren in ihr Bootshaus. Bevor sie ihre Sachen im Gästezimmer packte, müssten die Spuren im Garten beseitigt werden, die an Helenas Todeskampf erinnerten. Allerdings wusste sie, nicht alles, was mit Helena geschehen war, ließ sich mit Wasser und Hochdruck vom Kiesboden und all den Pflanzen waschen. Der Garten war von nun an durchtränkt von der Erinnerung an das

Grauen. Egal, wie heftig man schrubbte, nie könnte Palmer vergessen, was hier der Kerl, der auch sie umbringen wollte, Helena angetan hatte. Wenn auch für Helena ein schlechter Trost: Letzten Endes hatte immerhin das Gute gesiegt.

So erschöpft Palmer sich fühlte, fand sie dennoch keinen Schlaf. Alle paar Minuten wälzte sie sich in den Laken, bis sie laut schnaubte, sich durchgeschwitzt aufraffte und vom Bett auf die Terrasse schlich. Hier sank sie in die Polster der Gartenlounge, schob sich ein Kissen unter dem Kopf zurecht und blickte zu den Sternen.

Der feuerspeiende Drache biss sie in die Wange, sodass ein feuriger Schmerz sie abrupt hochfahren ließ und sie die flache Hand auf ihre Wange klatschte.

»Scheiße«, entfuhr es ihr laut. Sie rappelte sich nach hinten zu den Kissen, während ihre Augen hektisch in alle Richtungen zuckten. Erst dann begriff sie, dass sie eingeschlafen und soeben mitten aus einem schlechten Traum gerissen worden war. Durch einen sanften Guten-Morgen-Kuss von Alex, allerdings im bereits weit vorgerückten Nachmittag.

Palmer räusperte sich, wischte sich den Mund und zog die Knie an die Brust. Einige Male atmete sie tief durch, um den beschleunigten Herzschlag abebben zu lassen.

»Dieser Espresso wird dir helfen, wach zu werden«, sagte Alex, überreichte ihr ein Tässchen mit einem doppelten Espresso. »Ich habe dich einfach wecken müssen, sonst holst du dir einen Sonnenbrand.«

»Du hier?«, fragte Palmer etwas hilflos. Schließlich war das seine Wohnung. Aber sie hatte ihn frühestens morgen oder sogar erst in einigen Tagen zurück erwartet. Es hatte ihr geschienen, als wäre es sein größtes Anliegen, sich so weit weg von ihr wie möglich aufzuhalten, bei seiner Neuen.

»Ich weiß, gestern war ein harter Tag für dich. Immerhin ist diese üble Geschichte für dich endlich zu Ende, so viel ich aus den Medien weiß.«

In der einen Hand den unberührten Espresso, schaute sie zu ihm hoch, hielt seinem Blick ohne zu blinzeln stand und befühlte verdutzt mit ihren Fingern die Stelle auf ihrer Wange, die er geküsst hatte. Sollte sie dies als Zeichen dafür deuten, dass er seine Affäre beendet und sich für die Beziehung mit Palmer entschieden hatte?

»Kompliment übrigens, Oberholzer hat mich angerufen, weil er dich nicht erreicht hat. Du kriegst den Beraterjob für seine Firma.« Freudestrahlend wartete er auf eine Reaktion.

Palmer setzte das Tässchen ab, flocht die Finger ineinander, streckte vorsichtig die Arme über dem Kopf aus und ließ die Knöchel knacken.

»Cool.« Sie lächelte. »Ich freue mich. Danke für deine Hilfe.« Palmer runzelte die Stirn. »Trotzdem beschäftigt mich zurzeit etwas ganz anderes. Letzthin hast du ein sehr intimes Telefonat geführt, nachdem du den Brief einer Frau gelesen hast. Und jetzt kommst du daher und tust so, als ob du keine neue Freundin hast.«

»Neue Freundin?« Er riss den Mund auf, brachte aber keinen Ton heraus. Eilig setzte er sich neben sie aufs Sofa und nahm ihre Hand, wobei sich seine Finger warm um ihre schlossen. »Quatsch. Ich habe keine neue Freundin.« Er schüttelte den Kopf. »Das hier mit uns ist etwas Spezielles. Ich wüsste nicht, weshalb wir unsere Beziehung nicht weiterführen sollten. Vorausgesetzt, du willst.«

Palmer war überrumpelt, aber auch verunsichert und konnte ihm deshalb nicht in die Augen sehen.

»Das war tatsächlich eine Frau, mit der ich telefoniert habe. Yvonne. Vor einigen Tagen haben wir ihren Lukas, meinen Jugendfreund, zu Grabe getragen. Leider hast du nicht teilnehmen können, sonst hättest du Yvonne kennengelernt. Nicht nur mit Lukas bin ich im selben Quartier aufgewachsen, sondern auch mit Yvonne. Mit ihr verbindet mich keine Liebe, sondern eine tiefe Freundschaft, so selten wir uns auch treffen. Aber ich habe es als meine Pflicht gesehen, ihr in dieser schweren Zeit tröstend beizustehen.« Er beugte sich zu Palmer und küsste sie sanft auf die Stirn.

Was für eine Idiotin ich doch bin!

Palmer hätte selber daraufkommen können, aber sie hatte sich so stark in ihre eigenen Probleme verbissen, dass sie dieses Mitgefühl für Alex und seinen Freund gar nicht richtig hatte aufbringen können. Sie nahm sich vor, bei einer nächstfolgenden Beziehungskrise diese direkt zur Sprache zu bringen, statt ihrer Vermutung nachzugeben und Konsequenzen zu ziehen, ohne sich auszusprechen.

»Klar war ich nicht einverstanden mit deinem selbstmörderischen Vorpreschen bei der Suche nach dem Mörder. Hätte ich da etwa schweigen sollen? Ich finde das noch immer unverantwortlich. Damit kann und will ich nicht hinter dem Berg halten. Und das wird sich auch nie ändern.«

»Du magst mich für leichtsinnig halten. Aber vergiss nicht, dieser Kerl hat mir mit dem Tod gedroht. Nie und nimmer werde ich wie ein Lamm darauf warten, bis ein Metzger mich abschlachtet.« Sie zuckte mit den Schultern, bereute dies jedoch sofort, als der Schmerz hindurch stach. »Aber ein gewisses Maß an Risiko ist für mich die scharfe Soße, die ich aufs Leben kippe, damit es mir schmeckt. Ich werde nie zu denen gehören, die aus Distanz zusehen, wenn einer Frau eine Ungerechtigkeit widerfährt. Ich packe an. Denn damit hat alles erst angefangen. Hätten die Räuber die junge Frau nicht als Geisel genommen, ich wäre nie in die ganze

Geschichte hineingeschlittert.« Sie beendete den Augenkontakt. »Du weißt, ist eine Frau in Not, gibt es für mich kein Halten. Aber diesmal ist eine junge Frau angeschossen worden, weil ich mich unüberlegt reingestürzt habe. Und Helenas Tod hätte ich sogar verhindern können, hätte ich sie telefonisch gewarnt. Dies werde ich mir nie verzeihen können.« Sie räusperte sich, da ihre Stimme zu versagen drohte. Tröstend legte Alex seine flache Hand an Palmers Wange. Sie zuckte kläglich mit den Schultern. »Ich habe versagt.«

Alex schloss die Augen, drückte sie an sich, ihren Kopf an seine Brust und wiegte sie langsam.

»Es ist endlich an der Zeit, dass du etwas änderst. Du jagst wie ein einsamer Wolf. Ist dir bewusst, was mit einsamen Wölfen passiert in der Wildnis?« Palmer blickte in seine Augen und wartete, bis er die Antwort selber gab. »Sie verhungern. Sie gehen ein, weil die Natur den Wolf zum Rudeltier gemacht hat. Ohne Rudel ist der stärkste Wolf nichts.« Er legte die Stirn in Falten. »Ich wünsche mir dringend, dass du diesen Jagdtrieb ablegst. Wohin er dich geführt hat, haben wir schmerzlich erlebt.«

Palmer öffnete den Mund, um etwas zu sagen, zögerte aber. Endlich gab sie sich einen Ruck.

»Ich bin fest entschlossen, nie wieder so zu handeln. Es darf einfach niemand mehr zu Schaden kommen, weil ich mich irgendwo einmische.« Sie nickte bestimmt. »Frauen in Not zu helfen, daran wird sich bei mir nichts ändern. Aber ich schwöre, dem Jagdinstinkt in Zukunft nicht mehr nachzugeben.«

Alex strich ihr sachte übers Haar, und sie schwiegen eine Weile.

»Aber etwas ärgert mich«, sagte Palmer. »Viel früher hätte ich spüren müssen, was da in Bouchard abgelaufen ist.«

Alex schüttelte ungläubig den Kopf.

»Meinst du, sie wäre tatsächlich bereit gewesen, Hunderte Menschenleben zu opfern, nur weil man sie nicht zur Vorsitzenden gewählt hat?«, fragte er. »Wie kann ein intelligenter Mensch derart wahnsinnig sein, aus einem solch belanglosen Grund so viele Menschen umbringen zu wollen?«

»Der Vorsitz bei der *Art Society* hätte ihrem Leben einen tieferen Sinn verliehen, eine Bestätigung dafür, dass sie es aufgrund eigener Leistung von ganz unten an die Spitze der etablierten Gesellschaft geschafft hat. Ihr Leben ist geprägt gewesen durch viele Tiefschläge. Und als man sie nicht gewählt hat, ist das Fass übergelaufen.«

»Eine Kurzschlussreaktion«, fasste Alex zusammen.

»Nein. Sie hat das alles geplant. Vielleicht nicht genau so von Anfang an. Ihr Ziel war das Präsidium. Aber die Demütigung einer Nichtwahl hat sie in Betracht gezogen. Für diesen Fall hat sie sich vorbereitet für eine letzte, ihren Geist und die Seele reinigende Tat. Sollte es soweit kommen, hatte sie wohl in ihren Augen nichts mehr zu verlieren und wollte die ganze Welt hinter sich lassen.«

»Du denkst, mit der Sprengladung und dem Finger an der Fernbedienung hätte sie die Kontrolle über die *Art Society* erhalten, obwohl man sie nicht gewählt hat?«

»Von draußen, aus sicherer Distanz, die ganze Gesellschaft ins Jenseits zu befördern, hätte ihr Genugtuung verschafft und ihre Wunden geheilt.«

»Ich verstehe, mit der Nichtwahl hat sie Gesicht und Würde verloren. Da hätte es auch keine Rolle gespielt, wenn ihr geliebtes Bild von William Turner zusammen mit all den Leuten untergegangen wäre, wenn es ihr schon nicht zum Sieg verholfen hat. Mit der Vernichtung der *Art Society* hätte sie gemäß ihrem Verständnis eine große Ungerechtigkeit mit einem Schlag aus der Welt geschafft und ein faires Gleichgewicht hergestellt. Ein Glück, dass ihr dies nicht gelungen ist. Und auch, dass die Pistolenkugel das Gemälde verfehlt hat.«

»Bei der Einvernahme durch die Polizei habe ich erklärt, wie ich mir die ganze Geschichte zusammengereimt habe. Hierauf haben die Ermittler gelächelt und mir verraten, Bouchard wäre bereits auf dem Weg ins Krankenhaus aus der Bewusstlosigkeit erwacht und dort sofort einvernommen worden. Hierbei habe sie ihr Mitwirken als Auftraggeberin gestanden. Auch der beste Anwalt wird sie nicht vor endlosen Jahren hinter Gefängnismauern bewahren. Bouchards ursprünglicher Plan ist gewesen, das geliebte Bild zur eigenen Freude zu rauben, ganz ohne Gewalt gegenüber Menschen, um es bei sich zu Hause rein privat zu genießen. Aber dann ist der Coup zweimal aus dem Ruder gelaufen, als die Räuber eine Geisel genommen haben und Victor seinen Komplizen abgestochen hat. Zwar hat sich Bouchard bereits durch Victor erpressbar gemacht, als sie den Bilderraub in Auftrag gegeben hat. Aber Geiselnahme und Mord waren dann ganz andere Kaliber. So hatte sie dies nicht geplant gehabt, und Bouchard hat kalte Füße gekriegt. Also hat sie diesen Mitwisser persönlich aus dem Weg geräumt mit einem sauberen Schuss durch den Türspion. Von Panik ergriffen, hat sie dann den Mörder von Victor aus dem Hut zaubern müssen, um nicht selbst ins Fadenkreuz seiner Rächer-Familie zu geraten. Sie hat Victors Bruder gesteckt, ich hätte ihn abgeknallt. Indem er Victors Tod an mir gerächt hätte, hätte dessen Bruder überdies mich ausgeschaltet, die Bouchard auf den Fersen war. Endlich im Besitz des Bildes, hatte sie begriffen, wie sie die Wahl zur Präsidentin dennoch schaffen könnte, nämlich als große Retterin, die das geraubte Bild für die *Art Society* wiederbeschaffte. Statt das Bild für sich zu behalten, hat Bouchard Victors Bruder zusammen mit dem Gemälde ins *KKL* bestellt, damit er mich verfolgt und irgendwo umbringt und Bouchard als große Wiederbeschafferin das Bild bei mir findet.

Sie hat nicht wissen können, dass Victors Bruder mich nicht heimlich verfolgt und irgendwo abseits umzubringen versucht, sondern gleich im *KKL*. Als Bouchard dann im Kunstmuseum von Besuchern gehört hat, ein Mann habe auf einer der unteren Etagen eine Frau mit einem Messer angegriffen, da war für sie klar, dass der Typ mich getötet hat. Beim Tatort angekommen, hat sie gemerkt, dass ich im Kampf gesiegt habe und nicht Victors Bruder. Da hat sich Bouchard spontan einen neuen Plan gebastelt. Denn mich abzuknallen, hätte Bouchard nicht plausibel erklären können. Hätte aber er den Kampf gewonnen, hätte Bouchard ihn erschossen und sich auf Notwehr berufen, da er nicht nur mich getötet, sondern anschließend auch sie angegriffen habe.«

»Wäre Bouchard damit durchgekommen?«

»Kaum. Bouchard ist zu naiv gewesen. Zwar hat sie wohl gewusst, dass die Polizei später tatsächlich herausbekommen würde, wie sie Tage zuvor mit mir telefoniert hat. Gemäß Bouchards Plan hätte sie nach erfolgreicher Wahl zur Präsidentin vermutlich ausgesagt, sie habe mich als Räuberin in Verdacht gehabt, und es wäre ihr gelungen, mich zu überreden, das Bild ins *KKL* zu bringen. Sie hätte behauptet, aus schlechtem Gewissen wäre ich ihrer Aufforderung gefolgt. Aber kein Mensch hätte geglaubt, dass ich hinter dem Bilderraub gesteckt habe. Ich weiß nicht, was sich Bouchard da überlegt hat. Dieser Plan war ja auch in äußerster Not geboren.« Palmer lächelte mitleidig.

»Wird Victors Bruder die Verletzungen überleben?«

»Die Ermittler befürchten das Schlimmste. Immerhin haben sie durchblicken lassen, die zwei Museumsmitarbeiterinnen, die als Erste den Polizeinotruf gewählt haben, hätten meine Aussagen bestätigt, er hätte mich angegriffen und ich hätte mich verteidigt. Ich rechne nicht damit, dass mir dieser Kampf noch um die Ohren fliegen wird.«

»Hoffen wir's«, sagte er und schlug seine Handflächen auf die Oberschenkel. »Wie wär's mit einem eiskalten Bier? Ich hol mir ein Glas Bordeaux.« Bevor sie antworteten konnte, war er zum Kühlschrank unterwegs und hatte die Kücheninsel bereits umrundet, als er unvermittelt stehen blieb.

»Du schreibst mir einen Brief?« Er nahm das gefaltete Blatt zur Hand.

»Warte«, zeterte Palmer schrill, fuhr aus dem Sofa hoch und stürzte ihm entgegen. Als er das Blatt auffaltete, erreichte sie ihn. Sogleich schlug sie ihre Arme um ihn, legte den Kopf in den Nacken, stellte sich auf die Zehenspitzen, und noch während sie ihn küsste, bog sie die Linke in ihren Rücken, wo seine Arme sie umklammerten. Ihre Hand bemächtigte sich des Schreibens, das er sich aus der Hand nehmen ließ, abgelenkt durch ihren nach Kaffee schmeckenden Kuss. Sie stopfte sich das Trennungsschreiben hinten in ihren Hosenbund und nahm sich vor, dieses zu vernichten, bevor es ihm zufällig doch noch in die Hände geriet.

»Was hast du mir geschrieben?«, fragte er.

Ihr fiel nichts Besseres ein, als ihn mit einem Kuss zum Schweigen zu bringen, indem sie den Arm hob, ihn in seinen Nacken legte und seinen Kopf zu sich herunter zog.

»Autsch«, entfuhr es ihr. Ruckartig löste sie sich, beugte sich vornüber und umklammerte mit der Linken schützend ihre rechte Schulter.

Alex legte ihr die Hand in den Rücken und führte sie zum Sofa.

»Du legst dich hin. Die nächsten paar Tage wirst du dich

schonen. Gib den Verletzungen Zeit zum Heilen, damit du voll abdrücken kannst, wenn dich Santana auf die Bühne bittet.« Er schritt zum Kühlschrank, ploppte zwei Bier auf und hielt Palmer eines davon hin.

»Du trinkst Bier?«, fragte Palmer, während sie die Flasche zögernd entgegennahm.

»Nur zu ganz besonderen Gelegenheiten.« Er zwinkerte ihr zu. »Rutsch rüber«, forderte er sie auf.

Auf der riesigen Couch prosteten sie sich zu und genossen in der Kehle die kühlende Erfrischung. Palmer setzte die Flasche als Erste ab, nachdem sie diese in einem Zug geleert hatte. Nun stellte sie diese auf das Rückenpolster, um sich Alex zuzudrehen, und winkelte das Knie an, um es auf seine Beine zu legen und ihn im Arm zu halten.

Ohne dass sich Dunkelheit über die Stadt legte, senkte sich die Sonne hinter den Bramberg, und Palmer fühlte, wie Alex sie betrachtete.

»Wie ein impressionistisches Gemälde«, sagte er. »Es gibt Phasen, da möchte ich dich einrahmen und für immer betrachten.«

»Trotz meiner Beschädigungen?«

»Die werden heilen. Und falls nicht, kenne ich zu jeder deiner Verletzungen deren Geschichte. So eine Narbe an der Stirn sieht doch ganz spannend aus.«

Vorsichtig befühlte sie mit den Fingerspitzen erst die Schnittwunde an der Stirn, dann das Brandmal auf der Wange.

»Und sollte dich eine Narbe stören, dann lässt du sie dir wegmachen in der *Meon Clinic.* Und jetzt ziehst du dich an, wir gehen piekfein essen und stoßen an mit einem *Château Latour.* Dieser Tag muss gefeiert werden. Ich bin froh, bist du heil aus dieser Geschichte rausgekommen.«

Palmers Lächeln verschwand, und sie vollführte mit der Hand einen Schlenker.

»Wieso muss bei dir immer alles perfekt sein? Wieso *Château pipapo* statt eines Biers zum Risotto? Hier etwas Kaviar und dort müssen Trüffel rauf«, schnaubte sie. »Bullshit, was hast du gegen Pizza aus der Mikrowelle?«

Er machte einen tiefen Atemzug, stieß die Luft geräuschvoll aus und brachte ein trauriges Lächeln zustande.

Palmer stieg über ihn hinweg und stemmte sich vom Sofa.

»Ich gehe duschen«, sagte sie, holte sich frische Klamotten und verschwand im Bad.

Als sie nach gut 30 Minuten wieder im Wohnzimmer erschien, war er fort.

Sie spürte, wie ihr Mund austrocknete. Als Erstes suchte sie ihn auf der Terrasse, aber fand ihn auch nicht sonst wo in der Wohnung. Alex war gegangen.

Langsam ließ sie sich in den Polstersessel sinken und blieb reglos sitzen. War das zu viel für ihn?

Leise rumpelten die Aufzugstüren und unterbrachen Palmers Gedanken, als sie auseinander ruckelten.

In den Händen trug Alex zwei flache Kartons mit Bierdosen drauf und grinste übers ganze Gesicht, als er Palmer entdeckte.

»Du kannst wählen«, sagte er. »Quattro Formaggi oder Prosciutto. Aus der Pizzeria an der Ecke. Fertigpizza habe ich nicht in der Wohnung. Auch keine Mikrowelle.«

In Palmers Brust wuchs ein Wärmegefühl. Das Herz schlug ihr bis zum Hals, als sie begeistert auf die Beine sprang.

»Dann entscheide ich mich für Pizza im Bett«, sagte Palmer. »Wir kuscheln und gucken *Manche mögen's heiß.*«

DANK

Bruno Heini dankt folgenden Leuten für ihren kritischen Blick bei der Entstehung dieser Geschichte oder für Hintergrundinformationen: Isabell Schmitt-Egner, Stephan Waldscheidt, Christian Huyeng, Bernhard Etienne und Isabell Leiseder.

Weiterer Dank gebührt dem Team des Gmeiner-Verlags, insbesondere Claudia Senghaas.

Dieuwke Winsemius

Hilfe! Mein Gefieder ist voll Öl

Mit Zeichnungen von Angela Weinhold

Deutscher
Taschenbuch
Verlag

dtv

Aus dem Niederländischen von Florentine und Hans Edmund Naylor

Titel der Originalausgabe: »Help! Olie op mijn verenpak!«, erschienen bei Omniboek, Den Haag

Weitere Bücher zum Thema Umweltschutz bei dtv junior:

Michl/Michels: Am Froschweiher (Bilderbuch), Band 7983
Bartos-Höppner: Ein schönes Leben für die kleine Henne (dtv junior Lesebär – große Druckschrift), Band 7587
Bartos-Höppner: Kommst du mit, Kolja? (dtv junior Lesebär – große Druckschrift), Band 7594
Winsemius: Das Findelkind vom Watt, Band 70083 (ab 9)
Winsemius: Vier Welpen im Dachsbau, Band 70191 (ab 9)
Heyne: Der Krötenkrieg von Selkenau, Band 70109 (ab 9)
Rauprich: Laßt den Uhu leben! Band 70129 (ab 9)
Rauprich: Die sanften Riesen der Meere, Band 70217 (ab 10)
Fischer-Nagel/Schmitt: Eine Biberburg im Auwald, Band 70161 (ab 9)
Pauls: Ein Versteck für den Fischotter, Band 70166 (ab 10)
Dekkers: Der Wal in der Falle, Band 70096 (ab 12)
Schwarzer: Oliver vom Ökowerk, Band 70228 (ab 10)
Steiger: Lornac ist überall, dtv pocket 7834

Ungekürzte Ausgabe
Januar 1987
7. Auflage Mai 1992
Deutscher Taschenbuch Verlag GmbH & Co. KG, München

ISBN 3-7817-2328-3
Umschlaggestaltung: Celestino Piatti
Umschlagbild: Angela Weinhold
Gesetzt aus der Aldus 10/12·
Gesamtherstellung: Kösel, Kempten
Printed in Germany · ISBN 3-423-70102-1

Inhalt

Zu diesem Buch

Es ist so schön, am Strand herumzutollen, im weißen Sand zu spielen! Aber plötzlich klebt an den nackten Füßen schwarzes Öl. Für uns Menschen ist das nicht weiter gefährlich; die Flecken lassen sich ziemlich leicht abwaschen, wenn es auch ärgerlich ist, daß Schuhe und Kleider sich schon sehr viel schwerer reinigen lassen. Was für die Menschen im Augenblick noch kein großes Unglück ist, bedeutet aber für die Meeresvögel fast immer den sicheren Tod. Das Öl, das an unsere Strände treibt, schwamm vorher auf dem weiten Meer herum, und jede Lumme, jede Ente und viele andere Meeresvögel, die nichtsahnend mit der schwarzen Ölpest in Berührung kamen, waren in der Regel zu einem langsamen, schrecklichen Tod verurteilt. Achtlos oder auch absichtlich wird von verantwortungslosen Menschen altes Öl einfach aus den Schiffen ins Meer abgelassen, und das bedeutet für all die vielen Lebewesen, die im Wasser und auf dem Wasser leben, schlimmste Gefahr.

Jeder, der einmal einen Seevogel mit ölverklebtem Gefieder am Strand gefunden hat, kann sich vorstellen, welcher Qual diese armen Tiere ausgesetzt sind. Hilfe für solche Vögel kommt meist zu spät, aber mit ihrem Tod warnen die Vögel uns vor dem gewissenlosen Umgang mit der Natur. Alle sollten diese Warnung hören, sonst könnte es bald zu spät sein, auch für den Menschen. Auch er braucht ein sauberes und gesundes Meer, aus dem er Fische für seine Nahrung holen und an dessen Küsten er sich erholen kann. Alle, auch Ihr und Eure Eltern, können mithelfen, daß das Meer und seine Geschöpfe nicht sterben. Denkt daran, wenn Ihr Öl und anderen Dreck am Strand findet oder sterbende Vögel Euer Mitleid wecken.

Dr. Gottfried Vauk
1. Vorsitzender des Vereins
Jordsand zum Schutz der
Seevögel und der Natur e. V.

Liebe Naturfreundin, lieber Naturfreund,

so darf ich Euch doch sicher anreden? Wer dieses Buch liest, der hat die Natur bestimmt gern. Wer übrigens nicht?

Lange bevor dieses Buch gedruckt wurde, durfte ich den von Dieuwke Winsemius geschriebenen Text schon lesen. Das ist immer wieder eine spannende Sache, wenn man ein Manuskript – so nennt man den Text eines Buches, bevor er gedruckt wird – durchliest. Mir hat die Geschichte sehr gefallen, und als Erwachsener habe ich mich ein wenig geschämt. Was haben wir Menschen da eigentlich angerichtet? Wie schrecklich haben wir die Natur verwüstet!

Wenn man ungefähr zehn Jahre alt ist, fängt man langsam an, Umweltschäden zu bemerken, aber man fragt sich natürlich auch, was ein Kind schon daran ändern kann. Zum Glück gibt es immer mehr Kinder, die sich trotzdem nicht entmutigen lassen und ganz einfach irgendwo etwas unternehmen, und sei es nur eine Kleinigkeit. Genauso wie Tina, Matthias, Hilbert und all die anderen Kinder in diesem Buch.

Und so geben sie anderen Kindern und auch den Erwachsenen ein Vorbild. Als ich vor einiger Zeit irgendwo einen Vortrag hielt, sagte eine Frau: »Früher erzogen wir unsere Kinder, aber wo es um die Natur und die Umwelt geht, fangen unsere Kinder an, uns zu erziehen.« Nach dieser Bemerkung fühlte ich mich richtig glücklich und hoffnungsvoll.

Denn Ihr seid die Erwachsenen von morgen. Die Kinder von heute sind die Lehrerinnen und Lehrer, die Minister und Fabrikdirektoren von morgen. Und diese Erwachsenen haben es dann gelernt, anders mit Pflanzen und Tieren, mit dem ganzen Leben überhaupt, umzugehen. Alles, was wir heute tun, hilft ja mit, die neue Welt von morgen zu bauen.

Ich wünsche Euch Erfolg dabei und viel Freude an diesem Buch. Hoffentlich lest Ihr es genausogern wie ich.

Piet Steltman
Direktor van het Instituut
voor Natuurbeschermingseducatie
(Naturschutzerziehung)

Krach in der Klasse 5

Mit einem hörbaren Klick läßt Frau Marleen die Spitze ihres Kugelschreibers zurückspringen und legt ihre Papiere bedrohlich ordentlich zusammen. Dann beginnt sie mit eisigem Gesicht ihre Tasche zu packen, so als sei die Schule schon aus. Dabei ist es gerade erst drei Uhr.

»Immer das gleiche Theater mit euch. Ich hab es satt!«

Böse sieht sie zu Hilbert hinüber. Aus den tiefen Kratzern, die über sein ganzes Gesicht laufen, tropft Blut.

»Hier«, sagt sie und wirft ihm ein Papiertaschentuch zu.

»Was kann ich dafür?« fragt Hilbert. »Ich habe mich doch nicht selbst gekratzt. Das war die!«

Er zeigt auf Chris. Alle drehen sich nach ihr um. Sie sieht noch schlimmer aus als Hilbert. Ihr rechtes Auge ist blau und dick geschwollen, auf ihren Lippen klebt geronnenes Blut, und ihr T-Shirt ist zerrissen.

»Sie hat angefangen! Sie behauptet, mein Vater ist schuld daran, daß die Nordsee immer dreckiger wird, weil er den Tank seines Schiffes auf hoher See reinigt und Ölrückstände einfach abläßt. Es gibt vielleicht Kapitäne, die das machen, obwohl es streng verboten ist. Aber mein Vater nicht, nie und nimmer!«

»Und da dachtest du, komm, der schlage ich mal ein blaues Auge. Ein besseres Argument fällt dir wohl nicht ein!«

Frau Marleen räumt weiter auf. Beängstigend schweigsam gibt sie den Pflanzen auf der Fensterbank Wasser und wischt die Tafel sauber.

»Das wollte ich doch überhaupt nicht«, verteidigt sich Hilbert. »Immer soll ich schuld sein. Dabei hat sie angefangen!«

»Bloß weil er sagt, daß meine Mutter in ihrem Laboratorium Mäuse und Kaninchen ohne Betäubung aufschneidet für Tierversuche«, ruft Chris. »Und daß sie kleine Hunde so lange in einem Wasserbecken herumschwimmen läßt, bis sie beinahe ertrinken, nur um zu sehen, wie lange sie es aushalten. So etwas tut meine Mutter nicht, niemals!«

»Und da dachtest du, komm, dir kratz ich die Augen aus. Wirklich großartig!«

Jetzt mischen sich die anderen Kinder ein. Es wird ein richtiger Aufstand.

»Frau Marleen, Sie brauchen uns nicht so wütend anzusehen«, sagt Matthias. »Wir haben nichts damit zu tun.«

»Überhaupt nichts!« rufen die anderen.

»Die wollen sich doch nur aufspielen!« schreit Nils, der größte Junge der Klasse. »Wenn man sie nicht beachtet, hören sie schon wieder auf.«

Und Jan brüllt über allen Lärm hin: »Es ist zufällig Freitag nachmittag! Wir wollen uns die Vorlesestunde nicht von diesen beiden Streithammeln verderben lassen!«

Diesmal sind Nils und Jan sich einig. Für gewöhnlich leben sie nämlich wegen eines Mädchens auf Kriegsfuß, wegen Monika. Monika war zuerst Jans Freundin, aber seit sie bei Nils zum Geburtstag eingeladen worden war, ging sie mit ihm. Natürlich nur, weil sein Vater Tierarzt ist, meint Jan. Und weil Nils ein Pony hat. Jan kann nicht mit seinem Vater angeben. Der ist irgend etwas bei der Post, nichts Besonderes.

»Schicken Sie Chris und Hilbert doch auf den Schulhof, Frau Marleen. Ihr Problem, wenn sie sich prügeln wollen. Und Sie können uns in aller Ruhe vorlesen«, schlägt Matthias vor.

»Ich hätte nicht übel Lust, sie einfach hinauszuwerfen«, sagt Frau Marleen.

»Warum tun Sie es dann nicht?« fragt Tina plötzlich. Sie

kümmert sich sonst nie um Streitigkeiten. Das ist doch sinnlos. Aber das Vorlesen soll nicht ausfallen! Es ist schließlich die schönste Stunde der ganzen Woche.

»Blöde Angeber!« sagt sie.

»Hört, hört«, ruft Hilbert verächtlich. »Unsere unbekannte Größe meldet sich auch mal zu Worte.«

»Halte du dich da bloß raus«, zischt Chris. »Du Sandwurm.«

»Mich kannst du ruhig anöden, das tut mir nicht weh«, gibt Tina zurück.

»Jetzt reicht es! Kein Wort mehr!« sagt Frau Marleen.

Alle müssen ihre Arbeitshefte herausnehmen und bekommen ein schwieriges Diktat. Es wird nicht mehr geredet, und in der letzten halben Stunde liest Frau Marleen doch noch vor.

Tina sieht die Lehrerin an und tut, als würde sie zuhören, aber sie ist mit den Gedanken nicht dabei.

Verstohlen sieht sie zu Chris hinüber. Sie wünschte ... ja, fast wünschte sie, daß sie selbst ein blaues Auge hätte. Wenn sie sich prügeln könnte, um ihre Mutter zu verteidigen oder ihren Vater, so wie Hilbert, dann wäre ihr das sogar zwei blaue Augen wert.

Tina hat keinen Vater und keine Mutter mehr. Ihre Mutter ist gestorben, als Tina noch ein Baby war. Und ihr Vater? Von dem weiß sie eigentlich nichts.

Wenn sie gefragt wird, ob es nicht traurig sei, ohne Vater und Mutter zu leben, dann sagt sie absichtlich ganz gleichgültig: »Wie kommst du denn darauf? Ich habe doch Moma.«

Tina bekommt einen entschlossenen Ausdruck. Ihre Augen werden zu schmalen Schlitzen. Von jetzt an wird sie zuschlagen, wenn es irgend jemand noch einmal wagen sollte, sich über Moma lustig zu machen. Nils soll sich nicht einbilden, er kann sich alles erlauben, bloß weil sein Vater

Tierarzt ist und so viel Geld hat, daß es stinkt. Und Hilbert? Soll er doch angeben mit seinem Swimming-pool im Garten und dem Auto seines Vaters, das zweihundert Kilometer in der Stunde fährt.

Wer sich an Moma wagt, der wird etwas erleben!

Moma ist die Mitte zwischen Mama und Oma. Als sie noch ein ganz kleines Kind war, hat Tina den Namen erfunden, und dabei ist es geblieben.

Manche Leute im Dorf nennen Moma Fräulein Kelly, weil sie nie verheiratet war. Aber die Studenten, die jedes Jahr im Vogelschutzgebiet arbeiten und gern vorbeikommen, um bei Moma eine Tasse Kaffee zu trinken, die sagen Frau Kelly.

Manchmal wird Moma auch Janne Jut genannt. Das ist ein Spitzname, denn ein »Jutter« ist in Holland ein Stranddieb.

Moma bekommt nur eine kleine Rente, weil sie früher Putzfrau auf dem Postamt war. Sie hat gerade genug zum Leben für Tina und sich selbst. Zum Glück ist das kleine Haus hinter der ersten Dünenkette Momas Eigentum.

»Aber der Mensch findet gern mal einen Groschen zwischen den Pfennigen!« sagt Moma. Früher hat Tina darüber gelacht und wußte nicht recht, was Moma damit meinte. Später hat sie es verstanden.

Um den Groschen zu finden, geht Moma nämlich jeden Morgen in der Frühe am Strand entlang, um zu sehen, ob das Meer etwas Brauchbares angespült hat. Sie hat eine kleine Karre hinten an ihrem Fahrrad, und damit radelt sie über den festen Strand bis zum Pfahl vierzehn hinter der Buhne. Bei Nordwestwind spült dort öfter etwas an. Holz von Decklasten zum Beispiel, große Korkstücke und manchmal auch nagelneue Bretter und Pfähle. Die lädt sie dann auf ihre Karre und verkauft sie weiter an Leute im Dorf, die gern bauen und basteln.

Eigentlich darf man das, was man findet, nicht behalten, sondern muß es beim Bürgermeister abliefern. Aber der Dorfpolizist drückt ein Auge zu, wenn er Moma mit ihrer Karre begegnet, und auch auf dem Bürgermeisteramt nimmt man es nicht so genau. Jeder weiß ja, warum Moma das macht.

Moma läßt sich noch mehr einfallen, um »den Groschen zu finden«. Sie kann malen und töpfern. Im Sommer fertigt sie Andenken an, die sie den Kurgästen verkauft. Sie bastelt Muschelmännchen und beklebt Spanschachteln mit Muscheln und Schneckenhäusern. Und sie malt Bilder, die sie mit buntgefärbtem Sand auslegt.

Plötzlich ist Frau Marleens Geschichte aus. Tina tut so, als ob sie ihr gefallen hätte, aber in Wirklichkeit hat sie gar nicht zugehört.

Die Schule ist zu Ende. Tina klemmt ihre Büchertasche auf den Gepäckträger und radelt nach Hause. Im Vorbeifahren schaut sie noch einmal durch die Fenster in das Klassenzimmer. Frau Marleen steht bei Chris und sieht sich das blaue Auge an. Ja, natürlich, erst die ganze Klasse in Aufruhr versetzen und dann extra Aufmerksamkeit fordern und sich bei der Lehrerin einschmeicheln, denkt Tina giftig.

Die einbeinige Möwe

Tina steht auf den Pedalen. Es ist jedesmal eine Anstrengung, die hohe Düne hinaufzuradeln.

Oben sieht sie sich nach allen Seiten um. Wo ist Lotti, ihre Katze? Das ist noch nie dagewesen. Jeden Nachmittag sitzt Lotti auf dem höchsten Punkt der Düne und wartet auf sie. Dann steigt Tina ab und läßt die Katze auf ihre Schultern springen. Wenn sie dann ohne zu treten von der Düne wieder hinabsaust, schmiegt sich Lotti um ihren Hals und fährt mit. Aber heute ist sie nicht da.

Tina nimmt sich nicht die Zeit, ihr Fahrrad ordentlich wegzustellen, sondern läßt es einfach in den Sand fallen. Gut, daß Moma es nicht sieht, sonst gäbe es bestimmt Krach.

Sie reißt die Büchertasche vom Gepäckträger und rennt ins Haus.

»Wo ist Lotti?« ruft sie schon in der Tür Moma zu, die damit beschäftigt ist, Muscheln zu waschen.

Moma sieht nicht auf. »Guten Tag, mein liebes Kind«, sagt sie betont freundlich.

Tina verzieht das Gesicht. »Ach ja, natürlich. Guten Tag, Moma. Hast du Lotti irgendwo gesehen?«

Moma ist ganz in die Arbeit vertieft. Sie sucht die rosa glänzenden Tellmuscheln zwischen den größeren, gerippten Herzmuscheln heraus. Alle Tellmuscheln, die ein kleines Loch haben, legt Moma in ein besonderes Schälchen. Sauglöcher nennt sie die Öffnungen, denn durch diese Löcher sind die Muscheln ausgesogen worden. Die angebohrten Muscheln sind gut zum Auffädeln von Ketten zu gebrauchen.

»Nein, Lotti habe ich nicht gesehen. Aber die Katze ist

wirklich ein bißchen verrückt. Heute mittag lief sie doch tatsächlich hinter den Möwen her. Das habe ich noch nie erlebt. Und als ich sie vorhin rief, kam sie nicht.«

Tina wirft ihre Tasche in eine Ecke und läuft gleich wieder hinaus. Lotti geht sonst nie an den Strand, sie haßt Wasser.

Es führt ein schmaler Weg aus Holzbohlen über die Düne zum Strand. Tina läuft auf die Düne und sieht vom höchsten Punkt aus hinunter. Der Strand sieht schmutzig aus. Überall ist schwarzer Ölschlamm angespült worden.

Lotti ist nirgends zu sehen. Selbst auf Tinas Rufen kommt sie nicht. Aber Tinas Stimme dringt auch nicht weit bei der starken Brandung.

Kreischend fliegt ein Schwarm Möwen vorüber. Gleich darauf streichen sie auf das Wasser nieder und lassen sich durch die Wellen auf und nieder wiegen. Im nächsten Augenblick fliegen sie alle zugleich wieder auf, als ob sie sich ein Zeichen gegeben hätten.

Tina sieht eine Weile über das Meer. Sie ist an der See aufgewachsen. Seit sie denken kann, steht sie oft am Strand und träumt. Wohin fahren all die großen Schiffe? Wer ist ihr Kapitän? Fährt er in die Ferne oder nach Hause, wo seine Frau und seine Kinder auf ihn warten? Muß das ein Fest sein, wenn der Vater aus fernen Ländern heimkommt und die Geschenke auspackt!

Wenn die See stürmisch ist, stellt sie sich vor, daß gerade ein Schiff untergeht. Das Rettungsboot fährt aus, um die Überlebenden zu bergen, die sich an treibenden Wrackstükken festhalten.

Oder sie denkt sich aus, daß die Rettungsmannschaft eine Frau aus dem tobenden Wasser fischt. Aber es ist gar keine Schiffbrüchige, es ist eine Seejungfrau.

Manchmal malt sie sich aus, daß sie eine Flaschenpost findet. Eine grüne Flasche mit einem Brief wird angetrieben.

Ein Junge, vielleicht aus Amerika, schreibt: »Ich bitte den Finder dieser Flasche, mir bald zu antworten.«

Die Kinder in der Schule lachen sie aus, weil sie so oft am Strand ist. Die denken, daß sie immer nur Muscheln sammelt oder Sandburgen baut. Sie ist doch kein Baby mehr!

Sie beschließt, nach Hause zu gehen. Lotti wird schon von selbst zurückkommen. Es macht ihr keinen Spaß, noch länger allein am Strand zu stehen. Sie wird lieber mit ihren Tieren spielen.

Tina hat nie mit Puppen gespielt wie ihre Schulkameradinnen. Puppen waschen und ihnen das Haar kämmen, Tee trinken aus winzig kleinen Täßchen vom Puppenservice oder gar die Puppen im Puppenwagen spazierenfahren, das kommt für sie nicht in Frage. Sie hat eine Menge Stofftiere; einen Bären, mit dem man herrlich schmusen kann, ein Kätzchen, das beinahe so weich ist wie Lotti, einen kleinen Seehund mit großen, traurigen Augen. Sie liebt alle ihre Tiere, sogar die giftgrüne Schlange, die den Kopf heben kann. Wenn sie das Maul öffnet, schießt die gespaltene Zunge heraus.

Gerade als sie den Dünenweg wieder hinaufsteigen will, sieht sie Lotti. Die Katze hat sich hinter einem dichten Büschel Strandgras versteckt und so tief geduckt, daß der Bauch den Boden berührt.

Wie ein richtiges Raubtier liegt sie da und ist im Begriff, eine Beute anzuspringen. Was kann das für eine Beute sein? Tina schnappt nach Luft, als sie es sieht. Die Beute ist eine Möwe, die in einiger Entfernung von den anderen über den Strand läuft.

Nein, sie läuft nicht. Die Möwe kann gar nicht richtig laufen. Sie hüpft, denn sie hat nur ein Bein!

Lotti läuft das Wasser im Munde zusammen. Man kann es richtig sehen. Die Kiefer beben, das kleine Maul geht auf und zu. Noch liegt sie bewegungslos still, dann schleicht sie

näher, Pfote vor Pfote. Eng an den Boden geschmiegt, schiebt sie sich über den Sand. Die Ohren sind flach an den Kopf gelegt. Und dann setzt sie zum Sprung an auf die arme Möwe.

Tina rast auf Lotti zu.

»Wirst du das wohl lassen!« schreit sie. »Du Scheusal!«

Die Möwe fliegt erschreckt auf, und Lotti sieht ihr verstört nach. Tina schämt sich für ihre Katze.

»Pfui!« sagt sie böse. »Einen behinderten Vogel anzufallen! Was fällt dir ein!«

Sie nimmt sie auf den Arm und legt sie sich um den Hals. Lotti hat gar kein schlechtes Gewissen und schmiegt sich zärtlich an.

»Das läßt du in Zukunft, verstanden? Du bekommst genügend zu essen, Trockenfutter und Leber und alles, was dir schmeckt. Du hast es nicht nötig, Vögel zu fangen und schon gar nicht einen, der nur ein Bein hat.«

Sie berichtet Moma, was geschehen ist, und wundert sich, daß Moma nicht auch ärgerlich auf die Katze ist.

»Es ist ihre Natur«, sagt Moma.

Tina spielt noch eine Weile mit ihren Tieren. Als Moma mit den Muscheln fertig ist, gibt es Essen.

»Wie war es in der Schule?« fragt Moma.

»Och, normal.« Tina zuckt mit den Schultern.

»Was heißt das?«

»Na, normal eben, so wie immer. Hilbert und Chris haben sich geprügelt. Wie üblich.«

»Warum?« will Moma wissen.

»Weiß ich nicht mehr«, antwortet Tina gelangweilt. »Das ist mir auch egal. Wessen Haus am schönsten ist, glaube ich. Oder wer in den Ferien die weiteste Reise gemacht hat.«

Der Schulfotograf ist da

Am Montag hat sich die Klasse wieder beruhigt. Hilberts Kratzer sind zu schmalen braunen Streifen vernarbt, und das Auge von Chris sieht nicht mehr ganz so blau aus. Sie erzählt ihren Freundinnen, daß ihre Mutter die Stelle mit hellbrauner Tönungscreme bedeckt habe.

Wie an jedem Montagmorgen dürfen die Kinder zuerst erzählen, was sie am Wochenende erlebt haben.

Monikas Schildkröte Isidor ist wieder ausgerückt. Aber Monika hofft, sie wiederzubekommen, weil ihr Vater die Telefonnummer mit Farbe auf den Panzer gemalt hat.

Pit, der auf einem Bauernhof wohnt, erzählt, daß seine Katze, die wochenlang verschwunden war, am Samstag plötzlich in der Küche stand und miaute. Sie lockte jeden mit auf den Heuboden, und es zeigte sich, daß sie fünf Junge geboren hatte.

»Hast du gedacht, deine Katze ist ein Kater, oder was ist daran Besonderes?« stichelt Chris.

Pit tut, als ob er es nicht gehört habe.

»Fünf Junge! Und gerade erst geboren. Sie haben alle noch geschlossene Augen.«

Matthias berichtet stolz, daß sein Vater einen phantastischen neuen Lieferwagen für den Supermarkt bekommen hat. Nun kann er auch Kunden beliefern, die außerhalb der Ortschaft wohnen.

»Noch mehr Neuigkeiten?« fragt Frau Marleen.

Eigentlich hätte Tina auch etwas erzählen können, aber sie tut es nicht. Sie findet es schön, ein Geheimnis zu haben.

Gestern abend nämlich standen ganz unerwartet drei Studenten vor der Tür. Zwei von ihnen kannte sie noch vom vergangenen Jahr, Lars und Fred. Der dritte war ihr fremd. Er heiße Erik und sei auch von der Universität, aber kein Student mehr, sagte er. Moma hatte verlangt, daß sie ihn mit »Herr Erik« anredete.

»Ach, Erik genügt auch«, hatte er gemeint und ihr die Hand gegeben.

Die drei erzählten, daß sie einen Monat im Vogelschutzgebiet bleiben würden.

»Wollt ihr wieder das intime Leben der Waldohreule studieren?« fragte Tina, und Lars und Fred lachten. »Daß du das noch weißt!«

»Ich vergesse nie etwas.«

Der Jeep der jungen Leute war randvoll beladen gewesen. Rucksäcke mit Kleidung, Schlafsäcke, eine Kiste mit Töpfen und ein Campingkocher, Bücher, Lebensmittel und Trinkwasserkanister.

»Darf ich mit?« fragte sie, nachdem Momas Kaffee ausgetrunken war.

Aber das ging nicht. Das Vogelschutzgebiet darf nur betreten, wer dort arbeitet.

»Schade«, antwortete sie. »Ich kann auch arbeiten: kochen und Tee aufgießen und noch viel mehr.«

Erik lachte. »Oh, ich bin davon überzeugt, daß du ein geschicktes Mädchen bist. Aber es ist nun einmal nicht erlaubt. In das Schutzgebiet dürfen keine Frauen, verstehst du?« Erik zwinkerte ihr zu.

Er hatte wirklich *Frauen* gesagt!

Tina hat keine Lust, von diesem Besuch zu erzählen. Sicher würde es sonst nicht lange dauern, bis Chris bei ihr auftauchte. Aber sie will die Studenten mit keinem teilen.

»Nun«, sagt Frau Marleen, »dann wollen wir jetzt an die Arbeit gehen. Wir müssen sogar besonders fleißig sein, denn heute nachmittag kommt der Schulfotograf.«

Tina brummt, das hätte Frau Marleen auch etwas eher sagen können. Dann hätte sie ein anderes T-Shirt angezogen. Das neue mit dem Blitz darauf. Die anderen Kinder können noch nach Hause gehen, um sich umzuziehen. Sie nicht. Es ist zu weit. Sie bleibt immer im Aufenthaltsraum. Da ißt sie dann ihr Butterbrot und bekommt einen Becher Milch von der Schule.

»Ich finde, daß du ein hübsches T-Shirt anhast«, sagt Frau Marleen.

Der Schulfotograf! Immer wenn er kommt, gibt es Probleme. Der eine will nicht neben dem anderen stehen, und der dritte muß unbedingt den Platz neben seinem Freund haben. Um Monika wird gekämpft, und Chris ist katzenfreundlich, weil sie Mittelpunkt sein will.

Es bilden sich allerlei Paare und Gruppen, die Kinder rennen auf dem Schulhof hin und her. Tina tut, als ob sie sich für eine kleine Pflanze interessiert, die unter einem der Bäume wächst. Um sie bemüht sich natürlich niemand. Na ja, dann eben nicht.

Matthias ist der einzige, dem es wohl egal ist, wo er steht, und darum kommt er zu ihr.

Nun steht Tina ganz außen neben Matthias.

»Könnte die junge Dame mit dem schönen blonden Haar noch etwas dichter an die Gruppe heranrücken?« fragt der Fotograf.

»Karottenrotes Haar wird er wohl meinen«, flüstert Chris.

Matthias legt den Arm um Tina und zieht sie näher heran. Tina weiß genau, daß er das nur tut, weil der Fotograf es so will, aber sie freut sich doch.

»Bitte recht freundlich!«

Klick. Fertig.

»Schnell noch einmal alle lachen!«

Klick. Vorbei.

Matthias läßt Tina wieder los. Er sieht sich nicht ein einziges Mal mehr nach ihr um. Die meisten Kinder bleiben noch auf dem Schulhof. Tina nicht. Sie geht heim.

Tina hat Sorgen

Als Tina nach Hause kommt, liegt Moma im Bett. Das ist seltsam.

»Bist du krank?« fragt Tina. »Hast du Fieber? Soll ich den Doktor anrufen?«

»Aber nein, mein Schatz, ich fühle mich nur ein bißchen schlapp«, sagt Moma. »Wenn du mir eine Tasse Tee aufgießt, bin ich gleich wieder munter. Kleines, sieh mich doch nicht so ängstlich an. Ich darf doch auch mal müde sein!«

»Wenn du nur nicht stirbst!« platzt Tina heraus.

Plötzlich macht ihr dieser Gedanke wieder angst. Es ist nicht das erste Mal, daß Moma krank ist. Im letzten Winter lag sie eine ganze Woche im Bett. Tina hat damals genau gesehen, daß der Doktor besorgt den Kopf geschüttelt hat. Wie oft hatte sie in den Tagen gedacht: Wenn Moma nur nicht stirbt! Wo soll ich denn dann hin?

»Wohin kommen eigentlich Kinder, die überhaupt keine Familie haben?« fragt sie.

Früher gab es Waisenhäuser, heute sind es Heime. Sie kann sich nicht vorstellen, daß sie sich dort wohl fühlen würde.

Moma lacht. Sie sagt, daß sie vorläufig nicht daran denke, zu sterben. Die Tasse Tee hilft ihr wirklich, und am Abend fühlt sie sich schon wieder viel besser und steht auf.

»Heute nachmittag ist ein Klassenfoto gemacht worden«, erzählt Tina. »Ein Affentheater.«

»Wieso denn?«

Moma legt die Zeitung hin und sieht Tina über die Brillengläser hinweg prüfend an.

Tina antwortet brummig: »Einfach blöde. Alle in ihren besten Sachen, und keiner wollte neben mir stehen.«

Gereizt zeichnet sie lauter kurze, senkrechte Striche auf ein Blatt Papier und streicht sie dann alle wieder durch.

Plötzlich steht Moma auf. Ihr Stuhl fällt beinahe um.

»Jetzt habe ich aber genug von dir, weißt du das?« sagt sie böse. »Hör doch endlich auf mit dem Unsinn! Niemand sieht mich an, niemand will neben mir stehen. Ich gehöre zu keinem. Alle finden mich blöd. Tu dir nur ordentlich selbst leid, denn wer sollte dich sonst bemitleiden. Dir geht es doch gut! Wer hat schon ein so herrlich freies Leben wie du? Du bekommst zur rechten Zeit zu essen und zu trinken und siehst sogar hübsch aus.«

Jetzt muß Moma wieder lachen. »Natürlich nicht, wenn du ein so unzufriedenes Gesicht ziehst.«

»Ich bin doch gar nicht unzufrieden«, behauptet Tina. »Aber was wahr ist, ist wahr. Niemand wollte neben mir stehen. Nicht, daß es mir etwas ausmacht. Überhaupt nicht! Das brauchen die nicht zu denken.«

»Natürlich macht es dir etwas aus. Und das ist auch gut so. Aber nun höre mir mal zu. Ich bin keine Wahrsagerin, aber das eine sage ich dir: Es wird die Zeit kommen, wo sie darum kämpfen werden, neben dir zu stehen.«

Tina prustet los.

»Du hast doch Fieber«, sagt sie. »Ich werde lieber den Doktor anrufen.«

Nach dem Essen gehen sie ein Stück am Strand spazieren. »Ein bißchen frische Luft schnappen«, sagt Moma. »Das tut gut.«

»Sieh mal, da ist der Hinkefuß, den Lotti fangen wollte. Traurig, wenn man nur ein Bein hat. Du könntest ihn eigentlich pflegen, Moma.«

»Nicht nötig. Der springt mit seinem einen Fuß genausogut wie die anderen mit zweien. Und er fliegt gut, das ist die Hauptsache. Hast du eigentlich gesehen, daß es keine nor-

male Möwe, sondern eine Dreizehenmöwe ist?« fragt Moma. »Die sind hier nicht heimisch. Diese Art kommt nur zum Brüten an Land, und zwar nicht in unserem flachen Küstengebiet, sondern hoch im Norden auf Felsen. Wenn

Dreizehenmöwen sich hierher verirren, dann stimmt für gewöhnlich etwas nicht.«

»Janne Jut hat einen Vogelverstand«, sagen die Leute im Dorf. Damit meinen sie nicht, daß Moma so wenig Verstand hat, wie in einen kleinen Vogelkopf geht, sondern daß sie alles über Vögel weiß. Sie kennt sämtliche Namen, weiß, wie alt die Tiere sind, woher sie kommen und wohin sie fliegen. Übrigens sagt Moma, daß Vögel oft mehr Verstand haben als Menschen. Man muß nur an die Zugvögel denken. Wenn es kalt wird, fliegen sie in wärmere Länder. Andere wieder suchen die Kälte. Sie wissen immer, was sie zu tun haben. Man könnte fast meinen, daß sie sich nach einem inneren Kalender richten.

»Es gibt nicht viele Dreizehenmöwen. Weißt du, wie das kommt?«

Tina weiß es nicht. Am Strand wimmelt es nur so von normalen Möwen, Silbermöwen, Lachmöwen und wie sie alle heißen.

»Weil Dreizehenmöwen zum Brüten ganz bestimmte Felsen brauchen, die direkt am Meer liegen und wo es viel Nahrung gibt. Solche Brutplätze sind nicht so häufig und nur im Norden und auf Helgoland zu finden. Diese Möwenart wird mit zwei bis drei Jahren geschlechtsreif. Die Trottellummen, mit denen sie eng an solchen Felsen zusammenleben, legen erst mit vier Jahren ihr erstes Ei. Du weißt doch, was ›geschlechtsreif‹ bedeutet?«

»Pah, wofür hältst du mich? Ich bin doch kein kleines Kind mehr. Es bedeutet, daß ein Vogel dann alt genug ist, um sich zu paaren, Eier zu legen und zu brüten.«

»Genau. Die Trottellummen legen nur ein einziges Ei, die Dreizehenmöwen meistens zwei. Und darauf lauern natürlich viele Räuber. Sie stürzen sich auf das Gelege oder auch auf die jungen Vögel. Deshalb haben es diese Arten schwerer, sich zu vermehren, als die normalen Möwen.

Aber die Verschmutzung der Nordsee mit allen ihren Folgen ist schlimmer, und dadurch kann der Bestand dieser Hochseevögel gefährdet werden.«

»Also auch eine bedrohte Tierart«, meint Tina ernsthaft. Sie sieht der Möwe nach, die fröhlich auf ihrem einen Fuß davonhüpft.

»Komm, mein Kind«, sagt Moma und schaut mit der Hand über den Augen hinaus auf das Meer. »Wir gehen zurück. Die ersten Nachtwolken ziehen schon auf. Es ist Zeit, ins Bett zu gehen. Auch gefällt mir das Wetter nicht. Es könnte einen Witterungsumschwung geben.«

Der große Sturm

Das erste, was sie vom Sturm bemerken, ist die Stille. Ganz eigenartig und beängstigend. Kein Blatt bewegt sich mehr, alle Vögel hören auf zu singen. Natürlich kreischen die Möwen fern über der Brandungslinie genau wie sonst auch, aber das kann man kein Singen nennen.

Die Wolken am Himmel scheinen zu fliegen. In der Nähe wirken sie weiß, aber die, die in der Höhe dahinjagen, sind dunkelgrau. Von Süden kommt Wind auf.

»Treibe schnell die Hühner in den Stall«, sagt Moma, »und denk dran, die Tür gut einzuhaken.«

Sie selbst geht durch das Haus und schließt alle Fenster und Türen. Sie mag nicht umherrennen, wenn das Unwetter schon wütet.

Tina nimmt eine Schüssel mit Hühnerfutter, schlägt mit dem Löffel daran und ruft: »Komm, put, put, put.«

Von allen Seiten kommen die Hühner angelaufen, als letzter der Hahn mit seinen schönen glänzenden Federn. Tina weiß nicht so recht, ob sie ihn mag. Warum ist er schöner als die Hennen, die doch die schwere Arbeit tun, das Eierlegen, das Brüten und das Führen der Küken?

Als alle im Stall sind, klappt Tina die Tür zu und klemmt den Haken über den Nagel. Dann streut sie noch etwas Futter durch den Maschendraht. Die Hühner tun immer so, als wären sie am Verhungern.

Es donnert in der Ferne. Plötzlich verändert sich die Stimmung über dem Land. Es ist jetzt nicht mehr still, der Wind frischt auf. Schon ein paar Minuten später kann man nicht mehr von Wind reden. Es stürmt.

Gleich darauf bricht das Unwetter mit voller Kraft los, die Brandung rollt ungestüm weit den Strand hinauf.

»Komm rein, schnell, schnell!« Moma zieht Tina über die Schwelle und schließt sorgfältig die Tür.

Ein Orkan peitscht die Dünen und den Deich. Jetzt muß es sich zeigen, wer der Stärkere ist. Ein Stück Zink wird durch die Luft geschleudert, irgendwo fliegt das Dach von einer Scheune.

Mit welcher Gewalt sich der Sturm alles untertan macht! Er reißt tiefe Mulden in die Dünen und peitscht das Strandgras, das die Menschen zur Befestigung des Sandes angepflanzt haben.

Moma legt für einen Augenblick den Arm um Tinas Schulter. »Es sieht böse aus, Tinakind, sehr böse«, sagt sie.

Sie holt das Fernglas aus dem Etui, das noch Urgroßvater Kelly gehört hat. Es ist ein Mordsding. Tina darf nur hindurchsehen, wenn sie zuvor den Lederriemen um den Hals gelegt hat.

»Der Damm ist schon unterspült«, sagt Moma.

Tina betrachtet die nähere Umgebung. »Da!« schreit sie. Es ist komisch, aber bei Sturm fängt man wie von selbst an zu brüllen. »Sieh mal, da sitzt der Hinkefuß!«

Die Dreizehenmöwe hüpft auf ihrem einen Bein nahe an das Haus heran. Der Wind bläst ihr in die Federn. Der Schnabel öffnet sich und schließt sich wieder, aber das Brausen des Sturmes übertönt den Schrei.

Am nächsten Morgen sitzt die Möwe immer noch da.

»Bei diesem Wetter kann sie natürlich nichts mehr fangen«, sagt Tina.

»Pech für sie.«

»Gib ihr doch etwas, Moma.«

»Wo denkst du hin! Sie frißt nur Fisch.«

»Du hast doch noch Fisch im Tiefkühlfach?«

Moma verzieht das Gesicht. »Ja, sicher, meinen guten Fisch. Ich bin doch nicht verrückt.«

Drei Tage lang wütet der Sturm. Moma und Tina sind

von der Welt abgeschlossen. Es kommt keine Zeitung und auch keine Post.

Die Wellen haben weiße Schaumkronen, die Buhnen sind unter dem Wasser verschwunden. Man sieht den Horizont nicht mehr, denn Luft und Wasser haben die gleiche bleigraue Farbe.

Die Möwe sitzt wie ein Häufchen Unglück vor dem Haus, und Moma gibt ihrem Herzen einen Stoß. Sie holt den Fisch aus dem Tiefkühlfach, und der hungrige Vogel nimmt ihr das Futter beinahe aus der Hand, so dicht kommt er heran.

Nach drei Tagen kommen die Menschen wieder aus ihren Häusern. Überall liegen umgefallene Bäume und abgerissene Äste auf den Wegen und Straßen. Die Dünen sind mit einer dicken weißen Schicht Staubsand bedeckt.

Die Leute stehen in Gruppen beieinander. Jeder erzählt, welchen Schaden der Sturm bei ihm angerichtet hat. Irgend jemand meint gehört zu haben, daß bei Texel ein Tanker untergegangen sei. Die Rettungsboote wären ausgefahren, hätten aber keine Spur von einem Wrack gefunden.

Purer Unsinn, sagt ein anderer. Er hat gerade die Nachrichten gehört, und es ist nichts von einem Schiffsunglück berichtet worden.

Viele stehen mit Ferngläsern auf den Dünen. Sie sprechen von früheren Stürmen und erinnern sich an die Ölkatastrophe, die auf den Untergang der »Torey Canyon« folgte. Hunderttausend Tonnen Rohöl waren damals ins Meer geflossen. Und als die »Amoco Cadiz«, ein Tanker, der auf dem Weg nach Rotterdam war, in der Mitte durchbrach, da strömte noch viel mehr Öl ins Meer.

Auch Janne Kelly sieht auf das Meer hinaus. Wenn das Wasser sinken und der Wind nach Westen drehen sollte, dann könnte morgen eine ganze Menge Strandgut antreiben. Sie befestigt schon vorsorglich ihre kleine Karre am Fahrrad und hängt eine feste Schnur an den Lenker.

Als das Telefon läutet, bittet sie Tina, das Gespräch anzunehmen. Es ist die Frau von Erik.

»Ich möchte gern wissen, ob ihr etwas von den Männern gehört habt«, sagt sie. »Nach diesem schrecklichen Unwetter mache ich mir Sorgen.«

»Gehört haben wir nichts«, antwortet Tina. »Aber Moma sagt immer, daß keine Nachricht gute Nachricht ist. Ich könnte auch gleich zum Vogelschutzgebiet radeln und fragen. Soll ich?«

»Laß nur, Tina, es ist nicht nötig. Wenn du Erik sehen solltest, dann bitte ihn, mich anzurufen.«

Tina verspricht es und braucht auch nicht lange zu warten. Am Abend steht Erik vor der Tür.

Er berichtet, daß die beiden anderen zu tun haben. Ein Zimmermann aus dem Dorf sei gekommen, um mit ihnen zusammen das Blockhaus wieder in Ordnung zu bringen. Der Sturm hatte nämlich das Dach abgerissen.

»Mußt du . . . müssen Sie denn nicht helfen?« fragt Tina.

Erik meint lachend, er helfe am besten, wenn er nicht da sei. Er sei handwerklich total unbegabt und würde nur im Wege stehen.

»Das paßt ja prima«, sagt Tina und macht ein Gesicht, als ob sie selbst alles so organisiert hätte. »Dann können Sie nämlich gleich Ihre Frau anrufen. Sie macht sich wahnsinnige Sorgen.«

Erik grinst. »Das glaube ich dir. Sie würde mich am liebsten in einen Käfig sperren.«

»Haben Sie eigentlich Kinder?«

»Leider nicht.« Erik schüttelt den Kopf.

»Leider nicht?« platzt Tina heraus. »Aber man kann doch ein Kind annehmen.«

»Ich sehe, du kennst dich aus«, sagt Erik und wählt die Nummer seiner Wohnung.

Tina tut, als würde sie lesen, aber in Wirklichkeit lauscht sie auf jedes Wort, das er sagt.

»Guten Tag, Liebes. Herzliche Glückwünsche zum Geburtstag. Ich weiß, daß ich heute bei dir sein sollte, aber durch den Sturm waren wir abgeschnitten, und nun kann ich die beiden nicht im Stich lassen. Hast du meine dreißig Rosen bekommen? Ja? Dafür möchte ich dreißig Küsse von dir, okay? Ob der Sturm viel Schaden bei uns angerichtet hat? Na ja, es geht. Das Dach ist von unserem Blockhaus geweht. Unser Hochsitz in den Bäumen ist zusammengebrochen, alle Notizen sind naß und unleserlich geworden, unsere Kleidung ist durchweicht, und Fred ist ein dicker Ast auf den Kopf gefallen. Die Krähenfangvoliere ist zerstört, und die Lockvögel sind weg. Aber sonst ist nichts passiert.«

Tina kichert leise.

»Ja, das war die Enkelin von Frau Kelly«, sagt Erik jetzt. »Du weißt schon, von unserer guten Fee hier.« Er wirft einen flüchtigen Blick auf Tina, aber die ist ganz in ihr Buch vertieft. »O yes, she is very lovely.«

Tina lacht sich ins Fäustchen. Er denkt wohl, sie versteht noch kein Englisch. Aber so viel hat sie in der Schule schon gelernt!

»Liebling, wenn wir jemals eine Tochter bekommen sollten, dann hoffe ich . . .«

Erik spricht nicht weiter, und Tina kann nicht verstehen, was seine Frau sagt. Aber sie begreift es trotzdem: Die beiden wünschen sich eine Tochter, die ihr ähnlich ist.

Na, das Kind kann einem jetzt schon leid tun, denkt Tina. Ein viel zu großer Mund, eine Nase wie ein Kleiderständer und Ohren wie eine Fledermaus. Und was das Schlimmste ist: unbeliebt in der Schule.

Als Erik sich auf den Rückweg macht, geht Tina noch ein Stück mit. Er macht so große Schritte, daß sie fast rennen muß, um mitzukommen.

Wie groß er ist, denkt sie. Noch größer als der Vater von Nils.

In den flachen Dünen, die an das Weideland grenzen, ist es ganz still. Wie selbstverständlich schweigen auch sie.

Aber lange kann Tina den Mund nicht halten.

»Was macht ihr drei eigentlich im Augenblick?« fragt sie nach einer Weile.

»Vorläufig sind wir sehr damit beschäftigt, alles für unsere Aufgabe vorzubereiten. Das dauert ungefähr eine Woche. Dann fangen wir Krähen.«

»Wofür brauchen Sie die denn? Für Tierversuche? Chris und Hilbert aus meiner Klasse haben ständig Krach miteinander, weil die Mutter von Chris in einem Laboratorium arbeitet, wo Tiere für Versuche gehalten werden. Hilbert sagt, man würde die Tiere zu Tode quälen. Stimmt das?«

»Es gibt strenge Vorschriften für Tierversuche«, sagt Erik. »Wenn sie nicht eingehalten werden, kann man das Laboratorium bei der Polizei anzeigen. Wir fangen Krähen, um festzustellen, was sie fressen und womit sie ihre Jungen ernähren.«

»Das kann uns doch ganz egal sein.«

»O nein«, widerspricht Erik. »Die Bauern klagen immerzu über den Schaden, den ihnen die Krähen zufügen. Am liebsten würden sie alle abschießen. Wir versuchen nun herauszufinden, wie groß dieser Schaden tatsächlich ist. Die

Saatkrähen zum Beispiel ernähren sich nach unseren bisherigen Erkenntnissen vorwiegend von Engerlingen und anderem Ungeziefer.«

»Also doch Tierversuche«, meint Tina. »Die Vögel müssen doch aufgeschnitten werden, damit man sieht, was sie in ihren Mägen haben.«

Erik lacht. »Das macht man jetzt nur noch, wenn man tote Vögel findet. Wir haben eine andere Methode.«

Nun erklärt er geduldig, wie gearbeitet wird.

»Wir fangen die Krähen mit Lockvögeln, beringen sie und binden ihnen dann eine Art Halsband um. Es ist ein ziemlich enges Band, das aber die Luftröhre offenläßt. Sie ersticken also nicht, keine Bange. Nur die Speiseröhre wird vorübergehend abgeschlossen, so daß das Futter nicht mehr hindurchgleiten kann. Auf diese Weise sind wir in der Lage, die im Kropf gesammelte Nahrung später, wenn wir die Vögel wieder eingefangen haben, zu kontrollieren und festzustellen, was sie fressen. Danach lassen wir sie ohne Halsband wieder fliegen.«

»Und die Lockvögel? Das ist ja gemein.«

»Ach, so schlimm ist es nicht, Kleines. Es sind von Hand gezähmte Tiere, die von allein immer wieder in die Voliere kommen.«

»Hm.« Tina nickt zustimmend. »Also keine Vogelquälerei?«

»Nein, natürlich nicht. Wir sind doch keine Tierquäler.«

Schneller als gedacht stehen sie vor dem Schild, bei dem Tina nicht mehr weitergehen darf.

VOGELSCHUTZGEBIET
Zugang für Unbefugte verboten

steht darauf.

»Sind Sie befugt?« fragt Tina.

»Ja, das glaube ich schon.«

Tina läuft zurück, und Erik geht weiter. Sie hört ihn noch in der Ferne pfeifen, auch als sie ihn schon lange nicht mehr sieht.

Ha, denkt sie und beginnt vor Freude zu hüpfen. Er hat doch tatsächlich »Kleines« zu mir gesagt!

Moma ist schon zu Hause. Sie meint, daß der Wind günstig sei, und hofft, morgen früh viel Brauchbares am Strand zu finden.

Tina darf sich das Strickmuster für einen neuen Pullover aussuchen. Die Wahl fällt ihr nicht schwer. Sie ist ganz begeistert von einem blauen Pulli mit zwei Pinguinen auf der Brust. Einfach Klasse!

Moma hat die passenden Farben da und schlägt schon die Maschen an. Tina nimmt sich vor, keinem in der Klasse von dem Pullover zu erzählen. Sie wird damit ganz überraschend in die Schule kommen.

Müssen all die Vögel sterben?

Es gibt »Lesemütter« in der Schule und »Rechenmütter«. Und für die Kinder, die mittags nicht nach Hause können, sorgt eine »Aufsichtsmutter«. Alle sind daran gewöhnt, und niemand wundert sich, wenn eine Mutter über den Schulhof geht. Aber eine »Lesegroßmutter«, das ist neu. Deshalb sieht die ganze Klasse auf, als eine alte Frau auf einem klapprigen Fahrrad auf den Schulhof fährt. An ihrem Lenker baumelt eine Plastiktüte. Sie radelt bis an die Tür und steigt dort mit einem kleinen Sprung ab.

Jetzt nimmt sie die Tüte vom Lenker, lehnt das Rad an die Mauer des Schulgebäudes und läutet.

»Es ist Janne Jut«, meint ein Junge, und ein paar Mädchen beginnen zu kichern.

»Tina, deine Großmutter kommt!« sagt Matthias.

Entsetzlich! Tina sieht mit zusammengekniffenen Augen aus dem Fenster. Sie zieht Falten auf der Stirn und kleine Runzeln auf der Stupsnase. Was will Moma hier?

»Kommt, Kinder«, sagt Frau Marleen, »ihr habt lange genug hinausgeschaut. Jetzt wird weitergearbeitet.«

Tina tut so, als sei sie in ihr Buch vertieft, aber in Wirklichkeit lauscht sie auf alle Geräusche, die aus dem Gang kommen. Sie hört die Stimme des Direktors, ein bißchen brummelnd, und Momas Stimme, hell und eindringlich. Aber sie kann nicht verstehen, worüber gesprochen wird.

Da die Tür offensteht, kann man von der Klasse aus auf den Gang sehen. Der Direktor geht neben Moma her. Sie unterhalten sich lebhaft und kommen auf Tinas Klassenzimmer zu. Moma zeigt kopfschüttelnd auf ihre Plastiktüte.

Dann tritt der Direktor ins Klassenzimmer und fragt: »Dürfen wir kurz stören, Frau Marleen?«

Natürlich darf er das. Er ist ja schließlich der Leiter der Schule.

Moma sieht sich in der Klasse um. Als sie Tina entdeckt, hebt sie für einen Moment die Hand und nickt ihr zu. Tina grüßt sie ebenso.

»Frau Marleen, Frau Kelly möchte der Klasse etwas Wichtiges zeigen.«

Moma stellt sich vor die Klasse und räuspert sich. »Guten Tag, Kinder.« Es klingt wie bei der Ansagerin im Fernsehen. »Ich komme gerade vom Strand...«

»Wohl mal wieder auf Strandraub gewesen?« ruft ein Junge dazwischen.

»Stimmt«, gibt Moma freimütig zu. »Ich wollte nachsehen, ob etwas angespült worden ist, was mir gefällt. Nun, Kinder, es war in der Tat etwas angespült worden. Aber gefallen hat es mir ganz und gar nicht.«

Sie greift in die Plastiktüte und holt ein schmieriges, schlaffes Ding heraus. Man kann nicht erkennen, was es ist. Es ist schwarz, naß und formlos.

Moma hält das Ding in die Höhe, damit es alle gut sehen können.

»Der ganze Strand ist bedeckt mit toten Vögeln! Ich habe einen mitgebracht, weil ich wollte, daß ihn jeder betrachtet. Dürfen die Kinder ihn einmal anschauen, Frau Marleen?«

Frau Marleen räumt ihren Tisch leer und breitet ein großes Stück weißes Papier darüber aus. Der schwarze Vogel wirkt noch schwärzer, als Moma ihn darauf legt.

»Dies ist eine Trottellumme«, sagt Moma und bemüht sich, dem Vogel die alte Form so gut wie möglich zurückzugeben. Sie zieht die Beine unter dem Körper hervor, daß die verkrallten Zehen zu sehen sind, und legt den Kopf auf die Seite.

»Am Strand gibt es jede Menge Möwen. Die kennt ihr alle. Aber Trottellummen sieht man so gut wie nie. Es sind Meeresvögel, die kaum an Land kommen. Wenn sie es tun, dann nur zur Brut, oder sie sind krank.

Schaut euch den Vogel genau an. Manche Trottellummen haben einen weißen Federring um die Augen, diese hier ist so eine Ringellumme. Kann jemand den weißen Ring noch erkennen, der eigentlich rund um das Auge zu sehen sein müßte? Oder die weißen Flügelspitzen und den weißen Bauch? Seine Federn haben allen Glanz verloren. Es sind Ölrückstände, die ihn so zugerichtet haben.«

Niemand sagt ein Wort.

Frau Marleen holt ein Vogelbuch aus dem Schrank. Sie sucht die Abbildung der Trottellumme heraus und stellt das Buch aufgeschlagen neben den toten Vogel.

Der Direktor tritt näher und liest vor:

»Meist Ende Februar, Anfang März suchen die Trottellummen, nachdem sie viele Monate auf dem Meer zugebracht haben, die Felsen auf, um dort zu brüten. Sie bauen kein richtiges Nest. Das Weibchen legt ein einziges Ei auf kahle Felsen. Oft ist es nur ein schmaler Rand. Das Ei ist birnenförmig und kann dadurch nicht so leicht wegrollen, wenn dagegengestoßen wird oder wenn der Wind es erfaßt.

In der Brutzeit sind die Felsenränder übervoll mit Reihen von Vögeln, die dicht aneinandergedrängt sitzen. Jeder hat sein Ei zwischen den Füßen.

Im August, wenn die Jungen groß und stark für die Reise geworden sind, ziehen sie wieder fort, um den Rest des Jahres draußen auf dem Meer zu verbringen. Wenn die Trottellummen versehentlich auf einer Öllache niedergehen, kommen viele Tausende von ihnen um. Auch dieser Vögel wegen ist es verboten, Ölrückstände im Meer abzulassen.«

Alle Kinder drehen sich nach Hilbert um.

Chris räuspert sich herausfordernd.

»Du kannst mir den Buckel runterrutschen!« sagt Hilbert.

»Fangt nicht schon wieder an mit eurer blöden Streiterei«, ruft Monika. »Ich will wissen, wie das passiert ist mit den Vögeln. Es ist also verboten, Öl abzulassen. Und wenn ein Schiff es nun trotzdem tut? Wird der Kapitän dann bestraft? Muß er ein Bußgeld bezahlen oder etwas Ähnliches?«

Hier kennt sich Hilbert gut aus. Er erzählt, daß die Nordsee Tag und Nacht von Aufklärungsflugzeugen überwacht wird. Es ist von oben genau zu sehen, wenn ein Schiff Öl abläßt. Schiff und Ölfleck werden fotografiert und der Wasserbaubehörde gemeldet. Während das Schiff weiterfährt, wartet auf den Kapitän oft schon der Bußgeldbescheid.

Matthias, der alles von der praktischen Seite ansieht, meint: »Irgendwo müssen die Schiffe ihr altes Öl ja auch lassen. Und ihre Tanks müssen auch gereinigt werden.«

Auch hierauf weiß Hilbert eine Antwort.

»Altöl kann man in jedem großen Hafen abliefern. Auch das Bilgenwasser. So nennt man das mit Ölresten und Ölschlick durchsetzte Wasser, das zum Reinigen verwendet wurde. Es muß in extra Tanks gepumpt werden, und diese Tanks muß man im Hafen löschen. Trotzdem gibt es Schiffsingenieure, die das Bilgenwasser einfach ins Meer kippen. Das Löschen im Hafen ist nämlich nicht billig, und da riskieren viele lieber, Bußgeld bezahlen zu müssen. Mein Vater macht das aber nicht!« schließt er mit einem Blick auf Chris. »Er hat mir genau erklärt, was das Öl im Wasser anrichtet.«

»Ich hab in einer Fernsehsendung gesehen, daß es große Ölsauger gibt, die die Ölflecken einfach absaugen«, sagt Jan. »Warum macht man das nicht immer?«

»Das geht nur, wenn der Ölfleck nicht zu dünnflüssig und das Wetter nicht zu stürmisch ist«, erklärt Moma.

»Öl ist leichter als Wasser, und darum treibt es an der

Oberfläche. Warum wird es nicht einfach in Brand gesteckt?« will Chris wissen.

»Das hätte eine unverantwortliche Luftverschmutzung zur Folge«, antwortet der Direktor.

Moma sieht den Direktor an und nickt anerkennend. »Prima Klasse. Die Kinder denken nach!«

»Er stinkt«, sagt Chris plötzlich und rümpft die Nase.

»Da hast du leider recht«, antwortet Moma. »Ist es nicht zum Heulen, daß ein so prachtvoller Vogel jetzt nur noch ein stinkendes Häufchen ist? Und das durch unsere Schuld!«

»Durch uns? Wir können doch nichts dafür!« rufen die Kinder entrüstet.

»Jedes Jahr sterben allein anderthalb Millionen Trottellummen«, sagt Moma. »Nicht durch Naturgewalten, durch Stürme oder Raubvögel, sondern durch menschliche Schuld. Und Menschen sind wir schließlich alle miteinander.«

Der Direktor findet, daß die Klasse nun wieder an die Arbeit gehen soll, doch Tinas Großmutter ist nicht nur gekommen, um die eine tote Trottellumme zu zeigen. Sie fragt, ob Frau Marleen nicht mit der Klasse an den Strand gehen will, bevor der Räumdienst die Vögel einsammelt. »Man muß das mit eigenen Augen gesehen haben«, sagt sie.

»Ich könnte es als Biologiestunde einordnen«, sagt Frau Marleen, und der Direktor stimmt ihr zu. Er sieht auf seine Uhr.

»Heute nachmittag dann?«

Moma schüttelt den Kopf. »Nein, bis dahin steigt das Wasser wieder, und die Flut nimmt viele der toten Vögel mit hinaus.«

Der Direktor und Frau Marleen überlegen gemeinsam, und schon eine Viertelstunde später radeln die Kinder durch die Dünen. Moma fährt vorn, und Frau Marleen beschließt die lange Reihe.

»Paßt auf, wenn ihr die hohe Düne hinunterfahrt!« warnt Tina, als sie beinahe am Ziel sind. Sie weiß ja, wie sehr sich beim Abwärtsfahren die Geschwindigkeit steigert.

Alle stellen die Fahrräder an Tinas Haus ab und klettern über die letzte Düne.

Puh! Moma hat nicht übertrieben.

Der Strand, der gelblich sein sollte, sieht grau und schmierig aus. Die Flutlinie ist ein langer, welliger schwarzer Strich. Zwischen Anhäufungen von Seetang liegen Klumpen von dickem Ölschlamm. »Ölwürste«, sagt Moma. Und unzählige tote Vögel. Schmutzige, formlose Haufen.

Es ist ein abscheuliches Bild. Einige treiben noch auf dem Wasser, andere liegen dicht aneinandergedrängt, als ob sie sich in der Todesnot noch gegenseitig hätten helfen wollen. Manche Vögel haben ihre Schnäbel weit geöffnet, bei anderen sieht es aus, als seien die Schnäbel mit Pech verklebt.

»Pfui Teufel, so ein Schweinkram!« schimpft Chris. »Es wird Zeit, daß der Räumdienst kommt. Das ist kein schöner Anblick, all die toten Viecher und das Stinköl.«

»Da bin ich ganz anderer Meinung«, sagt Moma. Ihre Augen blitzen. »Von mir aus können sie die ganze Bescherung hier liegenlassen, damit die Menschen es einmal sehen. Vielleicht werden sie dann endlich klüger.«

Plötzlich stößt Matthias einen lauten Schrei aus, der die Kinder aufschrecken läßt.

»Da!« ruft er. »Frau Jut! Ich meine Frau..., eh..., sehen Sie mal da!«

Alle schauen hin. »Da lebt noch einer!«

Tatsächlich. Zwischen all den treibenden toten Tieren bewegt sich etwas. Es muß einer der Vögel sein. Er versucht zu schwimmen und schlägt mit den Flügeln, dann sinkt er unter die Wasseroberfläche. Nur der Kopf schaut noch heraus. Es ist ein jammervoller Anblick. Man kann kaum hinsehen.

Matthias schleudert die Schuhe von den Füßen und will sofort in das eiskalte Wasser stürzen, aber Moma hält ihn zurück.

»Ruhig, ruhig! Wenn du so wild hineinläufst, erschreckst du ihn. Er würde versuchen, ins Meer zu fliehen, und vielleicht gleich wieder in einer Öllache landen.«

»Lassen Sie mich doch! Ich will ihn retten!« schreit Matthias.

»Natürlich! Aber das weiß der Vogel nicht. Er hält dich für ein gefährliches Raubtier, das ihm nach dem Leben trachtet.«

Aber Matthias ist nicht zu halten. Schon steht er bis zu den Knien im Wasser und greift mit beiden Händen nach der versinkenden Trottellumme.

Die Kinder schauen atemlos zu. Der Vogel pickt nach dem Jungen und wäre ihm beinahe weggeglitten. Aber Matthias läßt ihn nicht los.

Jetzt entdecken die Kinder noch mehr lebende Vögel, und jeder möchte helfen, genau wie Matthias. Sie ziehen Schuhe und Socken aus und krempeln die Hosen auf bis über die Knie. Alle sind bereit, ins Wasser zu gehen, wenn es nötig sein sollte, trotz der stinkenden Ölrückstände.

»Es könnte ja jeder einen Vogel mit nach Hause nehmen und ihn unter der warmen Brause abwaschen«, überlegt Hilbert.

Die Mädchen lachen ihn aus. »Warum nicht gleich in die Waschmaschine stecken? Vielleicht mit der Kochwäsche bei 90 Grad.«

»Meine Vögel sind weißer als deine!«

»Porentief rein!«

»Ha, ha, seid ihr witzig«, brummt Hilbert. »Macht doch einen besseren Vorschlag.«

»Vielleicht ginge es mit ganz milder Seife?«

»Ach, das ist doch alles halber Kram«, sagt Nils. »Es gibt im ganzen Dorf nur einen, der weiß, was getan werden muß, und das ist mein Vater.«

Er hat recht. Moma läuft so schnell sie kann zurück nach Hause, um Dr. Petersen anzurufen. Nun warten alle auf seine Anordnungen.

»Endlich jemand, der weiß, was hier zu tun ist«, sagt Moma, als der Tierarzt kommt.

»Das ist gar nicht so sicher«, meint Dr. Petersen. »Ich kann zwar kranken Tieren helfen. Das versuche ich zumindest. Aber derartig ölverschmierte Vögel sind ein großes Problem.«

Er sieht sich die Trottellumme an, die Matthias inzwischen in einen von Tina herbeigebrachten Eimer gesetzt hat.

»Im Kofferraum meines Autos liegt ein Jutesack. Wir werden sie erst einmal hineinlegen, damit sie sich nicht erkältet. Und dann ist keine Zeit zu verlieren. Die Tiere müssen alle sofort zur Vogelauffangstelle gebracht werden. Zum Glück gibt es ein solches Asyl in der Nähe. Es heißt »Die Vogelarche« und wird von Frau Griet geleitet. Man ist dort darauf eingerichtet, kranke und verletzte Vögel wieder gesund zu pflegen.«

Frau Marleen ruft die Vogelauffangstelle an, und Frau Griet verspricht, »die Betten für die Patienten zu richten«.

»Wie sollen die Vögel denn transportiert werden?« fragt Moma.

Die Kinder möchten sie am liebsten auf dem Gepäckträger mitnehmen, aber das ist natürlich Unsinn.

»Wir haben doch den neuen großen Lieferwagen«, sagt Matthias. »Mein Vater wird bestimmt helfen.«

»Das werden wir jetzt prima organisieren, Kinder«, verspricht Dr. Petersen. »Aber zuerst müssen wir sehen, welche Vögel noch eine Überlebenschance haben.«

Nils spielt sich nicht einmal auf, weil es sein Vater ist, der jetzt die Leitung hat.

»Das Unternehmen Trottellumme beginnt. Freiwillige vor!« ruft der Tierarzt.

Unternehmen Trottellumme

Gut organisieren ist die halbe Arbeit. Das zeigt sich auch hier. Um halb drei hat Dr. Petersen alles geregelt. Die Kinder bekommen eine Stunde eher schulfrei, wenn sie den Unterricht nachholen. Natürlich sind alle dazu bereit.

Matthias' Vater, Herr Schramm vom Supermarkt, ist fabelhaft. Er stellt sofort seinen neuen Lieferwagen zur Verfügung und kommt selbst als Fahrer mit. Er hat auch zwanzig Pappkartons eingeladen, in denen vorher Zucker, Zwieback oder Katzenfutter war. Der Tierarzt hatte ihn darum gebeten, weil er die Kartons für den Transport der Vögel braucht.

»Jetzt müssen wir noch alte Zeitungen haben«, sagt der Doktor.

In Momas Schuppen stehen zwei Müllsäcke voll Zeitungen. »Sie waren eigentlich für die Altmaterialsammlung des Sportvereins bestimmt«, erinnert sich Tina.

»Ach, es gibt bald wieder neue alte Zeitungen«, meint Moma, und alle lachen darüber. Neue alte Zeitungen!

Hilberts Vater, der Kapitän Duwe, kommt mit seinem superschnellen Auto, und Dr. Petersen nimmt seinen Kombiwagen. So reicht der Laderaum für die Tiere aus.

Nun zeigt der Doktor erst einmal, wie man mit den Vögeln umgehen muß.

»Vor allem dürft ihr keinen Augenblick glauben, daß auch nur einer unserer Patienten begeistert ist, wenn ihr ihn greift. Für sie seid ihr Feinde. Sie werden also nach jedem hacken, der ihnen zu nahe kommt, sofern sie überhaupt noch hacken können.«

Die Böden der Kartons werden mit alten Zeitungen ausgelegt.

Natürlich will es Chris wieder besser wissen. Wie üblich.

»Sand wäre doch viel weicher? Oder Stroh, so wie bei Pferden. Ich habe gerade neue Strohballen für mein Pony bekommen. Davon dürfen wir sicher nehmen.«

»Es ist gut gemeint, aber doch nicht so geeignet«, antwortet Dr. Petersen. »Sand und Stroh würden an dem ölverschmutzten Gefieder festkleben und dadurch das Saubermachen erschweren.«

Dr. Petersen und Herr Duwe gehen nun in hohen Gummistiefeln ins Wasser, und die Kinder warten am Strand mit den Kartons.

Inzwischen haben sich viele Menschen angesammelt. Sogar ein Reporter vom Fernsehen und ein Kameramann sind gekommen.

»Unsere Trottellummen sind die Sensation des Tages, Kinder«, sagt Herr Schramm.

Die meisten Menschen bleiben oben auf den Dünen stehen und sehen zu. Manche haben Ferngläser und Fotoapparate mitgebracht.

Andere gehen ans Wasser hinunter und laufen an den Ölklumpen vorbei zu den toten Vögeln. Ein junger Mann stößt eines der Tiere mit dem Fuß zur Seite.

»Den macht keiner wieder lebendig«, sagt er.

Tina, die in der Nähe steht, hat es gehört. Sie ist wütend. Wie kann er nur so gleichgültig sein! Er sollte lieber helfen.

»Du meine Güte, wird das hier stinken!« meint ein anderer. »Das ist ein harter Schlag für den Strandpavillon. Kein Mensch kauft doch mehr Eis oder Pommes frites bei dem Gestank.«

Nicht zu fassen! Wer denkt denn schon an Eis und Pommes frites, wenn es um eine Ölkatastrophe geht!

Da kommt Herr Duwe mit dem ersten Vogel aus dem

Wasser. Es wird unheimlich still am Strand. Man hört nur das Schlagen der Wellen und die Schreie der auffliegenden Möwen.

Die Trottellumme, die Herr Duwe mitbringt, reißt zwar den Schnabel auf, aber sie bringt keinen Laut hervor.

Dr. Petersen hat auch eine. Sie wehrt sich mit allen Kräften und schlägt wild mit den Flügeln. Sie versucht zu entkommen, aber die starken Hände des Doktors halten den Vogel fest.

»Ich habe dich im Schwitzkasten, mein Junge. Armer Kerl, willst du denn wirklich zurück in das Öl?«

Er klemmt den Vogelkörper unter den linken Arm und umschließt mit der rechten Hand vorsichtig den Kopf.

Hilberts Vater sieht dem Arzt den Griff ab und macht es ebenso. Die ersten Patienten werden in die Kartons gesetzt. Zwei Jungen tragen sie gleich zu den Autos.

»Ihr müßt aber bei ihnen bleiben, ja?« warnt Dr. Petersen. »Und bohrt ein paar Löcher in die Kartons und macht sie zu. Die Tiere müssen zwar Luft bekommen, dürfen aber kein Licht sehen.«

»Warum denn nicht?« fragt Nils.

»Die Vögel glauben dann, es sei Nacht«, erklärt der Doktor. »Sowie es dunkel ist, hören sie auf, das Gefieder zu putzen, und je stiller wir sie halten, um so weniger Energie verbrauchen sie. Verstehst du?«

Das ist schade. Die Kinder hätten ihre Schützlinge lieber angeschaut.

Wer noch keine Aufgabe hat, sucht den Strand ab. Frau Marleen, Moma und Herr Schramm führen jeder die Aufsicht über einen bestimmten Abschnitt und leiten die Jungen und Mädchen an. Die Vögel, die nicht ganz so schlimm aussehen, werden dem Tierarzt gebracht.

Dr. Petersen sieht sich jedes Tier genau an. Nur Vögel, die kräftig genug scheinen, dürfen mit. Alle, die zu schmutzig sind, müssen zurückgelassen werden, so traurig das auch ist. Aber der Doktor verspricht, am Abend noch einmal nach den Tieren zu sehen und denjenigen, die sich quälen, eine Spritze zu geben.

Tina steht neben dem Lieferwagen von Matthias' Vater und wartet. Sie hat ihren Karton sauber mit Zeitungen ausgelegt und vor sich auf den Boden gestellt. Er ist gut vorbereitet für einen hilfsbedürftigen Vogel, auch wenn mit grellen Buchstaben *Pus Pus, die komplette Mahlzeit für Ihre Katze* draufsteht.

Moma hat mit einem Küchenmesser Löcher in alle Kartons gestoßen.

Endlich ist Tina an der Reihe. Sie nimmt den Karton hoch, macht die Klappen auf, und Herr Duwe setzt vorsichtig einen Vogel hinein. Man kann noch erkennen, daß es eine Trottellumme ist. Sie ähnelt dem Bild in Frau Marleens Vogelführer. Tina sieht deutlich ihre langen Zehen und den weißen Bauch. Wenn sie sich nicht so wild gebärden würde, könnte sie wahrscheinlich sogar stehen. Tina spricht ihr beruhigend zu.

»Komm, komm, reg dich nicht auf. Ich tu dir doch nichts. Du wirst zur ›Vogelarche‹ gebracht. Da wohnt eine ganz liebe Frau, die alles über Vögel weiß. Sie wird dir...«

Die Trottellumme hört ihr nicht zu. Sie kratzt die Zeitungen kaputt.

»Paß gut auf, Tina«, sagt Dr. Petersen. »Wenn sie die geringste Möglichkeit sieht, dann wird sie versuchen zu fliehen, und das würde ihren sicheren Tod bedeuten. Sieh mal.«

Er zieht einen der Flügel ein wenig vom Körper ab. Unter dem Flügel ist alles dick von Öl verklebt.

Trottellummen haben zwei weiße Flügelspitzen, aber bei Tinas Vogel ist nur die eine Spitze weiß. Ist die andere von Öl verschmutzt? Nein. Sie hat es genau gesehen, bevor der

Doktor den Karton schloß. Ihre Trottellumme hat eine weiße und eine schwarze Flügelspitze.

Tina steigt mit sieben anderen Kindern zusammen in den Lieferwagen. Ihr Platz ist ganz hinten.

Sie spürt, daß der Vogel sich bewegt, und flüstert ihm durch die Luftlöcher zu: »Ruhig, ruhig, Kleiner.« Dann muß sie selbst über ihre Worte lachen, denn das Tier sitzt jetzt mucksmäuschenstill. »Sei brav. Bald wirst du fein gebadet bei Frau Griet. Sie weiß alles über kranke Vögel. Schön ruhig bleiben, Uria.« Moma hat ihr mal gesagt, daß das der lateinische Name für Lumme ist.

Die anderen Kinder beginnen nun auch, mit ihren Vögeln zu sprechen. Nils sagt: »Bleib nur schön sitzen, du. Wenn du dich nicht bewegst, ist es besser für dich. Und die Frau im Auffangzentrum, die weiß schon, wie dir zu helfen ist. Das kannst du mir ruhig glauben. Ich bin schon mal mit meinem Vater bei ihr gewesen. Er hatte eine Eule mit einem gebrochenen Flügel gefunden. Die hat Frau Griet wieder ganz gesund gepflegt. Es ist eine tolle Frau, das wirst du merken. Sie spricht mit den Vögeln, als wären es kleine Kinder.«

»Das tust du ja selbst auch«, sagt Monika lachend, und Nils wird nicht einmal böse.

»Alles fertig?« fragt Herr Schramm. »Dann geht es los.«

Hinten im Auto ist es dunkel. Man sieht nur die Frontscheibe und Herrn Schramm hinter dem Steuer. Er tut so, als wäre er der Fahrer bei einer Klassenfahrt.

»Mädchen und Jungen«, sagt er, »wir lassen nun die Dünen hinter uns und schlagen den Weg zur Autobahn ein. Das geht schneller, als wenn wir auf der Landstraße bleiben. Allerdings kommen wir dann nicht durchs Dorf. Ich hoffe, das ist euch recht, oder will jemand lieber zur Schule?«

»Nein, nein!« rufen die Kinder.

»Gut, dann fahren wir auf direktem Weg zur ›Vogelarche‹. Ich nehme an, daß ihr alle schon einmal von dem Auffangzentrum gehört habt. Es wird von Frau Griet geleitet. Sie pflegt verwundete und kranke Vögel, vor allem solche, die auf unnatürliche Weise in Not geraten sind.

Wenn ein Habicht ein Rotschwänzchen schlägt, dann ist das ein natürlicher Vorgang. Wenn der Mensch nicht eingreift, sorgt die Natur dafür, daß das biologische Gleichgewicht erhalten bleibt. Aber wenn ein Reiher gegen ein Hochspannungskabel fliegt oder wenn eine Elster im Stacheldraht hängenbleibt oder wenn Vögel durch Pflanzenschutzmittel oder durch Öl wie unsere Trottellummen krank werden, dann ist der Mensch schuld daran.«

Herr Schramm schweigt, er muß auf den Verkehr achten. Die Kinder sagen auch nicht viel. Ob der Vogel noch lebt, den sie auf den Knien halten? Ob er das Waschen überstehen wird? Dr. Petersen hat gesagt, daß die Säuberung für die Tiere sehr anstrengend ist.

Schneller als gedacht, erreichen sie die Kreuzung, von der ein Weg zur »Vogelarche« abzweigt. Nach ein paar Minuten bremst Herr Schramm. Die Kinder halten ihre Kartons gut fest.

Da steht schon das Schild: *Zur Vogelarche.*

Nun ist hoffentlich Hilfe für die Trottellummen in Sicht.

Bei Frau Griet in der »Vogelarche«

Alle müssen sitzen bleiben, bis Herr Schramm die Kartons, einen nach dem anderen, entgegengenommen hat. Tina preßt zum letztenmal ihr Ohr an die Pappe. Ihr Vogel regt sich noch, Gott sei Dank!

Herr Schramm holt einen dicken Filzstift aus der Jacke und schreibt auf jeden Karton den Namen des »Besitzers«.

Über einen schmalen Pfad führt der Weg zu dem Gebäude, in dem Frau Griet die Kinder erwartet. Tina, Hilbert, Nils, Jan, Matthias, Monika, Pit und Annemarie gehen hintereinander her, jeder mit einem Karton in den Armen.

»Ach, du liebe Zeit«, seufzt Frau Griet. »So viele Patienten habe ich noch nie auf einmal gehabt.«

Inzwischen sind auch die anderen Autos angekommen.

Frau Griet sieht gar nicht glücklich aus.

»Es werden noch viel mehr Vögel angespült werden«, sagt Dr. Petersen. »Wir müssen gewiß noch einige Male hin und her fahren.«

»Diese hier reichen erst einmal«, antwortet Frau Griet. »Das wird schon schwer genug werden. Wer kann mir helfen? Allein schaffe ich das gar nicht, und mein Mann ist diese Woche verreist.«

»Ich! Ich!« rufen die Kinder. Sie wollen nichts lieber, als die Vögel aus den Kartons holen.

»O Kinder!« Frau Griet greift sich verzweifelt mit beiden Händen an den Kopf. »Das ist natürlich gut gemeint von euch, aber es geht wirklich nicht. Das Säubern von ölverschmutzten Vögeln ist sehr schwierig. Eine mühsame und schmutzige Arbeit. Ich brauche Erwachsene, die Erfahrung mit Vögeln haben.«

Sie wartet, ob die Erwachsenen ihre Hilfe anbieten, aber so gern sie es auch wollten, es geht nicht. Herr Schramm muß wieder in sein Geschäft, Dr. Petersen hat Sprechstunde, und am Abend muß er zu den Bauern. Es herrscht

Schweinepest, deshalb müssen die gesunden Tiere geimpft werden. Herr Duwe hat seinen letzten Urlaubstag, morgen fährt er mit seinem Schiff wieder von Rotterdam ab.

Ratlos sehen sich die Kinder an. Was soll denn nun werden?

»Kinder«, sagt Frau Griet und lacht trotz allem, »macht nicht so bedrückte Gesichter. Ich habe schon viel Schlimmeres erlebt. Auch in der größten Not fand sich am Ende immer eine Lösung. Seid so gut und tragt erst einmal die Kartons hinein. An unserem neuen Innenbassin ist es schön warm. Wir müssen vor allem dafür sorgen, daß sich die Tiere nicht erkälten.«

Nun werden die Kartons geöffnet. Der Doktor und Frau Griet begutachten die Vögel.

»Wie mager sie sind«, sagt Frau Griet kopfschüttelnd.

»Haben Sie auch genügend Futter?« fragt Tina.

Moma ist sicher bereit, allen Fisch, den sie im Kühlfach hat, beizusteuern.

»Etwas haben wir schon. Ich sorge immer für Vorrat. Aber bei so vielen Kostgängern wird er schnell verbraucht sein. Ich müßte eigentlich eine große Tiefkühltruhe haben, um mehr Futter für Notfälle einlagern zu können.

Doch das Futter ist im Augenblick nicht so wichtig. Die Vögel dürfen sowieso noch nicht fressen. Sie bleiben vorläufig in ihren Nestern, wenn ich die Kartons einmal so nennen darf. Sie müssen erst zur Ruhe kommen. Es ist schwer für die Vögel, erst in eine Öllache zu geraten und danach noch von Menschen gefangen zu werden. Ein Schreck nach dem anderen.

Ich gebe ihnen erst einmal Medizin, denn es ist ja nicht nur das Gefieder verschmutzt. Viel schlimmer ist, daß das Öl durch das Putzen des Gefieders auch in die

Eingeweide gelangt ist. Es sitzt nun im Magen und im Darm, und die giftigen Abbauprodukte gelangen in die Leber. Die Organe erkranken, und wenn sie nicht mehr normal arbeiten, haben die Magen- und Darmwürmer leichtes Spiel. Die Medizin soll bewirken, daß die Vögel Durchfall bekommen und das Öl möglichst schnell wieder ausscheiden. Es ist gut, daß ihr die Kartons mit Zeitungspapier ausgelegt habt, denn das läßt sich leicht durch sauberes ersetzen.

Heute abend werde ich sehen, welche Tiere bereit sind, Nahrung zu sich zu nehmen, und morgen früh beginnt das Waschen, wenn ich bis dahin freiwillige Helfer bekommen kann.«

»Gibt es denn für uns gar nichts mehr zu tun?« fragen die Kinder. Sie können es nicht fassen, daß ihre Aufgabe schon beendet sein soll, nachdem sie die Vögel gerade in ihr Herz geschlossen haben.

Frau Griet sieht die enttäuschten Gesichter und sagt: »Bei uns ist es wie in einem Menschenkrankenhaus. Die Patienten werden eingeliefert, und dann können die Angehörigen nichts mehr für sie tun und müssen den Ärzten die weitere Behandlung anvertrauen.«

Dann sieht sie die Kinder mit lustig blitzenden Augen an. »Nun, und was tun die Verwandten und Freunde, wenn sie einen Patienten besuchen?«

»Etwas mitbringen natürlich!« rufen die Kinder.

»Einen Korb mit Früchten.«

»Einen Blumenstrauß.«

Frau Griet lacht noch immer. »Von Blumen und Früchten haben die Vögel natürlich nicht allzuviel. Aber ein kleiner Eimer mit Fisch würde ihnen bestimmt gefallen. Ist das nicht eine gute Idee? Morgen nachmittag, nach der Schule, ist Besuchszeit. Dann dürft ihr auch meine anderen Patienten sehen.«

Die Kinder nicken lustlos. Der Vorschlag gefällt ihnen nicht besonders gut.

»Habt vielen herzlichen Dank!« ruft Frau Griet.

Wofür, denkt Tina. Wir haben doch nichts getan.

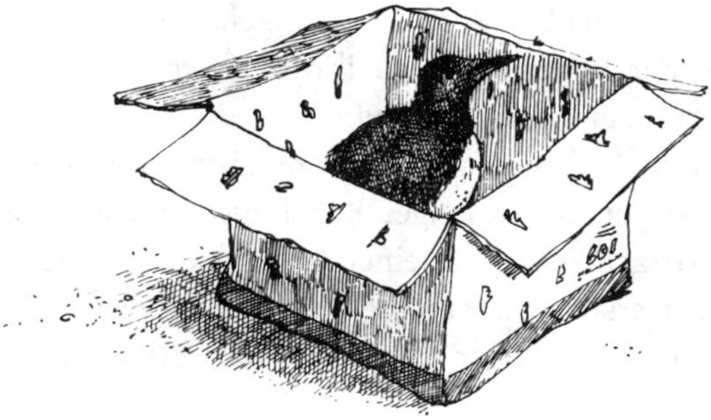

Können Kinder denn gar nicht helfen?

Tina ist mißmutig. Alle Kinder haben ihre Fahrräder wieder abgeholt und sind gemeinsam davongeradelt. Sie hatten die allerbeste Laune. Chris gab natürlich wieder den Ton an, und Hilbert prahlte schon wieder damit, was ihm sein Vater von der nächsten großen Fahrt mitbringen würde.

Tina hat keine Lust, draußen zu bleiben, aber nach Hause will sie auch noch nicht. Moma ist nicht da, und die Spielzeugtiere langweilen sie, weil sie mit den Gedanken fortwährend bei den Trottellummen ist.

Sie geht zum Strand hinunter, wo sich noch immer viele Menschen aufhalten. Auch die beiden Männer vom Fernsehen sind noch an der Arbeit. Sie beschließt, ihnen eine Weile zuzusehen.

Plötzlich hört sie, daß jemand ihren Namen ruft. Es ist Matthias.

»Was machst du denn hier?« fragt sie knurrig. »Warum bist du nicht mit den anderen zurückgefahren?«

Matthias sieht sie an und zieht die Augenbrauen hoch.

»Bist du sauer? Na, tschüs dann. Ich wollte dich etwas fragen. Aber so wichtig ist das nicht.«

Tina tut es leid, daß sie ihn so angefahren hat. Er ist der einzige, der immer nett zu ihr ist. »Ich hab's nicht so gemeint«, sagt sie einlenkend.

Sie laufen nebeneinander über den Strand. Der Kameramann hat gerade ein langes Kabel zusammengerollt. Der andere kritzelt etwas auf seinen Notizblock. Das Auto steht hinter der ersten Dünenkette.

»Berichten Sie über die Vögel im Fernsehen?« fragt Matthias.

»Heute abend in den Nachrichten«, sagt der Reporter. »Eine schlimme Geschichte!«

»Sie hätten uns zur ›Vogelarche‹ begleiten sollen, wo wir die noch lebenden Trottellummen hingebracht haben. Da werden sie nämlich wieder gesäubert«, sagt Tina.

»Ihr habt sie dorthin gebracht?« fragt der Reporter erstaunt, und der Kameramann beginnt, sein Kabel langsam wieder auszurollen. »Helft ihr denn auch beim Säubern der Vögel?«

»Wir?« Auf einmal ist Tina wieder wütend. »Kinder können doch nichts!«

»Kinder können nie etwas«, pflichtet ihr Matthias bei. »Wenn es darauf ankommt, sind sie immer zu klein. Ja, morgen dürfen wir zu Besuch kommen. Man könnte sich totlachen. Dann dürfen wir nach unseren Vögeln sehen, wenn wir jeder einen Eimer Fisch mitbringen. Die braven Kinderchen kommen die Enten füttern. Aber die können mir den Buckel runterrutschen!«

Nun ist das Kabel wieder abgerollt. Der Reporter holt einen Kassettenrecorder aus dem Koffer und hält den Kindern ein Mikrofon vor die Nase.

»Was hattet ihr euch denn vorgestellt?«

»Daß wir richtig mithelfen«, antwortet Matthias. »Sie können uns doch zeigen, wie man die Vögel wäscht.«

Tina nickt. »Und alle sollen erfahren, was hier los ist. So etwas wie die Leute von Greenpeace müßten wir tun«, sagt sie. »Aber Kinder dürfen immer nur zugucken.«

Nun packt auch Matthias die Begeisterung. »Toll, wie die mit einem Schiff hinausfahren zu den russischen Walfängern und es ihnen unmöglich machen, Wale zu fangen. Oder wie sie die jungen Seehunde in Kanada und Norwegen mit Farbe bespritzen. Zack! Eine Ladung Orange auf ihren Pelz. Dann lassen die Robbenjäger sie in Ruhe, denn die bunten Felle sind nichts mehr wert ...«

»... und sie werden nicht mehr mit Knüppeln totgeschlagen!« ergänzt Tina.

Matthias weiß noch mehr. »Oder ein großes Schiff, von dem man weiß, daß es radioaktiven Abfall ins Meer werfen will, ständig mit einem kleinen Schiff umkreisen und es daran hindern. Da würde ich gern mitmachen.«

Der Reporter schaltet das Mikrofon wieder aus. »Und am liebsten auf den Fernsehschirm kommen, wie? Aber ihr redet immer nur von den großen gefährlichen Aktionen. Meint ihr denn, es ist nichts wert, daß ihr die Vögel in die Auffangstation gebracht habt? Und wenn ihr beim Waschen nicht helfen dürft, dann laßt euch doch was anderes einfallen. Das mit dem Futter ist gar keine so schlechte Idee!«

Er sieht die Kinder nachdenklich an. »Mit euch hätten wir einen guten Beitrag fürs Jugendjournal machen können. Aber dafür ist es jetzt zu spät. Wenn ihr nichts dagegen habt, werde ich in unseren Bericht über die toten Meeresvögel ein Stück von dem Gespräch einblenden, das wir eben geführt haben.«

Matthias und Tina haben nichts dagegen.

»Sagt mir schnell noch, wie ihr heißt und in welche Schule ihr geht. Vielleicht können wir doch noch was fürs Jugendprogramm machen. Jetzt müssen wir aber schleunigst zurück. Der Beitrag soll noch heute abend gesendet werden.«

Der Kameramann ist schon dabei, die Geräte ins Auto zu tragen.

»Können Sie nicht noch in der ›Vogelarche‹ filmen?« fragt Tina. »Dann erfahren die Menschen auch etwas von der Arbeit, die Frau Griet leistet.«

»Das ist leider unmöglich. Wir sind ohnehin schon reichlich spät dran.«

Tina und Matthias begleiten die Männer zum Auto und winken ihnen nach. Ob sie wirklich heute abend in den Tagesberichten zu sehen sein werden? Der Kameramann hat sie gefilmt, während sie mit dem Reporter sprachen.

Wenig später verabschiedet sich Matthias und radelt ins

Dorf zurück. Was wollte er eigentlich von mir? fragt sich Tina. Er war genauso wütend wie sie selbst gewesen, daß sie nicht beim Waschen der Vögel helfen durften. Wirklich zu ärgerlich. So viele Vögel müssen sterben, nur weil Kinder zu klein sind, um zu helfen. »Laßt euch was einfallen!« Der Reporter hat gut reden.

Plötzlich schlägt sie sich an den Kopf. Daß sie daran nicht eher gedacht hat! Und sie faßt einen Plan.

Tina ist sich nur nicht darüber im klaren, ob Moma wohl einverstanden wäre. Moma hat manchmal wunderliche Ansichten. Besser, sie sagt ihr gar nichts davon. Moma ist heute abend sowieso nicht zu Hause.

»Du gehst heute abend weg?« fragt Tina scheinheilig.

»Du weißt doch, ich hab meinen Töpferkurs.«

»Soll ich dir schon dein Fahrrad aus dem Schuppen holen? Ich kann auch den Tisch decken. Wenn wir bald essen, dann wasche ich ab.«

»Wie hilfsbereit du auf einmal bist. Ich habe fast den Eindruck, daß du mich los sein willst.«

»Aber nein, natürlich nicht.«

Sie essen zeitig. Tina muß immerzu an ihr Vorhaben denken. Wenn Moma fort ist, wird auch sie weggehen. Niemand braucht zu wissen, wohin.

Endlich macht sich Moma auf den Weg. Tina holt schnell ihr Fahrrad heraus. Alles in Ordnung.

Dann schlägt sie den Weg ein, den sie vor kurzem mit Erik gegangen ist. Er führt durch die Dünen, sie kennt ihn genau. Sie weiß auch, wann sie den kleinen Seitenpfad einschlagen muß. Von fern schon sieht sie das große Schild:

VOGELSCHUTZGEBIET
Zugang für Unbefugte verboten

Sogar der Gesetzesparagraph ist darauf angegeben.

Aber diesmal braucht sie sich nicht an das Verbot zu

halten, denn jetzt ist sie befugt. Sie hat eine sehr wichtige Nachricht für die dort arbeitenden Studenten. Es geht um die Rettung der Vögel.

Das Radeln wird mühsamer. Eine Strandweide ist über den Pfad gewachsen. Damals, als sie Erik begleitete, hat sie diese Weide überhaupt nicht bemerkt.

Wie unheimlich still es hier ist.

Sie steigt ab und schiebt ihr Rad.

Ob es wohl der richtige Weg ist? Irgendwo müßte doch der Jeep der Studenten stehen. Aber weder das Auto noch das Blockhaus ist zu sehen. Einen Augenblick lang erwägt sie, umzukehren, aber dann denkt sie an Frau Griet, die Leute zum Waschen der Vögel braucht. Sie muß durchhalten. Es ginge besser ohne das Fahrrad, aber sie wagt nicht, es zurückzulassen. Entsetzlich, wenn sie sich verlaufen würde.

Der Pfad steigt jetzt steil an. Sie schleift das Rad mit und fühlt, wie erschöpft sie ist. Zwei wilde Kaninchen verschwinden raschelnd neben ihr im Gras. Tina erschrickt.

Und auf einmal beginnt sie zu singen. Ein Lied, das ihr gerade so in den Sinn kommt: »Es klappert die Mühle am rauschenden Bach, klipp, klapp.«

Gleich ist es nicht mehr so still, und auch das Rad ist lange nicht mehr so schwer. Wäre sie nur erst oben, dann könnte sie wieder aufsteigen und hinuntersausen.

Mit einem Ruck bleibt sie stehen. Das Fahrrad gleitet ihr aus der Hand und fällt seitlich in die Sanddornsträucher.

Von der anderen Seite steigt auch jemand die Düne hinauf. Ein Mann. Mit großen Schritten kommt er näher. Er ist nicht mehr weit von der Anhöhe entfernt, auf der sie jetzt steht.

Es ist Erik.

»Hallo!« ruft Tina. Aber Erik antwortet nicht. Er sieht sie an und runzelt die Stirn.

»Was, um alles in der Welt, machst du denn hier?« fragt er. »Ist was passiert?«

»Na, so was!« sagt Tina empört. »Ob was passiert ist? Haben Sie denn nicht gesehen, was am Strand los ist? Es ist entsetzlich. Und wenn ihr nicht helft, dann müssen alle Vögel sterben.«

Erik hebt ihr Fahrrad auf. »Ich habe keine Ahnung, wovon du redest«, sagt er. »Und auch nicht, warum du dich im Vogelschutzgebiet aufhältst. Du weißt doch, daß du das nicht betreten darfst.«

»So?« fragt sie herausfordernd. »Auch nicht, wenn ich wegen der Vögel komme? Dann bin ich doch befugt, oder?«

Erik lacht. »Also, Befugte«, sagt er, »dann wollen wir mal zu unserer Hütte gehen. Ich werde aus deinen Worten immer noch nicht schlau.«

Es ist richtig gemütlich in dem kleinen Blockhaus. Unordentlich zwar, aber doch gemütlich. Fred und Lars sind nicht da.

Tina muß nun die ganze Geschichte ausführlich erzählen, und als sie schließlich schweigt, nickt Erik. Ein guter Gedanke! Er wird die Studenten benachrichtigen, und wenn Tina wieder zu Hause ist, kann sie gleich in der »Vogelarche« anrufen und Bescheid sagen, daß Frau Griet mit ihnen rechnen kann. Morgen früh um acht Uhr kommen drei Vogelwäscher.

»Waren Sie gerade auf einem Spaziergang?« fragt Tina.

»Ja, ich wollte mir den Sonnenuntergang ansehen, und da hörte ich jemanden singen.«

»Sonnenuntergang?« Tina sieht hinaus und erschrickt. Tatsächlich, die Sonne ist schon untergegangen. Sie hat gar nicht daran gedacht, daß es dunkel werden könnte.

Es ist zwar nicht angenehm, aber so schlimm ist es nun auch wieder nicht. Tina hat Licht am Rad, sie kennt den

Weg, und wenn sie sich beeilt, ist sie längst zurück, bevor Moma nach Hause kommt.

Auch Erik sieht durch das kleine Fenster.

»Und nun noch einmal zu dir, junge Dame. Weiß deine Großmutter, daß du hier bist? Du hättest die Polizei anrufen können, und die hätte uns benachrichtigt. Es war sehr unüberlegt von dir, ganz allein hierherzukommen.«

»Ich bin doch kein kleines Kind mehr!« sagt Tina.

»Eben«, antwortet Erik. »Das kommt mir nicht noch einmal vor, verstanden?«

Er sieht mehr besorgt als zornig aus.

Tina nickt.

»Ich gehe ganz schnell nach Hause«, sagt sie. »Und ... im Namen der Vögel vielen, vielen Dank.«

Erik steht auf. »Ich werde dich mit dem Jeep zurückbringen. Das Fahrrad laden wir auf. Bei euch kann ich Frau Griet dann selbst anrufen.«

Als Moma spät am Abend nach Hause kommt, tut Tina, als ob sie schliefe. Noch eine Strafpredigt möchte sie heute nicht über sich ergehen lassen.

Ein schrecklicher Traum

Tina läuft über den Strand, der ganz schwarz ist von toten Vögeln. Sie weiß kaum, wo sie hintreten soll. Krampfhaft preßt sie einen Karton an sich. »Für Unbefugte Zutritt verboten!« schreit ihr jemand ins Ohr. Tina rennt, so schnell sie nur kann.

Endlich kann sie den Karton mit ihrem ölverschmierten Vogel zu den anderen stellen, die schon neben dem Wasserbecken stehen.

Alle Kartons sind mit Reklame beschriftet, nur auf ihrem ist ein Totenkopf abgebildet mit zwei gekreuzten Knochen darunter. Dieses Zeichen bedeutet, daß etwas Giftiges darin gewesen sein muß.

Mit zitternden Fingern öffnet sie die Laschen und flüstert durch einen winzigen Spalt: »Siehst du, Uria, jetzt darfst du raus. Du wirst schön mit Chlorwasser abgewaschen und mit Scheuersand geschrubbt. Und dann bekommst du verdorbenen Fisch. Hm, das wird dir schmecken!«

Nichts rührt sich im Karton.

Der Vogel ist natürlich wütend, daß ich ihn so lange ohne Essen und Trinken im Dunkeln habe sitzen lassen, denkt Tina.

Dann öffnet sie den Karton, um Uria herauszuhelfen. Aber was sieht sie? Der Vogel ist tot, mausetot. In seinem Schnabel hat er einen Zettel. »Es ist deine Schuld«, steht darauf. »Warum hast du mich nicht eher herausgeholt?«

Über dem Text ist ein herrlicher Regenbogen zu sehen, der in allen Farben leuchtet, aber als sie ihn näher betrachten will, bemerkt sie, daß er schwarz ist.

Jetzt schaut sie auch in die anderen Kartons, aber auch

darin findet sie zu ihrem Entsetzen nur tote Meeresvögel. Alle haben den gleichen Zettel im Schnabel, und auf jedem Zettel ist ein Regenbogen abgebildet, der die Farbe der Trauer annimmt, wenn man näher hinsieht.

Da steht sie nun, ganz allein zwischen den toten Vögeln. Sie will weglaufen, aber ihre Schuhe kleben am Boden. Sie ist in große Ölfladen getreten und kann keinen Schritt machen.

Sie steht auch nicht auf dem Fußboden, sondern auf einem langen Brett. Es ist das Sprungbrett in der Badeanstalt. Im Bassin aber ist kein Wasser, sondern Öl, Speiseöl, wie Moma es zum Backen von Pommes frites nimmt.

Plötzlich kommt ihr Vogel mit einem Sprung aus dem Karton. Sie erkennt ihn ganz genau, weil er nur eine weiße Flügelspitze hat. Er sieht sie unerbittlich mit seinen kleinen Perlenaugen an und sagt:

»Ich gebe dir noch eine Chance, Tina. Deine letzte Chance. Wenn du dafür sorgst, daß alle Vögel blitzsauber und quicklebendig sind, bevor der Wecker klingelt, und wenn du dann jedem einen Regenbogen als Kette umhängst, dann brauchst du nicht vom Sprungbrett in das schmierige Backöl zu springen.«

Tinas Bettlaken ist durchnäßt und klebt an ihrem Körper. Wie soll sie das schaffen? Noch dazu, bevor der Wecker läutet? Wo, um alles in der Welt, soll sie zwölf Regenbogen hernehmen?

Der Wecker? Plötzlich setzt sie sich auf. Sie greift nach der Uhr, die auf dem Nachttisch steht, und blinzelt. Sie hat geträumt!

Rechts und links vom Rollo fallen zwei Lichtstreifen ins Zimmer. Der Mond scheint.

Sie blinzelt noch einmal und reibt sich die Augen. Tatsächlich, sie liegt in ihrem Bett. Die Vögel in den Kartons sind nicht tot, und Frau Griet bekommt drei Vogelwäscher zur Unterstützung. Dafür hat sie gesorgt!

Am liebsten möchte Tina vor Erleichterung laut jubeln, aber das würde Moma hören.

»Die Nacht ist zum Schlafen da und nicht zum Jubilieren!« Sie hört Momas Worte schon.

Also dreht sie sich zur Wand und zieht die Decke über den Kopf. Einen Regenbogen als Kette. Das müßte hübsch aussehen!

Ein paar Minuten später ist sie wieder eingeschlafen.

Matthias hat eine Idee

Früh am Morgen läutet das Telefon. Moma nimmt den Hörer ab. Es ist Matthias. Er will wissen, ob Tina schon wach ist.

»Du bist ja früh auf den Beinen«, sagt Moma. »Tina steht noch unter der Dusche. Warte einen Augenblick.«

Tina trocknet sich so schnell sie kann ab und rennt zum Telefon.

»Ich habe ein Schild gemalt«, berichtet Matthias, »und du mußt mir helfen.«

»Was für ein Schild denn?«

»Das wirst du gleich sehen. Besorge schon mal einen Besenstiel. Ich fahre jetzt los und bin in einer Viertelstunde bei dir.«

Tüt – tüt – tüt! Er hat schon wieder aufgelegt. Tina hätte so gern noch gefragt, was er eigentlich vorhat. Und ob noch mehr Kinder daran beteiligt sind. Wenn er Chris oder Monika auch angerufen haben sollte, na, dann verzichtet sie lieber. Sie bürstet ihr Haar und dreht ein Gummiband um ihren Pferdeschwanz. Dann füttert sie Lotti und frühstückt.

Als Matthias angeradelt kommt, steht sie schon vor der Tür. Er ist allein.

»Kommt noch jemand?« fragt Tina.

»Bist du verrückt? Das machen wir beide allein.«

Matthias hat Nägel in der Tasche und ist schon dabei, das Schild an einer Latte zu befestigen, die Moma am Strand gefunden hat.

ACHTUNG SPORTANGLER!
Sammelt bitte die kleinen Wegwerffischchen
für kranke und verletzte Vögel!

Tina liest es laut vor.

»Wir bringen das Schild ans Kanalufer. Dort sitzen doch immer Angler.«

»Prima Idee!« sagt Tina bewundernd. »Aber wo sollen sie die Fische abgeben?«

»Habt ihr einen alten Eimer?«

Moma hilft suchen und findet schließlich einen verbeulten Eimer, den sie nicht mehr braucht. Den dürfen sie haben.

Matthias befestigt ihn auf seinem Gepäckträger, und schon sausen sie davon.

Sowie das Kanalufer in Sicht kommt, entdecken sie auch schon die Angler, die in regelmäßigen Abständen auf ihren Klappstühlen oder auf umgekehrten Eimern sitzen. Die Frauen, die nicht angeln, haben es sich hinter Schirmen windgeschützt bequem gemacht und lesen oder stricken. Da es ein Werktag ist, sind fast nur ältere Leute am Kanal. Manche haben ihre Enkelkinder mit, die noch nicht zur Schule gehen.

Die Männer beobachten ihre Schwimmer. Als Tina und Matthias ankommen, hat gerade ein Fisch angebissen. Der Mann holt seine Angel ein.

»Schade«, sagt er, »es ist nur ein kleiner Weißfisch.«

Da es verboten ist, kleine Fische mit nach Hause zu nehmen, löst er ihn vorsichtig vom Haken und will ihn zurück ins Wasser setzen.

»Halt, halt!« brüllen Tina und Matthias gleichzeitig. »Nicht wegwerfen.«

Der Angler sieht sie empört an. »Ich werfe nie Fische weg. Wißt ihr denn nicht, daß wir die kleinen Fische niemals einfach ins Wasser werfen, sondern daß wir sie vorsichtig hineingleiten lassen?«

Tina zuckt mit den Schultern. Dann zeigen beide Kinder auf das Schild und auf den Eimer.

Der Angler holt seine Brille aus der Tasche. Die Kinder

von heute denken sich oft die sonderbarsten Dinge aus. Wenn es zu dumm ist, macht er nicht mit.

Seine Frau lacht, nachdem sie das Schild gelesen hat.

»Solange es immer wieder etwas Neues gibt, wird es auch

immer wieder etwas Gutes geben«, sagt sie und füllt den Eimer mit Wasser. »So, nun können die kleinen Fische hinein.«

Der Mann schüttelt den Kopf. »Das geht nicht«, sagt er. »Es ist verboten, Fische unter einer bestimmten Größe zu angeln. Sie müssen wieder ausgesetzt werden, damit sie sich weiterentwickeln können.«

Tina und Matthias sehen ihn enttäuscht an.

»Aber ich habe einen anderen Vorschlag.« Er nimmt einen Filzstift aus der Tasche und streicht etwas durch auf dem Plakat.

»Sammelt bitte Fisch für kranke und verletzte Vögel« steht jetzt da.

Er lächelt den beiden Kindern zu. »Wenn jeder was abgibt von seinem Fang, bekommt ihr genug Futter für eure Vögel zusammen.«

Der Angler versieht den Haken mit einem neuen Köder und wirft die Schnur mit dem Schwimmer weit hinaus in den Kanal. Diesmal hat er Glück. Schon nach kurzer Zeit kann er einen mittelgroßen Fisch herausziehen. Er wirft ihn in den Eimer der Kinder und sagt: »An eurer Stelle würde ich mit dem Schild am Ufer entlanglaufen, damit es alle lesen. Geht doch einfach von einem Angler zum anderen und macht die Leute darauf aufmerksam.«

Das ist ein guter Vorschlag. Matthias hält das Schild hoch, und Tina läuft neben ihm her und zeigt auf den Eimer.

Es sieht fast wie eine kleine Demonstration aus, denn die Kinder, die bisher bei ihren Großeltern saßen, laufen alle hinterher.

»Sammeln Sie bitte Fisch für kranke und verletzte Vögel!« posaunt Tina laut durch die um den Mund gelegten Hände.

Die Leute lachen. »Das sind doch die beiden, die gestern im Fernsehen waren«, sagt einer.

Als jeder den Text auf dem Schild gelesen hat, drückt Matthias die Latte tief in die weiche Erde. Tina setzt den Eimer mit dem ersten Fisch daneben, und dann radeln die Kinder eilig in die Schule. Sie schaffen es gerade noch rechtzeitig.

Als Tina und Matthias die Klasse betreten, werden sie gleich von vielen Kindern umringt. Alle haben die Sendung über die durch Öl verendeten Vögel gesehen.

»Wart ihr aufgeregt?« fragen sie.

»Kein bißchen, nicht wahr, Matthias? Der Reporter fragte uns, und wir haben einfach geantwortet.«

»Und wie war es, als ihr euch am Abend selbst im Fernsehen gesehen habt?«

Tina muß bekennen, daß sie den Apparat nicht angestellt hat.

»Ach ja, natürlich, du hast schon geschlafen. Kinderbettzeit!« sagt Chris, die es sich nicht verkneifen kann, Tina zu ärgern.

Tina sieht sie herablassend an. »Ich hatte zufällig etwas Wichtigeres zu tun. Was es war, werde ich dir nicht auf die Nase binden, aber es hing mit den Vögeln zusammen und mit drei Studenten, die ich kenne.«

Da muß Chris erst einmal schlucken.

Alle sind furchtbar neugierig.

»Erzähl schon!« ruft Matthias.

»Ich bin ins Vogelschutzgebiet gegangen.« Tina sieht Chris nicht an. »Dort arbeiten zwei Studenten und ein Zoologe von der Universität. Die kommen heute und helfen Frau Griet.«

»Und woher kennst du die?« fragt Hilbert.

Aber da kommt Frau Marleen. Sie hat auch die Tagesberichte gesehen. »Das habt ihr gut gemacht, Kinder«, sagt sie und schaut auf die Uhr. »Noch zehn Minuten über die Vögel, und dann gehen wir an die Arbeit.«

Sie zeichnet eine Trottellumme an die Tafel. Kopf, Hals und Rücken läßt sie schwarz, den Bauch und die Flügelspitzen malt sie weiß. Den Schnabel muß sie ein paarmal wieder auswischen und neu zeichnen, bis er stimmt. Spitz und scharf sieht er aus, genauso, wie ihn der Vogel braucht, um unter Wasser Fische zu fangen und sie heraufzubringen.

»Noch drei Minuten«, sagt sie, aber da kommt der Direktor in die Klasse.

»Ich möchte etwas ansagen. Ist es erlaubt?«

»Sofern es um Vögel und Ölverschmutzung geht, zwei Minuten.« Frau Marleen lacht.

Nun, natürlich geht es um Vögel. Der Direktor hat einen Anruf bekommen von dem Fernsehreporter, der gestern mit Tina und Matthias gesprochen hat. Er möchte das Problem noch einmal in einer Jugendsendung zur Sprache bringen.

Matthias und Tina nicken. Das wußten sie schon.

»Wir erleben hier aus nächster Nähe mit, wie die Verschmutzung der Nordsee fortschreitet und was für schlimme Folgen das für alle Tiere und Pflanzen hat.

Nun bittet die Fernsehgesellschaft euch alle, einen Aufsatz über dieses Thema zu schreiben. Eine Jury von Sachverständigen wird die Arbeiten beurteilen, und der beste Aufsatz soll dann im Jugendprogramm vorgelesen werden. Ein anderer Preis ist nicht damit verbunden.

Heute wird übrigens die Säuberung der Vögel in der ›Vogelarche‹ gefilmt.«

Die Kinder beginnen zu johlen. Womöglich kommen sie jetzt noch alle ins Fernsehen!

Chris erklärt, daß sie sich schnell in der Mittagspause umziehen will.

»Blödsinn«, meint Tina. »Es ist doch ganz egal, was du anhast. Was man sagt und tut, das ist wichtig.«

Am liebsten würden die Kinder gleich mit dem Aufsatz beginnen, aber Frau Marleen schüttelt den Kopf. Erst sind Mathematik und Erdkunde an der Reihe.

Nach der Schule radeln Tina und Matthias zum Kanal. Es sind kaum noch Leute da, aber der Eimer ist halbvoll. Matthias hängt ihn an seinen Lenker. Es wackelt zwar ein bißchen, aber er kann doch fahren. Das Schild haben sie ans Ufer gelegt. Der Angler, der den ersten Fisch hineinsetzte, hatte versprochen, morgen früh einen anderen Eimer hinzustellen. Nach der Schule würden sie ihn wieder austauschen.

Frau Griet freut sich, als Tina und Matthias ihr die Fische bringen. Sie nimmt die Kinder mit zu einer eingezäunten Wiese, auf der ein Reiher herumstolziert. Er hat ein geschientes Bein. Er kommt auf die Kinder zu, als ob er auf sie gewartet hätte. Kaum hat ihm Matthias den ersten Fisch zugeworfen, hat er ihn auch schon gefangen und hinuntergeschluckt.

Frau Griet tötet die Fische schnell und schmerzlos und legt sie in den Kühlschrank. »Spare in der Zeit, dann hast du in der Not«, sagt sie.

Um fünf Uhr ist Besuchszeit, und die ganze Klasse erscheint. »Leider ist der Fernsehreporter schon wieder weg«, muß Frau Griet den enttäuschten Kindern mitteilen. »Er war schon am Vormittag da.«

Nun hat Chris ihr schönes Kleid umsonst angezogen, denkt Tina schadenfroh.

Es ist kein Vergnügen zuzusehen, wie ölverschmutzte Vögel gesäubert werden. Das braucht niemand zu denken. Nach den Tieren, die die Klasse zur »Vogelarche« gebracht hat, sind noch mehr arme Schlucker abgeliefert worden, und nun ähnelt der Raum einem Ameisenhaufen von schmutzigen Vögeln. Einige stehen frierend, eng aneinandergedrückt, andere laufen hin und her. Manche liegen ganz still. Ein Junge holt sie weg, sie sind tot.

Lars und Fred stehen vor einem großen Waschbecken. Sie haben lange orangefarbene Gummihandschuhe an und seifen die Vögel mit einer schaumigen Masse ein. Dieser Schaum darf nur ganz kurz auf dem Gefieder bleiben und wird sofort wieder unter fließend warmem Wasser abgespült. Die Studenten heben die Flügel an und reiben das Säuberungsmittel zwischen die Federn.

Ein Vogel hat den ganzen Kopf voll Öl. Fred behandelt ihn wie ein kleines Kind, das Seifenschaum in die Augen bekommen hat. Mit einem sauberen Wattebausch streicht er vorsichtig immer von außen zum Augenwinkel hin.

Genauso macht es Moma bei mir auch, wenn ich Seife ins Auge bekommen habe, denkt Tina.

Die Kinder sehen aufmerksam zu. Tina versucht, ihren Vogel herauszufinden, aber es sind zu viele, und alle ähneln einander.

Die gesäuberten Tiere fühlen sich wohl, das kann man richtig sehen. Sie werden erst mit einem warmen Tuch abgetrocknet und dann geföhnt. Da auch durch Gitterroste im Fußboden warme Luft strömt, werden die Vögel von allen Seiten trocken.

»Bekommen sie nicht bald etwas zu fressen?« fragt Tina ungeduldig.

Aber soweit ist es noch lange nicht.

Einigen Vögeln schiebt Frau Griet einen Schlauch durch den Hals. »Wir geben ihnen eine Flüssigkeit mit Glukose – das ist Traubenzucker – und Salz direkt in den Magen. Wenn wir das nicht tun, trocknen sie aus«, erläutert sie den Kindern.

Chris erzählt, daß ihre Mutter auch einen Schlauch durch die Nase bekommen hat, als sie im Krankenhaus lag.

Tina schnaubt. Es gibt doch nichts, was Chris nicht schon erlebt hätte.

Vögel, die anfangen, am Gefieder herumzupicken, bekommen ein Gummiband um den Schnabel.

»Putzen ist wunderbar«, sagt Erik, »aber erst muß sich eure natürliche Fettschicht wieder bilden.

Und er erklärt: »Mit den Ölresten waschen wir auch alles Fett ab, das ihre Federn wasserabweisend macht. Daher können die Lummen auf dem Meer schwimmen. Gleichzeitig schützt sie das Fett vor einer Unterkühlung durch das meist sehr kalte Meerwasser. Das feinverteilte Fett auf dem Gefieder ist also ihre Schutzschicht, die sie gegen Wasser- und Witterungseinflüsse isoliert. Es muß sich erst wieder eine neue bilden, und so lange dürfen sie sich nicht putzen.«

»Wann können sie denn zurück aufs Meer?« fragt Matthias. »Mein Vater fährt die Vögel gern wieder zum Strand.«

Die Antwort ist nicht ermutigend.

»Ach, mein Lieber, wenn von zehn Vögeln jeweils einer am Leben bleibt, dann können wir froh sein. Und wie viele von denen, die wir aussetzen, dann wirklich durchkommen, kann man auch nicht sagen. Wir wissen ja nicht, welchen

Schaden das Öl schon in ihren Eingeweiden angerichtet hat.«

»Verdammt«, sagt Matthias, »nur einer von zehn Vögeln?«

»Jeder Vogel, den wir retten, ist besser als keiner«, meint Frau Griet, und damit hat sie natürlich recht.

Erik legt die Tiere, die am jammervollsten aussehen, in einen großen Karton. »Die haben keine Chance«, meint er. »Es ist nicht nötig, daß sie so leiden.«

Er verschwindet mit den Vögeln. Sie bekommen eine Spritze. Das ist besser für sie als das langsame Verenden.

Gerade als die Kinder sich wieder auf den Heimweg machen wollen, hält das rote Postauto. Der Postbote steigt aus und bringt Frau Griet ein Paket.

»Das ist das neue Waschmittel, auf das wir warten«, ruft sie. »Es ist in Deutschland entwickelt worden. Wenn man die Vögel damit wäscht, bleibt ihre natürliche Fettschicht weitgehend erhalten. Wie schön, daß es gerade zur rechten Zeit kommt!«

Der Postbote grinst. »Ich habe noch etwas für Sie, etwas ganz Besonderes. Können Sie mich eben zum Auto begleiten?«

Er tut so geheimnisvoll, daß Chris und Tina neugierig werden und sich Frau Griet anschließen.

»Prima«, meint der Postbote. »Zwei Assistentinnen können Sie gut gebrauchen. Die jungen Damen werden Ihnen die Sendung sicher gern in die ›Vogelarche‹ tragen.«

Bevor sie es sich versehen, drückt der Postbote jedem Mädchen ein schmieriges Paket in den Arm. Wasser tropft heraus. Sie sehen sehr unappetitlich aus und stinken.

Tina und Chris hätten nicht übel Lust, die unliebsame Last gleich wieder abzusetzen. Aber der Postbote achtet darauf, daß sie die Pakete gut festhalten.

»So«, sagt er, »das wäre in Ordnung.«

In Ordnung? Mit angewiderten Gesichtern tragen die Mädchen die Sendung ins Haus.

Frau Griet muß sich das Lachen verkneifen. »Ich kann mir schon denken, was drin ist.«

Das Packpapier ist völlig durchweicht. Es läßt sich mühelos abreißen. Rund um die Pakete herum sammelt sich trübes Wasser. Frau Griet versucht den beigelegten Brief zu lesen, aber die Buchstaben sind total verlaufen. Man kann den Text kaum entziffern.

»... nach der Fernsehübertrag ... allen Fisch aus der Tiefkühltruh ... hoffen ... er den Vög ... schmeckt ...«

Jetzt platzt Frau Griet heraus und fängt laut an zu lachen. »Ist es nicht rührend? Da haben uns Kinder Fisch aus der Tiefkühltruhe für die Vögel geschickt.«

»Entzückend!« sagt Tina säuerlich.

Chris' schönes rosa Kleid ist total beschmiert, aber sie sagt nichts. Wunder über Wunder! Sie fragt nur: »Kann man den Fisch noch gebrauchen, Frau Griet, oder ist er verdorben?«

Frau Griet steckt ihre Nase in die Pakete.

»Ich glaube, er ist tatsächlich noch in Ordnung. Da haben wir ja Glück gehabt!«

Ein Aufsatz fürs Fernsehen

Tina beugt sich über ihr Aufsatzheft. Schon zweimal hat sie angefangen, aber es ist nichts geworden. Natürlich werden alle Kinder berichten, daß sie am Strand entlanggelaufen sind, daß die Ölklumpen an ihren Füßen klebten, daß sie viele tote Meeresvögel im Wasser treiben sahen und daß ein Reporter vom Fernsehen da war, um alles zu filmen.

Aber sie möchte etwas anderes erzählen. Es soll so werden, daß ihr Aufsatz ausgewählt und vorgelesen wird.

Jeder tut geheimnisvoll. Wenn sie an der Bank von Chris vorbeigeht, klappt die schnell ihr Heft zu. Pah, als ob Tina es nötig hätte, von Chris abzuschreiben!

Nils sagt, daß sein Vater ein dickes Buch besitzt, in dem alles über Ölkatastrophen steht. Das ist keine Kunst. Abschreiben kann schließlich jeder.

Hilbert ist plötzlich auffallend freundlich zu Tina. Er sagt, sie dürfe seinen Aufsatz gern lesen, wenn er fertig sei. Wenn sie etwas nicht wisse, könne sie ihn ruhig fragen. Hilbert schreibt fast immer die besten Aufsätze der Klasse.

Anfangs findet Tina es nett, aber dann wird sie plötzlich mißtrauisch. Vielleicht will er sie nur zu Hause besuchen, um alles über die Studenten zu erfahren.

»Ich schaffe es schon allein«, antwortet sie ihm.

Frau Marleen beobachtet die Eifersüchteleien zwischen den Kindern mit gerunzelter Stirn und meint, es sei wohl besser, wenn jeder seinen Aufsatz zu Hause schreibt.

Am Nachmittag sitzt Tina an ihrem Schreibtisch. Sie denkt an Uria mit der einen weißen Flügelspitze, an ihren schrecklichen Traum, und plötzlich weiß sie, was sie schreiben wird.

Sie schlägt eine neue Seite in ihrem Heft auf und schreibt mit großen Buchstaben darüber:

HILFE! MEIN GEFIEDER IST VOLL ÖL

Sie befeuchtet die Lippen mit der Zunge, legt den blauen Kugelschreiber zur Seite und nimmt einen roten aus der Tasche. Rot ist die Farbe des Roten Kreuzes, rot hat mit Helfen zu tun. Eine rote Flagge an einem Schiff bedeutet: Hilfe!

Sie unterstreicht die Überschrift sorgfältig mit dem Lineal und schreibt mit dem roten Stift weiter:

Ich heiße Uria und bin eine Trottellumme. Ich gehöre zur großen Familie der Alken. Wir waren mit einem riesigen Schwarm auf die Reise gegangen.

Ich blieb dicht bei meinem Freund Urian. Er ist größer und stärker als ich. Sein weißer Augenring ist schöner als meiner, und er hat einen prachtvollen weißen Bauch. Man sagt, daß die Männchen der Trottellummen hübscher sind als wir, die Weibchen. Aber wir können etwas, was sie nicht können. Eierlegen nämlich!!!

Tina macht drei dicke Ausrufungszeichen in Rot, Blau und Grün.

Ich bin vier Jahre alt, und es war meine vierte Reise zu den Brutgebieten hoch im Norden. Zum erstenmal würde ich ein Ei legen. Ich fühlte, daß es nicht mehr lange dauern konnte, und das trieb mich zu großer Eile an. Schließlich mußte ich mir noch auf den Felsrändern einen Platz erobern, wo mein Ei sicher zwischen meinen Füßen lag, während ich es ausbrütete. Urian wollte dicht bei mir bleiben, das hatte er mir versprochen. Die ganze Zeit über würde er Fische für mich fangen und mich ernähren.

Urian und ich schwammen an der Spitze des Schwarms.

Wir fliegen nämlich immer nur kurze Strecken. Hin und wieder holten wir uns einen kleinen Fisch aus dem Wasser, den wir während des Schwimmens verspeisten. Darin sind wir beide sehr geschickt.

Da kam ein gewaltiger Sturm auf. Das schöne Meer, unser guter Freund, wurde plötzlich ein brüllendes Ungeheuer. Wir kamen kaum noch an gegen den wütenden Orkan. Das Meer tobte wilder und wilder. Man konnte keinen Fisch in der Tiefe mehr erkennen und schon gar nicht fangen. Die Anstrengung machte uns schrecklich müde. Und hungrig! Ich glaubte, daß ich vor Hunger sterben müsse. Aber Urian beruhigte mich. Da wir das ganze Jahr hindurch gut gefressen hatten, würden die Fettreserven unter unserem Gefieder schon eine Weile ausreichen, meinte er. Ich glaubte ihm nicht. Wenn man Hunger hat, muß man fressen und nicht reden.

Plötzlich hörte ich Urian rufen: »Uria, komm mal schnell. Hier ist eine Stelle auf dem Wasser, wo keine hohen Wellen sind. Vielleicht können wir da etwas fangen!«

Die anderen sahen diese Stelle auch. Ein großer ruhiger Fleck. Weil wir alle Hunger hatten, schwammen wir eilig darauf zu. Urian als erster, dann ich ... es war entsetzlich! Wir bemerkten sofort, daß wir nicht in klares Salzwasser eingetaucht waren, sondern in einen schmutzigen, klebrigen Ölbrei.

So schnell wir konnten, tauchten wir in die Tiefe, weil wir hofften, daß es dort besser wäre. Öl treibt schließlich auf der Oberfläche. Aber da war es schon gar nicht auszuhalten, denn unter dem Öl fehlte der Sauerstoff im Wasser.

»Sofort wieder nach oben!« rief Urian mir zu. Er war schon voller Öl. Sein schönes Gefieder war überall verklebt.

Bei mir sah es zum Glück nicht ganz so schlimm aus. Ich konnte noch auffliegen. Das dachte ich wenigstens. Aber lange hielt ich es nicht durch, meine Flügel waren zu schwer.

Schließlich bin ich wieder niedergegangen, erschöpft und kalt. Ich war mehr tot als lebendig.

Urian sah ich nirgends mehr, aber seltsamerweise war mir das egal. Ich wollte nur irgendwohin, wo ich mein Ei legen konnte.

Schließlich ließ ich mich vom Wind und von der Strömung treiben. Anfangs versuchte ich noch, Ölfladen von meinem Gefieder wegzupicken, aber dann merkte ich, daß es mir den Schnabel zukleben würde, wenn ich nicht aufpaßte. Außerdem schmeckte es widerlich.

Ich wollte nicht sterben, deshalb versuchte ich nach besten Kräften, mich über Wasser zu halten. Und es gelang mir, ich weiß nicht, wie. Das Meer, unser bester Freund, war nun unser Feind geworden. Es kam mir vor, als wollte es sich an uns rächen, weil die Menschen es mit Öl und anderem Industriemüll krank gemacht haben.

Aber ich war nicht bereit, mich geschlagen zu geben. Ich kann nichts für die Millionen Tonnen Öl, die das Meer jedes Jahr zu schlucken bekommt.

Ich trieb einen Tag und eine Nacht und noch einen Tag und eine Nacht auf den Wellen. Ich fühlte, wie mager ich wurde. Mein ganzer Fettvorrat verbrauchte sich, und langsam sank mir der Mut.

Und dann wurde ich plötzlich aufgehoben. Jemand nahm mich aus dem Wasser und setzte mich in einen Karton, dessen Boden mit alten Zeitungen ausgelegt war.

»Noch einer«, sagte ein Mann. »Dieser ist zum Glück nicht ganz so schlimm dran.«

Ich dachte, Mensch, wenn du wüßtest, wie ich mich fühle.

Ein Mädchen trug mich in meinem Karton zu einem Auto.

Es trieben mehr und mehr Vögel an. Sie wurden alle in Kartons gesetzt und dann von Kindern in Autos verfrachtet. Nachdem wir über entsetzlich holperige Wege gefahren worden waren, kamen wir in ein Vogelkrankenhaus. Dort konnten wir uns erst einmal ausruhen. Eine freundliche Frau trug mich am nächsten Tag in ein Badezimmer, wo ich mit herrlich warmem Wasser abgewaschen und danach unter eine rote Lampe gesetzt wurde. Mir ging es bald besser, aber fressen wollte ich nicht.

»Versuch mal, seinen Schnabel zu öffnen, Erik«, sagte die Frau. Der Fisch, den sie mir in den Hals schoben, war widerlich, aber ich begann doch zu schlucken.

Sie gaben mir eine Spritze, wie sie die Menschen auch bekommen, wenn sie krank sind, und rieben mir meine Füße mit wohltuendem Öl ein. Das war kein stinkendes Öl, wie es auf dem Meer trieb, sondern Heilöl aus einem Fläschchen.

»Es ist notwendig, mein Kerlchen, sonst trocknen deine Füße aus«, sagte Frau Griet. Ich fand, daß sie eine sehr freundliche Stimme hatte. Sie sagte »Kerlchen«. Von meinem Ei schien sie keine Ahnung zu haben. Sie wusch mich ein paarmal mit Seifenschaum ab. Es stank gottserbärmlich, aber es war doch angenehm. Jedesmal spülte sie mit sauberem Wasser nach, und dann durfte ich unter warmen Lampen trocknen.

Nach ein paar Tagen konnte ich schon allein zum Fischtrog laufen. Na ja, laufen ist vielleicht übertrieben, aber ich schaffte es, und das ist die Hauptsache.

Und Frau Griet war glücklich! »Er kommt durch, er kommt durch!« rief sie immer wieder.

Die Kinder, die uns aufgelesen hatten, besuchten uns und brachten Fisch mit. Es kamen auch zwei sehr nette Polizeibeamte, die einen jungen Bussard gefunden hatten. Nun bin ich kein besonderer Freund von Bussarden. In meinen Augen sind sie gewissenlose Räuber. Aber dieser hatte ein Bein gebrochen, und darum mußte ihm geholfen werden.

Im Vogelkrankenhaus sagten alle, daß ich gern noch ein

bißchen bleiben dürfe. Aber ich hatte doch mein Ei und mußte unbedingt einen Platz an den Felsenküsten finden. Ich war sowieso schon spät dran.

Jemand nahm mich mit zum Meer und warf mich in die Luft. Ich war glücklich, denn ich konnte wieder fliegen. Meine Flügel waren sauber und gesund. Am liebsten wäre ich noch einmal über das Haus von Frau Griet geflogen, um ihr zu danken, aber dafür war keine Zeit mehr.

Ich mußte so schnell wie möglich zu den Brutplätzen auf Helgoland.

Ganz bestimmt werde ich nie mehr dort eintauchen, wo das Wasser bei Seegang ruhig erscheint, denn da ist es nicht geheuer.

Da haben die Schiffe Ölrückstände ins Meer laufen lassen.

Schiffe? Das kann man mir nicht weismachen. Schiffe sind tote Dinge. Nein, die Menschen auf den Schiffen, die sind schuld.

Flohmarkt für kranke Vögel

Tina und Matthias sind nicht die einzigen, die sich etwas ausgedacht haben. Außer dem Eimer mit Fischen bekommt Frau Griet regelmäßig Regenwürmer. Nils geht jeden Morgen mit einem Spaten los. Den sticht er auf den Feldern in die Erde und rüttelt ihn kräftig hin und her. Dann kommen die Regenwürmer zum Vorschein, und er braucht sie nur einzusammeln. Er hat immer ein Glas mit dem ekligen Getier bei sich.

Annemarie, die immer gute Ideen hat, will einen Flohmarkt organisieren. Sie hat sich gemerkt, wie Frau Griet seufzte: »Eigentlich müßte ich unbedingt eine große Tiefkühltruhe haben, um genügend Futter einlagern zu können.«

Als Annemarie von ihrem Plan erzählt, ist Chris enttäuscht. Sie hatte nämlich auch schon an einen Flohmarkt gedacht.

»Ich auch«, sagt Hilbert. »Mein Vater hat erlaubt, daß wir unsere Garage dafür benutzen.«

Drei Kinder und ein Gedanke. Annemarie meint, sie könnten sich ja zusammentun. »Ein großer Markt ist besser als drei kleine.«

Chris sieht Hilbert an. Er nickt. »In Ordnung«, sagt sie.

Frau Marleen traut ihren Ohren nicht. Kinder, die sich sonst immer nur streiten, schmieden gemeinsam Pläne.

»Vielleicht kann ich euch helfen?« bietet sie an. Aber davon wollen die Kinder nichts wissen. Sie können es auch allein.

Annemarie hat auf dem Gebiet schon Erfahrungen. Sie hat vor kurzem mit ein paar Freundinnen für Greenpeace auf dem Markt gestanden, musiziert und selbstgebastelte Ohrringe verkauft. Sie hatten viel Geld eingenommen.

Die Kinder können an nichts anderes mehr denken als an die Trottellummen, und Frau Marleen geht es nicht viel besser. In jeder Stunde wird über Vögel und Fische, über Meere und Ozeane, über Ebbe und Flut gesprochen. Die Kinder lernen, wie die Menschen früher von der Jagd, vom Fischfang und vom Ackerbau lebten. Sie bekommen zusätzliche Biologiestunden, um alles über die bedrohten Tierarten zu lernen.

Jeden Tag sterben drei Tierarten aus, und was einmal ausgerottet ist, kommt nie mehr wieder.

»Aber Greenpeace kämpft für die Natur«, sagt Annemarie.

Dann erzählt Frau Marleen vom World Wildlife Fund (Welt-Naturhilfe) und vom Einsatz der Greenpeace-Bewegung. Sie zeichnet einen Ring an die Tafel, auf dem allerlei kleine Abbildungen zu sehen sind. Es ist das Greenpeace-Emblem.

»Ein Totemgürtel«, erklärt Frau Marleen. »Ein Totem ist bei Naturvölkern ein Tier, eine Pflanze oder ein Naturphänomen, mit denen sich ein Mensch oder eine Gruppe in besonderer Beziehung sieht. Greenpeace hat ihn von dem Stamm der Kwakiutl-Indianer aus Britisch-Kolumbia geschenkt bekommen. Es gibt nämlich eine alte indianische Legende, die folgendes erzählt:

> Wenn die Erde krank wird,
> die Fische im Wasser sterben
> und die Tiere auszusterben drohen,
> dann werden die Regenbogenstreiter kommen,
> um der Natur zu helfen und sie zu retten.

Ihr wißt sicher, daß das Symbol der Greenpeace-Bewegung ein Regenbogen ist. Auf dem Totemgürtel seht ihr Fische und Vögel, Wale und Wölfe, die Hufe eines Rindes und auch Menschen abgebildet. Die Legende der Indianer ist uralt, aber die Zeit, von der sie prophetisch berichtet, könnte jetzt gekommen sein. Als die Leute von Greenpeace ihre erste Hilfsaktion für Wale starteten, geschah es ganz unter dem Eindruck dieser Weissagung.«

Die Kinder hören atemlos zu. Tina muß plötzlich an ihren Traum denken. Für alle Trottellummen einen Regenbogen als Halskette. Wie seltsam!

Zu Hause träumt sie mit offenen Augen noch ein bißchen weiter. Nicht nur alle Trottellummen stellt sie sich mit Regenbogenketten vor, sondern auch ihre Kuscheltiere.

Aber mit Träumen allein kommt man natürlich nicht weiter, man muß auch etwas tun.

Sie holt ihre Wollreste heraus und häkelt vielfarbige Halsbänder. Der kleine Seehund und die Katze, die Schlange, der Bär – sie alle bekommen ein Regenbogenhalsband. Gleich sieht ihre Spielecke viel lustiger und bunter aus.

Der Flohmarkt von Annemarie, Chris und Hilbert wird

ein richtiger Basar. Die Dorfbewohner spenden die schönsten Dinge. Nils' Vater bringt vom Supermarkt eine ganze Menge Reklamegeschenke, Luftballons, Kugelschreiber, Poster und einen Kasten Brause.

Der Bäcker backt extra für den guten Zweck Kuchen, die die Kinder für fünfzig Pfennig das Stück verkaufen dürfen.

Der Schlachter spendiert Würstchen und der Gemüsemann eine Kiste Äpfel.

Moma hat hübsche Trockenblumensträuße und Figuren aus Muscheln angefertigt.

Die Garage von Hilberts Vater ist viel zu klein, aber der Direktor erlaubt, daß sie am Samstag den Aufenthaltsraum der Schule benutzen dürfen. Allerdings müssen sie versprechen, alles am Abend wieder tadellos aufzuräumen.

Diese Bedingung finden sie lächerlich, das ist doch selbstverständlich. Trotzdem sagen sie brav, daß er sich auf sie verlassen kann.

Am Morgen machen sie mit Fahnen und Tuten einen Umzug durchs Dorf.

»Kommt alle zum großen Flohmarkt in der Schule! Viele Attraktionen und Glücksspiele! Alles zum Wohl der kranken und verletzten Vögel in der ›Vogelarche‹. Kommt und bringt ein dickes Portemonnaie mit.«

Was sie sich nicht alles ausgedacht haben! Annemarie hält eine Vase voller Perlen hoch. Für zwanzig Pfennig dürfen die Leute raten, wie viele Perlen es sind. Wer die richtige Anzahl rät, bekommt einen selbstgebackenen Sandkuchen.

Monika hat eine Glasflasche mit einem Stöpsel, in der viele kleine, rosa Muscheln sind. Wer weiß, wie lang die Reihe wird, wenn man alle Muscheln aneinanderlegt? Wer es errät, darf alle Muscheln haben.

Man kann mit einem Ball auf aufgestapelte Konservendosen oder Ringe auf einen Stock werfen. Es gibt einen Spielzeugpinguin mit einer Regenbogenkette um den Hals, und man darf raten, wie alt ein Pinguin wird.

Das ganze Dorf ist erschienen. Auch die Studenten und Erik sind gekommen und machen bei jedem Spiel, das sich die Kinder ausgedacht haben, einmal mit. Die Groschen und Fünfzigpfennigstücke klingeln nur so in die Blechbüchsen, die bei jeder Attraktion stehen.

Chris steht an einem großen Tisch und verkauft Kaffee und Tee aus Thermosflaschen.

Matthias ist ein Wahrsager. Er sitzt in der Ecke des Raumes, die mit Decken abgetrennt ist. Es ist stockfinster dort, und um die Sache noch geisterhafter zu machen, hat er ein schwarzes Cape von seiner Mutter um und einen Zylinder auf dem Kopf.

Das einzige Licht kommt von einer flackernden Kerze. Über dem Tisch, auf dem eine grüne Glaskugel liegt, bewegt sich ein Mobile mit Fledermäusen.

So unheimlich, wie Matthias aussieht, so strahlend schön ist Tina. In einem langen weißen Kleid steht sie vor dem Vorhang, um die Menschen hereinzulocken. Das blonde Haar, das ihr bis über die Schultern fällt, ist mit einem goldenen Band zusammengehalten.

»Meine Damen und Herren, hier wird Ihnen für nur eine Mark die Zukunft vorausgesagt. Nur eine Mark, meine Herrschaften! Hereinspaziert.«

Frau Marleen ist ihr erster Kunde. Sie denkt natürlich, daß ihr etwas Tolles prophezeit wird, eine große Reise oder ein Lottogewinn.

Aber es kommt anders. In dem dunklen Raum erkennt sie Matthias nicht einmal. Sie sieht nur einen vermummten Jungen, der in eine gläserne Kugel schaut.

Frau Marleen muß sich auf einen niedrigen Hocker

setzen, und Matthias beginnt mit schrecklicher Stimme zu sprechen: »Die Zukunft sieht sehr rosig aus. Außerordentlich rosig, das muß ich sagen.«

Man bekommt eine Gänsehaut von dieser Stimme.

»Ha, ha, ha! Der letzte Seehund ist ausgerottet! Das ist eine gute Neuigkeit. Dieses unnütze Gesindel!

Und was sehe ich da? Die letzte Schildkröte ist in der Suppe. Wohl bekomm's!«

Frau Marleen schaudert. Sie will weggehen, aber Tina drückt sie auf ihren Hocker zurück.

»Sitzen bleiben, bitte. Wir sind noch nicht fertig.«

Matthias streicht mit den Händen über die Kugel. Er lacht bösartig. »Wie gut das riecht überall! Autoabgase, Qualm aus Fabrikschornsteinen. Alle Lebewesen werden krank, die Tiere, die Menschen. Alle müssen daran glauben, alle! Und diejenigen, die hoffen, in Wälder entfliehen zu können, haben ihre Rechnung ohne den Wirt gemacht, denn die Wälder sind bereits dabei, einzugehen. Dafür sorgt der saure Regen. Kein Zweig, kein Blatt wird übrigbleiben.

Die tollste Nachricht habe ich bis zuletzt aufgespart, das Beste kommt immer am Ende. Hier bekommt man was für sein Geld.

Alles pflanzliche und tierische Leben ist bereits vergiftet! Die Salz- und Öllösungen haben in den Ozeanen ganze Arbeit geleistet. Und der Atommüll, die Gifte aus Industrieabfällen! Nun gibt es bald keine Nahrungskette mehr. Sie wissen nicht, was eine Nahrungskette ist? Nun, dann müssen Sie wieder zur Schule gehen.

Am Anfang einer Nahrungskette stehen die allerkleinsten Lebewesen pflanzlicher und tierischer Art. Diese werden von den kleinsten Tieren gefressen und diese wieder von größeren. Am Ende einer Nahrungskette stehen immer die höheren, fleischfressenden Tiere. Auch das größte Tier, der Mensch. Dieser Aufbau wird nun zerstört, denn alles ist vergiftet.

Es wird kein Leben mehr auf der Erde geben. Erst sterben die Trottellummen, dann stirbt das Wasser, dann stirbt der

Mensch. So wird es kommen, denken Sie an meine Worte.«

Frau Marleen steht auf. Als Tina ihr bedrücktes Gesicht sieht, bekommt sie Angst, daß niemand mehr Lust haben wird, sich die Zukunft vorhersagen zu lassen.

»Frau Marleen«, flüstert sie, »bitte sagen Sie es nicht weiter, daß es so ...«

Die Lehrerin schüttelt den Kopf. »Was denkst du von mir? Ich werde jeden zum Wahrsager schicken. Eure Blechbüchse wird nicht groß genug sein.«

Am Abend ist alles, was auf dem Flohmarkt angeboten wurde, verkauft. Um sechs Uhr sind die Tische leer. Kuchen, Äpfel, Würste sind aufgegessen, es ist nichts mehr da.

Sie schütten die Blechdosen auf dem Tisch aus. Und da erleben sie eine große Überraschung: Außer den Markstükken, Fünfzigpfennigmünzen und Groschen gibt es Scheine: Zehner, Zwanziger und sogar ein Fünfziger!

Der Direktor hatte sich am Flohmarkt nicht beteiligt, aber jetzt bietet er an, das Geld mit den Kindern zu zählen und in einer Kassette zu verwahren. Eintausendzweihundertundzwanzig Mark sind es. Eine unheimliche Summe!

Die Trottellummen erholen sich

Frau Marleen hat Sorgen. Sie läuft mit tiefen Falten auf der Stirn herum. Wenn es so weitergeht, bleibt die ganze Klasse sitzen, denkt sie.

Mathematik? Davon will keiner was hören.

Erdkunde? Blöd!

Diktat? Kindisch!

»So geht es nicht weiter«, erklärt sie eines Morgens dem Direktor. »Wie soll ich die Kinder nur zur Vernunft bringen? Sie denken an nichts anderes mehr als an Trottellummen und andere hilfsbedürftige Vögel.«

Aber der Direktor lacht nur. Anscheinend hat er keineswegs vor, sie zu unterstützen.

»Es wird noch schlimmer werden.« Er zeigt ihr einen Brief, den er gerade bekommen hat.

Frau Marleen sieht erstaunt auf. »Vom Fernsehen? Was kommt denn jetzt wieder auf uns zu?«

»Ja, liebe Kollegin, wir haben uns nun einmal auf die Aktion Trottellumme eingelassen. Jetzt müssen wir sie auch durchziehen. Dies ist die Entscheidung, die das Preisgericht im Aufsatzwettbewerb gefällt hat.«

Sie liest den Brief. Die Entscheidung soll vorläufig geheim bleiben. Es wird morgen jemand vom Sender kommen, um den Gewinner bekanntzugeben und ihm Glück zu wünschen.

Frau Marleen hat ihre Sorgen schon wieder vergessen.

»Sollten wir das nicht festlich gestalten? Den einen Tag können wir nun auch noch dranhängen. Ich werde die Presse benachrichtigen und bitten, daß ein Foto von der Preisverleihung gemacht wird. Und wir laden auch Frau

Griet ein, damit die Kinder ihr das Geld vom Flohmarkt überreichen können. Ich glaube, auch das wird die Presse interessieren. So etwas muß doch in die Zeitung!«

»Und danach läuft alles wieder normal«, sagt der Direktor.

»Sie sind ein Optimist.« Frau Marleen lacht. »Es wird nicht mehr lange dauern, bis die Vögel wieder sauber und gesund sind. Dann kann die ›Vogelarche‹ sie nicht länger behalten, und sie müssen wieder freigelassen werden.«

»Das ist doch kein Problem. Wir setzen sie einfach wieder in die Kartons, bringen sie zurück an den Strand, und dort lassen wir sie dann fliegen.«

»Wie bei einem Luftballonwettstreit? Jeder schaut ihnen nach. Mal sehen, welcher am höchsten steigt. Nein, so einfach geht es nicht. Frau Griet sagt, sie müssen so weit wie möglich nach Norden gebracht werden. Es wäre das beste, sie mit einem Schiff auf die Nordsee hinauszufahren. Aber wer soll das bezahlen?«

»Vielleicht übernimmt es die Wasserpolizei. Sie bringt ja auch die gesundgepflegten Seehunde wieder ins Wattenmeer zurück.«

Es läutet, nun wird es Zeit.

Als alle Kinder im Klassenraum sind, erzählt Frau Marleen die große Neuigkeit.

»Wer hat gewonnen?« rufen die Kinder.

»Ist es ein Junge oder ein Mädchen?«

Doch Frau Marleen verrät es nicht. »Ihr müßt schon bis morgen warten«, sagt sie.

Nils meint beinahe sicher zu wissen, daß er den Preis gewonnen hat. Niemand hat seinen Aufsatz mit so schönen Bildern und Zeitungsausschnitten verziert.

Hilbert erklärt geheimnisvoll, er werde keinem verraten, was er über seinen Aufsatz geklebt hat. Aber die anderen könnten einpacken.

Chris lacht. »Wenn sie meinen gesehen haben, brauchen sie den Rest gar nicht mehr zu lesen. Ich habe einen tollen Regenbogen gemalt, in allen Farben...«

»...des Regenbogens vermutlich«, ergänzt Matthias.

»Wahnsinnig komisch«, schnaubt Chris.

Tina beißt sich auf die Lippen. Was für ein Esel ist sie doch. Darauf hätte sie auch kommen müssen. Sie hat weder etwas gemalt noch geklebt. Bei ihr stehen nur Worte.

Aber jetzt kennt Frau Marleen kein Pardon. Jetzt muß gearbeitet werden. Und das gelingt natürlich überhaupt nicht.

Am nächsten Morgen geht Frau Griet hinaus, um nachzusehen, ob wieder ein Eimer mit Fisch gebracht worden ist.

Wirklich fabelhaft, diese Kinder der fünften Klasse! Jeden Tag sorgen sie für einen Eimer mit Fisch. Wer ihn eigentlich immer bringt und vor das Haus stellt, weiß sie nicht, aber er ist immer da.

Sie bekommt einen Mordsschreck, als sie sieht, was vor der Tür geschieht. Da hat sich doch tatsächlich der Reiher über den Eimer hergemacht. Ein Fisch nach dem anderen verschwindet in seinem Schnabel.

Der freche Kerl! Auch als er sie hört, nascht er noch fröhlich weiter.

Erst als Frau Griet in die Hände klatscht, fliegt der Vogel auf.

»Du Nichtsnutz! Dieb!« schimpft sie ihm nach. »Man stiehlt doch nicht, wenn man in der Lage ist, sich allein etwas zu fangen. Schäm dich! Aber ich werde auf dich achten, das kannst du mir glauben. Sowie dein Fuß in Ordnung ist, sorgst du wieder selbst für deine Kost, du Faulpelz.«

Im Innenbassin schüttet sie den Eimer aus. Die Trottellummen stehen wie fröstelnde alte Menschen in einer Ecke.

Als sie die frischen Fische sehen, stürzen sie sich darauf, und im Handumdrehen ist nichts mehr von dem Futter übrig.

Auch wenn sie noch so viel zu tun hat, kann Frau Griet es nicht lassen, ein wenig mit den Vögeln zu reden.

»Ihr habt unheimliches Glück gehabt, wißt ihr das? Noch ein paar Tage, und ihr könnt zurück zu euren Freunden. Das gibt ein Wiedersehen! Ich wünschte, ich könnte dabeisein. Wie herrlich, endlich auf das weite Meer zurückzukehren! Aber hütet euch in Zukunft vor den Öllachen, ja?«

Die Vögel sagen nichts. Frau Griet macht noch schnell eine Runde an den Außenvolieren. Die beiden Schleiereulen sehen sie mißmutig an. Sie haben gerade so schön geschlafen.

Ein junger Sperber, den eine Urlauberin gebracht hatte, flattert in seinem Käfig umher.

»Er ist aus dem Nest gefallen«, hatte die Frau vermutet. Aber Frau Griet glaubte das nicht, denn so etwas kommt so gut wie nie vor. Sie nimmt an, daß er durch irgendwelche in der Landwirtschaft verwendeten Gifte geschädigt ist, oder daß ein paar Lausejungen wieder Nester geplündert haben.

Als sie mit der Zunge schnalzt, kommt das Eichhörnchen herbeigesprungen, das hier eigentlich gar nicht hingehört.

»Du darfst auch nicht länger bei uns bleiben«, sagt sie. »Ich finde dich wirklich goldig, aber du wirst mir zu zahm.«

Zahmheit ist etwas, wovor sie sich in der »Vogelarche« hüten muß. Sie pflegt die Vögel nur, solange sie krank oder verletzt sind. Sobald sie sich wieder selbst helfen können, müssen sie weg. Sonst verlieren sie die Fähigkeit, sich in der freien Natur Nahrung zu beschaffen und sich gegen Feinde zu behaupten.

Ohne ein Geräusch zu machen, schaut sie durch einen Spalt in das Vogelhaus der großen Waldohreule, die dort dicht an einen Baumstamm gelehnt sitzt und schläft.

»Wie schön du bist mit deinen langen Federohren«, sagt sie.

Lars und Fred kommen jeden Abend, um die Eule zu beobachten. Sie haben sich mit großem Geschick eine Unterkunft gebaut, von der aus sie das Tier auch in der Nacht sehen können. Mitten im Vogelhaus ist ein Teich mit einer kleinen Insel angelegt worden. Wenn es dunkel wird, werden dort Feldmäuse ausgesetzt. Dann heißt es warten, wann Frau Eule wieder so weit hergestellt ist, daß sie selbst auf Jagd geht. Bis jetzt macht sie allerdings keine Anstalten dazu. Vielleicht denkt sie sich: Ich bin doch nicht blöde. Solange ich hier still sitzen bleibe, werde ich bedient. Warum soll ich mir dann die Mühe machen? Eulen sind schließlich sehr kluge Tiere.

Frau Griet bringt in jeden Käfig Futter. Heute hat sie nicht viel Zeit, um sich mit ihren Patienten zu unterhalten. Sie soll ja um zehn Uhr in der Schule sein. Zum Abschluß des Unternehmens Trottellumme.

Tina hat gewonnen!

Ist das ein Lärm!

Die Kinder rennen herum, schreien und toben. Es ist nur gut, daß wenigstens eine einen klaren Kopf behält, nämlich Frau Marleen.

Sie hat alles bestens organisiert. Als erstes soll der Herr vom Fernsehen das Ergebnis des Aufsatzwettbewerbes bekanntgeben.

Der Pressefotograf ist auch schon da. Er wird Aufnahmen machen, wenn dem Gewinner gratuliert wird. Und von Frau Griet, wenn sie den Erlös des Flohmarktes in Empfang nimmt.

Die Jungen und Mädchen sind außer Rand und Band. Endlich, da kommt der Direktor mit dem Herrn vom Fernsehen, Frau Griet und Tinas Großmutter.

Niemand macht sich mehr über Janne Jut lustig. Sie hat schließlich die erste tote Trottellumme in die Schule gebracht, und dadurch ist alles so gekommen.

»Liebe Kinder«, sagt der Herr vom Fernsehen. »Nun ist es endlich soweit. Jetzt sollt ihr das Ergebnis eures Aufsatzwettbewerbes hören.«

Er zeigt auf einen Stapel Papiere, die auf dem Tisch liegen.

»Wenn ich genügend Sendezeit hätte, würde ich alle eure Arbeiten vorlesen. Ihr habt fabelhafte Aufsätze geschrieben. Und nicht nur das. Viele sind außerdem mit prachtvollen Zeichnungen und aufgeklebten Bildern versehen.

Ihr bekommt eure Arbeiten noch nicht zurück, denn ich will mich bemühen, sie in irgendeiner Weise zu veröffentlichen. Ich verspreche euch, daß der Rundfunk und das Fernsehen weiterhin alles tun werden, was in ihren Kräften steht, um auf bedrohte Tiere und Pflanzen, auf die Verschmutzung der Nordsee aufmerksam zu machen. Wir müssen erreichen, daß alle Menschen darüber nachdenken und etwas dafür tun, unsere Umwelt zu schützen. Wir werden den besten Aufsatz im Jugendjournal vorlesen lassen und von eurem Einsatz für die ›Vogelarche‹ erzählen. Das wird auch andere Kinder anregen zu helfen, wenn es nötig ist.«

Jetzt hat er genug erzählt, meinen die Kinder. Sie wollen endlich wissen, wer gewonnen hat.

»Der Aufsatz, für den sich die Jury entschieden hat, trägt die Überschrift: ›Hilfe! Mein Gefieder ist voll Öl‹. Es ist die Arbeit von Tina Kelly!«

Wie sehr hat Tina sich das gewünscht! Aber jetzt kann sie es nicht glauben.

Sie muß vor die Klasse kommen. Alle gratulieren ihr, und der Fotograf blitzt und knipst.

Zum Glück braucht sie nichts zu sagen und darf sich wieder hinsetzen. Einen Augenblick lang begegnet sie Momas Augen.

Nun ist Hilbert an der Reihe. »Im Namen aller Mitarbeiter«, beginnt er feierlich, »erlaube ich mir, Frau Griet hiermit den Betrag zu überreichen, den unser Flohmarkt erbracht hat.«

Er nimmt ein Stück Kreide und schreibt dann ganz langsam, um die Spannung zu erhöhen, erst eine 1, dann eine 2, noch eine 2 und schließlich eine Null an die Tafel.

»Pfennige«, fragt Frau Griet, »oder Groschen?«

»Markstücke«, ruft die ganze Klasse. Und im Sprechchor tönt es dann: »Tausendzweihundertzwanzig Mark!«

Frau Griet ist sprachlos, aber das kann sie sich in diesem Augenblick nicht erlauben. Alle Kinder sehen sie an und sind gespannt auf ihre Antwort.

»Ich kann euch gar nicht sagen, wie sehr ich mich freue.

Die Vögel und ich, wir können wirklich glücklich sein, daß wir so gute Freunde gefunden haben. Habt tausend Dank!«

Auf dem Schulhof werden noch ein paar Aufnahmen gemacht.

»Du, Tina, ich möchte gern neben dir stehen«, sagt Hilbert.

»Ich auch! Und ich! Und wo bleibe ich?« rufen nun alle durcheinander.

»Vergeßt es«, antwortet Tina. »Matthias steht schon neben mir.«

Matthias grinst. Einen Augenblick lang legt er den Arm um Tinas Schulter.

»Siehst du wohl?« sagt Moma, als sie zu Hause noch einmal über alles sprechen. »Ich habe es dir ja vorausgesagt. Eines Tages werden sie noch darum kämpfen, neben dir stehen zu dürfen.«

»Hm«, brummt Tina, »weil ich nun zufällig gewonnen habe.«

Eine Woche vergeht, und alles wird wieder etwas ruhiger. Eines Abends kommen die Studenten zu Besuch. Moma hat extra eine Apfeltorte für sie gebacken. Moma und Erik haben Geheimnisse, das merkt Tina genau. Sie tuscheln und verstummen, wenn Tina ins Zimmer kommt.

»Habt ihr was?« fragt sie mißtrauisch.

»Nein, nichts«, antwortet Moma und strickt, ohne aufzusehen, unermüdlich an dem Pullover mit den Pinguinen.

Abschied von den Vögeln

Es ist Freitag nachmittag. Noch einmal schwingen die Kinder sich auf ihre Räder und fahren hinaus zur »Vogelarche«.

»Den Trottellummen geht es besser«, sagt Frau Griet. »Jetzt wird es Zeit, daß wir sie wieder aufs Meer hinausbringen, wo sie hingehören.«

Alle Tiere sind inzwischen an einem Fuß beringt worden. Wenn sie später wieder einmal irgendwo gefunden oder gefangen werden, kann man auf dem Ring lesen, wo sie vorher schon gewesen sind.

Die Trottellummen im Innenbassin sind nervös und ungeduldig. Ob sie wohl fühlen, daß dies der letzte Tag ihrer Gefangenschaft ist? Ein paar watscheln am Rand herum, als bildeten sie sich ein, Pinguine zu sein.

Die meisten lassen sich auf dem strömenden Wasser auf und nieder wiegen. Ihr Federkleid ist wieder glänzend und schön in den Farben. Andere putzen sich. Das ist nun wieder erlaubt.

»Darf ich so einen kleinen Ring haben?« fragt Tina Frau Griet.

Sie kann es ihr nicht erlauben, denn die Ringe dürfen nur für Vögel verwendet werden.

Schade, denkt Tina. Sie hütet sich, es jemandem zu erzählen, daß sie ihn so gern als Freundschaftsring am kleinen Finger getragen hätte. Schließlich ist Uria doch ihre Freundin.

An der Wand steht die neue Tiefkühltruhe, die für das Geld vom Flohmarkt gekauft worden ist. Frau Griets Mann hat eine fröhliche Trottellumme mit einem großen birnenförmigen Ei zwischen den Beinen auf den Deckel gemalt. Aus ihrem Schnabel kommt eine Sprechblase. »Herzlichen Dank, Klasse 5« steht darin.

Es wäre zu schön, wenn sie die Vögel selbst zum Strand bringen könnten, um ihnen dort die Freiheit wiederzugeben, wo sie sie gefangen haben.

»Es geht nicht, wirklich nicht«, sagt Frau Griet. »So gern ich es selber wollte. Ich werde euch die Körbe zeigen, in denen sie fortgebracht werden.

Verschiedene Menschen haben sich bereit erklärt, einen oder mehrere Körbe in den Norden des Landes zu bringen. Nach Texel, Friesland oder Groningen. Dort sollen die Vögel alle gleichzeitig freigelassen werden. Sie werden ihre Artgenossen schnell finden, das könnt ihr mir glauben.«

»Ist es denn erlaubt, die Tiere dorthin zu bringen?« fragt Nils. Er weiß von seinem Vater, daß man Vögel und auch andere Tiere nicht ohne weiteres befördern darf.

»Eigentlich ist es verboten. Wild darf ohne Erlaubnis nicht transportiert werden. Aber ich habe die Zustimmung der Polizei eingeholt.«

Die Kinder bekommen selbstgemachten Holundersaft und ein Stück Kuchen.

Dann müssen sie von ihren Vögeln Abschied nehmen. Am nächsten Morgen in aller Frühe werden sie abgeholt.

»Gute Reise«, rufen sie, »und laßt euch nie mehr hier sehen!«

Frau Griet schenkt jedem ein Buch über Meeresvögel mit prachtvollen Fotos. Sehr schön und lehrreich. Aber dann ... dann ist auf einmal alles vorbei. Sie stehen wieder draußen, als ob sie mit der Geschichte nie etwas zu tun gehabt hätten. Trostlos.

Einige Kinder beginnen, sich darüber zu streiten, wer mit wem nach Hause radeln soll. Und wer am meisten für die Vögel getan hat. Gleich fängt die Angeberei wieder an. Ich habe Würmer gesucht. Ich brachte jeden Tag einen Eimer mit Fisch. Ich habe Muscheln für den Flohmarkt gesucht, die besonders viel Geld eingebracht haben. Ich! Ich! Ich!

Zuerst lacht Frau Marleen sie einfach aus.

»Das kann doch wohl nicht wahr sein!« sagt sie. »Müßt ihr denn gleich wieder Streit anfangen?«

Aber dann wird sie wütend. »Sollen die ewigen Reibereien kein Ende nehmen? Man könnte meinen, ihr hättet es den großen Nationen der Welt abgeschaut. Bei einer Katastrophe sind sie bereit, zusammenzuarbeiten. Aber kaum ist sie vorbei, da liegen sie sich schon wieder in den Haaren. Es ist wirklich beschämend!«

Tina radelt allein nach Hause.

Auf der hohen Düne wartet Lotti auf sie. Tina nimmt sie auf den Arm und streichelt sie.

»Schön, daß du da bist, mein Kätzchen«, sagt sie und legt

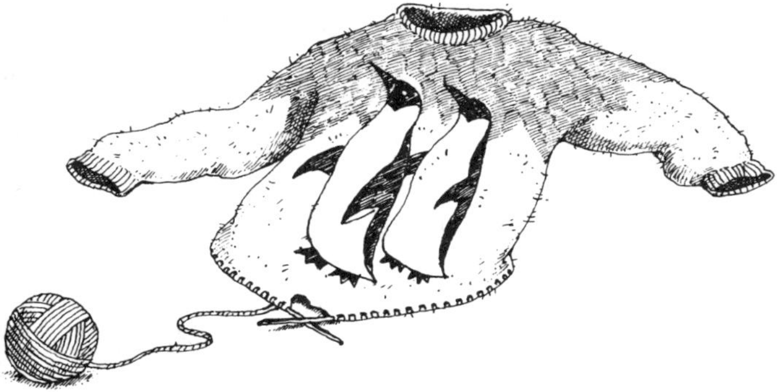

sie sich um den Hals. Lotti darf wieder das letzte Stück auf Tinas Schultern mitfahren.

Moma sitzt am Fenster und strickt. Der Pullover ist schon fast fertig.

Nachdem Tina alles erzählt hat, sehen sie gemeinsam das neue Buch an.

»Du hättest deinen Vogel gern selbst mit weggebracht, nicht wahr?« fragt Moma.

Tina zuckt nur mit den Schultern.

»Etwa nicht? Würdest du ihm nicht gern nachwinken, wenn er davonfliegt?«

»Mach es mir doch nicht so schwer«, sagt Tina gequält. »Du weißt doch genau, daß es nicht geht. Und meinen Vogel, wie du ihn nennst, den habe ich kein einziges Mal mehr gesehen.«

»Noch ist nicht aller Tage Abend«, murmelt Moma geheimnisvoll.

Tina sieht sie prüfend an. Was meint sie wohl damit?

Sie geht nach oben. Soll sie ihre Hausaufgaben machen? Ach nein, die haben Zeit bis Sonntag abend, sie hat beinahe nichts auf.

Sie beginnt, die Spielzeugtiere umzusetzen. Ganz vorn darf der Pinguin stehen, weil er sie an ihre Trottellumme erinnert. Neben ihn kommt Flapp, der kleine Seehund mit dem glänzenden Fell, der auch zu einer bedrohten Tierart gehört. Er sieht sie mit seinen glasigen Augen traurig an.

Die grüne Giftschlange legt sie um ein wolliges Schäfchen herum. »Paß ja auf, daß du es nicht erwürgst«, sagt sie. Dann zieht sie die kleinen Regenbogenketten zurecht.

Lotti weiß, was ihr Frauchen von ihr erwartet. Sie bekommt auch eine Kette um. Dann legt sie sich zwischen die Tiere und beginnt, zufrieden zu schnurren.

Tina schaut aus dem Fenster, aber draußen gibt es nichts zu sehen.

Am besten wäre es, ins Bett zu gehen, die Nachttischlampe einzuschalten und gemütlich noch ein bißchen in dem neuen Buch zu lesen.

Sie zieht sich aus, putzt die Zähne und geht zum Schrank, um sich ihren Lieblingspyjama zu holen. Auf dem Rücken steht *Schützt das Wattenmeer,* und vorn ist ein Seehund abgebildet.

Sie wird es ganz gewiß niemandem erzählen, nicht einmal Matthias, aber wenn sie diesen Schlafanzug anhat, fühlt sie sich immer so, als gehöre sie zu Greenpeace und täte etwas für die bedrohten Tiere.

Der Schlafanzug ist nicht da. Sie durchwühlt den ganzen Schrank, denn sie muß ihn finden. Nur dieser Pyjama paßt heute zu ihrer Stimmung.

Sie geht ins Badezimmer. Vielleicht hat ihn Moma zur schmutzigen Wäsche geworfen. Auch nicht. Im Wäschekorb liegen nur Socken.

»Moma!« ruft sie nach unten. »Weißt du, wo mein Wattenpyjama ist?«

Keine Antwort.

Moma sitzt im Wohnzimmer und strickt, als ob ihr Leben davon abhinge.

»Weißt du, wo mein Wattenpyjama ist?« wiederholt Tina.

»Dein was?«

»Mein Wattenpyjama!«

»Welchen meinst du?«

Als ob sie zehn davon hätte!

»Ach, du wirst auch immer komischer«, brummt Tina. »Laß man, ich ziehe einen anderen an.«

Moma strickt und strickt. »Jetzt aber schnell ins Bett«, ruft sie. »Morgen mußt du früh aufstehen.«

»Du vielleicht, um den Strand abzusuchen. Ich nicht. Morgen ist Samstag, und ich habe frei. Morgen kann ich ausschlafen. Nacht, Moma!«

»Schlaf gut, mein Schatz!«

Noch eine Überraschung

Tina erwacht ungewohnt früh. Schnell schaltet sie die Nachttischlampe aus, die sie gestern abend hat brennen lassen. Das neue Buch liegt offen auf ihrer Wolldecke.

Sie schlüpft aus dem Bett und geht leise in die Küche. Das wird eine Überraschung, wenn sie für Moma schon den Tee aufgießt.

Auf dem Küchentisch aber – sie prallt richtig zurück – da liegt der neue Pullover! Fix und fertig! Einfach super ist er geworden. Zwei Pinguine in ihren schwarz-weißen Fräckchen mit orangefarbenen Schnäbeln auf hellblauem Grund.

Und neben dem Pullover, ordentlich zusammengelegt, liegt doch tatsächlich ihr Wattenpyjama. Wo kommt der denn her?

Toll, nun hat sie für den Tag und für die Nacht Kleidung mit Tieren darauf.

Sie erschrickt, als Moma plötzlich hinter ihr steht.

»Na, gefällt er dir?«

»O Moma!« Tina umarmt ihre Großmutter, bis sie um Gnade fleht.

»Oje«, stöhnt Moma, »ich bin doch kein Kuscheltier.«

»Aber eine Kuschelmoma! Oh, ich danke dir so sehr. Er ist wunder-, wunderschön.«

»Probier ihn mal schnell an. Ich bin gespannt, wie er zu deinen Jeans paßt, Schatz, und flechte dir ausnahmsweise mal zwei hübsche Zöpfe. Es steht dir so gut. Ach ja, bring auch gleich deine Zahnbürste mit und dein ...«

»Das hast du dir so gedacht. Nichts da. Ich gehe wieder ins Bett.«

»Nein, das machst du nicht. Du ziehst dich ordentlich an, und dann frühstücken wir gemütlich zusammen.«

»Puh!« Tina zieht die Nase kraus. *Ordentlich, hübsch, gemütlich.* Was für unangenehme Momawörter.

Aber sie tut doch, was Moma wünscht. Fünf Minuten später ist sie wieder unten, sie weiß selbst nicht, warum.

Das Telefon läutet, und Tina nimmt den Hörer ab.

»Tina Kelly. Mit wem spreche ich?«

Es ist Erik. »Es wird eine Viertelstunde später«, sagt er vergnügt.

»Später für was?« fragt Tina.

Erik lacht. »Du bist ja ein Spaßvogel!« sagt er und legt auf. Tüt, tüt, tüt.

»Spinnt der? Was heißt hier: eine Viertelstunde später?« fragt Tina.

Moma lächelt nur und sagt nichts. Eigentlich ist es Tina auch egal. Sie will ein bißchen mit dem Rad fahren und ihren neuen Pullover ausführen.

»Nein, du bleibst zu Hause. Und mach dich nicht mehr schmutzig.«

Tina schüttelt den Kopf. Was soll denn das nun schon wieder? Sie zeigt auf ein Päckchen, das auf dem Tisch liegt. Ein edles Päckchen, das sieht man sofort. Es ist in braunes Papier mit goldenem Muster eingewickelt und mit einem goldenen Band zugebunden.

»Was ist das?« fragt sie.

»Ach, nichts.«

»Nichts? Also, Frau Marleen würde sagen: ›Du machst mich krank.‹ Ich soll mich ordentlich kämmen, mich nicht mehr schmutzig machen, hinaus darf ich auch nicht. Und auf dem Tisch liegt ein Päckchen, das nichts ist.«

Moma sieht aus dem Fenster. Es kommt jemand über die hohe Düne. Sie fängt an zu lachen. »Na, dann geh nur«, sagt sie.

Tina saust hinaus, genau in die Arme von ... Erik.

»Fertig?« fragt er. »Dann laß uns fahren. Die Vögel zappeln buchstäblich schon vor Ungeduld.«

Manchmal geschehen Dinge, bei denen man denkt: Das kann doch nicht wahr sein. Paß auf, gleich machst du die Augen auf und hast alles nur geträumt.

Was jetzt geschieht, ist wirklich wahr. Fünf Minuten später sitzt Tina neben Erik im Auto. Moma steht in der Tür und hat Lotti im Arm.

»Tschüs, mein Schatz. Paß gut auf dich auf!«

Neben Tina liegt die Tasche mit dem Wattenpyjama, einer Zahnbürste und Zahnpasta, zwei sauberen T-Shirts und ihrem Unterzeug. Auch das schöne Päckchen ist dabei. Es ist eine Packung Pralinen für die Gastgeberin.

Tina ist viel zu aufgeregt, um zu fragen, wen Moma damit meint. Sie weiß nur, daß sie Erik begleiten darf, um die Vögel freizulassen. Ein Glückskind ist sie! Auf den hinteren Sitzen steht ein großer Korb, randvoll mit Vögeln. Sie schnattern und schnarren wie Enten. Mindestens zwanzig sind es.

Sie fahren nach Nordfriesland, das ist ganz schön weit. Zusammen mit Erik trägt sie den schweren Korb über den Deich. Vom Deich herab sehen sie die weite Nordsee liegen. Sie laufen über einen schmalen Streifen Strand und setzen den Korb am Wasser ab. Die Vögel bewegen sich nicht und geben auch keinen Laut mehr von sich. Genau wie Tina halten sie den Atem an.

Gleich wird es geschehen.

Erik öffnet den Deckel des Korbes, aber keinem der Tiere kommt es in den Sinn, davonzufliegen.

Erik muß die schwarz-weißen Vögel, einen nach dem anderen, herausnehmen und hoch in die Luft werfen.

Tina verfolgt seine Bewegungen. Sie schaut jedem Vogel nach. Zuerst flattern sie ein wenig ungeübt, aber dann verschwinden sie mit großer Geschwindigkeit.

Noch einer, noch einer, noch einer.

Auf einmal stößt Tina einen kleinen Schrei aus. Die letzte Trottellumme, die Erik herausholt, hat nur eine weiße Flügelspitze. Eine weiße und eine schwarze Spitze.

Sie stottert vor Aufregung. »D ... d ... das ist mein ... meine Uria!«

»Dann gib du ihr die Freiheit«, sagt Erik. »Komm, hab keine Angst. Halte die Füße kräftig mit der linken Hand fest, so kann der Vogel dir nicht wegrutschen. Dann setzt du ihn auf die rechte Hand.«

Tinas Herz schlägt wie wild. Sie hält sich genau an das, was Erik sagt. Zuerst legt sie ihre Finger fest um die dünnen, harten Beine des Vogels, dann setzt sie ihn auf ihre rechte Hand und läßt ihn schließlich los.

Einen kurzen Augenblick bleibt ihre Trottellumme sitzen. Sie preßt ihre Zehen kräftig um Tinas Hand, als ob sie sich bei ihr bedanken wollte. Dann fliegt sie mit so raschem Flügelschlag davon, daß man es sausen hört.

Tina seufzt, als wäre ihr ein Stein vom Herzen gefallen.

»Tschüs, Uria! Gute Reise!«

»Komm, Tina«, sagt Erik, »wir gehen.«

Und nun erfährt sie endlich, warum Moma die Tasche gepackt hat. Erik und seine Frau haben Tina nämlich eingeladen, das Wochenende bei ihnen zu verbringen. Tina kann ihr Glück kaum fassen.

Sie steigen mit dem leeren Korb wieder über den Deich.

Keine einzige Trottellumme ist mehr zu sehen. Hoch in der blauen Luft zieht ein Flugzeug einen weißen Streifen. Dicht über dem Wasser fliegt eine Schar Möwen.

»Ein großer Metallvogel«, sagt Tina. Sie hält Eriks Hand fest, während sie dem Flugzeug nachsehen.

»Die Luft gehört uns allen«, meint Erik dann.

»Aber die Vögel waren zuerst da«, antwortet Tina.